重塑文艺批评精神

"文学观象"系列论评集

张 江◎主编

人民出版社

写 在 前 面

"文变染乎世情,兴废系乎时序"。当代中国文学紧跟着时代的步伐而发展,尤其是进入 21 世纪以来,文学以其大幅度地变革,不断刷新着旧有的状态,呈现出日新月异的崭新面貌。但是,随着文艺所置身的社会环境与文化氛围的剧变,以及文艺自身在发展演进中的异动,不断有新的元素、新的能量介入进来,不断有新的关系、新的观念掺杂其中,使得当下的文坛无论是作家的生命体验、创作方式,还是读者的阅读习惯、审美经验,都发生了巨大的变化,呈现出丰富多彩的状态。民族的伟大复兴需要文化的繁荣兴盛,文化的繁荣需要文学的振兴,文学的振兴需要文学理论批评的强力引领。

近年来,在党中央的高度重视和社会各界的共同努力下,文学批评和文学理论取得了一些成绩,对于整个社会的思想文化建设发挥了重要作用。但与丰沛的文化生态和活跃的文艺创作相比,当代文学的理论批评还不能适应需要,甚至明显滞后,对一些重要的文学原点问题的认识模糊,文学批评缺乏针对性和战斗性,导致去思想化、去价值化、去历史化、去中国化、去主流化等现象滋生蔓延,这些都在一定程度上影响了文学创作、文学研究和文学阅读的健康发展。

文学发展需要批评的助力,文学批评是行动的美学。基于当下文学的现实状况与迫切需要,根据党的十八大精神和习近平总书记关于文艺工作系列重要论述精神,中国社会科学院与《人民日报》于 2014 年 1 月起合作开办"文学观象"专栏,2015 年底与上海《文汇报》合作开办"海上观潮"专栏,组织文学界的知名专家学者、著名作家艺术家,就当前文学发展过程中的重要现象、热点话题和焦点问题进行辨析、探讨，开展了深入有力的文学批评和理论研究，在文坛内外引起广泛的关注与影响。

现将"文学观象"的系列论评文章，包括"海上观象"的专栏文章，一并汇总结集，交由人民出版社出版。希望本书的出版，对于建设中国特色的文学理论批评和推动我国当代文学的繁荣健康发展能够有所助益。

目　录

>>海上观潮

｜重塑文艺批评精神｜

文学观象

文学不能"虚无"历史

对话人

张　江（中国社会科学院副院长、教授）

陈众议（中国社会科学院外国文学研究所所长、研究员）

朝戈金（中国社会科学院民族文学研究所所长、研究员）

党圣元（中国社会科学院外国文学研究所党委书记、研究员）

陆建德（中国社会科学院文学研究所所长、研究员）

张　江：近年的文学创作和文学研究，总体上呈现出活跃、繁荣的局面，涌现出了很多优秀作品和研究成果。但同时也存在一些问题，标新立异，哗众取宠，毫无顾忌地挑战社会的价值底线和伦理底线，被各方面批评为"文学乱象"，其中之一就是文学的历史虚无主义。

文学与历史是分不开的。文学以自己的方式参与历史建构和传承。这不仅适用于历史题材创作，而且也适用于一切文学作品和文学研究。文学应该如何介入历史？在这个问题上，出现了一些令人忧虑的趋向。不尊重历史的本来面貌，不能理性地、公正地分析和认识历史，不能客观地描述和表现历史，任意践踏历史，随意评说历史，肆意消费历史，这在近年来的文学创作、文学批评以及文学史书写中，均有表现。凡此种种，不但对文学的健康发展产生了影响，而且给巩固主流社会意识形态带来诸多负面效应，不能不引起高度重视。

历史虚无主义的"艺术"表征

陈众议:历史虚无主义的"艺术"表征,简而言之,一谓"戏说",二谓"割裂",三谓"颠覆"。

先说"戏说"。20世纪80年代开始,"戏说"历史在文艺界悄然生发,并逐渐蔓延流行,及至90年代以后甚至发展为"胡说"与"恶搞",譬如将历史事件剥离特殊的历史语境肆意发挥,或无视历史人物在特定历史进程中的社会功过与是非,无根据地冠以纯粹的想象,甚至玄想;又譬如拿"元历史"加"元文学"等概念虚化历史,将历史叙事推向"关于叙述的叙述"等虚无主义极限。于是,孔夫子成了修侠情圣,杜甫被"再创作"为杂耍混混,唐三藏成了花花公子……诸如此类,不一而足。相关文艺作品在嬉哈和狂欢中沦落为纯消遣和纯消费的对象;作家、艺术家的社会责任和崇高使命被束之高阁,乃至荡然无存。

再说"割裂"。中国的历史是中华民族的选择,历史过程中充满了代表人民意志和历史发展要求的英雄人物及可歌可泣的动人事迹。然而,文艺界不乏有意阉割历史者,这些人或通过历史的碎片化否定历史发展规律和中华民族的基本诉求;或以偏概全,即抓住片面和细节否定全面和整体,丑化、抹黑历史人物;甚至有意张冠李戴、以讹传讹,以达到歪曲历史之目的。于是,辛亥革命被认为纯属错误,理由是它阻断了封建王朝创造"明主""盛世"的可能性;新民主主义革命被斥为农民起义的赓续,破坏文明进程的倒行逆施和反人性、反人道暴行;社会主义建设被描画成穷极无聊的尔虞我诈、你死我活;"改革开放"被概括为"辛辛苦苦几十年,一朝回到解放前"。更有甚者,有所谓的作家、艺术家甘愿沦为亡国奴,认为倘使中国被八国联军或日本帝国主义占领至今,那么摆在我们面前的将是一个和列强一样"富裕""文明"的国家。

至于"颠覆",则主要针对一系列革命领袖、民族脊梁。正所谓灭人之国,必先毁其历史,坏其崇尚。历史虚无主义在某些文艺作品中径直表现为对中华民族历史人物的嬉笑怒骂、颠倒黑白。譬如它们无视中国共产党人在民族危亡之际力挽狂澜的丰功伟绩,蓄意解构革命领袖的人格、放大伟人的小节,甚至捏造事实、混淆视听,竭尽诋毁诽谤之能事。再譬如它们将孙中山描写成窃国大盗,反之则片面夸大蒋介石的孝道,乃至将其描绘成真君子。在一些作品中,精忠报国的岳飞成了千古罪人,而遭人唾弃的秦桧倒成了"旷世良臣"。

历史人物及其评价

张　江:为什么会出现这种现象?除了立场和价值取向不同以外,很重要的一点,是有些创作者不理解什么是"历史人物",以及应该如何评价历史人物。

朝戈金:所谓"历史人物",通常是指在历史上产生过重要影响,对人类社会发展起到推动或阻碍作用的人。评价历史人物,必须秉持全面、客观、公正的原则,以他们的历史行为和社会行为为根本,在具体的历史坐标中定位,衡量其所作所为是否顺应了时代大势,是否符合人民群众的长远利益和愿望。

过去,有些文学作品概念化、脸谱化,好人全好,坏人全坏。对此,我们当然反对。英雄也有常人的一面,反面人物也有普通人的爱恨情仇。但是,这绝不意味着从此描写英雄人物,便要尽情挖掘、渲染其所谓阴暗的一面;描写反面人物,便要肆意搜集、放大其所谓被遮蔽的一面。当下有些作品,在涉及历史人物时,仅仅凭借作者一己之好恶,以当下某些风潮甚至西方的所谓"人性"标准,来苛求或袒护历史人物,无论丑化还是美化,都是对历史的践踏。

文学在处理历史人物时,必须区分主流和支流、公德与私德。历史上有一些人物,公德很好,私德也许并不完美。另有一些人,私德有可取之处,但公德却有很大问题。一个残暴凶狠、逆历史潮流而动,对国家和民族犯下严重罪行的人,对待父母、妻子、子女却又温情无限,这样的情况并非不可能存在。然而,作为"历史人物",我们不能根据家庭私德,来遮掩、开脱他的历史行为上的罪过,进而博取读者对其公德方面重大缺失的同情。比如某著名汉奸,如果仅从家庭私德的角度去衡量,或也有常人所具有的家庭亲情,甚至不失为一个好儿子、好父亲、好伴侣。但是,必须明确一点,汉奸之为汉奸,不是因为家庭私德,而恰恰是因为这些人在中华民族历史进程中的反动作用。在文学作品中,历史人物的小的人性不能被无限放大,并最终替代了人物大的反历史、反人性的一面。前段时间某部电影的叙事,就令我们痛切地感到这一点。

对文学创作而言,历史人物的公德与私德都可以描写,通过这种描写在作品中展现一个立体的、丰满的人物形象,这是符合美学规律的。但是更应该知道,历史人物以其自身的行为,早就写下了自己的历史。文学创作克服人物扁平化,并非是混淆甚至取消伟人与罪人、圣贤与恶徒、高尚与猥琐等评判标准之间的界限。是与非、好与坏、正与邪、公义与私欲等等这些人类善恶评价标准,是永远无法废除的。

历史真实与艺术真实

张　江:在历史题材创作中,什么是历史真实,它与艺术真实是什么关系,也有一个正本清源的问题。有人简单地认为,只要是历史上确实发生过的事情,就是历史真实;还有人认为,文学需要虚构,于是就可以无所顾忌,率性而为,用细节代替历史。这都是错误的。

党圣元:首先必须明确,历史上真实发生的事并不等同于历史真实。我们所说的"历史真实"是指合规律性的本质真实,而不单单指事件真实或者细节真实。这是因为,在历史发展过程中,有些事件虽然确有发生,但是,它代表不了历史的本质,有时候甚至与历史主流相悖逆。将事件真实或者细节真实等同于历史真实,在这上面尽情刻画、渲染,大做文章,混淆了非主流事件、偶发性事件与体现本质特性、本质力量的历史真实之间的界限。我认为,在历史题材创作中,还是要把主要精力用在那些对历史人物个性表现、对历史事件本质起规定性作用的历史细节的挖掘和描绘上。

当然,为了达到艺术的真实,文学创作不排斥虚构,也应该允许虚构。但是,在历史题材创作中,文学想象与虚构不可以漫无边际、无所规约。创作中追求艺术真实的过程,应该是在历史真实这一磁场引力强烈作用下发生的一系列包括文学刻画、渲染、想象、虚构的美学过程。如果丧失了历史真实这一基点,任由想象和虚构脱缰狂奔,想象和虚构即便再奇谲华丽,也是没有意义的,只能是更具诱惑力地将读者带入历史认知的误区。我们要强调的是,作家虽然不同于史家,拥有想象和虚构的权利,但是,这种想象和虚构不是无限的,更不是随意的。

历史题材文艺创作,最终要追求的是历史真实与艺术真实的有机统一。这就要求创作者首先要对所表现的历史有准确的把握,在充分掌握历史事实的基础上,以马克思主义的历史观细致地辨析史实,对历史人物、历史事件之本质达到深刻的认识,然后根据文学表现的需要进行必要的艺术虚构,这样方可实现艺术真实与历史真实的有机统一,亦即作品所反映的历史,既与客观存在的历史不相乖违,又体现出深远的、意义探寻的创作旨趣。在优秀的文学作品中,历史真实与艺术真实之间存在着一定的张力,但是它们之间又不是一场你死我活的博弈,也不是一场结果为零的游戏。曾经有人将文学创作中历史真实与艺术真实的关系概括为"大事不虚,小事不拘",或者"本质不虚,细节不拘",倒也贴切。

文学守"史"有责

张　江:文学戏说历史,消费历史,其背后有鲜明的价值观。历史是民族的精神支撑。用正确的文学观认识历史,书写历史,是文学应当担负的责任。

陆建德:有些人宣称,历史在他们的作品中,只不过是一抹稀薄的叙事背景,历史人物也只是一个假借的形象符号。有人就说:"我写的不是历史,是文学。""把文学作品与严肃的历史相对照,是荒唐可笑的。"这其实是以所谓文学的名义逃避应有的历史担当。一方面为作品披挂上历史的外衣、营造具有历史感的浓重氛围,另一方面又逃避历史题材创作本应担负的表现历史进程、探讨历史规律的责任,这本身才是矛盾、荒唐、可笑的。

文学介入历史,不可能是原封不动的客观再现,也不可能完全剔除创作者的主观色彩。任何历史题材创作都经过文学家的中介,都渗透了某一特定时期的价值观念(也可能是偏见和迷信)。文学家从历史事实的大海里,发现一些有趣的现象,甚至是重要的规律,整理出头绪,写出他的作品,这本身就渗透了文学家的史学观和价值观,也就是意识形态。从这个意义上说,作家在创作过程中融入个体的理解和判断,赋予其情感温度和价值深度,都是应该肯定的。但是,发现前人的盲点,对历史有了新的理解和阐释,所有这些行为都必须建立在一个基本的前提和立场之上,那就是对历史进程和历史规律的尊重和敬畏,以及对待历史严肃认真的态度。

文学以形象化的审美方式介入历史,更为人们所喜闻乐见,它比抽象的历史叙述和理论化的历史规律阐释更具有吸引力、亲和力和感染力。可以毫不夸张地说,在普通大众层面,学校教育完成以后,更多的历史知识学习和历史观建构,相当程度上是通过各种历史题材的文艺作品来完成的。因此,文学的功能从来不是单一的,它既有审美、娱乐功能,也有教育、认识功能。尤其是一旦涉及历史题材,其教育教化功能更为直接和显著。无疑,在大众传播发达进步的今天,文学家们用什么样的姿态面对历史,也就意味着把什么样的历史交付给受众,交付给未来。文学在具体的历史关系中展开,文学通过生动的叙述形象地建构历史,文史同一,文史互证。

张　江:文学作为一种精神生产,在历史的建构和传承中,不能是消解和破坏力量,而必须成为一种积极和建设力量。尊重历史,理性地认识历史,客观公正地评说历史,用文学的方式描绘历史风云,并且尽可能地在这种描绘和展现中实现对历史规律的认识和把握,这是我们思考和处理文学与历史关系问题时应该持有的基本态度。

文学不能"虚无"历史。无论文学家们如何书写历史,历史都以自己的方式存在,不可改变。历史不是任人打扮的小姑娘,尊重历史,严肃地对待历史,这是文学面对历史的唯一选择,也是文学家的责任。

（《人民日报》2014 年 1 月 17 日）

文学不能消解道德

对话人

张　江（中国社会科学院副院长、教授）

高建平（中国社会科学院文学研究所副所长、研究员）

刘跃进（中国社会科学院文学研究所党委书记、研究员）

朝戈金（中国社会科学院民族文学研究所所长、研究员）

陈众议（中国社会科学院外国文学研究所所长、研究员）

张　江：文学有没有伦理？要不要讲道德？这本不应该成为问题。古今中外的文学名著，在努力表现生活和情感的审美创造中，都审慎地把握伦理尺度，坚守道德底线，处理好"写什么"和"怎么写"的问题。但近年来，文学发展有了一些令人不解的倾向。颠覆伦理，消解道德，甚至反伦理写作屡见不鲜。一些人以淫荡、乱伦、暴力、血腥的描写暴得大名。这不是文学发展的正常现象。为什么会出现这些现象？写这种书的人，是什么样的动机？他们敢把这些书放在书架上，让自己的子女阅读吗？

当文学遭遇色情与暴力

高建平：当下文学的确存在这样的问题。原来美好的、温暖的文学，给人以心灵滋润和精神鼓舞的文学,在一些人手中被涂抹得肮脏不堪。

首先是色情。从"一夜情"到"一夜性",从"乳"到"床",从"喊"到"尖叫",从畸恋到乱伦,从香艳到恶心,挖空心思搜罗刺激性场面,直接宣泄欲望。人与人之间没有情感的交流,没有心灵互动和志趣相投,只有"猎艳""偷情""发泄""刺激"。这种潮流后来甚至发展成所谓的"下半身写作"。

其次是暴力。一些作品竭力渲染杀人的场面,怎样砸出脑浆,怎样砍下胳膊,怎样割去身体器官,写得具体入微,让人毛骨悚然。还有一些作品津津乐道于古代酷刑的行刑过程,夸张地描写人怎样被活剐,被剥皮吃心,通过展示恐怖恶心场面来卖弄所谓的"文学才华"。

色情与暴力的文学过去也有,但严格地说那不能被称为文学,只是车站码头兜售的劣等读物,游走在合法与非法之间的灰色地带,供少数人消遣,读完就被扔进垃圾桶。如今,地摊写手的伎俩被一些以精英形象出现的作家效仿,使这种文字堂而皇之地走进严肃的文学期刊和出版社,不能不说是对文学的严重亵渎。

这些年,随着网络的发展,色情与暴力的文学又在网上泛滥。网络空间的虚拟性,增强着网络文学的虚拟意识,也带来网络文学的道德伦理问题。点击率诉求和与之相联系的付费阅读,更加刺激了色情暴力文学的生产。如果说纸质作品还有一个过滤程序的话,那么,网络文学发表的快速和直接,更给一些挑战道德伦理底线的作品大开方便之门。

之所以出现这种现象,背后有两个驱动力。一是盲目求新的蛊惑,二是市场利益的诱惑。文学界曾流行一种说法,叫作"突破禁区"。这种说法,在20世纪70年代后期到80年代,是有历史合理性的,也发挥过进步作用。"文化大革命"时期对文学设立了很多禁区,需要突破。但是,突破还是要有底线的,尤其是道德伦理底线,对此不能作片面的、绝对化的理解。

还有一些作家以创新为名向市场献媚,误以为写刺激性的作品,满足有些人的窥私猎艳乐趣,就能在市场上获得成功。事实上,这样的投机性作品,即便偶尔能够吸引少数人的眼球,也只能是饮鸩止渴,不可能经久"常销"。文学与市场不是对立的。真正优秀的文学作品,既能在艺术上取得成功,也会在市场上受到欢迎。

文学与道德密不可分

张　江：文学要想表达对人性的理解,需要有强大的道德伦理构建力,文学与道德密不可分。企图在文学中消解道德,是对文学的社会功能的背离,也在根本上瓦解了文学。对于一个民族而言,文学这门艺术的文化选择,审美或审丑,与民族的道德伦理取向是一致的。消解道德,就消解了美,消解了文学自身。

刘跃进：从宏观层面,必须承认,一切文学创作都和道德相关,都在道德建构上产生积极或消极的影响。作家在创作过程中,总是按照一定的道德标准进行题材选择、情节设置、形象塑造,通过故事结构、场景描写、人物命运,让人们或感受温暖、友情、善良,或看到冷酷、暴力、恶毒。道德伦理取向不同,最终对读者和社会造成的影响也不同。前者净化心灵,陶冶情操,引人向善,成为推动社会和人类进步的积极力量;后者腐蚀灵魂,败坏人心,甚至将人推向罪恶的深渊。在现实生活中,正反两方面的例子都举不胜举。有些人因为一部优秀文学作品的鼓舞坚定意志,走向人生的成功;也有一些人,尤其是青少年,在有害读物的侵蚀下失足成恨。

这说明,文学在道德体系建构中,承担着重要职能。文学从来不是个人的私事。表面看来,文学创作是一种个体行为,与公共道德建设无关。但是,个人的创作成果一旦以文学作品的形式发表出来,甚至并未发表,只是在亲朋好友间传阅,它就进入了公共空间,具备了公共属性,就必须承担道德建设的义务。正是从这个意义上讲,文学是人生的教科书。

所以,道德并不是文学的附加,道德与文学密不可分。几千年的中国文学对此作了最好的诠释和实践。"铁肩担道义,妙手著文章"。道德担当和文学实践,在中国文化中,俨然融为一体,不可剥离。古代优秀文人在创作中对善恶美丑有着极为苛刻的选择标准,大善者大美,善与美始终是中国文学的主流。

社会在不断发展,人们在不断追求更加美好的生活,在这个过程中,文学记录精神的跋涉,焕发人性的光辉,引导道德的风尚,成为推动社会进步的美好的、正面的、积极的力量,而不应是使人类从文明前行的轨道脱轨的消极的、负面的、堕落的力量。

"纯文学"不能"纯"掉道德

张　江:许久以来,所谓"纯文学",总在不同的场合被标举,成为文学"去道德化"的理由。这种主张以维护文学的独立性、纯粹性为追求,具有极大的迷惑性。文学是有"文学性"的,并且以其独特的"文学性"和独立的形态存在、生长。但是,"文学性"仅仅是形式吗?且不说形式与内容的不可分割,仅就形式而言,它本身就会有道德取向。"下半身写作"也可以称为形式,很明显,道德隐蔽在这个形式中。以"纯文学"的名义"纯"掉道德是片面的,是另一种功利。无论怎么"纯",文学也"纯"不掉"道德"。

朝戈金:所谓"非功利"和"纯文学",背后的美学理念,就是"为艺术而艺术","为文学而文学"。客观而言,这种口号作为特殊历史语境下的产物,对推动文学与政治性和实用性的文字相区分,从而使文学独立,提高文学的艺术性,起过一定的积极作用。但是,必须知道这种主张只是一定历史时期内文学追求自身地位的表现。一旦文学已经摆脱了政治的干扰和过多功利目的的侵害,依然沉浸在"纯文学"的迷恋中不能自拔,甚至借此反对文学应该承担的道德责任,反对文学应有的社会功能,这种主张的合理性也就消失了,进而走向偏误。

孔夫子讲,言之无文,行而不远。文学当然要讲究形式,讲究辞藻,讲究人物塑造的生动丰富、情节安排的精巧合理、结构的完整和新颖,等等。没有这些美学属性,文学不成其为文学。但是另一方面,也必须意识到,只有形式而无内容,只有辞藻而不达意,只有结构而无思想,这样的文字首先是不可能、不存在的,即便可能,也只能是符号的堆砌,而不是文学。说到底,文学创作之所以要强调文学性,强调形式和结构,最终目的是为了更好地表达内容,让思想"行远",从而更有效地承担文学的道德建设责任,发挥文学的社会功能。"为形式而形式"是有限度的,不能将手段当作目的。

文学是社会生活的组成部分,与生活的各方面有着千丝万缕的联系。西方那些主张"纯文学"和"纯艺术"的人，最终还是得把文学与道德联系起来。美学界一般都把康德看成是"纯艺术"主张的鼻祖，但是他也认为，"美是道德的象征"。至于那位"为艺术而艺术"观点的最坦率最直接的支持者——法国作家泰奥菲勒·戈蒂埃，一方面说"艺术不是一个手段，而是一个目的"，另一方面也提出，"荷马的诗、菲迪亚斯的雕像、拉斐尔的画，在提升人的灵魂方面比一切道德家们的论文所起的作用还要大"。这还是说明，文学艺术不存在绝对的"纯粹"，还是要提高道德水准，净化人的灵魂，起到一些道德教诲或训诫性文字起不到的作用。

创作自由与底线坚守

张　江：除此之外，还有一个创作自由的问题。有些人以为，创作自由就是随心所欲，就可以无所顾忌地挑战道德底线，挑战社会伦理，这是很大的误解。自由本身是有限制的，没有背离道德基础的绝对自由。社会生活如此，文学亦如此。

陈众议：我赞成这个观点。作为"一切社会关系的总和"（马克思语），人不能脱离伦理道德，也不可能绝对自由。然而，有些人片面理解创作自由，以至于比丑比坏、哗众取宠，陷入了严重的误区甚至邪恶的渊薮。事实上，创作自由是有限度、有前提的，基本的道德规范就是限度和前提。美国哲学家杜威认为，艺术是"无可比拟的指导工具"，"比道德更具道德性"。德国后现代美学家沃尔夫冈·韦尔施提出，"一种审美的基本要求——同时也是一种伦理的要求"。无视道德底线的反伦理写作不仅是对文艺传统的颠覆，而且具有毒化社会环境、腐蚀世道人心的恶劣影响。

道德是一个发展的概念，具有鲜明的时代性。在文学史上，许多创新固然都表现了对旧有的道德观念的突破，但一定是有条件、有限度的。常常会有这样一种情形，一些作家的作品在刚刚问世时因故引起争议，但是经过时间的考验，最后得到了承认和肯定。甚至有这样一种情况，一些文学作品挑战了既有的道德观念，对当时社会的道德标准构成了冲击，最终却反过来促进了社会的进步。但是，有一点必须注意，这种在当时"离经叛道"的作品，并非完全没有道德底线,只不过,他们所追寻的是新道德,而非当时主流社会所尊崇的旧道德。他们的创作也并非绝对的自由,也要受到包括道德因素在内的各种规约。他们对旧有道德观念的挑战,不会触碰人类社会最基本的道德底线。这种"底线道德"在历史的发展流变中具有稳定性,是人之为人的根本特征,也是人类社会得以维系的重要保障。

文学需要创新,但创新不能仅仅理解为尝试一些过去没有人敢碰的题材、没有人敢用的写法。为了一鸣惊人而比胆量,就会把文学引向邪路,给人们的精神世界带来灾难。我们赞成创作自由,文学在反映现实生活的过程中,不应受到既有窠臼的束缚,而是要努力使生活得到真实、深刻的艺术再现,从而提高人们的认识,提高社会的伦理道德水平。只为出名而挑战道德底线,为博取市场效应而无所顾忌,甚至颠覆伦理基础,其所体现的并不是自由,而恰恰是狭隘的名利思想。

人类社会是一个由自由走向禁锢(或禁忌),再走向自由(高度自觉)的过程,而非相反。因此,此自由非彼自由。换言之,人类文明的初级阶段是禁律约束本能,譬如早在西周初期,我国就建立了严格的婚姻禁忌,禁止同姓(兄妹)联姻;高级阶段是自觉代替禁律,及至真善美战胜假恶丑,最终达到自由王国。文学也是如此。当历史上人为设置的种种束缚被破除后,自觉的道德遵循是文学向更高的审美层次迈进,从而推动文学健康发展的必要前提。缺失了这一点,混淆善恶,不辨美丑,文学不复存在,更遑论创作自由。

当前中国,陶冶人心、凝聚人心、励志向上的文艺作品依然是中华民族图强、复兴不可或缺的催化剂。不承认这一点,倘非无知,便是别有用心。

张　江:文学就是世道人心。任何文学作品都要接受伦理和道德的检验。中华民族有自己优良的道德传统,这种传统历经千年、源远流长,一些基本的道德准则不可逾越。有人在文学中有意消解这些道德准则,当下看,人民群众不接受;长远看,此类作品一定会被历史淘汰。奢望借此博得眼球,甚至在文学史上留下名字,是十分幼稚的。这是古往今来文学得以存留和传播的基本规律。从这个意义上说,坚守道德底线,弘扬社会正义,传播人文精神,是文学担负的社会责任,也是文学自身创造经典、抵达不朽的必然路径。

（《人民日报》2014 年 1 月 28 日）

文学不能成为负能量

对话人

张　江（中国社会科学院副院长、教授）

高建平（中国社会科学院文学研究所副所长、研究员）

陆建德（中国社会科学院文学研究所所长、研究员）

刘跃进（中国社会科学院文学研究所党委书记、研究员）

党圣元（中国社会科学院外国文学研究所党委书记、研究员）

张　江：在社会发展演进过程中，文学从无到有，由粗入精，不断繁荣盛大。人类之所以创造文学，并在漫长历程中精心守候、戮力发展，在物质生活极端贫困的境况下不弃不离，使它薪火相传、生生不息，最终成为体制完备的艺术门类，根本原因是什么？因为文学承载和传递了正能量。文学中的正能量催人奋进、引人向上，让人类得到心灵的净化、精神的陶冶，引领和推动人类自身及社会不断进步。这是文学社会学的基本常识，也是文学安身立命之本。时至今日，学科地位的固化和各种现实因素的诱惑，让许多人忘记了这个原点问题，一些作家热衷展示和传播各种消极因素，宣扬和纵容负能量，给文学的存在和发展带来致命伤害。我们疑虑的是，人类创造文学本意是以此压抑自己，阴郁、沮丧、无望地度日吗？如果没有了正能量，人类还需要文学吗？文学还能够存在吗？

负能量在蔓延

高建平：应该说，古往今来，绝大多数文学都在传递正能量。这些文学作品，读后给人温暖和教益，教人向上向善，让人即便身处逆境，也能感知光明，看到希望，获得面对生活的勇气和开拓未来的锐气。这就是文学的正能量。但有些作品正好相反。它们不是劝人向上向善，而是向下向恶，示人以卑劣、凶残、恶毒。这样的作品，不能激发力量、砥砺精神，反而消磨意志、诱人沉沦。人类本性中既有形而上的追求，也有形而下的趣味，正能量的文学点燃人类魂灵之辉光，负能量的文学则放大晦暗与低俗。正能量文学输出善意和力量，促进社会和谐，推动时代进步；负能量文学释放毒素和阴霾，腐蚀世道人心，败坏社会风气。

当下，负能量在文学创作中大有蔓延之势，并幻化为各种形态。有人笃信文学就是写"自我"。于是在作品中将"自我"无限放大，而这个"自我"，又大多是一个对世界充满敌意的病态"自我"。个人的小挫折、小伤痛被夸张演绎成滔滔洪水，通篇都是怀才不遇、生不逢时，对世界充满抱怨。有一些人将道听途说的各种负面新闻直接拼贴到作品中，极力渲染社会的冷漠和人的无助，宣泄颓废厌世的情绪。更有人以欣赏的笔调极写人性之恶，将人生描绘成一场人对人的战争。没有亲情友情，没有忠诚信任，只有尔虞我诈，轻至小聪明、小算计，重至巧设陷阱，害人为乐。

但颇为奇怪的是，这种传播负能量的文学眼下很有市场，甚至被一些作家、批评家追捧，冠之以"深刻""真实""现代"等溢美之词。而弘扬正能量的作品，反被斥为"肤浅""俗套""过时"。对于这种趋向，不能不引起重视。

表达取决于心态

张　江：有人可能会说，负能量作品的出现，根源不在作家，而在社会。现实的种种不堪、沉重和丑恶现象，催生了文学中的负能量，毕竟文学是现实的反映。这种观点貌似有一定道理,仔细辨识就会发现问题。文学反映现实,不是客观物理再现,中间必然经过作家的主观选择、价值评判、风格着染,带有不可剔除的主观色彩。文学作品最终呈现出的能量是积极还是消极,不在于表现对象本身,而是取决于作家本人。

陆建德： 这种观点可谓一语中的。我举个例子。陆游的《卜算子·咏梅》人所熟知。"驿外断桥边,寂寞开无主。已是黄昏独自愁,更著风和雨。无意苦争春,一任群芳妒。零落成泥碾作尘,只有香如故。"不可否认,这是一首好词,堪称上品。它借用比兴手法传达出的高洁志向和坚定信念也令人感佩。但是,同样不可否认的是,在词人眼中,风雨中的寒梅颇为苍凉、孤独、寂寞、愁苦,自悼自伤,格调悲怆。

同样是咏梅,同样的词牌,到了毛泽东的笔下,却完全是另外一番气象。"风雨送春归,飞雪迎春到。已是悬崖百丈冰,犹有花枝俏。俏也不争春,只把春来报。待到山花烂漫时,她在丛中笑。"孤苦、哀怨、颓唐之气一扫而光,呈现出的是十足的乐观、积极、向上的格调,创造出一种新的景观与气象,令人叹为观止。

面对同一种事物,为什么会出现这种差异？是手法、技巧、艺术修养问题吗？不是。根本原因是创作者个人的心态、情怀和境界不同。王国维在《人间词话》中说过："以我观物,故物皆著我之色彩"。一束寒梅,迎风绽放。陆游看到的是孤傲和悲怆,毛泽东看到的则是奉献和乐观。这就是作家主观情感的差异。在现实中也是如此。生活在同一空间,面对同一个世界,为什么有的作家笔下生机勃勃、阳光四射,而有的作家笔下却灰暗萧索、阴雨绵绵？一个人若心态失衡、境界狭仄,再美妙的现实在其眼中也暗淡无光；反之,心态积极、境界高远,即便身处逆境也能看到光明和希望。

当然,每个人都有以自己的观点和心态看取世界的自由,也有表达自己对世界独特看法的权利。但是,一旦他成为一个作家,我们对他的要求就不再等同于常人。一定意义上说,作家是一个思想和情绪的发散场、辐射源,作家如何看待世界、如何表达自己对世界的认知,直接或间接地影响着读者,感染着千千万万的受众。作为一个作家,一个以塑造人的灵魂为职责的人,他创作的目的,到底是让人感受到光明和温暖,还是将人拉到阴暗处,让心灵变得狭仄和冷漠？答案不言而喻。

文学是筑梦的事业。梦想不等于现实,也替代不了现实,现实可能依然难如人意。但是,有梦想就会诞生希望和力量,就会衍生出改变现实的动力。让梦想照亮现实,让梦想成为前行的灯塔。这样的文学,才是正能量。

时代和文学都要"大叙事"

张　江:这些年的文学理论中,有一种流行的说法,要解构"宏大叙事"。有人甚至抱定这样一种认识,认为"宏大叙事"是落后的创作观念,"后现代","小叙事",纤细的个体和自我才是文学的正宗。"宏大叙事"过时了吗?放眼时代,人类不断开创着伟大的事业,生活朝气蓬勃地前进,奋斗向上的精神演绎着宏伟阔大的生命。大江东去是生活的主流,承载着共生的世界和人生。文学不仅是欣赏和娱乐,它也要给人感奋和动力。"宏大叙事"不会过时,文学必须有史诗般的恢弘巨制。

刘跃进:生活是多样的,文学也是多样的。在文学中,既需要"小叙事",也需要"大叙事"。"方宅十余亩,草屋八九间。榆柳荫后檐,桃李罗堂前"是陶渊明眼中的美景;"秋风萧瑟,洪波涌起。日月之行,若出其中。星汉灿烂,若出其里"是曹操心中的气魄。"杨柳岸,晓风残月"代表着一种思绪;"乱石穿空,惊涛拍岸,卷起千堆雪"又是一种心情。它们都是美的。但是,有没有境界和情怀的高低之分?很明显,曹操和苏东坡展现了国家与民族的情怀,是奋斗的向上的不屈的精神和气概;陶渊明和柳永哀唱了个人与私我的愁绪,是落寞的慵散的无奈的叹息和伤感。

我坚持认为,文学要反映时代。时代需要宏大叙事。文学史上,无数文学作品,正因为反映了时代,才有了大的气象,才成为永不磨灭的经典。杜甫的诗,唱安史之乱前后盛唐社会盛极而衰的社会递变,由此有理由称为"诗史";元稹、白居易的新乐府创作,关切百姓民生,细小处入笔,才拓出一番宏大气象。曹雪芹写的家族命运却与社会制度相联,笔触极深。现代文学史上的"鲁""郭""茅""巴""老""曹"等经典作家,更是将自己的思考与民族的命运紧密联系在一起,对人民的命运极尽关注,他们的作品,贯穿着鲜明的时代意识,追随着民族解放的步伐和共和国的成长,教育了几代人,号召了几代人,在中国现代民族国家的创造和建构中发挥了难以替代的作用。

改革开放三十多年,中国这片古老的土地发生了巨大的变化,正所谓翻天覆地、沧海桑田。我们是怎样一步步走过来的?战胜了多少挑战?闯过了多少难关?经历了哪些艰辛和欢悦?积累了哪些经验和教训?中国人民用自己的行动写出了时代的史诗,而相应的文学家的史诗却很难见到。时代需要史诗般的伟大作品。中国当下的文学亏欠了时代。

崇高之美尤珍贵

张　江:宏大叙事和美学的崇高联系在一起。这些年来,崇高之美在文学中日渐稀薄,文坛更多充斥的是调侃、反讽和"小清新"。我们主张风格的多样化,但是,刻意远离崇高,或者用恶搞替代崇高,最终导致崇高的消解,我们不赞成。

高建平:物质生活水平提高后,人们的精神享受成为需要;社会包容度的增加,为纯娱乐作品提供了空间。市场中的低级趣味,让一些人为名为利趋之若鹜。在这种情况下,一些作家觉得今天的文学不需要崇高了,只要轻松幽默地制造快乐即可。于是有了各种各样的调侃、恶搞、戏说。

文学可以多样,也应该多样。百花齐放,就是作家艺术家挥洒各自的创意。在快节奏的现代生活压力下,有些作品博人一笑,让紧张的神经松弛一下,或者来一点"鸡汤",慰藉一下心灵,也是好事。但是,如果文学仅仅满足于轻松幽默,甚至油腔滑调,这个民族的文学将难有前途。当下有这样一种现象,从文学到影视,到戏剧和小品,只满足于笑。不要深刻的内容,不要精彩的故事,不要厚重的历史感,更不要高昂奋进的格调,只要搞笑就好。这就有问题了。本来,能让人笑是一种智慧,但如果失去内容,剩下的只有笑,那就变成一种傻乐。

在举世言欢、娱乐至上的时代,神圣而庄严的崇高之美尤为珍贵。在内涵上,崇高是一种伟大、雄浑、宏丽、非同凡俗的壮美。有人曾经提出崇高的五种构成要素,我们尤为看重庄严伟大的思想和壮怀激烈的情感。这种思想和情感,超越日常生活维度,让人心灵获得强烈撞击和巨大震撼,内心升腾起庄严感和神圣感,精神世界由此得到提升。仅仅热衷于幽默滑稽,把文学视为休闲娱乐之物,对壮丽崇高避之弃之,这是对文学,也是对作家自己的矮化。文学创作应该关注读者需要,但不能一味取悦读者,甚至用低俗的搞笑和调侃迎合读者,文学更应该用伟大的思想和昂扬的激情提升、引领读者。这种提升和引领,也许没有幽默滑稽来得轻松愉快,但惟其如此,文学的意义才更加凸显,文学家的价值才得以呈现。

文学代变,崇高不能丢。不能用流气、痞气、匪气来解构崇高,不能用日常生活审美化来消解崇高。在中华民族传统中,也有刚、大、圣的概念,中华民族以此为最高的审美范畴。我们还是需要这样一种文学,它有震撼力,庄严而神圣,有敬畏之心。这才是真正伟大的文学。

积极的反思和批判也是正能量

张　江:必须清楚一点,倡导文学要激发和传递正能量,绝不意味着要求文学只能"歌颂"和"赞美",而消解文学应有的反思与批判功能。对社会和人生进行积极而尖锐的反思与批判,也是文学正能量。关键在于作家怎样反思和批判,目的是什么,落脚点在哪里。

党圣元:强调这一点非常重要。当我们提出"文学应该是正能量"这一命题时,可能会招来一种误解或者攻讦,以为这是一味粉饰、颂扬现实,否定文学反思、批判的功能。这是曲解。我们祈盼文学的正能量,包括文学对生活的积极反思和批判。文学表现"大我",以宏大叙事产生震撼;文学营造"崇高",以理想之美净化心灵。凡此种种,都应该而且必须包含着对历史和现实、对社会和人生作深刻的反思和批判。积极的反思与批判是正能量。中国传统文论中有所谓"变风变雅""美刺""讽喻""讽谏""不平则鸣"等等主张,就是在主张文学的反思和批判功能。

事实上,文学史上因敢发盛世危言、敢敲警世之钟而成就经典大作的例子举不胜举。但这有一个前提,即出发点要对,要站在坚持倡扬真善美的立场上鞭挞假恶丑;要立足于社会正义和良知,而不能立足个人的情仇私愤。针砭时弊,针针刺在世道人心的要害处,目的则是要救世,鞭挞丑恶的现象,将人们从麻痹中唤醒,又对光明充满着向往。鲁迅所代表的文学反思、批判精神,以其深刻、透彻、沉郁、入骨三分而愈发显示出文学的正能量。而时下一些作品,尤其是一些历史题材以及官场、宫廷、职场、家庭、婚恋题材的作品,嘴上说的是反黑,是批判,实际上却是一味地逞意于歹毒、残忍、阴损、褊狭等社会和人心畸形变态现象的展览,由此发泄不满乃至仇恨,比之于文学史上声名狼藉的"黑幕小说""秽笔之作",甚至有过之而无不及。这些令人沮丧和反感的作品,不是在积极地反思和批判,而是在毒化人心、撕裂社会,是一种腐蚀人心的负能量。

文学要"有补于世""有辅于世",要通过积极的反思与批判,对疗治社会、人心之偏失起到"针砭""药石"的作用,从而"有补"于社会净化,"有辅"于全民族精神道德素质的提高。当然,人常有讳疾忌医的一面,良药苦口,这就看文学家的本领了,关键是药方要开对,要对症施药,是在扶正祛邪、固本涤秽,警醒、激奋人们向上,而不是卖假药、拱虚火,更不能为了渔利而毒蚀天下人心。

张　江:任何时代都是正负能量并存,但正能量永远坚定地存在,永远站在负能量的上风。正能量是时代发展、社会进步的核心力量。文学家要做正能量的发现者和传递者。文学家的眼光投向何处,兴奋点落在哪里,以什么样的心态面对生活和人心,决定了文学的底色。一个人胸怀阔大、正气浩然,正能量一定是主导;一个人心胸狭隘、蝇营狗苟,下笔也难以磊落。"文如其人"是有道理的。文学家不仅要提高艺术水准,更要致力于精神的"清洁",讲情操、讲境界、讲高远与宏阔。惟有如此,文学才拥有发现正能量的慧眼,才能形成弘扬和传递正能量的强大气场。

（《人民日报》2014 年 2 月 14 日）

文学，请回归生活

对话人

张　江（中国社会科学院副院长、教授）

程光炜（中国人民大学文学院教授）

陈晓明（北京大学中文系教授）

高建平（中国社会科学院文学研究所副所长、研究员）

党圣元（中国社会科学院外国文学研究所党委书记、研究员）

张　江：文学与生活的关系问题，是文学的核心问题。文学因为生活而存在，没有生活，就没有文学。这是文学源起与发展的基本道理。但奇怪的是，当下一些作家，尤其是一些新锐作家，以谈生活为耻，仿佛一论及生活就贬低了他们的专业化水准和文学创造力。生活当然不是文学，但文学一定是生活。文学成为独立的学科，文学家成为职业人，是因为生活的需要，是社会分工的结果。这种社会分工给一些人造成错觉，以为文学可以与生活分离，文学家可以独立于社会生活而存在。文学的专业化模糊了文学的生活本质。

生活不是文学，但文学一定是生活

程光炜：文学本来就是生活的一部分。古代的民歌，是"饥者歌其食，劳者歌其事"，反映的是当时人的身边事、心中事。鲁迅先生讲原始人一起抬木头，喊"杭育杭育"，表达感受，协调节奏，共同发力。这是用一个极通俗的表达，说出文艺源于生活，又对生活起作用的道理。在文学的萌芽时期，没有专门的作家和艺术家，只有与普通人共同生活在一起的歌者、舞者。中国古代的《弹歌》"断竹，续竹，飞土，逐肉"，记载了狩猎的劳动过程，可以说明诗歌源起于劳动。有些研究者持不同意见，认为文学起源于原始的信仰活动，如祈雨之歌、庆丰之歌等。这当然可以讨论。但问题是，信仰及其活动从哪里来？无疑也是从原始人类实际生活中来的，人类物质生活的愿望和情感是它的源头。这也同样表明，原本并没有一个独立的文学世界，后世的文学，正是在生活中传情达意的基础上生长起来的。

随着社会发展以及人们精神生活的需要，文学发展起来，出现了一批以此为生的人，逐步形成了职业家队伍，文学也变得精细、高雅起来。这是社会分工的结果，是历史发展的必然。对此，也要辩证地看。专门文学家的出现，是文学史上产生众多优秀作品的原因之一。文学家们受过良好的教育，熟悉各种文学经典，掌握丰富的创作技巧，这些都是普通人难以企及的。但是，文学的专门化，又使文学家们得以生活在书斋、阁楼、亭子间里，局限在一个独特的小圈子中，与社会和他人的生活相隔离。由此形成了一个悖论：一方面，专业化才能有好作家；另一方面，文学脱离生活本质，专业化难有好作家。

这个悖论是社会分工造成的。如何打破这个悖论？当然是文学家走出亭子间，走出"象牙塔"，这个无须讨论，但有一个结必须解开，即文学家在思想上怎样理解"专业化"问题。必须清醒地认识，所谓"专业化"，指的是处理生活的能力更加专业、水准更加高超，能够将普通人没有意识到的"有意味的生活"敏锐地捕捉到，审美化地呈现出来，而不是离开生活、抛开生活、悬空蹈虚。如果失去了对生活的"及物性"，以为专业高于生活，把专业化当作借口，规避生活，蔑视生活，这种专业化是"伪专业化"。

许多人对20世纪80年代文学心存怀念。当时的作家，写出了一大批脍炙人口感人至深的作品，像王蒙的《布礼》、张洁的《沉重的翅膀》、路遥的《人生》、铁凝的《哦，香雪》、王安忆的《本次列车终点》以及舒婷的《致橡树》等。它们感动和教育了整整一代人，极大地启发和丰富了人们对生活的认识，对改革开放发挥了巨大作用。历史地看，这些文学作品之所以令人难忘，一是作家从现实生活出发,真诚地描写了他们对于生活的理解,包括痛苦和欢欣;二是他们对生活包括历史生活抱有真诚,虽然其中也有困惑和矛盾,但是这种真诚始终贯穿于作品之中;三是他们与生活保持高度"同步性",与时代共甘苦。那个年代,所有的作家都密切关注眼下的生活,对社会发生的事情充满期待,以积极的姿态热爱自己的时代,真心希望自己的时代能将中华民族带到一个光明的未来。文学与生活的紧密关系是孕育推进"八十年代文学"最重要的动力。

由于社会和文学转型,一些人对生活的看法发生了变化。有的变化是好的,有的却未必,比如认为文学越是远离生活,就越纯粹,越有希望,越是文学。这么笼统地把文学与生活绝对对立或隔离,恰恰是对生活的依托和理解走向简单狭窄之后才出现的。因此,我觉得现在需要重申文学与生活的关系,使之走向历史深度而不是表面化。

文学的"自我"是社会的自我

张　江:有一种观点认为,文学就是自我表达,自我的心理、情感以至幻象就是文学的源泉,写足了自我就好,文学家不需要体验生活,"虚构力""想象力""感受力"才是衡量好作家的标准。近年来,"忠于自我、忠于内心"成为许多作家颇为时尚的信条。然而,必须确定的是,文学的"自我"不是独立的、与世隔绝的。自我的心理和情感不是文学的本源,虚构和幻象不过是现实生活的折射。

陈晓明:文学需要自我,没有自我认知和体验的生活无法进入文学。但是,这里的"自我"是社会的自我;自我的生活镶嵌在社会生活当中。没有对生活的深入体验,没有对生活广度和深度的了解,没有对生活的丰富性和复杂性的把握,就没有文学。

我赞成文学创作本身是创作者自我生活的表现。人们没有理由完全拒绝某些极端的创作方式和风格取向。但是,从人类学、社会学的角度看,作家的自我不是孤零的、封闭的自我。自我一定在人群当中、社会当中、生活当中。正确处理作家的自我生活与现实社会生活的关系,决定文学的存在和传播。

如果祈望在文学史上留存下来，作家应以深厚的生活为根基，绝不能停留在封闭、狭窄的自我小天地里。不论是他本人的生活方式，还是他对自我的认识；不论是他处理个人与时代的关系，还是个人与精神传统的关系，一定都是相互联系、相互影响、相互指征的。加拿大作家艾丽丝·门罗，是普通家庭主妇，常年在厨房里忙碌，常常在熨衣板上写作。看上去她的生活范围很窄，好像只关心内心的自我。但是，从她的文本当中，我们看见了万千普通人的生活，小人物的故事揭示了更为深远的社会和传统问题：关于苏格兰后裔的文化传统，少数族群的权益，当今时代人们的信仰难题，家庭伦理的价值归属等等，她面对的是整个世界，开阔而宏大。她几十年前的作品，还感动着人们，也深深打动着今天的中国读者。

我也赞成作家要以充沛的主观情感投入创作，要有想象力，要有虚构乃至幻象。但是所谓情感、幻象也是从实际生活中来的，是社会生活在人们头脑中的反映。心理、情感、幻象不是文学的源泉，使作家产生丰富斑斓情感和心理的社会生活才是文学的源泉。幻象是生活的幻象，哪怕曲折盘绕，也一定是现实的反映。没有生动丰富的社会生活，就没有幻象。现代主义的各种叙事手段，象征、隐喻、非理性，等等，都衍生于丰富的生活基础之上，把握和表现生活的逻辑。论主观情感和想象力，莫言无疑在这两方面都极其充沛，即便是一些比较猛烈的作品，其具体的故事情节、生活细节都有其经得起推敲的自恰逻辑。贾平凹有不少作品看起来荒诞不经，但内里的基质却有牢靠的生活依据。这就是作家的生活积累。

当今中国正处于深刻变动中，文学如何去表现这个时代丰富的生活，表现现实中的真正难题，表现今天人们内心的感动和期盼，这是文学的责任和承担，也是文学自我更新的机遇。

不能"玩语言"，而要"学语言"

张　江：还有一些作家认为，文学是语言艺术，文学性的全部秘密就隐藏在语言的搭配调遣之中。几千基本汉字，排列组合就能成好作品，文学的功夫都集中在语言上。这是一种错觉。优秀的文学之所以能够震撼人心，根本之道,不是文字上有什么神秘规则,而是这些文字表达了非凡的生活意义。

高建平:文学是语言的艺术,这话不错,但是要避免一种误读,以为玩玩语言就可成为好作家、大作家。任何艺术都是有载体的:以线条和色彩为媒介是绘画,以音响和节奏为媒介是音乐,人体的律动组合构成舞蹈。文学以语言为媒介,当然要用好语言。文学家不仅要做到文从字顺,而且要有高超的语言技巧,要有对语言敏锐的感受力。

但是,这绝不意味着文学家可以耽于语言,甚至玩语言。从近年来发表的一些作品看,有些作家对文学与语言的关系把握得不好。一些诗人片面地理解"陌生化"理论,将原本的批评原则误读为创作原则,追求用词的险、奇、僻、怪,让读者陷入困惑与猜测之中。有些国外作家,追求在作品中不用某一个字母,例如不用"e",于是,某些用汉语写作的小说家也追求不用"的""地""得",以此显示语言的独特。另有一些诗人,或者故意追求毫无韵律和节奏的口语,或者随意断句,用电脑回车键写诗,一些小说家有意追求拖沓、琐碎、饶舌,这一类技巧,与作品的主题无关,与文学性无关,是一种低劣的炫技。甚至有一些人在文本中大量而不必要地使用粗俗下流的语言,这种做法,从根本上脱离了文学,完全就是在制造语言垃圾。

躲在小楼里,不接触生活,不认识社会,又想吸引眼球。于是,就靠卖弄聪明,祈求"一怪成名"。在当代艺术中,有一派就是这么做的,远离生活,以怪取胜,专门"玩观念"。把这一套搬到文学中来,驱逐生活,解构意义,沉醉在语言游戏中,这是文学的堕落。熟悉文学史的人都知道,文学中的语言游戏,就像艺术中的一些独特技巧展示一样,在古代也屡见不鲜。这曾被古人称为"求乞计",像是在街头玩杂耍,不登大雅之堂。伟大作家的伟大之处,不在于他展现了什么样的语言技巧,而在于他表现了什么样的生活,以及在这样的生活中寄寓了什么样的意义。

更进一步讲,语言不是生活的语言吗? 我们承认文学语言和生活语言之间的差异。但文学语言不是凭空臆造的,更不是文学家玩出来的,而是在生活语言的基础上提炼、改造、转化而成。针对时下积弊,文学家所要做的,不是玩语言,而是学语言,向生活学习,向群众学习,用鲜活的生活语言改造文学、丰富文学。孔子曾说,"不学诗,无以言",强调文学对提高语言能力的重要性。我们反其意而用之,不学言,无以诗,来凸显文学家向生活学习语言的必要。

生活的丰富性决定了语言的丰富性,要深入生活,向社会各阶层的人学语言。以生动的生活语言给文学以生气,这样的文学才有希望。

技巧至上背离文学初衷

张　江:的确,在当前的文学创作中,一些作家有技巧至上趋向。文学当然要讲究技巧,但技巧是为文学的表现力服务的。离开了思想、情感、意义,技巧失去价值。

党圣元:陆游当年向儿子传授作诗经验时说"功夫在诗外"。这是陆游本人的经验之谈。陆游早年学诗,是从学习江西诗派入手的,苦心追求作诗技巧,痴迷于辞藻,坠入了极度讲求字法句法和谋篇布局等纯技巧之泥沼,导致他早期创作了无成就。中年以后,陆游从军,广阔的现实世界,丰富的军旅生活,把他从狭隘的技巧迷恋中解放出来,写出了大量内容充实并独具特色的优秀诗篇,成就了一位大诗人,千载留名。如此说来,所谓"诗外功夫"就是现实生活对于诗歌创作的决定性作用。作家只有对多彩的现实生活有丰富的积累、深切的体验,才能创作出不朽的佳作。

"功夫在诗外"这话似乎老了些,但直击时弊。一段时间以来,个别作家在深入生活上的功夫越来越少,以为只要掌握了"技巧"这一"利器",便可以无往不胜。一些诗人尝试诗歌句式、韵律方面的变化;一些小说家探讨不同人称的结合并多次切换;还有人打破小说讲述故事、塑造人物的规律,以无故事无人物取胜。应该说,这些尝试都有积极意义。文学需要创新,其中也包括技巧创新。但说到底,一切创作技巧最终都是为更好地表达内容。技巧和形式之所以在文学作品中有意义、有价值,是因为它们能够让作者更鲜明、更独特、更透彻地说人说事说思想。背离了这个原则,再绝妙的技巧也毫无价值,甚至还会产生负面效应。因此,有人认为技巧的关键在于运用,检验其有效性的唯一标准,要看是否对作品的文学表现力有益。在文学史上,从来没有哪一部作品仅仅凭借形式和技巧而成为经典。历来对创作技巧的评价,也都是在与内容的对举中完成的,技巧用到好处,作品因之增辉;为技巧而技巧,作品有形无魂。文学家应该是思想者,不是技术员、操作工。应该说,是生活成就文学,而不是技巧成就文学。

张　江：文学需要才情，也需要语言和技巧。但是，任何兴会超妙、鬼斧神工，都紧紧依附于生活。如果把文学定义为人类对宇宙、社会、人生的一种"发言"，那么这一"发言"是对生活的"发言"。没有生活的支撑和底蕴，再繁复的形式演练、创意才情，也救不了文学。历经种种尝试，文学，请回归生活。

(《人民日报》2014 年 2 月 28 日)

文学是民众的文学

对话人

张　江（中国社会科学院副院长、教授）

高建平（中国社会科学院文学研究所副所长、研究员）

刘跃进（中国社会科学院文学研究所党委书记、研究员）

方　宁（《文艺研究》杂志社社长、编审）

贾平凹（陕西省作家协会主席、一级作家）

张　江：当下语境中，谈论文学与民众的关系，显然不是一个时尚的话题。现在流行的是，文学大抵是"私货"，一个人的喃喃呓语、几个人的窃窃私语被视为"阳春白雪"，而更广泛的民众的生活、普遍的情感被视为"下里巴人"。成名的以精英自居，俯视民众；未成名的向隅而泣，远离民众。似乎很少有人会问问自己"我是谁"。

还是要问问"我是谁"

高建平：现在的确有一些所谓的"名家大腕"忘记了"我是谁"，或者说从来就没有弄清"我到底是谁"。文学史上记载的都是巨匠、大师，这会给人错觉，以为文学的历史都是精英的历史，与民众无关。在粉丝文化盛行的今天，一些作家在网上大红大紫，被众多少男少女疯狂追捧，年纪轻轻已不记得"我是谁"。

必须承认,在文学的演进发展中,文化精英、专业作家的确发挥着重要的作用。没有他们,不会有文学的历史。但是,这绝不意味着文学就是由专业作家独自创造的。古往今来,专业作家、文学大师的艺术创造,都是建立在人民群众伟大创造基础之上的。再优秀的诗人、小说家、剧作家,说到底,也都是大众创造的提升者、改造者、加工者。

在文学起源的问题上,现存多种说法,游戏说、巫术说、劳动说等等,哪种说法更科学、更合理,尽可以讨论。但有一点是确定的,即从主体的角度讲,文学起源于民众,是普通民众的游戏、巫术、劳动孕育了文学。文学不是几个"天才"饱食无忧之后的臆造。文学的发展同样依靠大众。文学的一切创新,归根到底,都直接或间接地来源于民众。内容和媒介自不必说,就是最具"独立性"的"形式"也不例外。中国古代文学曾经以诗文为主,小说的出现并取代诗文而成主流,被视为文学发展的重要一环。小说是从哪里来的?按照班固的说法,"小说家者流,盖出于稗官,街谈巷语,道听途说者之所造也。"这就证明,小说的出现,是稗官采集普通民众"街谈巷语"、民间杂谈加工而成的。古代如此,当代也如此。现在有"短信文学"的说法,如果它也是一种新的文学样式,那么它同样来源于大众的创造。手机的普及,短信的喷涌,催生了短信文学。我们无法预知未来文学的样子,它还会产生哪些新的体裁和形式,但有一点确定无疑,那就是它一定附着于人民大众现实生活的轨迹,在人民大众的创造中实现自身的更新和发展。

我想起莫言获诺贝尔文学奖时的演讲。在演讲中,他把自己看作"讲故事的人",他认为,早年在集体劳动的田间地头、在生产队的牛棚马厩听到的故事孕育了自己最初的文学才华,而自己讲故事的方式,正是幼时熟知的集市说书人的方式,也就是他的爷爷奶奶、村里老人们讲故事的方式。这正是一个优秀作家对"我是谁"最清醒的认知。

文学当"为民"而作

张　江:文学为谁而作,如何去作,关系到作家的良知和责任,决定着作品的接受和传播。为民而作，和之者众；为己而作，和之者寡。流连于个人喜好，放弃为民职责，其言其辞，不过自娱自乐而已，遑称文学。

刘跃进：白居易在《新乐府序》中提出，文章当"系于意，不系于文"。他阐释说，所谓"系于意"，要义之一就是"不为文而作"。文章本为文，但却不为文而作，道理在哪里？为文而作者，"技""艺"当头，着力用心在各种手法，将作品装扮成"美文"，用技巧博取名声，炫耀自己。文学创作需要技艺淬炼，但技艺不是唯一要素。白居易倡导新乐府创作，就是要尽到一个谏官"补察得失之端"的职责，通过文学去反映人民的生活疾苦和精神诉求。现在看来，这种主张把文学的作用简单化，有其历史局限性，但是他强调文学的社会功能，强调文学与人民大众、与社会政治的密切关系，今天看来依然有深刻的历史意义和现实启迪。

纵观历史，很多作家之所以获得后人的尊崇与爱戴，很重要的原因在于，他们都关注现实生活，体察民生疾苦。他们不是为文而作，而是希望通过自己的作品，对社会产生实际影响、推动社会进步。文学史也证明，只有这样的文学，才能在社会思想的表达中，确立自己的地位，为民众所接受，对当时的社会产生真正的影响。仅仅"为文而作"，止于对文学形式本身的琐碎玩味，止于追寻所谓抽象的艺术之美，只能离民众越来越远。如北宋初年的馆阁文学一样，陈腐铺张，迂晦艰涩，用典繁复，"独恨无人作郑笺"，最终只能被历史淘汰。

"为民"而作还有一个情感立场问题。有些作家，总以高高在上的姿态俯视众生，无关痛痒地谈论民间疾苦，甚至将这种疾苦当作猎奇的对象招徕看客。在他们眼中，劳苦大众不过是蒙昧、愚蠢和不开化的表征，所谓的"为民而作"不过是一种策略而已。数年前，"底层写作"曾作为一种新的创作观念在文坛引领风骚，造成很大影响。最终却未能行远，其中屡遭诟病的原因之一，就是底层写作与底层民众的情感隔离问题。谁的底层？何种立场？如果禁不起这种追问，它只能是"他者"想象的"底层"，是用"底层"装扮起来的写作，不过是"写作底层"而已。只有放下姿态，把自己从一个冷漠的旁观者变成与大众水乳交融的情感共同体，真正在思想上、情感上融入大众，去努力实践"为民而作"，他的笔下才会流淌出带着普通大众情感温度的浓情和诗意。

今天，文学的内容、形式、风格都已发生深刻变化，但是，文学书写人民的历史、表达人民的心声，触摸时代的脉搏、传递美好的信念，凝聚民族的力量、展示文化的方向,这些基本准则不会过时,需要我们传承。

"帝王热"的病象

张　江:道理讲得很清晰,现实却令人遗憾。当下一些"师"和"家"们,热衷于"帝王将相""才子佳人",文学视界局限于宫闱、官场之中,远离现实和民众,一派孱弱扭曲的病象。这让我们担忧中国文学向何处去,难道"帝王将相""才子佳人"能成就我们的文学?

方　宁:非常凑巧,在我任职的单位附近,有一个与某电视剧同名的酒家,每到开张营业之时,隔着玻璃大门,就能看到那些高髻盛装的"清代宫女",排列成行,每逢客至,便含胸低首,或款步而来,或摇曳而去,成了一道鲜明的风景。观者乐此不疲,演者经久不衰。当然,这可以看作是商家招徕生意的一种策略,用不着过于认真,但它的确从一个侧面印证了一种文化现象对大众心理的影响。

也许没有哪个时代像我们今天这样热衷于"帝王将相""才子佳人"。从"王朝""太子"到"帝国纵横",从"格格""美人"到"后宫秘史",不仅文学作品盛行,翻拍的影视剧也泛滥成灾,连带着演员也成了狂热追慕或谈论不歇的对象。

"宫廷剧"的流行,不仅让昔日帝王嫔妃的生活经由文艺作品满足着今天围观者所期待的心理快适,更重要的是,观者对于宫闱大幕下的权谋心机、尔虞我诈,以及无所不用其极的复仇手段,已经见怪不怪,甚至津津乐道,刻意模仿。越来越多的文艺作品将古往今来的历史简化为权谋倾轧,竞相表现野心图逞的手段,难道不正透露出当前文化的病象与危机?

文艺的背后是文化。流行什么样的文化精神,就会产生什么样的艺术潮流。当社会的娱乐焦点集中在所谓的"英雄",或是那些看似"成功者"的帝王将相身上时,作为历史真正主体的人民大众,只能沦为苍白平庸的看客。人民大众作为历史主体的身份,早已在今天的文艺中被模糊掉了。创作者不仅为观众生产艺术作品,同时也为自己的作品生产着观众。如果我们仅仅根据大行于市的"帝王剧""宫廷戏"博得了受众的喝彩,便由此判定"观众喜欢就是硬道理",在我看来,它不仅忽略掉了创作者的责任,也模糊了文化价值的标准。

有一位画家的观点我深为赞同。他说:建设文化强国固然好,但首先应该搞清楚的是,什么样的文化可以强国? 高质量的文化可以强国,低劣的文化只能弱国,甚至乱国。事实上,谈论文化,谈论灵魂,谈论精神,就是在谈论人类长久以来所形成的价值标准和价值传统。尽管在今天,人们在谈论"价值"问题的时候可以持各种各样相对主义的立场,可以隔岸观火般地把"价值"说得一无是处。但说到底,"价值"终究会时时伴随在我们身边,影响着我们的选择。

就这个意义而言,那些被热捧的"帝王剧""宫廷戏",以及泛滥成灾的"才子佳人演义",恰恰呈现出了一种文化病象,它们生产的是虚假苍白的主体,而历史真正的主体——人民大众,仅仅成了"围观"与"喝彩"的道具,这难道不值得我们深刻反省吗?

向"小人物"要"大作品"

张　江:让我们欣慰的是,与上述现象形成鲜明对比,也有许多作家不为时尚所动,不追风赶潮,以生活为沃土,以民众为根本,扎根于斯,寄情于斯,向"小人物"要"大作品",在创作上取得了令人瞩目的成就。

贾平凹:文学与人民的关系,是政治家一直主张,理论家经常探讨的一个重要问题。作家在创作中可能不会抽象地去思考这些事情,但一定会有一个理念在主导写作,不同时期会有不同的关注点、兴奋点,而一以贯之的都是对民情的观察和对民意的体味。在日常生活中,能说公道话的就是德,就是望,其实写作也就是说公道话,用作品给世事说公道话。

我们生活在这个大时代里,作家与社会已经是血肉相连,无法剥离,也就决定了文学必然要形成的品种。古玩之所以是古玩,在于它在岁月的积淀和温存爱抚中有了包浆,包浆形成保护而不是酸蚀。树在地上长着,树不一定和水有衔接,而树的材质纹路丰富、灵活、多彩,让我们看到了水脉。

我多年来养成一个习惯,只要没有重要的会,家里又走得开,就会邀二三朋友去农村,对那里有一种说不清的牵挂。于是就结识了好多农村的朋友,以致后来差不多成了亲人。《带灯》的写作就是起源于我数次去大山深处的朋友那里。她是乡镇干部,在综治办工作,她领着我走村串寨,去给特困户办低保,也去堵截和训斥上访的人。她是个极负责任又极善于工作的人,每个村寨都有她的"老伙计",而她又是很文艺很有情调的人,她拽着牛尾巴上山,采到山花,也要把一朵插在头上,实在跑累了,说你坐这儿看风景吧,我去打个盹儿,就跑到草窝里睡着了。当我离开了那里,她就每天给我发短信,说其工作和生活,说其追求和向往,也说其悲愤和忧伤,似乎什么都不避讳,还定期给我寄东西,比如五味子果、鲜茵陈、核桃、山梨,还有一包又一包乡政府发给村寨的文件、通知、报表、工作规划、上访材料、救灾名册、领导讲稿,有一次可能是疏忽了,文件里还夹了一份她因工作失误而写的检查草稿。像她这样的基层干部,万般辛苦地为国家服务,就如佛桌前的红烛,光焰朝上,泪流向下。写作《带灯》的过程,也是我整理自己的过程。通过写《带灯》,进一步了解当下中国农村,尤其深入到乡镇政府,知道那里的生存状态和生存者的精神状态。基层确实有太多的问题,就如书中带灯所说,它像陈年的蜘蛛网,动哪儿都落灰尘。这些问题不是各级组织不知道,都知道,都在努力解决,可有些能解决,有些无法解决,有些无法解决了就学猫刨土掩屎,或者见怪不怪,熟视无睹,把自己眼睛闭上了当什么都没有发生吧。结果一边解决着一边又大量积压,体制的问题,道德的问题,法制的问题,政治生态问题,环境生态问题,一颗麻疹出来了去搔,逼得一片麻疹出来,搔破了全成了麻子。这些现实存在的事情,当然我写进了《带灯》中,但带灯更让我看到那些"位我上者灿烂星空,道德律令在我胸中"的底层干部形象,看到了人的隐忍、坚贞、温暖和光辉。

在写作《带灯》时,一些相关的问题还引发了我诸多思考。比如,现在的作品数量很大,仅长篇小说每年就几千部,但社会舆论却总是难以满足。比如,为什么非虚构小说兴起?我们常说到现代意识,现代意识说到底也就是人类意识。中国的改革在进一步的深化,复兴之梦调动了全社会的能量,我们鼓呼着浩然正气,振奋可歌可泣的东西,同时正视那些通往人类最先进方面的障碍,比如在文化上、体制上、法治上、政治生态和自然环境上、行为习惯上,怎样不再卑怯和暴戾,怎样不再虚妄和阴暗,怎样实现真实的公平和富裕,怎样能活得尊严和自在。天是世界的天,地是中国的地,只有这样眼睛向着人类最先进的方面注目,同时真诚地直面当下中国人的生存现实,我们的社会才能真正为人类提供中国经验,我们的文学才能为世界贡献特殊的声响和色彩。

张　江:我们一直倡导文学要书写伟大的时代。如何书写？我觉得很重要的一点,就是要从小人物写起,从人民大众写起。有人觉得,普通民众的日子平庸琐碎、家长里短、柴米油盐,不值得写。但是,历史是由这些民众创造的,民众的生活是最生动的历史。在波澜壮阔的时代洪流中,恰恰是亿万民众生活中的点点滴滴汇聚了沧桑巨变。文学,应该是民众的文学。

（《人民日报》2014 年 3 月 14 日）

文学不能依附市场

对话人

张　江（中国社会科学院副院长、教授）

王　尧（苏州大学文学院院长、教授）

梁晓声（北京语言大学人文学院教授、作家）

丁　帆（南京大学中国新文学研究中心主任、教授）

朝戈金（中国社会科学院民族文学研究所所长、研究员）

张　江：文学和市场的关系，常常令人纠结。市场经济条件下，文学走近百姓必须依靠市场。有些时候，文学与市场是一致的，好作品有好市场，流行市场多年的中外经典名著就是证明。但更多的时候，市场背离文学，排斥经典，淹没经典，走俏的只是俗品、艳品。文学是有其独立性的，是引导人类精神生活的旗帜，其价值和作用非市场所能衡量。如果把市场标准当作文学标准，依照市场法则经营文学，毁弃的将是文学自身。

文学面向但不顺从市场

王　尧：今天的文学生产不仅无法避开市场，而且需要市场，通过市场扩大文学的受众面，从而影响读者的精神生活。事实上，不断调整的当代文学制度也在容纳与市场密切相关的文学现象。这些年来,无论是吸纳作协会员,还是在评奖中增加网络文学类型等,都反映了文学界对"市场"和"大众文化"的重视。

市场对文学的选择,和文学自身的发展规律并不等同,但这种选择在很大程度上左右了一批作家,也影响了文学创作。随着体制的调整以及市场的作用,很多文学杂志放弃了原有的办刊理想,转向适应市场,在克服生存危机的同时却也瓦解了文学的园地。当市场介入文学生产已不可避免时,作家、出版社(或出版商)、读者(或消费者)形成了一个新的链条。在文学生产与市场经济发生联系以后,文学的诸多困境和困惑随之而来。最初的担忧是文学位置的边缘化,而后意识到文学的危机在于价值的边缘化。避免文学价值边缘化的可能途径,是在市场中坚守文学的审美理想,保持文学的独立价值。如果丧失文学的理想和价值,其结果不是边缘化,而是文学的死亡。因此,在任何语境下,作家只有通过创造性的劳动建立起文学的世界,才能在市场中获得自己的位置,保持文学的尊严。

对消费主义侵蚀文学的警惕和担忧始于20世纪90年代。文学在80年代重点处理的是与政治的关系,在"二为"方向确定后,文学与政治的关系回到正常状态。在当时,文学的"商品化"问题虽然也引起关注,但不是重点所在。90年代以后,随着市场经济的逐步推进,文化转型给作家、文学创作和文学秩序带来了深刻的影响和变化。

我们不能否认作家通过文学作品在市场中获得合法的利益,但这不是文学作品的主要功能。文学与市场之间,存在着一个双向选择的关系。市场选择文学,读者改变作者,但文学同样不能放弃对市场的选择,对读者的塑造。单向的选择和塑造无法建立起有序、健康的文化生态。在我看来,这些年来文学在引导选择市场、塑造读者方面的成就令人担忧。当作家没有自己的价值判断,创作没有自己的价值追求时,由此而来的作品只能淹没在市场的潮流中。

所以,我们有必要重申,文学生产机制不等同于市场机制,作品在市场的成功与否不是评判文学价值的标准,市场不是文学创作的出发点和归宿。在这样的前提下,文学面向市场,但不顺从市场。在消费主义语境中,文学需要以独特的方式认识世界、把握世界和反映世界。在各种利益的诱惑中,作家需要排除干扰,在浮躁的氛围中沉潜下来,回应现实的关切,承担历史的责任,从而创作出坚守文学理想、无愧于时代也禁得住历史检验的作品。

真正的文学趋义不趋利

张　江:市场滋生浮躁,金钱蛊惑欲望,精神日渐枯索。面对如此病象,文学当有所作为。文学是人类精神的栖居地,安详,丰盈,充满诗意和生机。如果文学也沦落,精神将无所归依。文学不是经济,作家不是商人,为文趋义不趋利。文学必须担当。

梁晓声:商业时代的本质是一种大寂寞,它使我们几乎每一个人的灵魂都有一半儿像商人。商业使商人像马克·吐温说的那一种人——"如果金钱在向我招手,那么无论是《圣经》、地狱,还是我母亲,都绝不可能使我转回身去。"在商业时代,嘴是可以暗地里计价出租的。"原始积累"使人欲膨胀,人心贪婪。追求财富的欲望成了罪恶的根源。

印刷机每天都在不停地转动。成吨的纸被印上无聊的、无病呻吟的、玩世不恭的、低级庸俗的、黄色下流的文字售于人间,"花边儿"炒成大块儿新闻的事例比比皆是。我们已进入空前的泡沫话题泛滥成灾的时代,整日淹没其中,谁都烦得要命但是无处逃避。

时代淘汰某些事物,真仿佛秋风从树枝上掠下落叶。有时我百思不得其解,社会越文明,人心对真诚的感受应当越细腻才是,为什么反而越来越麻木不仁了呢?

我不认为商业时代文学就彻底完蛋了。因为真正的文学是趋义不趋利的,是有自己的定向与定力的。如果不是时代跟着人的感觉走,而是人跟着时代的感觉走,那么人是可悲的,人终究不过是时代的奴隶。

我们是有幸的,因为面对缭乱的商业时代,我们不乏对社会历史和当下现实有清醒的认知,并富有使命感和责任感的作家,显而易见,越是在这个时候,他们的存在与作用就显得越发重要。因而,期望他们担负起更重的责任、发挥更大的作用的,不只是我们,还有这个时代。

文学的本义是引领和提升

张　江：面对市场,今天的文学少了一点骨气和抱负。文学的本义是引领和提升,而不是迎合屈就。文学要有勇气,引导市场,引导消费。时代的美学风尚不能只是市场消极选择的结果,而应该是文学创造的结果。我们应该用精神的力量创造文学的市场。

丁　帆：无疑,新世纪以来的消费文化大潮给中国的广大观众和读者带来了视觉艺术的狂欢,也给中国文化界创造了可观的GDP,更是成为那些戴着艺术家桂冠和光环的产品制造商们的自动取款机。而这狂欢的背后,我们不得不反思:美学在哪里?

我们的舞台和荧屏、银幕上不难见到一些文化垃圾,有些甚至已经胎生出了消费文化的多种标识性产品,比如"帝王品牌""后宫品牌""间谍品牌"……不一而足。我并不反对娱乐性的影视剧和电视节目,而是不满意其背后所潜藏的价值观的混乱。比如,在某些婚恋节目中,在有些所谓的嘉宾,包括站台的男女"表演者"身上,明显可以看出编导以赢得收视率为终极目标,以各种各样的花招来博取观众的狂欢情绪,吊足观众的胃口,这类风靡一时的娱乐节目缺少的是对其中一些糟粕元素的批判性认知,以致"宁在宝马车里哭,也不在自行车后笑"成为不少青年的价值观追求。当然,这种追求是个人的权利和自由,他人无权干涉,但是一旦通过媒体放大,成为一种向低俗滑行的思潮,对民族精神却是有害的,而背后的编导充当着哪种文化价值观的推手呢?"帝王戏"的泛滥更加可怕,其中有一些是背离现代文化意识,赤裸裸地宣扬皇权意识的作品,堂而皇之地登上了荧屏,篡改历史、混淆视听不能不说是这类作品的通病,正史非正,野史不野,编导们正是在这样的夹缝中寻求商机和贩卖文化糟粕的。"后宫戏"极大地满足了大众消费中一些人的窥视欲和权术欲,编导考虑的只是吊足观众欲望的商业效果,却丝毫不计其背后所产生的价值混乱——人们将这些心机带入现实生活中会是什么样的后果。与此相类似,许多"抗战戏"也不乏超出历史的想象。一些"婚恋戏"和"家庭伦理戏"在"一地鸡毛"似的故事纠结之中,表现的只是一些鸡毛蒜皮式的矛盾冲突,而编导没有正确的价值导向,甚至任意让背离人性标准的价值理念泛滥。

在文学创作界也出现了类似的问题。受商业文化的冲击,作家们也不得不考虑自己的生存境遇,一本书能否畅销,成为作家创作中的无意识或潜意识。甚至,一些作家在创作时会有意无意地放弃小说创作的许多审美元素,而过多地考虑场面效果,考虑作品进入二次商品流通渠道的资本效应。这本是无可厚非的个人选择,但是,作家在其间放弃了社会良知、艺术审美和价值认知阐释的权力和职责。

文艺作品除了商业目的以外,它还需不需要历史的、审美的和人性的价值观作为它的观念的支撑? 文学家不能为市场而写作,而应该追求自己的美学理想,形成美学的潮流,让它来影响市场。不当市场的奴隶,当然不是不要市场。作家要引导市场,当市场的主人。这就要求作家在思想上敏锐,在内容上反映最鲜活的生活,在手法上创新,真正创作出精品力作,创作出属于我们时代的新经典来。

精神性与商品性博弈

张　江:我们承认文学可以作为商品,也赞成作家获取利益,但是文学与普通商品不同。文学能够作为商品,当然也是因为它有使用价值,但这个使用价值却是一种精神属性、意识形态属性,而非一般商品的物质属性。因此,文学的商品性,是以它的意识形态属性为前提的。一部文学作品,抽离了精神价值,丧失了意识形态属性,它就是一堆废纸,哪里还有商品性可言?

朝戈金:作家的作品,首先是作家个人艺术创造的产品,这就令作家拥有了对这宗产品的所有权和处置权,并从其流通和销售中获得经济利益。从这一点来看,投入消费市场的文学作品,既是作家思想和艺术的结晶,也是可以出售、供人消费的产品,在市场经济条件下,它也必然会成为商品。这就给文学作品的生产和消费都带来了其独特的二重属性,即兼有意识形态性和消费性。

意识形态属性使文学具有影响人们思想和心灵的力量,这种力量随着文学的历史发展、随着时代的律动而升沉起伏。在大变革的时代,文学的思想力量、道德力量、号召力量、指引力量,就会由于杰出作家对时代脉动的敏感和对历史发展趋势的准确把握,而显得格外强烈和有力。

文学的娱乐作用和消费品属性,当然也是文学的重要特质。作为商品的文学作品,在生产和流通过程中,往往要考虑消费市场,许多出版商会在推出某个作品时,介入并影响作品的最终面貌——作品名称、叙事策略直至版式设计,都熔铸了出版商的市场考量。作者也往往会屈从出版商的种种改动,以谋求市场效益的最大化。就此而言,作家和出版商之间是有默契的。

中国近年的文化消费方面,市场化倾向越来越突出,作家在坊间的受欢迎程度,往往与其作品的市场表现直接挂钩,形成了市场制导文学消费的格局。多数情况下,出版商比作者对市场更为敏感,更有市场策划和销售经验,也更看重其推出产品的市场表现。于是,一个作家在创作过程中,常常很难避免这样的选择:或者主动地考虑市场受欢迎程度,或者被动地与出版商协商出版策略。

那么,消费趋向和市场考量下,文学会发生什么变化呢?从诸多中外文学的情况来看,普遍的问题是文学越来越成为迎合特定趣味(往往是低俗趣味)的消费品,其生产过程也越来越模式化(有时以团队制作形式出现,有如批量制作商品),从而降低制作成本、提升商品和生产商的知名度,等等。文学在这种思潮的裹挟下,也就越来越失去了应有的思想力量和文化责任,越来越难以触及重大的社会问题或探索人性的深度,相反,不断地从通俗向低俗发展,从娱乐向享乐发展。如果说文学经典是"耐用消费品"的话,那么这种市场化的文学则更像是"一次性快餐",营养有限,不值得细细品味,够不上高层次精神享受和陶冶。

张　江:影响力不等于生命力,占有市场不等于占有文学。历史更需要具有长久生命力的作品,这样的作品,对民族的精神成长具有重要价值。我们期待中国作家能放开视野,在市场效应之外,创造出更富有生命力、更切近文学本义的作品。

(《人民日报》2014 年 3 月 28 日)

文学关乎世道人心

张　江（中国社会科学院副院长、教授）

王　杰（上海交通大学人文学院院长、教授）

陆天明（中国作家协会主席团成员、作家）

陈众议（中国社会科学院外国文学研究所所长、研究员）

张　江：文学似乎总是两难。一方面，文学是个人的，需要表达最真切的个人感受；另一方面，文学又是社会的，文学家在用自己的思想和情感影响社会。看起来它们是矛盾的，实则是统一的。优秀的文学，从个人独特的体验出发，超越个体，成为面对社会的思想者与发言者。文学是关乎世道人心的，它的每个表达，都会或多或少地影响受众。这是文学与生俱来的品质，改变不了。

文学是社会性"事件"

王　杰：文学和艺术，特别是优秀的文学和艺术，的确与主体的情感甚至欲望有关，但绝不能说与个人自我有关的文字、与主体情感或欲望有关的叙述都是文学。英国作家罗斯金举过一个例子，少女可以歌唱失去的爱情，而守财奴却不能歌唱失去的金钱。钱财的失去是一个私人事件，而美好的爱情故事却可以引起广泛的共鸣。文学是一个社会性的"事件",是一个有社会公共性的"审美对象"。

文学属于社会,这方面的道理,本来很明白,但这些年却变得不那么清晰了。在我看来,这是对西方现代派文学和艺术的简单化理解造成的。19世纪后期以降的西方现代派文学艺术的确转向了个人化自我,转向生理性的欲望表达,学术上称之为"非理性主义思潮",对此应该有正确的评价,而不是不加分析地简单模仿。文学和艺术都是在具体的社会和历史条件下产生的,简单地模仿不会创作出真正的文学和艺术,更谈不上伟大的作品。对现代派作品也要有分析和区别。卡夫卡、普鲁斯特、乔伊斯、莫奈、梵高等伟大的文学家和艺术家,他们的作品绝不仅仅是个人化情感的直接表达,而是包含了十分深刻的对现代社会的思考,包含了丰富的文化隐喻和文化记忆,表达了他们在艰难和困顿中对生命、对人类社会的新的希望。他们的作品所达到的精神和文化高度绝不是简单的个人化自我和情感宣泄能够定义的。

"文学的公共性"是当代中国文化建设中的一个很重要的问题。中国正在迅速发展,社会生活的各个方面都在迈向现代化。在人的审美经验和文学表达中,一方面,由于社会的现代化过程所造成的挤压,个体性的情感经验会进一步分化和个体化,这就造成了人与人之间隔膜感的加深和情感焦虑;另一方面,作为社会进步和发展的重要力量,文学应承担起个人与他人、个人与社会之间的凝结和认同的功能,这是在社会的现代化过程中文学最重要的价值,它是孤独的个人和各种类型的社会个体在情感上实现交流,在文化上和心理上相互认同的最重要的媒介。

关于文学,人们有很多形象的比喻,例如"灯塔""火炬""诗意地栖居"等等,但是从美学上说,文学和艺术其实是现代社会人们最需要的"共同文化"的基础部分。在现代化的过程中,利益的冲突容易导致我们经验的割裂和断裂,从而陷入孤独和焦虑。文学和艺术从历史的文化传统和现实的深刻反省中汲取诗情和动力,借由多彩的审美变形使我们的日常生活经验得到升华,呈现出新的意义。对于现实中的人们来说,通过对文学艺术的感受和体验,隔膜的人群获得新的认同,达到一种新的情感境界,生活因此充满希望。

文学还是要"立人"

张　江：历史上，文学曾经是启蒙的工具、救亡的工具。它完成使命的基本方式是"立人"，即在灵魂深处促成人的觉醒和成长。历史发展至今，时代语境发生了根本变化。但是我们认为，"立人"仍然应该是文学不变的主题。在实现梦想的征程中，困惑、惰性甚至抵触无处不在。优秀的文学疏解压力、砥砺共识、凝聚勇气，打造适应现实挑战的完善人格和成熟心智，这是今天文学"立人"的主要任务。

陆天明：我们曾经历过一个痛苦的历史阶段，即让作家消除个性，否认自我在文学创作中的基础作用。文学所遭受的历史伤害记忆犹新。经过艰难的拨乱反正，作家找回了自我，文学拥有了灿烂的春天。

现在需要进一步探讨的是，作家自我中的这个"我"，究竟应该是一个什么样的我？它当然代表着它居在体的那个主人。这种代表呈现在文学创作中越充分，越"各色"，越独特，越与众不同，就越会被人们认为具有"文学性"或"艺术性"。

作家的个体劳动成果是要以"作品"的形式发表、出版、面世的。因此，归根结底，它是一种社会存在。这就决定了文学创作和文学家生命历程中本有的公共性。

前不久，偶然读到19世纪德国著名的艺术史家格罗塞的一段话："无论什么时候，无论什么民族，艺术都是一种社会的表现，假使我们简单地拿它当作个人现象，就立刻会不能了解它原来的性质和意义"。这启发我们，作家的自我意识中不可能没有公众意识，只是在用不同的方式和深度"包孕天下"。无论他是否愿意，或是否清醒地意识到这一点，只要他是一个真正的作家，他总是以代言人的身份在场。宏大者如"何处望神州？满眼风光北固楼。千古兴亡多少事？悠悠！不尽长江滚滚流"，细微者如"大儿锄豆溪东，中儿正织鸡笼。最喜小儿无赖，溪头卧剥莲蓬"，无不因为它们深切的天下情怀和对底层平民生存状态的真诚关爱以及生动的呈现，而打动了无数人的心，成为千古绝唱。

更应该看到的是，当下中国正处在一个空前巨变的时代。毫不夸张地说，这场巨变将决定中国今后数百年的历史行程。而这场巨变的重要使命之一，在我看来就是"立人"，造就新型的现代化的中国人。唯有此举，中国方能扎扎实实地推进现代化进程。而要造就一代新型中国人，关键的一点，是促成灵魂深处的变革，社会风尚的变革，也就是世道人心的变革，这就需要文学的引导。而文学是可以也应该承载这种引导功能的。历史上的一些文学巨匠，他们通过自己的作品深刻影响着一个民族理念、性格的塑造和成长。同时，这也使得文学成为真正的文学，获取了旺盛的生命力。

文学警惕"娱乐至上"

张　江：当今时代，娱乐化作为一种文化症候，正在以难以抵抗的力量冲击着文学。文学有没有娱乐，娱乐该不该至上？不能否认，文学有娱乐功能，但不是文学的根本目的。我们还是主张"寓教于乐"，娱乐为教化服务。娱乐还是要有所寄寓，以发挥好文学的教化功能。我们反对单纯以"笑"为目的的低俗娱乐。这种"娱乐"，目的不在启迪人、引领人，而在迎合人、麻痹人，让人在娱乐中沉醉于浅表层次的官能抚摸，放弃理想和奋斗。这是对文学公共性的一种拆解。

陈众议：近年来，娱乐化成为文学发展的重要趋向。形形色色的闭门造车，新武侠、新玄幻、新志怪、新恐怖、新宫闱，以及穿越、盗墓、僵尸等"新新文艺"层出不穷。与此同时，"元文学"理念在文艺界盛行，文艺虚无主义和碎片化、庸俗化及"面书虚构"成为时尚；一些文艺工作者或热衷于天马行空、装腔作势的胡编乱造，或沉溺于鸡毛蒜皮、哼哼唧唧的无病呻吟。一些媒体推波助澜，乐此不疲，以至于窥隐癖、窥私癖无遮无拦地招摇过市，"八卦""花边"如癫婆娘的裹脚布又长又臭；各种炒作及评奖、排名更是名目繁多、令人瞠目。"戏说"和"大话"作为一种话语方式，以极其夸张乖谬的形式调侃生活和历史，竭尽插科打诨、装疯卖傻，是谓"无厘头"癫狂。这种癫狂或故作幼稚迎合讨好低俗和粗俗，以莫名其妙和玩世不恭的所谓喜剧化表演使崇高和庄严在傻笑中轰然坍塌。对优秀的民族文学传统和文学经典施行颠覆，对现实主义方法和主流意识形态实施解构,这无论在近期的文学作品,还是影视戏剧中都十分"红火",并受到一些评论家和媒体的追捧。

我们不反对娱乐,这也是文学的功能之一。但娱乐是分层次的。低层次的娱乐诉诸耳目,满足于感官刺激,诱人一笑了之;高层次的娱乐直抵人心,让人在大笑之后有所思,激发思想的力量。客观地讲,我们现在的文学所追求的娱乐,十有八九停留在感官刺激的低俗层面。有的靠饶舌调侃制造幽默效果,有的以消费历史和文化娱人身心,有的甚至以牺牲公德和伦理为代价博人一笑。凡此种种,让文学变得轻浮而浅薄。这样的娱乐,即便达到了引人开怀的效果,除了把读者也引向轻浮和浅薄之外,还有什么另外的意义吗?

笑有笑的哲学。我们不妨回头看看历史上那些大师们如何让人发笑。卓别林是闻名遐迩的世界级喜剧大师。他的作品总让人捧腹,但他的幽默绝不仅仅来源于肢体和举止的怪异,在他的表演背后,渗透了对时代和制度的深刻反思。欧·亨利的小说也是如此。他的《警察与赞美诗》《麦琪的礼物》等名篇都不乏幽默。但这些作品又绝不止于让人发笑,它更真切的旨归,是笑过之后对社会和人生的沉思。在我看来,这就是有所寄寓的娱乐,是寓教于乐。

有人说当下是一个娱乐的时代。如果这是一个不可更改的事实,那么我们唯一的期望,就是让这种娱乐高雅一点,深刻一点,有意味一点,让人们在娱乐中有所悟、有所得。

文学的教化功能不能卸载

张　江:近年来的文学中,"去教化论"风行。在有些人眼中,对于文学,教化是一种附加。他们宣称,文学就是文学,它只属于自己,不应该被文学之外的责任"绑架"。更有极端者认为,教化是对文学的致命伤害,有了教化便失去文学。

一切文学都是教化的,这种教化功能是"去"不掉的。文学只要生产出来,进入流通传播环节,它所蕴含的思想、精神和情感必然要对受众产生或明或暗的影响。每一个创作者,无论他是"精英",还是"草根",其动机都是要推广自己的价值理念,期望获得认同,让更多的人同他自己一样思考和行动。这就是教化，无论你承认还是不承认。具体作品如此，大的思潮亦如此。那些否定文学教化功能的理论本身就是在教化。唯美主义者倡导美就是一切，把美提升到至高无上的位置，这是不是教化？非理性主义执着于发掘人的原始本能，将非理性置于理性之上，这是不是教化？就是"去教化论"本身，也是在推广一种价值理念，打着"去教化"的旗号实施教化。

现代叙事学流行一种理念，倡导叙事主体在文本中完全隐匿。在传统叙事中，叙事主体经常跳出来赤裸裸地发表评论，表达对事件的看法，从而实现对受众审美和价值判断的引导干预；现代叙事学则主张中性的"零介入"，作家的任务，就是客观、公正、冷静地呈现"事实"，不附带任何情感色彩和立场表达，一切交由读者裁处。有人认为这就是"去教化"的文学。这是一种误见。纯粹"客观、公正"的叙述要求是不可能实现的。即便叙事主体在文本中退场，他的意图、倾向、立场还是会不可避免地以各种各样的方式渗透到文本之中，影响无处不在。可以借助叙述者的声音或作品中的人物"以人之口传己之见"；可以利用情节组合、语词差遣、情境闪回，隐晦地传达叙事主体的立场和意图；哪怕就是几行看似斜漫出去的景物描写、一抹无意泼洒的淡淡色彩，都会含有叙事主体强烈的情感和愿望。唯有这些情感和愿望才是作者真正想表达的东西，只不过他要用更高明的手法把它们伪装起来，以求了无痕迹地深刻影响你而已。叙事本身就是选择、支配和操作。它的每个环节，都蕴含着作家的情感立场和价值判断，都是一种意义的生产和递送。必须明确，以上种种，以及另外诸多现代叙事手法，它们的意义不仅仅限于修辞维度，也不仅仅限于产生与传统叙事方式不同的审美效果，更重要的是，通过这些手法，进一步强化了文学的教化功能，让受众在审美享受过程中接受了教化。当然，这是一种高明的教化。

文学自古就有教化的传统。逃避没有可能。消解亦是徒劳。对文学家而言，明智的选择就是直面它、接受它，完善和提升这个功能。文学的尊严和地位，也恰恰在"化人"和"立人"过程中被赋予。卸载了教化功能，文学一定"失重"。

（《人民日报》2014 年 4 月 18 日）

重建文学的民族性

对话人

张　　江（中国社会科学院副院长、教授）

朝戈金（中国社会科学院民族文学研究所所长、研究员）

阿　　来（四川省作家协会主席、作家）

张清华（北京师范大学文学院副院长、教授）

阎晶明（中国作家协会书记处书记、评论家）

张　　江：民族性是文学固有的属性，是一个民族文学的身份标识。但在今天，民族性在文学中日渐稀薄。个中缘由非常复杂。全球化浪潮的蔓延席卷，以及由此形成的对民族性根基的深刻冲抵，是一个重要原因。但更值得注意的是，当下的文学创作和文学批评中，一些作家和批评家将民族性视为本土文学生长的障碍，"祛除民族性""追求普适性"成为一种潮流。我们的忧虑是，文学的民族性被削弱，文化的民族性也被削弱，民族之间的文化差异丧失，那么，民族的存在是不是也会失去存在的理由？

民族性是文学的身份标识

朝戈金：在全球化浪潮日益高涨的今天，文学的民族属性呈现减弱的趋势。这个趋势的出现,与人类活动半径大幅度增加、全球经济一体化导致的交流更加频繁、移民浪潮空前高涨、占据支配地位的强势文化整合(包括语言同化)效应增强等都有关系。所有这些因素,大多朝向削弱个体或群体民族属性的方向发展,从而使得民族身份越来越难以从众多其他身份认同的多维尺度中凸显出来。但是,主要以民族语言为标志的文学的民族属性,仍然是今天文学创造活动最为基本的属性之一,这也是为什么文学的民族性问题需要认真讨论的缘故。

自从人类形成不同的民族集团之后,人类创造的所有文学作品——作家的个人创作或民众的集体创作,都无一例外地首先是属于特定民族的:荷马史诗属于希腊,莎士比亚剧作属于英吉利,李白诗作属于中国的汉族诗歌传统。

这种民族性,首先体现在内容方面。有些文学内容是特定民族所钟爱的,也是其民族属性的重要标志。中国南方少数民族中大量存在的"创世史诗"和"迁徙史诗"为世界史诗宝库增添了新的内容。从《贝奥武甫》到《亚瑟王与圆桌骑士》,浸透着古英语文学传统中常见的英雄主义气概。

其次,也体现在文学形式方面。例如巴勒斯坦的"西卡耶说书"(内容有特定规范,听众仅限女性)、日本的俳句、印度的吠陀圣歌传统、中国的词等等,都是这些民族在长久的文学发展中,适合特定的语言和文化传承创造出来的形式。在中国的少数民族中,也能看到大量的自有的文类,譬如蒙古族的"好来宝"(民间韵文体说唱)、彝族的克智论辩(双人盘歌式诘答)等,这些文艺样式,总是很充分地体现出文学作为精神产品与特定民族的文化特性、文学传统、集体审美心理之间的关联。

民族性是文学的身份标识。凭借这种标识,不同民族间的文学彼此区别,呈现出各自的鲜明特征。一个民族的文学,丧失了民族独特性,就意味着沉没和消亡。也许,在现实层面,它依然存在,依然有作品不断问世。但在真正意义上,民族的文学已经被淹没,民族的差异也会不可遏制地趋向消散。

鲜活的民族性在历史和民间

张　江:文学的民族性在哪里?很长一个时期,我们一些作家热衷于面向西方,甚至习惯于以西方的表达来摹写我们的民族生活。这种借鉴和探求是有意义的。但是,民族文学的根基不在西方,它在我们的民间生活,在我们的民族传统中。只有面向生活,浸入生活,在民间生活的细微处,才能找到纯粹和鲜活的民族性。

阿　来:作家都有一定的族群属性,所以文学具有民族性是不言而喻的。

文学意义上的民族性,在我看来,不只是由语言文字、叙述方式所体现出来的形式方面的民族特色,而主要还是由行为方式、生活习性所体现的一定民族所特有的精神气质与思想意识。这种内在的东西,才应该是民族性的魂魄。文学意义上的民族性,也体现在民族历史的传统中。我特别欣赏别林斯基的一段话,他在《"文学"一词的概括的意义》中说道:"要使文学表现自己民族的意识,表现它的精神生活,必须使文学和民族的历史有着紧密的联系,并且能有助于说明那个历史。"

最近,我自己写作了一部非虚构文学作品《瞻对》,主要是对发生于川属藏区这个小地方数百年的战争历史,进行纪实性还原。作品所写的瞻对这个地名,今天已经消失了。但不能消失的是,它已深潜于那块土地记忆深处的历史伤痛。有关瞻对的争取与争夺,事关不同地区藏族之间的内部关系,更事关汉藏之间的关系演变,通过对瞻对的过往历史的打捞,在透视其命运转承中,触摸一个民族特有的精神气节,瞭望一个时代的族际交往,揭示不同民族的文化汇流。有人认为我的这部作品写出了"民族的精神秘史",我自己觉得是在挖掘隐藏在现实深处的历史情结,表达藏汉人民追求和谐、文明的民族品格。

跟文学的民族性相关的,是文学的民间性。我以为,现在需要特别强调文学民族性的民间资源。现在的文学教育教授的文学知识,基本上是以书面形式的文学影响与传统为主。这很重要。但更重要的是,进入到具体的文学创造,还有一个民间的文学资源与养料。其实,民间文学在中国古典文学中,从来就是重要的元素。比如古典文学名著《西游记》《水浒传》《三国演义》等,即便今天来读,仍会发现它跟电视里偶尔会看到的评书很相像,这种文学形式早在唐代就有,那个时候叫作"话本"。所以《三国演义》《水浒传》《西游记》在没有变成一个固定的小说之前,其实在民间已经被一些民间艺人在不同的场合里反反复复地讲,讲过无数次后,成为我们今天看到的这个样子。这种经过不断地虚构、不断地变化,比历史事实更好听、更好看的东西,是经过很多人口头的传说,再根据自己的兴趣不断地丰富,再由某人把最好的本子集中起来进行加工,最后变成了一本经典。古典小说的这种形成过程,证明民间化的重要作用。

鲜活的民族性在民间生活当中。我们做文学的人,做文学研究的人,做文学批评的人,不能总是深陷在文本当中,忘记丰富的民间生活,忘记丰富的民间传统。作家在创作实践当中,已经非常习惯于只把民间生活看成一种写作的题材来源,而不是从民间资源中汲取丰富的营养,包括看待生活的眼光、讲述故事的方式,等等。这样的结果,可能会使文学日渐淡化大众性与民间性,最后把它变成了一个纯粹的知识分子的智力活动,文化人的智力活动,把它跟民间生活完全割裂开了,似乎纯粹了,但又失却鲜活了,这是不应该的。重建文学的民族性,民间资源是需要我们发现和重新审视的重要领域。

民族性对文学接受的重要性

张　江:受众的文学阅读,具有定向性期待。这种期待可以是隐藏的。期待的构成,主要是他们的生活经验和审美经验。而这两种经验都建立于民族性之上。民族的生活经验结构并定型了民族的审美经验。对大多数受众而言,离开了这个经验,作品很难被接受和传播。文学作为一种精神产品,以接受和传播为指向,只有凭借民族性的元素,巩固并扩大民族的生活和审美经验,才能为本民族的大众接纳和认可,作品才能存活和流传。

张清华:在我的理解中,文学不是名词,而是动词。它代表的不是一排排僵硬的文本,而是作家和读者之间的灵魂对话。如果这样把握文学,那么,什么样的文学才能够让对话成为可能,进而使作品被读者接受?我认为,应该是作家和读者之间有一种相近的气息,或者叫气味。这种气味是一种神奇的黏合剂,一经相遇,便将两者紧紧地吸附在一起。民族性就是作家和读者之间相近气息和气味的构成要素之一。

举个简单的例子。朱自清的散文《背影》在中国妇孺皆知,备受推崇。为什么?很重要的一个原因就是,它把中国式的父子情真切、生动、传神地呈现出来了。与西方那种热烈、奔放、外露的情感表达方式非常不同,中国人的情感表达方式是含蓄内敛的,父子之间尤其如此。这是中国事、中国情,是一种独特的民族性表征。朱自清准确地把握住了这一点。也正因为如此,作品才会让中国读者在阅读过程中感同身受,产生强烈的审美认同乃至民族认同。同样是这篇散文,如果拿给西方读者阅读,因为不同的情感表达方式,其精妙未必能够被理解,作品也将失去魅力。我们时刻生活在民族传统的光辉之下,形成了稳定的民族化审美趣味。作为接受者,对富含民族文化元素的作品表现出强烈的亲近感,并产生情感共鸣,符合接受规律。由此可以判断,民族化的文学更易于被大众所接纳认可。

我们不否认,不同民族之间的文学是可以相互接受的,而且可以产生很大影响。但是,从审美和语言的意义上讲,不同民族文学文本之间的相互转换是有巨大间隔的,既难以将原著本土的精髓准确传达,也难以用本土民众接受的方式准确表达。这种转换中的损耗无可弥补。纵观历史,任何一个民族,长久流传下来,并内化为这个民族精神底蕴的文学经典,从来都是本民族的文学精品。这一点,即便在文化交流无所不在的今天也依然如此。这同样佐证了民族性对文学接受的重要意义。

靠鲜明的民族性融入世界

张　江:中国经济的强势崛起和中华文化的影响扩大,让中国文学生出了走向世界、融入世界的巨大冲动。在汇入世界文学版图的过程中,中国文学拿什么来走向世界?唯一可以秉持的是民族性的文学和文学的民族性。丧失了民族性,迎合想象中的他者趣味,不仅会在文学中丧失了自我,也不可能真正地走进世界。民族性才是中国文学登上国际舞台的独特资本,是中国文学在世界文坛畅行无阻的通行证。

阎晶明:当代中国文学面临的一个重要主题,是如何更好更快地融入世界文学。这是一个崭新的课题。几千年的中国古典文学,在世界文学史上留下独特风景,但中国古典文学并没有"走向世界"的任务。五四新文学是中国现代文学的开端,但那时的中国文学也没有"走向世界"的自觉要求。直到新时期以来,在对外开放的宏大背景下,中国文学才有了开阔视野,走向世界、融入世界才真正成为中国作家迫切而强烈的愿望。

现在摆在面前的问题是,中国文学凭借哪些因素参与世界文学主流的建构? 在通向世界的途中,中国文学是否还有必要保持自己的民族性?

相当长一段时间内,一些作家认为,"走向世界"就是跟随和追赶国外潮流,西方流行什么,我们就摹仿什么,西方作家怎么写,我们就跟着怎么写。以为这样就与世界接轨了,就融入了世界文学格局。事实证明,拾人牙慧解决不了中国文学走向世界的问题。追随和摹仿,即便达到了同步和逼真的效果,充其量也只能是再造一部中国版的西方文学。提供不了新的经验和启示,这样的文学对世界没有意义。在此过程中,本土文学的鲜明特征反而日渐淡漠。其结果,不但未能实现"从边缘到中心的位移",反而是更加严重地被边缘化。

所谓"世界文学",从来不是一种抽象的、绝对的公共性概念,世界性就存在于具体的民族性中间。文学自古就是一种"地方性知识",今天也仍然如此。世界文学在现代社会的确立,说到底,就是对各民族文学多样性的呈现。这意味着,一个民族的文学要想走向世界、融入世界,必须具备与众不同的唯一性,为世界贡献独特的价值。民族性就是这种独特价值的根本。

中华民族拥有五千年的文明史,积累了光辉灿烂的民族文化。这种文化具有鲜明的民族特色,与其他民族的文化,尤其是欧美文化存在本质不同。这种不同,既体现在思维方式、行为方式和价值认同等宏观层面,也体现在表达方式、语言习惯甚至一颦一笑的每一个细节。凡此种种,构成了中国文学深厚而丰实的独特资源。依托于此,中国文学完全可以形成自己的鲜明特色,为世界文学贡献另外一道与众不同的风景,展现中国文学的独特魅力,赢得世界文坛的尊崇和礼赞。这既是中国文学走向世界的唯一选择,也是世界文学在向中国敞开怀抱时寄予的最大期待。

民族性是中国文学登上世界舞台通行证。外面的世界绚烂多彩。中国作家在这多彩的诱惑面前,与其再左顾右盼、徘徊逡巡,不如真正踏踏实实地面向自我,塑造自我,凭借民族化的鲜明形象跻身其中。

张 江:全球化时代,我们需要国际视野。不同文化之间互相凝望、欣赏、借鉴,是十分必要的。但是,拥抱世界不能丧失自我。有的人写作,一心想着外国人怎么看,译成外文是什么样子,国际影响会如何,这很幼稚。中国作家的作品,首先是"中国的""民族的",得到中国读者的认可,然后才可能有国际影响。以为外国人说好就是好,通过讨好国外舆论来炒作自己,这种想法已为今天的广大受众所不屑。全球视野下的文学,有民族性,才可能有审美价值,因此民族性至高无上。也因此,必须努力重建中国文学的民族性。

(《人民日报》2014 年 4 月 29 日)

捍卫文学经典

对话人

张　　江（中国社会科学院副院长、教授）

张　　炜（山东省作家协会主席、作家）

张志忠（首都师范大学文学院教授）

吴义勤（中国现代文学馆馆长、教授）

白　　烨（中国社会科学院文学研究所研究员）

张　　江：每个民族都有自己的文学经典。这些经典历经岁月沧桑依然散发着永恒魅力，它融化在民族精神的血脉之中，成长为集体无意识。正因为如此，各民族的人民才会像珍爱宝藏一样珍爱自己的经典，反复地阅读它，持久地阐释它。历史悠久的中华民族尤其不乏经典，从《诗经》开始，皇皇巨典，源远流长。经典是民族精神存活的证据。没有经典，就难有民族精神的表达。捍卫经典就是捍卫民族的历史和文化。

不能也没有权利与经典隔绝

张　　炜：10年前西方有一本著作教人如何快速阅读，即在很短的时间内读大量的书并记住,但书中专门指出:文学书例外。说实话,文学经典的阅读没法不慢下来。

我们今天的阅读面临的危机在哪里?主要是提供给我们的读物太多,似乎到处都是可以读的东西。我们每天的时间不是被填满,而是根本就不够用。不停地产生"大师",不停地诞生"杰作"。经过一段时间之后,发现都是糟粕。有的人一定要坚持"繁荣说",认为空前多的出版物一定是创作的黄金时代,进入书店,架子上、地上堆的都是印刷品,网络上也都是,这怎么会贫瘠?可如果我们的阅读稍微苛刻一点,标准稍微抬高一点,对文学有一点深入的爱与认知,就会感到悲观。可读的文学作品真的是太少了。那么,读什么呢?最为可靠的方法,就是多读经典。经典最能打动人,也能给人以多种滋养。经典的美是经过千百年筛选、确立和检验的,历久弥新。大学课堂上推荐中国的经典,会一次次说到"屈李杜苏"和诸子百家,说到鲁迅。经过漫长的时间筛选出来的经典作家,我们无法遗忘。这就像阅读外国经典,不可能略过英雄史诗,还是要提到普希金、托尔斯泰、雨果和歌德一样。

如果昨天我们曾经被它感动,那么今天就尝试着重温那种感动。这是一种巨大的享受。人到中年,读了那么多所谓名著,充满了阅读体验,什么样的感动和失望都经历了,可是再读二十多岁时读过的一些经典作品,仍然无法放下,仿佛又一次进入了作家所描述的那片草原,进入了他的乡村、他的天籁、他的故事。那真是没法说出来的复杂感情。经典对文字的还原,会在我们的经验世界里变得美不胜收、深不见底。

看一个民族的力量和前途,最终要看这个民族的个体素质,看精神面貌。几十万人口的城市竟然找不到一个能读诗的人,找不到一个热爱经典的人;虽然读了中文系,可是从未热爱过自己的专业——这样的族群是可悲的。就像文化不仅仅是一项产业一样,文学也不仅仅是一门专业,它显现了人类对于真理的追求力,对于美的感受力。

我们不能也没有权力让自己与经典隔绝。要把有限的时间用在阅读最好的作品上,即经典的阅读上。当然,这里的经典不只是文学经典,还应包括其他人文学科。

"红色经典"仍是精神建构的重要资源

张　江：还有一个"红色经典"问题。"红色经典"诞生于特殊的历史时期，时过境迁，这些作品的价值还在，仍然值得阅读。但一段时间以来，有些人对"红色经典"提出了各种各样的质疑，认为它够不上"经典"。事实上，无论你喜欢不喜欢，都必须承认，在中华民族的精神建构中，"红色经典"发挥了极其重要的作用。在追求民族独立与解放的伟大斗争中，在国家建设和繁荣的艰苦探索中，"红色经典"号召、鼓舞了千千万万的人。这些作品所塑造的形象、所张扬的精神，使中华民族的面貌焕然一新。它的力量已大大超出了文学的含义，它的影响是同时期其他作品无法企及的。我们不能忘记"红色经典"。

张志忠：21世纪的现实，与革命战争年代的社会生活相去甚远，但是，"红色经典"仍然是今天精神建构的重要资源。近年来，《红旗谱》《青春之歌》《吕梁英雄传》《红日》等作品先后被改编为电视连续剧，根据左联作家叶紫的小说改编的《星火》还创下了当年央视收视率的新高。那些为了民族的新生而浴血奋战、舍生取义的英雄，无论在哪个时期、什么样的社会语境下，都是需要的，都是必须肯定的。韩少功曾经说，"文化大革命"结束多年之后再度观看《红色娘子军》，尽管时过境迁，新一代芭蕾舞演员的艺术表现力和感情爆发力也大不相同，但是剧作的感人力量仍然让他沉思。我们不必讳言"红色经典"有其自身和时代的局限，但是，在文化和文艺日益多元化的今天，它对于物质至上、欲望横流的警示，它对于正义、平等的吁求，它对于底层的苦难和受压迫民众的同情和尊重，都是当下的许多文艺作品所忽略乃至根本无视的。

作为一种强大的文学传统，"红色经典"类的作品，是今人进行创作的重要阅读前提。今天活跃在文坛的"50后""60后"作家，可以说都是在少年时期、在文学的启蒙时代、在可供阅读的作品甚少的文化匮乏中，接受了"红色经典"的熏陶。当然，这种接受因人而异，随世移易。不过，很多有成就的作家都把它作为创作的必要参照，有所借鉴，有所发扬，也有所规避和自省。孙犁《荷花淀》的清新俊朗，不但影响了刘绍棠、徐怀中等老一代作家，也影响了贾平凹、铁凝等今日的文坛大家。铁凝笔下那些鲜明的女性形象,确实是传承和发扬了孙犁的精神血脉。莫言自叙他最初的创作就受到了革命历史小说的影响,《红高粱》里很多有关战争场面的描写,包括对日本人的描写,实际上都跟《苦菜花》这样的革命历史小说有关。余华也讲过,他在少年时代最喜欢的小说是《闪闪的红星》,这让人联想到他在创作中屡屡选取成长中的少年作为主人公的偏好。

当代文学没有经典是一种错觉

张　江:我们有一种错觉,仿佛一说"经典",就是指古代人或者至少是前代人的作品。当代文学有没有经典、能不能创造经典,这是一个值得思考的理论问题。在我看来,也许时间可以造就经典,但经典不是个时间概念,而是品质的概念。从这个意义上讲,当代文学同样可以"经典"起来。

吴义勤:我们今天对经典的看法,存在着三个巨大误区:第一个误区,是对经典的神圣化和神秘化。很多人把经典想象为一个绝对的、神圣的、遥远的文学存在,觉得文学经典就是一个乌托邦的、十全十美的、所有人都喜欢的东西。这其实是为了阻隔当代文学和"经典"的联系。因为经典既然是绝对的、神圣的、乌托邦的、十全十美的,那我们今天哪一部作品会有这样的特性呢? 回顾一下人类文学史,有这样特性的作品好像也没有。事实上,没有一部作品可以十全十美,也没有一部作品能让所有人喜欢。因此,把"经典"这个概念无限加重,使之绝对化、神秘化、神圣化、乌托邦化,其实是我们拒绝当代文学的一个借口。

第二个误区,是经典会自动呈现。很多人会说,是金子总会发光。但对文学来说,经典最大的特殊性,就是只有在阅读的意义上才能够实现价值,没有被阅读的作品就没有价值,就不会发光。经典是在阅读中建构起来的。经典的价值本身也不是固定不变的。如果一部作品的价值一开始就是固定不变的,那这部作品的价值就一定是有限的。经典一定会在不同的时代面对不同的读者呈现出完全不同的价值,这也是所谓文学永恒性的来源。文学的永恒性不是指它的某一个意义、某一个价值的永恒,而是指它具有意义、价值的永恒再生性,它可以不断地延伸价值,不断地被创造,不断地被发现。所以说,经典不但不会自动呈现,而且一定要在读者的阅读或者阐释、评价中才会呈现其价值。我们要在积极的阅读中发掘经典。

第三个误区,是经典命名权。说一个时代的作品是经典,是当代人说了算还是后代人说了算?我们宁愿把一切交给时间,但是,时间本身是不可信的。在经典命名的问题上,我们还要回答的是当代作家究竟为谁写作的问题。当代作家是为同代人写作还是为后代人写作?幻想同代人不阅读、不接受的作品后代人会接受,这本身就是非常乌托邦的。当代作家所表现的经验以及对世界的认识,是当代人更能理解还是后代人更能理解?当然是当代人更能理解当代作家所表达的生活和经验,更能够产生共鸣。从这个角度来说,当代人对一个时代经典的命名显然比后代人更重要。

"经典化"是多重因素的综合考量

张　江:建构属于我们这个时代的文学经典,有一个"经典化"的标准问题。在我看来,"经典化"不是单一标准,近年来一些学者和批评家以所谓的纯文学标准丈量当代文学、决定经典与否,无论在学理上还是在实践中,都是难以成立的。当代文学的经典化,应该是多重因素的综合考量。

白　烨:关于文学经典,有各种各样的定义。取其精髓,综合要素,可以大致作这样的概括:第一,思想性与艺术性相得益彰,负载了民族的尤其是人类共通的思想价值与艺术价值;第二,艺术地概括了历史面貌与时代精神,具有时代与社会的深刻印记和某些超越时空的特质;第三,以独创的艺术形式涵养丰富的精神营养,具有耐久的可读性与丰盈的可阐释性。三者皆备,才算得上是经典作品。用这样的标尺来衡量古代和近代的文学作品,经过长久的时间淘选与阅读检验,什么人是经典作家,哪些书是经典作品,既不难判断,也容易形成共识。但如果以此来判断现代与当代的作家作品,看法就会不一,争议就会很大。这不仅因为现代和当代距离我们太近,认识需要一个过程,还因为人们在评判作家作品时,往往距离越近,越是严苛,所以才有当代文坛缺少文学大师、当代文学没有经典作品、当代文学不及现代文学等种种言论。

如刘勰所言："时运交移，质文代变。"文学的历史长河流淌到我们这个时代，一定会被打上我们这个时代的烙印，而我们这个时代的文学一定会有属于自己的经典。从文学经典的三个基本要素来看，我们的新文学（现代和当代文学）也许少有三个要素同时兼备的经典作品，但一定会有接近于经典或具有经典品质的作家作品。已有学者指出现代时期的"鲁郭茅巴老曹"，就是现代文学中的经典作家。这种出自现代文学史的看法，确实不无道理。他们的作品因为葆有各自的思想价值与艺术特性，已成为现代时期不可替代的文学标记，正是经由他们，古典文学才得以成功地过渡到当代，开启了中国文学发展历史的新纪元。

我们现在所需要的，是把文学经典的标尺应用于当下，从当代文学中发掘出具有经典意义的作家与作品。从以创意的形式负载精神的内涵，以典型的形象反映时代的情绪，并葆有鲜明的艺术风格与民族气派上看，当代文学前30年中的赵树理、孙犁、柳青、周立波、马烽、李準等，因为分别创作了具有时代标记的重要作品，并营造了自己独有的艺术天地，都堪为经典性的作家。而当代文学后30年中，写出了篇篇精粹的短篇小说的汪曾祺，写出了《白鹿原》的陈忠实，写出了《红高粱》的莫言，写出了《秦腔》的贾平凹，写出了《尘埃落定》的阿来，写出了《长恨歌》的王安忆，也都可视为经典性的作家。

张　江：一个民族的文学经典，是这个民族的精神史诗，记录了民族的心灵和情感，标识着共同的审美追寻和价值认同。而今，身处信息时代，各种新鲜资讯和时尚诱惑无处不在，经典陷入了尴尬：被时尚所惑，远离经典；以历史重估的名义，颠覆经典；在娱乐化浪潮的蛊惑下，消费经典……没有自己文学经典的民族是可悲的，有了经典却不知道珍惜更加可悲。毕竟，我们不能不承认，与文学经典提供的沉静而永恒的魅力相比，这些华丽的喧嚣难以支撑民族的本质精神。敬畏经典，重回经典。

（《人民日报》2014 年 5 月 16 日）

文学遭遇低俗

对话人

张　江（中国社会科学院副院长、教授）

李敬泽（中国作家协会副主席、评论家）
麦　家（浙江省作家协会主席、作家）
贺绍俊（沈阳师范大学中国文化与文学研究所副所长、教授）
党圣元（中国社会科学院外国文学研究所党委书记、研究员）

张　江：近年来，文学发展遭遇越来越严重的低俗之风。这与整个社会环境的客观变化有关系，但更与一些创作者理念观念认识模糊密切相连。许多人认为，文学要接地气，就要"俗"。还有人宣称，只要老百姓喜闻乐见，无论俗与不俗，都是好作品。这话得好好辨析。"俗"有通俗、低俗之分，通俗指向风格，低俗指向趣味。文学可以通俗，不能低俗。

低俗不是通俗

李敬泽：我们反对文学中的低俗倾向，但并不反对文学中的通俗方向。追求通俗，不仅没有错，而且应该予以积极肯定与大力提倡。

毛泽东的《在延安文艺座谈会上的讲话》，对这个问题做了有力的阐述，他要求文艺工作者"和新的群众的时代相结合",正确处理"阳春白雪"和"下里巴人"统一的问题;在《新民主主义论》中,他指出我们要建设民族的、科学的、大众的文化,这种新文化"是大众的,因而即是民主的",所以"要把提高和普及互相区别又互相联系起来"。

这些论述至今仍具有很强的现实针对性。在社会主义市场经济条件下,在网络时代,随着城市化、城镇化进程的加快和人民生活的变化,文艺如何做到"喜闻乐见",如何满足人民群众丰富的、多层次的、多功能的精神文化需求,是摆在我们面前的一个很大的课题。

什么是低俗? 在我看来,低俗就是对公序良俗的挑战,对人的尊严的贬损,比如对背德行为的玩味,以弱小者为取笑对象,等等,还有某些性的描写和展示,也流于低俗,因为它把人"物化"。低俗否定人的精神向度,极力地向下想象人,由此,受众也被带着向下,得到一种恶趣。低俗并不必然地和通俗相关。

通俗文学,也并不是从天上掉下来的,而是自古以来就有,只不过现代以来的很长时间,在我们的文学观念中,被有意识地抑制了。20世纪90年代,借着网络,通俗文学大规模地兴起。所以,我们现在看待这个现象,应该注意到时代的变化,人民生活的变化,要重新认识文学的某些属性,比如文学的消费性、娱乐性,这个功能我们过去是很少提的,一提就觉得俗,但是,在现代生活的紧张节奏中,人们这方面的需求很大,这是客观的,不能不正视。

怎样区分文学创作中的通俗与低俗,我看应该有两个方面的基本区别。一个是审美取向上,通俗写作通过世俗化的故事,包裹或表达一个严肃的人生话题,使读者在阅读中得到一定的审美享受与精神启迪;而低俗写作则是在欲望化的叙事中,释发一种感官性的情绪与情愫,旨在提供一种生理性的快感。另一个是表现形式上,通俗写作追求语言与文风的大众化,力求为广大的读者所喜闻乐见,而低俗写作则是尽力迎合一些低级趣味,以炫目的情色化的叙事与语言,展示和渲染人性与人情中的陋习、丑态。

由此,我们可以看出,通俗写作是从愉悦人的精神出发,旨在满足人的审美要求,而低俗的作品是从人的物质欲望出发,意在刺激并满足人的浅层需求。两者的区别既然明显可见,那么,靠近通俗和避免低俗,就是一切有志于创作好作品的写者和有意阅读好作品的读者,在日常文学生活中的应有之义。

"俗世"里的精神坚守

张　江：文学当然要"入世"。离开了人间烟火，离开了世俗镜像，文学不复存在。但是，这不等于放弃精神。文学的要义，恰恰就是通过对世俗生活的介入和观照，最终使人类获取精神的成长。一切进入文学中的世俗生活，只有作为精神表达的物质载体出现，它才具备了文学的正当性与合法性。崇高是文学的基本向度。写柴米油盐、家长里短、男欢女爱，入于俗，且出于俗，在俗世里执着于精神的坚守，才是一个真正的作家。

麦　家：都说小说是俗物，小说家要有一颗世俗心，他才能写好生活中那些微妙的人与琐细的事。确实，小说是通过俗世生活的描写，来展现人活着的状态，以及人类复杂的精神世界。没有一个坚硬的生活外壳，人物的灵魂就没有容器来盛装，读者也无从得知人物的心灵是怎样成长的，每一次的挫折或痛苦，他又是如何应对的。

好的小说家，从来不是抽象地在写一种生活，而是要熟悉生活的每一个细节。器物，风景，习俗，气候，道路的样子，食物的味道，说话的口气，等等，小说要写得生机勃勃，就要把每一个细节都落到实处。所以，小说家堪称是生活的专家。按沈从文的说法，专家就是有常识的人。小说家要对生活熟悉到一定程度，对生活具有了常识，那些独特、微妙的细节，他才可以信手拈来——什么是百科全书式的小说，我想这就是了。

我虽然写不来百科全书式的小说，但我也知道，进入小说中的生活，是要经过作家的选择、过滤和重新组织的。作家不能沉溺于生活中的某种趣味而不能自拔。有一段时间，文学界流行写小事，写欲望，写细碎的生活，一些人甚至还津津乐道于此。这固然从一个角度表达出了一些人的生存状态，但人的生存又不止是这些生活的外表，它的背后，还有人的心灵挣扎和精神冲突，还有人之为人一直在坚守的品质。

这是文学的内生活。它才是值得作家去探索、去书写的生活。

光有外生活，小说就会写得汤汤水水，变成一笔流水账；有了浑厚的内生活，小说才会有灵魂的纵深感，才会站立起一种有力量的精神。也就是说，小说永远不能满足于表达生活是什么,而是要敞开一种生活的可能性,通过想象,让人看到生活的希望和亮光。作家的世俗心,任何时候都必须是活跃的,只有这样,他才能保持对生活的敏感,不抗拒生活对他的召唤;但另一方面,作家对庸俗的趣味、赤裸的欲望,对人类内心黑暗的经验以及那种令人下坠的力量,也要保持足够的警惕。好的作家,永远不可能放弃他的批判性、他的作为人的良知、作为作家的尊严和责任。

作家的心中必须有一块净土,无论生活如何喧嚣,无论作品写得如何花红柳绿,他都要守护好这块净土。美国作家雷蒙德·卡佛说,"文学能让我们意识到自己的匮乏,还有生活中那些已经削弱我们并正在让我们气喘吁吁的东西。"他说出了文学的一个方面。但对我来说,更重要的是,文学要探索匮乏背后的真理、悲哀之中的仁慈,以及冷漠人群中隐藏的那颗温暖的心,从而让我活得更沉着、更勇敢。

在一个文学似乎越来越无力的年代,作家更要有所放弃,有所坚持。文学不是欲望的加油站,相反,它应是欲望的制动器,它的核心意义是要展现出人类心灵的高度,以及活着的勇气。它拒绝在俗世里沉溺,保持着批判的姿态,最终目的是为了创造一个"真善美"的理想世界,并发现一种值得我们为之折腰、甚至为之牺牲的精神。只有这样的创造和发现,才能让我保持着写作的兴奋和价值。

低俗是一种精神病菌

张　江:低俗化被一些写作者当作近年来文学面对日益严峻的生存困境自我救赎的一种策略。的确,20世纪90年代以降,随着市场经济的转型和大众文化的崛起,传统的精英文学和主流文学遭遇了前所未有的困境,在百姓的日常生活中被迅速边缘化。于是,一些作家改弦易辙,试图以低俗为代价重新唤回散去的读者。殊不知,低俗是一种精神病菌,它在向受众散播毒素的同时,也在侵害自身肌体。低俗化不仅救不了文学,还可能将文学推向万劫不复的深渊。

贺绍俊:我们在阅读中会发现,不少文学作品已不同程度地遭到了低俗的伤害。需要探讨的是,文学怎样才能抵御低俗这一精神病菌的伤害。这首先需要作家保持精神的健壮,精神健壮也就意味着具有健康的审美趣味和深厚的审美素养。为什么低俗文学在现实中泛滥,首要的原因就是不少作家本身的审美趣味不高,他们是带着"病体"上岗的。但他们显然并没有将低俗看成是一种精神病菌,也没有意识到自己的审美趣味是一种"病体"。

有一位电视明星就曾自负地说:让我高雅起来很费劲,我不是干这个的!这种观点在文艺界相当普遍。甚至还有人理直气壮地为低俗辩护,认为低俗具有群众基础,既然读者喜爱,就有存在的理由。这种观点很有诱惑性,因为它绑架了群众,以为只要抬出群众,就有了道德豁免权。事实上,群众的需求也要一分为二。低俗文学拥有大量读者,不过是因为低俗的内容刺激读者的感官,使他们获得生理上的快感。一个人如果沉湎于生理上的快感,久而久之,也就关闭了心灵的通道,精神世界变得越来越苍白和空虚。文学就是要避免群众的精神世界变得苍白和空虚,它应该成为群众精神的成长家园,增益群众的心智。

抵御低俗对文学的伤害,这是一个在现实中变得日益严峻的问题。因为低俗这一精神的病菌,在市场化的作用下,有了更加适宜生长繁殖的土壤,它不仅侵害我们的文学艺术,而且也弥漫在人们的日常生活中。同时,这也是一个世界性的问题。一位俄罗斯作家就曾对俄罗斯文学的低俗化表示了极大的担忧,她伤心地说,托尔斯泰、陀思妥耶夫斯基等伟大作家今天拿着书稿去见出版商肯定也得不到出版。不久前,俄罗斯公布了一项国家法令,禁止俄罗斯文化、艺术、娱乐领域出现低俗语言,以确保俄罗斯公民使用国家语言的权利,保护和发展语言文化。这是俄罗斯政府对低俗文化采取的应对措施。

语言的低俗也是文学低俗化的重要表现。文学是语言的艺术,文学对于一个国家和民族的语言起到了提升的作用。文学锤炼了语言,使语言精致化、审美化、优雅化,也使语言的文化蕴含更加深厚。过去我们使用文言文作为书面语,文言文经过一千多年的文学锤炼,成为了一种高度典雅的语言。"心有灵犀一点通""衣带渐宽终不悔",像这样隽永的诗句在古代文学中俯拾即是。现代汉语的文学至今也有了一百余年的发展历程,但我一直认为,现代汉语文学还没有完全建构起稳定的优雅语言。其中一个重要的原因,就是我们始终不能坚定有力地抵制语言的低俗化。如诗歌界从热衷于下半身写作,到所谓的口水诗、梨花体,说到底是诗人们内心的语言焦虑所致。小说创作中的语言问题就更大了。一些作品虽然从故事性和思想性来说还不错,但语言粗鄙、粗俗,缺乏提炼,更遑论以深邃的文学语言去表现更深邃的文学意蕴。文学语言是用来承载民族精神内涵和表达精神取向的。因此,抵御低俗对文学的伤害,作家首先就要从语言做起,要把建构优雅的文学语言当成自己的义务。

雅俗文学的共同敌人

张　江:人们经常将文学的高下与文学的类型对等,事实并非如此。有些文学,表面严肃,正襟危坐,义正词严,骨子里却低俗得很;有些文学,写的是柴米油盐、市井人生,语言也非土即俗,内里却蕴藏丰富而深刻的内涵。这说明,低俗与否并不取决于它是严肃的文学还是通俗的文学,关键还要看它最终传达出的价值取向和审美取向。对低俗的抵制,实际上是各种类型的文学面临的共同挑战。

党圣元:在文学史上,雅俗之分,与文学的功能和作用、作者身份等有着直接的关系。一般来说,官方的、载道的、文人的文学,往往视为雅;而民间的、消闲的、大众的,往往视为俗。雅与俗之间没有绝对的阻隔,呈现出相互流动的状况。一些本来很俗的,来自民间的文学和艺术,例如小说和戏剧,会随着时间的推移,变得雅起来。一些本来很雅的文学艺术,例如诗词,也可以变得家喻户晓,在民间大众中产生广泛的影响。雅俗之间的相互流动,促进了文学的丰富和发展。

随着媒介方式的变化、文学传播接受途径的多样化,以及大众文化、影视产业、市场化写作兴起带来的影响,当代文学的雅俗问题更加复杂,其中的冲撞更加激烈。我们不能单纯以雅俗来区分文学高下。雅俗共存是一种需要努力维护的健康文学生态。

我们要有健康的通俗文学、通俗文化,让民众喜闻乐见,丰富人民的精神文化生活。同时,我们也要有积极的高雅文学、高雅文化,使它成为文化的标杆。我们对"俗"批判和抵制,指的是"低俗"而不是"通俗",更不是要取消通俗文学的存在,使通俗文学都变成严肃文学。低俗不仅存在于通俗文学之中,在严肃文学中也照样有所显现。一些以精英自居的艺术中,也存在着严重媚俗的现象。从这个意义上讲,低俗是严肃文学和通俗文学的共同敌人,也是两者需要共同面对的挑战。一般来讲,通俗文学中的低俗易于辨识,也容易引起警醒,而严肃文学中的低俗,由于假借了一个貌似高雅的外表,甚至打着纯文学的幌子,反而不容易被发现,更加需要注意。

张　江:面对低俗之风,文学当如何自处?这是每一个热爱文学的人都需要考量的问题。按照一些西方理论家的说法,在人性的复杂构成中,可能每个人的潜意识深处都隐藏着或多或少的低俗因子。但是,这并不构成文学滑向低俗的理由。文学是一种公共话语,它最根本的价值和意义,体现在对人类心灵和灵魂的养育,从而推进文明的进步。从这个意义上讲,远离低俗、抵制低俗,应是文学的基本要义。

(《人民日报》2014 年 5 月 30 日)

"娱乐至死"害了谁？

对话人

张　江（中国社会科学院副院长、教授）

南　帆（福建省社会科学院院长、研究员）

白　烨（中国社会科学院文学研究所研究员）

陆建德（中国社会科学院文学研究所所长、研究员）

张　陵（作家出版社总编辑、批评家）

张　江：泛娱乐化已经成为当今时代文学和文化的重要症候。的确，文学有娱乐功能。历史上相当长一段时间内，我们忽视或压抑了文学的这一功能。当生存与救亡成为时代的唯一主题，娱乐不可能获得足够的生长空间。但是，告别了血与火的年代，迎来了衣食无虞的生活，文学是不是就可以肆无忌惮地娱乐？需要娱乐，不等于一切化为娱乐。历史上曾经的缺失，不能用今天的泛漫来恶补。否则，文学由一个极端走向另一个极端，其害尤甚。

娱乐霸权主义是另一种不正常

南　帆：时至今日，娱乐开始了霸权主义式的扩张。娱乐逐渐从一个日常词汇演变为艺术评价的术语。如果"娱乐"不仅是对象性质的描述，而且力图表达一种肯定,那么,人们不得不开始考虑,这种演变是否隐藏或者预示了某种重大的历史变故?

一个没有任何娱乐的社会肯定不正常,过分严肃通常意味着刻板、专制与战战兢兢。娱乐是"开心一刻",由于紧张因而板结的神经得到了松弛。这不仅是休闲,还可能是制造"创新"的机遇。历史证明,某些大师的灵感和天才构思恰恰出现在精神松弛之际。然而,如果娱乐成为精神产品的主流,"娱乐至死"的主张在市场的掩护下席卷所有的传媒,那将造成另一种不正常。

事实上,眼花缭乱的娱乐形式无法掩饰内在的单调与贫乏。娱乐垂青的主题显然是逗趣取乐,开颜一笑是娱乐的最高褒奖。汹涌而至的各种喜剧——有趣的或者肤浅的——正在以无可匹敌的优势覆盖娱乐,这里包含了意味深长的动向。

作为一个历史段落的文化风格,高涨的笑声与另一些历史段落构成了明显的落差。20 世纪 50 年代至 70 年代,笑声遭到了斗争哲学的驱逐,紧张替代了轻松的嬉笑。70 年代末至 80 年代,思想解放、启蒙、反思、历史哲学这些关键词盛行一时,一个拥有如此思想密度的时期不会给喜剧性娱乐腾出多少空间。90 年代之后娱乐的骤然爆发表明,社会精神的高速运转降落到通常的世俗水平。内在的压力和紧张感消失之后,持续的笑声是心情放松的表示。当然,存在某种超然世事的佛陀式微笑,也可以将幽默作为改善社会关系的润滑剂,但是,娱乐的笑声在很大程度上意味着自我宽容。不要过多地谴责这个世界不如意,也没有理由断定自己可以力挽狂澜,坦然承认自己的平庸,接受各种嘲笑乃至自嘲,总之,没有必要时刻扮演坚强的战士或者高瞻远瞩的思想家。降低精神高度充当庸人,庸人可以心安理得地享受娱乐和笑声。

笑声的批判有助于矫正某些游离正轨的社会行为。笑声之中隐含了嘲弄、不屑和轻蔑,或者公然挑战对象的权威,或者隐蔽解构对象的尊严。许多时候,笑声因为包含的否定意味而赢得肯定。然而,没有理由过高地估计这种否定的效果。轰然的笑声还可以表明一种退让和逃避:世界上的问题不如想象的那般严重,可以轻松一些——轻松意味着明智。娱乐意味着大规模的造笑运动。即使笑声无法感化历史,至少可以短暂地屏蔽各种难堪的问题。

是否接受这种策略背后的犬儒主义意味?一些批评家表示抵制。这种快感短暂地冻结了痛苦意识,麻醉的大脑丧失了大部分思想职能。现今,历史正接二连三地抛出各种挑战性的问题,文学已经监测到巨大的压力。这种压力的持续增长必将愈来愈清晰地显示一个分歧:要么在寻欢作乐之中短暂地遗忘这些问题带来的苦恼,要么抖擞精神与这些问题正面交锋。文学艺术力图担当什么?这将决定娱乐在艺术评价之中的意义。

需要与娱乐化浪潮保持距离

张 江:我们之所以反对文学的娱乐化,是因为文学一旦沦为娱乐,粗鄙、浅表、碎片就不可避免。以感官刺激取代精神洗礼;以低俗表象冲毁思想深度;以零散破碎的小聪明和插科打诨的油滑置换对世界和人生的整体认知。表面上看,它迎合了读者,让读者获得了一时的欢愉;实际上却是麻醉了读者,甚至毒害读者,让人放弃思考的能力,放弃对精神高度的追求。作家对娱乐化浪潮,要心怀警醒,保持距离。

白 烨:先是青春文学的"娱乐化",继之是儿童文学的"娱乐化",加上影视文学与网络小说越来越"娱乐化","娱乐化"大有席卷写作、泛滥文坛的强劲趋势。这些都对当下的严肃文学创作和大众的文学阅读造成严重影响。

最近看到一篇谈娱乐经济的文章,大意是说娱乐文化正在向"娱乐经济"发展,因为"时代需要娱乐,市场需要娱乐,营销需要娱乐,传播需要娱乐","娱乐经济"正以一种前所未有的对普遍人性的尊重和迎合态度,全方位多层面地创造社会新价值、领导消费潮流、激活市场潜能、丰富和撑持社会经济生活。这种说法说出了一些道理,但却忘记了更大的道理:文学的要义,不在于单纯的娱乐,而在于"寓教于乐",作家需要与这样的潮流保持一定的距离。

文学娱乐化,看起来是娱乐了读者,其实真正的受害者正是读者。在泛娱乐的大环境下,读者的整体阅读水平在不知不觉地下降。娱乐性的文学,注重直观的感官刺激,人物立不起来,语言显得苍白。粗鄙、挑逗的文字,在给读者带来强烈感官刺激的同时,也在制造着恶俗、情色、污秽的信息垃圾,使读者沉溺其中不能自拔。在彻底娱乐化的文学世界里,人们不再需要进行深层次的思考,没有对人生本质的探询,没有人文关怀的追求。读者失去了根本的判断力,表现出因享乐而阅读、因热点而追捧的倾向。长期在缺少真正营养价值的文学的浸染下,读者的心灵世界也会随之变得苍白而无力。

作家是文学文本的创造者,读者是文学传播的受益者。很难想象,在两者都陷于浮躁与空洞时,我们的文学会走向何方? 而一个缺少真正伟大作品的社会与民族,又如何在世纪的发展大潮中自立与自强。因此,作为当代文学发展的互动双方,作者在社会整体娱乐化的倾向下,要守得住寂寞,抵得住诱惑,坚守文学阵地的纯洁性,担负起自己的责任,多创作有灵魂温度和思想力度的作品;读者,则一定要从社会和个人的全面发展的角度,徜徉于真正纯净的文学天空,从精神的层面上汲取更多的营养。

娱乐有合理性但不是唯一目的

张　江:我们不绝对地反对娱乐。同样的思想,能够表达得活色生香、妙趣横生,当然要比干瘪枯索、乏善可陈更有魅力,更受欢迎。我们反对的,是抽离了思想意涵、放弃了认真思考甚至突破伦理底线的低俗娱乐。有些作家和艺人,把娱乐和意义对立起来,把娱乐和道德对立起来,理直气壮地宣称,娱乐就是目的,且是唯一目的。这就必须反对。娱乐也有区分。从娱乐上也能见出一个作家的趣味和品位。告别低俗和粗鄙的娱乐,让读者多一点有意味的笑声,多一点笑声后的思索,这是我们的期待。

陆建德:一部娱乐史,也是人类的文明史,它反映了文明的进步和价值观、审美趣味的变化。罗马帝国是强大的,但是其娱乐方式却透出了腐败的信息。罗马民众最喜爱的娱乐就是赶到那个至今还巍然屹立的大角斗场,去观看动物之间的残杀、动物与人的残杀以及人与人的残杀,血淋淋的场面让观众兴奋不已。正如讽刺诗人朱文纳尔所说:这些民众曾是自由的,现在只热衷于美食和娱乐,仿佛舌尖上的乐趣和斗兽场上的刺激才是生活的目的所在。

娱乐是有时代性的,我们能够从一个时代的娱乐方式来认识其特色。唐代一度流行斗鸡,唐玄宗就是斗鸡迷,当时无数社会资源用于非常复杂的斗鸡仪式,陈鸿的《东城父老传》对此有详细记载。现在人们对蔑视生命、炫耀武力的行为很反感,开始关注动物权利,西班牙斗牛引起广泛的批评就是一个例

71

子,这是可喜的现象。

其实莎士比亚也是一位娱乐大师,喜剧就不必说了,他的悲剧里也有很多娱乐的成分。人们往往能从莎剧看到转型期社会的巨大潜能,那是一个上升期民族的写照。马克思和恩格斯喜爱莎士比亚是出了名的,青年黑格尔派的卢格抱怨莎士比亚"没有任何哲学体系",马克思批评他是"畜生"。恩格斯在给马克思的一封信里写道,"单是《风流的娘儿们》的第一幕就比全部德国文学包含着更多的生活气息和现实性。单是那个兰斯和他的狗克莱勃就比全部德国喜剧加在一起更具有价值"。《哈姆雷特》里那位喜欢讲做人道理的大臣死于非命,没得到观众的同情,其原因就是他只会说抽象的大道理,听起来好像不错,却让人生厌。文学如果走上这条"概念先行"的路,就变成赤裸裸的教诲,不会有什么活力。相反,插科打诨里有智慧和学问。寓教于乐,往往作用于无形之中。年轻的马克思喜欢斯宾诺莎的一句话:快乐不是对美德的回报,它就是一种德行。

但是,文学与历史、日常生活永远是互相容纳又相互交叉、补充的,文学有娱乐的一面但又高于娱乐,比日常生活更坚实。我认为,近几十年的形式主义文论以及所谓的"语言学转向"对文学的健康成长并不是完全有利的。为什么喜欢文学?我们不妨自问。归根结蒂,文学帮助我们学会移情,更好地生活,更深刻、全面地认识社会,体悟自然,理解他人并和自己展开对话。正是在此意义上文学扩大了我们的感受力,丰富了我们的世界,并且促使我们想象着另一种更加成熟、美好的人际关系。

在现实生活中寻找问题症结

张　江:文学真正的价值是什么?是娱乐吗?显然不是。在消闲方式多元化的今天,仅从娱乐性这一点上讲,文学远不如扑克、麻将、电玩游戏来得更直接、更刺激。即便如此,人们仍然需要文学的陪伴。这说明,除了娱乐,文学还有更丰富的价值,认识价值、教育价值、审美价值等等。把文学简单归为娱乐,背离文学的本义,剥夺了文学存在的合理性。

张　陵:文学是社会生活的反映。当前文学日益突出的娱乐化倾向,根子还在社会生活,要在现实中找到问题症结。当消费主义、享乐主义盛行,并通过强势的市场化的方式消解、动摇、颠覆一个社会的价值信仰的时候,文学也会迷失自己,偏离社会生活主流。

当然,文学可以通过娱乐功能带动其他功能发挥作用。优秀的文学并不回避、削弱文学的娱乐性,而是通过发挥娱乐功能,更加有效地实现文学的认识、教育等功能。文学的审美价值正是在文学的多种功能有机协调中得以实现。因此,文学娱乐性的正常发挥与"娱乐至死"的文化价值观有着本质的区别。

文学必须从社会的进步发展中获得自身进步发展的热情和动力,也在这样的历史进程中回归文学自身,充分实现文学推动社会进步、改造世道人心的功能,实现文学的审美理想。实际上,这也正是文学破解"娱乐至死"、防止娱乐化倾向的正确途径。

从文学的基础理论层面看,就是要牢牢抓住文学与时代、文学与现实、文学与人民的基本关系。从当前的文学思潮看,有些时尚的观点不承认文学的基本关系,热衷于用西方那种"自我""人性"的文学观改变文学的基本关系,其后果的严重性越来越清楚。文学无力反映现实,无法表现时代的精神,特别是当一个伟大时代到来时,我们的文学还一无所知,更无力表现。这一切,都是因为文学的基本关系出问题了。离开了基本关系,文学的价值与意义就会发生变异。失却了认识功能,失却了教育功能,文学的娱乐功能就会被扭曲,被推向泛漫,走向所谓的"娱乐至死",也就改变了文学的本质。因此,处理好文学的基本关系,才能使文学跳出"娱乐至死"的陷阱,走出泛娱乐化的困局。

纵观历史,我们发现,每一个时代,文学都会不同程度存在着娱乐化倾向。文学存在娱乐化现象并不可怕,可怕的是认识不到其危害,或认识到了却无力改变现状。一个伟大创造的时代,一个进步出新的社会,一定会呼唤与时代精神相称的文学,一定不会让文学"娱乐至死"。我们正好有幸处于这样的时代,这也使得我们的文学有信心冲破"娱乐至死"的迷雾。

张　江:"娱乐至死""死"了谁?"死"的是作者,"死"的是文学。玩文学,把文学当作娱乐,只能离文学越来越远。放弃思考的动力和感受美的能力,以感官刺激麻醉的精神世界日渐贫乏、枯索,最终害的是文学自身。过度的娱乐追求,让文学等而下之地混同于其他娱乐方式,淹没了文学的独特性和根本价值,使文学走向死亡。但是,我们仍然相信,文学不死。这种坚定的信念来源于,人除了娱乐之外,还有崇高美雅的需求。这种需求需要文学来满足。

(《人民日报》2014 年 6 月 13 日)

读者是不是上帝

对话人

张　江（中国社会科学院副院长、教授）

张颐武（北京大学中文系教授）

李春青（北京师范大学文学院教授）

刘跃进（中国社会科学院文学研究所党委书记、研究员）

舒　婷（中国作协主席团成员、诗人）

张　江：读者是不是上帝？当然是。所有的文学创作，最终都要以文本的形式交付到读者手中，供读者阅读鉴赏。没有读者的参与，文学作品的价值无法实现，文学的存在也失去可能。从这个意义上说，任何一个作家都必须树立读者意识。但是，"读者是上帝"这句话，又不能作机械和庸俗的理解。缺乏必要的辨识，没有应有的主张，一切唯读者是从，读者喜欢什么作家就创作什么，这肯定不是正确的读者观。

回应并超越读者关切

张颐武：如何处理与读者的关系，是文学实践和理论中最为重要的问题之一。文学只有在面对读者时才得以彻底完成自身，因为文本总在询唤和选择它的读者。没有读者，文本只能静静地放置而不会在世间产生影响。读者是作者所预设的"阅读"展开的前提和条件，也是文学存在最为重要的理由。无论作者在开始写作的时候有什么样的想法，他总是预设了"隐含读者"。他明白这些读者对于他的期待，他也期望这些读者能够理解他的写作。但作者、文本和读者的关系极为复杂。作者不能忽视读者，需要考虑读者的阅读感受，但作者也不能迎合和取悦他的读者。在忽视读者时他的写作会变成孤芳自赏，在取悦读者的时候他的写作就会变成媚俗低级。这些其实是文学作者所遇到的复杂的挑战。

十多年来，文学的扩张引人注目，中国文学正经历着一个格局转变的过程。对内，原来在文学界之外的以传统的纸质出版为中心的类型文学（如青春文学）和以网络为载体的网络文学，快速成长并逐步成熟。对外，中国文学已经成为全球性文学一个跨语言和跨文化阅读的必要"构成"和所谓"世界文学"的一个结构性要素，而不再是一个时间滞后和空间特异的"边缘"存在。

文学置身于一个新的平台之上，同时也产生很多困扰，包括文学和读者的关系。今天，文学的读者一面是以中产群体和"80后""90后"的年轻人为中心的本土读者，一面是对于中国文学有兴趣的全球的读者。中国文学一面不能回避这些读者的需求，一面也必须超出这些读者的要求。一面要和这些读者深入地对话，一面也要给予这些读者新的想象力和走向未来的可能性。文学需要在这些读者之中，也要在这些读者之上。既让这些读者感受到文学的魅力，也让他们看到文学的反思和探索的功能。这样文学才能构成一个有活力的社会场域，产生自己的魅力，发挥自己的影响力。

建立并成为对话引导者

张　江：物质产品的生产与精神产品的生产存在本质不同。物质产品的生产，以满足消费者的生产生活需要为中心，遵循的是"有求必应"的逻辑，谁准确把握了市场，更大程度地满足了消费者最直接、最具体的物质渴求，谁就是商海的王者。精神产品的生产，从根本上说，满足的是人民大众向善、向美的需求,是借由精神的成长推进社会文明进步的需求。这种根本需求有时又与短期内的市场需求相矛盾。这就要求作家艺术家在创造精神产品时,不能一味"满足""取悦",还要引导和校正。

李春青:文学家创作文学作品,读者接受和欣赏作品,二者以文化市场的流通为中介构成供与求的买卖关系。从表面看来,文学艺术这类精神产品的生产与消费、流通与传播似乎与一般商品毫无二致,因之,"顾客是上帝"的商业性口号也很自然地会推衍为"读者是上帝"。然而事情或许没有这样简单,这里存在着许多值得深入探讨的问题。

一般商品的生产是以物质消费为目的,因此生产者应该根据消费者的需求来生产,以消费者的好恶为好恶,只有这样才能受到消费者的欢迎,才可以扩大生产规模,从而获得丰厚利润。包括文学艺术在内的一切精神生产就不是这样简单了:生产者与接受者都是主体,将二者连接起来的精神产品也不是纯粹的客体,不是受动之物,而是一种活的精神世界,是两种主体交融沟通的领域。这就是说,精神产品的生产者与接受者应该是一种对话关系。

现代社会,精神产品的"对话性"就更加突出了:生产者向着接受者言说,接受者自主地接受或者否定,并通过各种渠道向生产者反馈自己的意见,生产者作出相应调整,继而展开新一轮的对话过程。在如此循环往复的对话中,生产者与接受者彼此沟通,形成共识,共同促进了社会精神文化的繁荣与发展。这就意味着,精神产品的生产者与接受者不再像传统社会那样是教化与被教化、启蒙与被启蒙的关系,而是平等的交流、协商与契合的关系。生产者不能高高在上,去扮演登高一呼、天下响应的"立法者"角色;接受者也无需仰视别人,完全可以根据自己的判断来评价各种精神产品,可以自由地表达自己的不同意见。在整个精神产品的生产、传播与接受过程中,对话具有"增值"功能,可以使精神产品向着更高、更丰富的层级提升。

在以精神产品为中介的这一对话过程中,生产者毕竟应该更具有主动性与积极性,因为"对话"是他们发起的,"对话"的平台是他们搭建的。因此,包括文学家艺术家在内的精神产品的生产者们必须具有强烈的社会责任感与历史使命感,要积极主动地将人类先进的文化理念、价值观、审美趣味奉献给社会大众,要想方设法引导与读者之间的对话良性发展。

交流并促成思想和审美交换

张　江：商品经济时代，文学进入市场。表面上看，作家与读者构成买卖交换关系。但是，这种买卖交换只凸显了文学作为普通商品的一面，而不能体现文学作为精神产品的特殊性。从本质上讲，作家与读者之间，应该是一种思想和情感的交流与对话。疏于品质和内涵的提升，将作家与读者之间的关系简化为利益交换，消解了文学的根本价值。

刘跃进：作家与读者之间，究竟是一种什么性质的关系？是思想、语言等精神层面的交流互动，还是商品的制造者与购买者之间的利益交换？这一点，在文学作品进入商业化链条的今天，尤其具有反思的必要。

当下，在处理与读者的关系问题上，利益的考量正在逐渐被强化。与普通商品追求销量一样，有些文学作品也开始追求商业化包装，以达到销量的最大化。销售商也乐于以销售排行榜这样的量化数据来给文学作品排序，其动机无非是用销量来拉动销量，进一步吸引读者购买，以追求经济利益最大化。当文学作品变成千方百计要达到一定销量的商品，它和读者之间的关系就浅薄化了。更要命的是，这种对销量及其背后的经济利益的追逐，往往又以牺牲对文学自身的坚守为代价。一些作家，不是按照文学应该怎样去创作，而是读者需要什么就去写什么。即便某些市场需求违背了社会的良知，违背了文学的要义，写作者在金钱的诱惑下也在所不惜，照单生产，完全迷失在市场的滚滚洪流之中。这就不难解释如下现象：某部作品在市场上大获成功后，马上会有一大批题材相同、情节相近的作品蜂拥而出，造成某类作品扎堆井喷的奇怪现象。

眼睛盯着市场，一味迎合市场上的庸俗浮躁风气，将泯灭作者本人的个性乃至良知，使文学陷于低俗境地。文学能够创造一定的经济利益，这在市场化商业环境中，是合理的，也是应该被肯定的。但是，必须认识到，从文学发生学来说，这绝非文学的立足点。文学创作长期疏于与读者进行深刻的思想交流，那么对于社会而言，其核心价值也会逐渐消散，甚至产生一定的消极影响。文学还是应该遵循它与读者之间思想交换、审美交换的初衷，对自身的精神高度有严苛的要求,对自身的社会影响负起责任来。

目的是让我们变得"更好"

张　江:一部分人的确是出于休闲娱乐的目的去接近文学。这无可厚非。休闲娱乐也是文学的功能之一。但需要追问的是,即便是休闲娱乐,为什么偏偏选择的是文学?这说明,文学除了消遣休闲,肯定还有其他娱乐方式不可替代的功能。在我看来,这一独特功能就是对人的精神世界的净化和提升。通过它,我们的心灵更加丰润,思想更加开阔,境界更加高远。我相信,明晰了这一点,一个作家就会懂得应该如何面对读者。

舒　婷:文学能干什么?文学艺术是改造世道人心的手段,是我们改造自我、完善自我的手段。我们这批人,以前插队时可能都看过席勒的《审美教育书简》。他说,游戏冲动是感性冲动和理性冲动中间的桥梁,艺术包括文学要帮助人完成从自然人到理性人的过渡。在一些德国思想家那里,文学、艺术、美学也往往占据一个重要的中介位置,其价值不在本身,而在其之外。我的理解是,文学作为审美教育,目的是让我们变得"更好"。

为什么非要变好不可?的确,饮食男女,人之常情。无论是宋元话本、明清小说,还是近现代的鸳鸯蝴蝶派作品,无论是武侠、言情、侦探还是更广泛的网络通俗小说,许多作者都在瞄准读者最简单的欲望,提供最粗糙、最直接甚至最粗暴的满足。这些满足感来得如此容易,暂时让读者忘掉了现实生活的种种磨难与不易,为一代又一代的人们提供了白日梦和麻醉剂。因此,文学的休闲价值应当得到承认——但得到的,也仅仅是"承认"。文学绝不是让我们的人性原地踏步。

人有"向上"的一面。如果"仅仅"满足于饮食男女,人性就等于动物性。人不会满足于停在原地,所谓人往高处走、水往低处流,说的是人性总是在历史实践中自我提升的。这"向上"的一面才是人的本质。

文学曾经承担而且应当继续承担提升读者精神世界的任务。一方面,我们小时候读的《创业史》《山乡巨变》《钢铁是怎样炼成的》这些作品,展现了典型人物的崇高一面;另一方面,《九三年》《红与黑》《包法利夫人》《安娜·

卡列尼娜》《静静的顿河》，这些作品里真正打动人的，也不是打斗、凶杀、家长里短或者三角恋，而是主人公在危机中爆发出来的超出常态的意志力、决断力和情感。不同历史语境下，作为人性"向上"本质的体现，这些文学作品反过头来激荡着一代又一代的读者，改造着我们的心灵世界。固然，提供对读者常态需求的低层次满足，是一部分文学的功能；然而，真正优秀的文学，必须使读者受到高层次的精神涤荡与教育。

值得注意的是，文学以提升精神素养为己任，而不仅仅针对读者。作家与读者的关系不是割裂的，更不是对立的。作家与读者的关系不应是一味的迎合，也不能仅仅理解为启蒙者式的居高临下的教训。作家必须不断从与读者的积极对话交流中获取信息、改造自身、深化认识；读者以各种媒介渠道与文学、作家产生真诚的反馈与评判。重新发展出作家与读者的良性互动，让读者主动参与、积极反思，让作家主动调整、完善自我。只有这样，文学才能反过来既教育读者也促进作家，真正完成提升全部人口精神素养的重任。

张　江：将读者定义为上帝，一味取悦迁就读者，迎合市场中的低俗趣味，表面上看，似乎给予了读者至高无上的地位，但事实上，这是以麻醉的方式在愚弄读者。对从事文学创作的人而言，对读者真正的尊重，不是迎合和取悦，不是投其所好，而是以真诚的态度面对读者，与读者展开心灵对话，进行思想和情感的交流，让读者在对话与交流中得到精神的陶冶，思想的升华。毕竟，这才是人民大众需要文学的根本原因。

（《人民日报》2014 年 6 月 27 日）

批评为什么备受批评

对话人

张　江（中国社会科学院副院长、教授）

程光炜（中国人民大学文学院教授）

方　方（湖北省作家协会主席、作家）

邵燕君（北京大学中文系副教授）

高建平（中国社会科学院文学研究所副所长、研究员）

张　江：近年来，文学批评一直处于尴尬境地，表面红火，实际上却备受质疑。失语、失节、失效，指责不断，非议不断。批评家其实很努力，他们忙碌的身影频频出现于各种研讨会现场，大块文章屡见于报纸杂志。批评也不可谓不繁荣，无论是成果数量，还是从业人员规模，都已超越历史上任何时期。但是，关于批评的批评却始终不绝于耳。批评为什么备受批评？这是一个必须认真对待的问题。

批评要站在文学创作之上

程光炜：面对不断演变的文学走势与格外丰茂的文学创作，文学批评确实遇到了前所未有的挑战。检省文学批评现状，也确实有许多需要改进或强化的地方。在众多的不足与问题中,批评的有效性问题显然最为突出。我们当然不能期待所有的批评家都能启发作家心智,所有的批评都能击中文学命脉。然而,在众多的批评家之中,一定应该有杰出的批评,有大批评家的出现。文学批评只有站在文学创作之上,评判价值,洞见趋势,指出存在的问题,才是杰出的、有效的和富有启示性的,才是这个年代最为需要的批评。

怎么判断文学创作的价值?

首先,作家自身所具有的道德力量,是他的作品能否产生上述作用的决定因素。英国大批评家利维斯在《伟大的传统》一书中认为,道德力量不是道德说教,它是人类生活的主要部分,"怎样生活"这问题本身就是一个道德观念,人人都应该用这种方式提出问题,关注这个问题。他进一步指出,所谓小说大家,乃是指那些重要的小说家——他们不仅为同行和读者改变了艺术的潜能,而且就其所促发的人性意识——对于生活潜能的意识而言,也具有重大的意义。坦率地说,1982年问世的路遥的中篇小说《人生》之所以在一代人的精神生活中产生了巨大影响,原因就在这里。而今天的文学批评,并没有认真探讨当时为什么能够产生这种影响而今天的作家却拿不出产生这种影响的作品的复杂原因。

其次,能否唤起人们感情的整体经验,是检验小说能否成为非凡之作的另一个标准。牛津大学教授以赛亚·柏林在看到帕斯捷尔纳克的长篇小说《日瓦戈医生》后非常激动,但他仍然非常客观和眼光深邃地谈道:它作为一部小说并非完美无缺,小说结构安排也不能算恰当,有些细节表面生动,富有戏剧性,却矫情造作,有几处还有东拼西凑之感。但作家把人们在大时代的各种反应提升到了一个天才的标准。令柏林印象最深的,是它关于男女主人公在大雪席卷的西伯利亚小村舍里情景的描写。那种充满激情、义无反顾地把世间万物都抛到脑后的两情相悦的爱情,他认为只有在托尔斯泰的《安娜·卡列尼娜》中才能找到。这种爱情就是一种人类整体的历史经验。

1985年文学转型后,个别取代整体、局部取代全部的文学观念成为当代中国文学的一种潮流。这种潮流认为"道德力量"和"整体经验"已是陈旧年代的历史遗留和影响文学发展的主要障碍。如果辩证地看,这是一种文学史的短视,这种短视最终让这20年的中国文学和作家受到了惩罚。

表达"职业读者"的意见

张　江：对文学批评的批评，创作界的声音不容忽视。创作和批评本为一体，应该相得益彰，但现在的情况是，无论表扬还是批评，作家皆不买账。原因何在？说到底，一个作家对批评家的真正期待，不在表扬或批评本身。无原则的热捧与意气的指责，不但对创作无益，而且有害。批评的核心在于切中要害，调动作家思考，推动创作，这是批评赢得作家尊重的关键。

方　方：每个写作者在发表自己的作品后，都明白自己将会面对一些文学批评者。他们可能对你的作品有着完全不同的解读。在那些解读中，或许会给你莫大的鼓励，或许会提出极好的建议，但也可能会持以激烈的批评。他们的批评态度也因人而异，有人是和风细雨，也有人是雷电冰雹，有人是心怀诚恳，亦有人刻意挑剔，如此种种。这是我们从写作一开始就明白的事，也是件自然不过的事。文学创作和文学批评，从来都是一个整体。二者的相互促进，才能造就更为丰富更有意思的文学。

但文学批评家并非文学创作的教导者。对于写作者而言，真正的作品，都是由内心出发，是自己内心激荡的产物。这是他人所无法教导的。所以，在我看来，文学批评家更像是一群职业阅读者。因为他们大量阅读，对于文学的理解和分析，拥有比普通读者更多的对比和经验。他们常常会从各个不同角度去重新解构作品。他们既能体会作者内心深处所想要表达的情感和思想，也能搭建一个与原作完全不同的世界。他们也经常冒出一些非常有意思的想法，有些观点甚至让人惊艳。但他们中更多的人，会通过对作品的分析，提出自己友善的建议。这些建议和观点多会给作者以启发和激励。就我自己这么多年的创作来看，从文学批评家那里所获得的教益非常之多。他们的言论经常促使我向作品的更深处思考。

但是，写作是极个人化的，而阅读也同样带着强烈的个人色彩。人和人的差异很大，每个人的成长环境、教育背景、性格气质以及遗传基因都不一样。一部作品发表后，有人产生共鸣，有人奋而抵触，有人格外喜欢，有人特别反感，有人痛哭流涕，有人拍案骂娘。如此之状，都是常态。电脑还有不兼容系统，人更是繁杂。有些人体会世界的方式跟写作者完全不同。所以他们对作品的理解，经常会朝着写作者根本意想不到的方向而去，有的甚至是反方向。而此时，他们所理解的文学，也与写作者所理解的文学不是一码事了。就算是批评家海量阅读，也逃不出这个劫数。一篇作品发表后，我们经常会看到一些非常不舒服的批评文章。文章的措词或所提问题甚至会让你目瞪口呆。你完全想象不出来批评者是怎么在理解你的作品，你甚至会有一种来者不善的感觉，觉得他的严厉痛批，并非因为作品，而是因为其他。

无论如何，作为写作者，我会尊重批评家（包括普通读者）的所有批评，尊重所有的不同观点。因为这是他们的权力，也因为，正是有了各种各样的不相认同和不相兼容，文学的世界才会更加丰富有趣，文学也才会千百年来富于魅力。当然，作为写作者，尊重并不意味着服从。当有的意见与自己的感觉完全不对路数时，选择不听不理也是写作者的权力。因为，每个写作者也要尊重自己的内心的文学，并且尊重自己。

"学术黑话"难以走进读者

张　江：文学批评的受众，除了专业作家，还包括普通读者。当下，一个严峻的现实是，普通读者基本不看文学批评。读者对文学作品的选择以及阅读潮流的形成，基本上由商业性的宣传、炒作来完成。个中危害自不待言。文学批评如何重获大众关注？这一方面需要文学批评重塑公信力，摆脱现实的功利考量，把批评还给文学；另一方面也需要重塑亲和力，从故作高深的伪学术中摆脱出来，消除术语依赖症，把批评还给读者。信得过、读得懂，这是大众对批评最起码的期待，也是批评最基本的要素。

邵燕君：讨论文学批评如何走进读者，首先面临一个"读者信不信你"的问题，你是一个有眼光、有原则的"专家"，还是一个乱戴高帽、信口雌黄的"砖家"？接下来是一个"读者爱不爱听你"的问题，你是否能用鲜活的语言把大道理讲清楚，还是只能讲"学术黑话"，让普通读者不知所云？可以说，当前的文学批评在读者信任和读者兴趣方面都存在严重问题。

在传统的中国当代文学生产机制内，商业文学市场机制一直没有得到充分发展,"媒体批评"也一直没有建立起一套成熟的体系。我们现在的图书市场上缺少一批有口碑、有个性、有影响的"职业书评人",为读者推荐佳作,并进行引导性解读。由这样一批"职业书评人"主导的"媒体批评"虽然是有内在商业属性的,但会同时建立起一套内在制约的"行规"。举个例子,对于一个口碑很好的"职业书评人"来讲,为一个几千元的"红包"无原则地说好话是很不合算的,因为这将间接损伤其更大的经济利益。我们今天的很多"媒体批评"是由专业批评家"客串"的,与其说是"红包批评",不如说是"人情批评",消耗的是公共资源,所以特别容易"顺情说好话",但实际上却伤害了文学批评的整体信誉。

事实上,所谓学院派的问题也很多。钻进象牙塔里,远离文学实践,要么是以生造连自己都不懂的伪学术"黑话"为乐,要么就是以舶来的技术生搬硬套地解读文本,将生动的文本肢解成毫无生命的碎片,成为某种理论的注脚。这种大而无当、隔靴搔痒的批评,实际上早被作家和读者拒绝,沦为"自说自话"。因此,在敦促"媒体批评"加强专业品格的同时,在"学院派"中倡导"介入性"也同样重要。当然,专业研究者介入现实批评时,必须明确自己的定位,以专家身份,秉学术公义,以直言精神和专业品格促进文学健康发展。切忌顶着学院的帽子,做"文学表扬家",以公器换私利。当然,无论从事"媒体批评",还是"专业批评",只要是面对普通读者的批评,都必须改文风。满口"学术黑话"不可能走进读者。

今天更需诊断性批评

张　江:有人认为,在商业时代,批评本身就是一种宣传,无论表扬还是批判。客观地讲,在当下的时代语境中,受各种现实因素的裹挟,有相当多的批评背离了文学自身,成为商业炒作的帮手。但是,批评在现实中所形成的宣传效应,只能是批评的衍生功能,不能将它上升为主要功能。从根本上说,批评家唯一面对的只能是文学,而不能是文学之外的其他因素,尤其不能是金钱、是利益。

高建平:批评组织方式是多种多样的,从目前的情况看,有两种组织方式很流行,也很有影响。第一种是推介性批评。出了一本新书,出版社邀请一些批评家写评介文章,召开作品讨论会。媒体配合新作的出版,让批评家们说话,吸引大众的注意。这种批评是必要的。酒香不怕巷子深的时代早过去了,现在是市场经济时代,需要有人帮助读者选择。第二种是扶植性批评。一些作家组织和地方政府的宣传部门,为了扶植当地的作家,邀请一些批评家对本地作家和作品进行扶植。这种扶植当然很好,也很重要,利于作家尽快成长。

但是,除了这两种批评以外,我们今天更加需要另一种批评,像医生治病一样的诊断性批评。这主要指不带任何外在的意图,只是面对作品本身实话实说、发现问题、揭示病症的批评。这种批评要专业化,需要文学批评家多方面的能力,既要有丰富的文学史知识,有对文学理论的深入把握,也要有文史哲等相邻的人文社会科学学科的知识和修养,有对当下文学发展状况的了解,更重要的是有对当代文学作品的深入感受力。

诊断性批评要克服"软骨病",树立起批评的权威来。批评家不必与作家或出版商有个人的关系,更不能有利益上的联系。批评家也不必像有些人所提倡的那样,一定要与作家交朋友。交不交朋友,是个人的事,即使交了朋友,也可以是诤友。重要的是面对作品说话。一位医生不会对他有病的朋友说:"你没病。"一位批评家也不要在各种人际关系面前丧失标准,远离作品本身。

张　江:批评备受批评,一方面说明当下的文学批评存在各种各样的问题,另一方面说明人们对文学批评抱有更高的期待。对于各种质疑和责难,批评家需要做的,不是辩解,不是我行我素,而应是深刻的反思。面对崭新的生活,面对已经发生深刻变化的时代,文学批评既需要坚守也需要提高。没有对文学的忠诚坚守,批评家将沦为"掮客";没有提高,批评只能堕落为浅薄。繁荣文学,需要一个强大的批评家群体。好的批评家要有对文学的正确态度,也要有令人敬佩的专业品格。只有让批评的质量高起来,才能使批评少受批评。

(《人民日报》2014 年 7 月 15 日)

文学需要什么样的批评

对话人

张　江（中国社会科学院副院长、教授）

施战军（《人民文学》杂志主编、教授）

陈忠实（中国作家协会副主席、作家）

白　烨（中国社会科学院文学研究所研究员）

曹文轩（北京大学中文系教授、作家）

张　江：不止一次听到个别作家放言"从来不看关于我的批评"，当然，事实未必如此。不排除有人想以这种方式彰显"清高"。但我们需要思考的是，为什么会有人对批评如此轻傲？我相信，如果关于一个作家的批评是切中要害、令人信服的，并对其创作有深刻启发和巨大帮助，任何作家都没有理由对批评如此不屑。文学批评，批评的是文学。当批评家们已经习惯于躲在象牙塔内，或者靠索引和注释炮制鸿篇巨制，或者热衷于制造理论狂欢，不妨反思一下，文学到底需要什么样的批评？

"摆渡者"的批评

施战军：这十多年来，远离文学现场的不及物批评、削足适履式的"项目课题"批评、堆砌大量文献而鲜有真知灼见的"学术规范"批评、独尊某一创作思潮或者理论倾向而罔顾文学丰富性的"学阀"批评以及唯西方新潮马首是瞻而脱离文本实际的泛文化批评,等等,在学院批评中占据绝对多数。

解决之策,基于探究深层原因、实际触动现存形态并提供条件引导应有的走向。深层原因其实并不复杂。我们的学院体制对所谓人文类学术成果的要求,是仿照科学技术和社会科学的专业评价体系制定的。为了对各种项目申报以及职称晋升和评奖"有用",机械化大生产出来的"学术模样"的成果,大批量地内循环于学院范围,文学研究、文学批评跟鲜活的文学关系甚微。我们的文学专业教育,也被从拿学位到拿项目再到拿职称的焦虑覆盖了爱文学的愉悦,内心的文学感受和兴味难以发达,更谈不上纯粹。由此,出产了那么多或者艰涩或者平庸的文学研究与评论著述,人文学科的成果恰恰缺少人文情怀,文学研究没有文学体温,与文学之美妙深邃无关。这样死硬的评价机制不改,一厢情愿地去触动学院文学研究和批评现状,几无可能。

当然,这只是问题的一面。学院批评也不能完全否定,毕竟学院中深厚的人文根基是文学学科的学术沃土,拥有人文自觉的学者会将文学史教学本身当成人文根基的自我修正的途径,并以此为新的文学确立源自史识的经纬。学院评价体制的消极影响再强大,也仍然会有热爱文学的理想主义者存在。在文学史学术背景和新鲜的文学场域之间,学院批评就应该扮演好摆渡者的角色。这本该成为学院批评的优势,也是学院批评的乐事。也许,大家都清楚,在功利性的"生存"之外,"业余"所做的满载文心的文学批评,更能代表自己的志趣吧。

接通时代地气的批评

张　江:文学批评是不是能寄希望于"业余",可以进一步讨论。但有一点是肯定的,文学批评不能远离当下。事实上,文学批评本身就是一种当下性很强的学科。对文学发展脉动的敏锐捕捉,对新生力量和新质元素的及时发掘,对现实文学经验的梳理和提升,都鲜明地印证着文学批评不可或缺的当下性。但颇为奇怪的是,在我们今天对文学批评的评价机制中,当下性反而成了要竭力祛除的要素。尤其是在学院内部，刻意规避当下，追求所谓的纯粹性、学术性，成为颇有市场的识见，甚至成为判定批评高下的标准。这是对文学批评本质特征的否定，也是对文学批评价值的消解。

陈忠实：文学批评有多少类型，我并不是很了解，但从一个文学写作者的角度来看，我希望看到介入当下的批评，即连通时代、接通地气的文学批评。因为这样的批评才可能真切，才可能务实，才可能发挥切实效用。正如鲁迅所说："必须更有真切的批评，这才有真的新文艺和新批评的产生的希望。"

作家无论写作什么，一定都会有当下的意识在内里起着作用。写现实题材是这样，写历史题材也是这样。我写《白鹿原》，并没有写到当下，但用当下的意识去观照过去，并在历史中暗含现实，是显而易见的。这一点，已经被一些明眼的批评家不断指出，这也证明这些批评家以批评的当下性，进而发现了写作的当下性。这样的不约而同的当下性，正使写作与批评彼此呼应并良性互动。

对于写作者来说，读者的欢迎与意见，是更为重要的。批评家其实也是读者的一种，不过是更为专业的读者罢了。所以，既游离于时代，又游离于读者的批评与批评家，其实是既没有什么力量，也没有什么市场的。

我在前年出版了一本近年的散文结集，取的名字就叫《接通地脉》。所谓接通地脉，是指我的这些文章，是在把握时代的脉搏、感受生活的脉动的过程中，有所感触，有所思忖，属于实打实的生活感喟与人生感悟。这种对于当下性、本土性的注重，是我对于文学的态度，也是我对于批评的态度。

其实，好的作家，好的作品，乃至常销的作品，留得下来的经典，都是"历史的文学摘要"和"时代的文学剪影"，是通过个人化的感受，对一定时代的历史与情绪的捕捉与定影。因此，解读这样的作家与作品，同时需要批评家面对当下驰骋思索，立足文本品评分析，而不是离开应有的时代定位与本土立场，凌空蹈虚，自说自话。

20世纪至今一百多年的中国历史，其剧烈演变的复杂过程，在世界上是没有哪个国家所能比拟的。这一百多年应该反复写，应该有许多作家去写。各自以其独立的思维和独特的体验去写，就会有不同的艺术景观留给这个民族的子孙，也展示给世界各个民族。我们的批评家应该为催生与百年中国历史相匹配的文学大家和经典作品而努力，而不是离开这样的大使命、大担当，去沉浸于批评的自弹自唱的小得意,乃至走向学术的闭门造车的小格局。

创新有效的批评

张　江:我有一个基本的判断,就最近这一二十年而言,文学批评落后于时代,落后于文学创作的发展。这并不是说文学批评退步了。事实上,这些年文学批评与自身相比也有进步,但是,相比于时代和创作的发展,文学批评在跃升幅度上显然要大为逊色。"逆水行舟,不进则退"是老话,现在的情况是,逆水行舟,小进则退。冲破陈旧观念的束缚,与时代和创作共奋进,甚至要有引领时代文化走向、左右文学创作风向的宏图壮志,批评才有未来。

白　烨:当下的文学与文坛,经过20世纪80年代、90年代和新世纪以来的持续演变,随着市场化、大众化、全球化和媒体化的影响与推动,发生了种种新变。这种多样性与混杂性的文学现状,使得批评的处境、地位与过去迥然不同。

当下批评面对着不少难题,面临着诸多挑战,是问题的一方面;而文学批评确实需要在自省中自立,在自立中自强,是问题的另一个方面。这些属于自身方面的问题,也确实需要坦诚直面、深刻认识和切实解决。

首先,批评家需要增强社会责任心,增强历史使命感,以知识分子的良知、审美高端的感知,观察现状,洞悉走势,仗义执言,激浊扬清。要超出对于具体作家作品的一般关注,由微观现象捕捉宏观走向,由典型性现象发现倾向性问题。该倡扬的要敢于倡扬,该批评的则勇于批评,对于一些疑似有问题的倾向和影响甚大的热点现象,要善于发出洞见症结的意见和旗帜鲜明的声音。要通过批评家自身心态与姿态的切实调整,强化批评的厚度与力度,逐步改变目前这种文学批评宣传多于研究、表扬多于批评、微观胜于宏观的不尽如人意的现状。

其次,批评家在观念、方法和语言上,要不断地与时俱进。比如有的批评家的思想与情绪还停留在过去的岁月,这使得他们在看取现状和表述问题时,都明显地与当下现实错位或脱节。还有不少批评家,在知识结构与理论准备等方面几十年"一贯制",少有新的吸纳和大的变化,甚至明显老化。因此,在面对超出已有经验的新的文学现象时，要么是文不对题，要么就失语、缺席，显得力不从心、束手无策。譬如在市场上长驱直入的青春文学，在网络上广为流传的网络文学，就基本上游离于主流批评的视野之外。出现这种现象的原因，并非文学批评的"不为"，而是现在批评家的"不能"。这种现状长此以往，既可能会使如青春文学、网络文学等新兴文学难以得到品位的提升，也会使文学整体的和谐发展受到很大的影响。

最后，要适应文学与文坛各个方面（从观念到群体）的新变化，走出传统的文学批评模式，在批评的样式和方式上增强多样性，体现鲜活性，加大辐射性。比如，在传统的以作家作品为主的评论之外，要借助新的传媒方式和传播形式，适应新的阅读群体，介入各类文学评选、评奖；利用电视、网络视频等就有关现象、话题进行座谈、对话与讨论；利用网络阅读跟帖点评网络文学作品；运用微博、微信发布文讯、书讯，或短评、点评，等等。总之，要打破固有的观念，走出传统的模式，使批评在新的历史条件下，争取话语权，实现有效性。

从"工具"中解放的批评

张　江：影响读者，引领受众，这本是文学批评的应有之义。最近这些年，文学批评的这一功能已大大弱化，甚至已经丧失。批评需要服务于大众，这居然成了一个问题。在现有的机制下，批评家当然可以通过寄身高校，高枕无忧地打造没有大众的批评。但是，有一个道理必须清楚，任何一个学科，如果只是少数人的职业，它的生命难以长久。"有为"才能"有位"。文学批评，只有在社会文化生态的建构中有作为、有价值，社会才会赋予它地位和尊严。

曹文轩：文学批评是面向文本、面对现实的实践，对于读者而言，它更是不可或缺的良师益友。文学批评之于文学创作，犹如在繁荣而缭乱的土地上描绘地图，并把它呈现给普通的文学受众。一个读者是否接触文学、如何接触文学以及接触怎样的文学，一定程度上取决于文学批评。

过来人都记得，20 世纪 80 年代是文学的黄金时代，更是文学批评的黄金时代。那些新锐的面孔和大胆的论断,是多么让普通读者陶醉,也让作家着迷。一篇最初让人大惑不解或者让人"气闷"的作品,可能就因为若干个敢于推介和评定的批评家,成为被反复讨论和传颂的经典。文学史上,"朦胧诗""寻根"或者"现代派"之所以能成为具有社会影响的文学思潮,与批评家的参与和推动密不可分。

无论以何种方式,批评终究要并一定会影响和引领读者。可以说,与读者和作家的密切互动,是20世纪80年代文学批评之所以辉煌的重要原因。建立与读者的关联是文学批评无法逃避的责任,也是它存在的根基。

伴随中国文学研究在20世纪90年代之后整体学科化、学术化和学理化的大趋势,文学批评变得日益严谨。但毋庸置疑的是,"学院化"之后的文学批评慢慢变成了一整套"请神"仪式,只有经过对东西方理论大师的"请神上身",开口说话才有底气。于是,文学批评变成一门独立而生僻的"学问",并开始对读者丧失影响力和亲近感。一方面,这种"学问"对于作家的帮助不大——作家从这样的批评中获益甚微,甚至还制造误解;另一方面,对于职员、老板、农民工等读者来说,又为什么要阅读一篇艰深晦涩到犹如黑话的"批评"呢?

真正的文学批评应当对普通读者产生积极作用。沦为小圈子的玩物,是批评的悲哀,也是文学的悲哀。掉书袋,玩术语,纠缠于一些云山雾罩的概念,会失去与读者的联系,并会加剧文学的危机。真正的批评首先要直指人心、给人力量,使普通读者也可亲可感。

自然,批评的风格应是多种多样的,而不只是千部一腔的公共文体。例如,可以有一种本身也是艺术品的文学批评。这样的批评除了指出我们的审美理想,它本身就具体地呈现了我们的审美理想。它对人的影响不仅是理性的,还是感性的——像启蒙的光,但又像不断自我生长的植物根系,是随着反复阅读品鉴而不断向下深化的。批评要好读,要耐读,尤其要有在阅读中不断展开的复杂韵味。这样,文学批评才能把理性和感性、知识和感觉、艺术性和社会性统摄起来,成为既影响作家又引领一般受众的文本。

张　江:时下,批评发生了严重异化。它的发展逻辑已经不再是"文学需要什么样的批评",而是"批评家需要什么样的批评"。需要维系"友情"的批评,于是批评就成了无原则的"好好先生";需要评职称的批评,于是批评就成了按照所谓学术规范"集成"的呆板文章;需要满足理论欲望的批评,于是批评就成了理论的注脚或佐证。凡此种种,都有悖于批评的本义。让批评从这些世俗的或非世俗的工具中解放出来,重新回到文学自身,是批评发展的希望所在。

（《人民日报》2014 年 7 月 29 日）

当下的批评是不是学问

对话人

张　江（中国社会科学院副院长、教授）

李洁非（中国社会科学院文学研究所副研究员）

吴秉杰（中国作家协会理论批评委员会副主任、批评家）

周大新（中国人民解放军总后勤部政治部创作室主任、作家）

陈晓明（北京大学中文系教授）

张　江：以当下文学为对象的文学批评，与文学史研究不同，批评家要跟踪最新的文学现象，阅读当下的文学作品，作出及时的反应，写出一些单篇的、短小的、针对性强的文章。在当前的学术评价体系中，这样的批评文章总是被鄙薄，认为不是学术。一位批评家，如果仅仅关注当下，没有系统的理论著作，没有征引古今中外各种书目做参考文献，其成果就会被视作学术含量不足，此类批评家也很难被看成是好的学者。这种现象值得反思。

批评何以备受鄙薄

李洁非：认为当下文学批评难称学问而抱以鄙薄，此态度或认识在我这代人当学生的时候就已如此。当时支撑此看法的主要有两点：第一，当代事物处于现在进行时，尚未经过时间考验、淘汰和遴选，属于经验形态、现象形态，没有上升到可靠稳定的知识层次，因而难称学问；第二，客观上，新中国成立之后的文学跟政治的关系太过紧密，致使文学批评起伏不定乃至自相矛盾，昨天是香花、今天变毒草，由于工具色彩浓，文学批评少有学术性可言。

这两点有的有道理，有的没道理，可作具体分析。当代文学尤其文学批评，曾经跟政治绑得太紧，这是事实，所以第四次文代会决定调整文艺政策，废弃了文艺为政治服务的口号。以此而论，当代文学尤其是文学批评一度让人缺乏敬意，可以理解。但从那之后又过去几十年，以政治批评代替文学批评的现象早已消失，有些人仍把当代文学、当代文学批评看轻，乃至跟古代文学或现代文学放在一起好像就矮上三分，已经没有道理了，只是一种偏见。这种偏见恰恰暴露了我们的价值观或思维上的极大不足。

若从文化心理上求其根源，则更加久远。中国的读书人，两千年前就有鄙薄当世、崇古好往之风，总觉得今不如昔，认为文化的价值随时间的推移而沉淀，越新越近的东西越没价值。如此以坟典为尚，进而就形成故纸堆才是学问，或者愈是死学问愈要高一等的畸恋，对务实的或与现实关系紧密的才学，普遍有轻蔑之心。这就是明亡后李恕谷所批判的"不唯圣道之礼乐兵农不务，即当世之刑名钱谷，亦懵然罔识，而搦管呻吟，自矜有学"。加上科举也起坏作用，出题答题不超儒家经典、程朱理学，八股文与现实社会实践根本隔绝，读书人在这种格局里浸泡，养成对当下事务既乏能力也无见识，却洋洋得意、自视高深的心态。

历史本身，从来都是作为活生生的、鲜灵灵的"当代史"发生和出现的。就此而言，在文学史上除了"当代文学"，也可以说就没有别的文学。庄屈、陶谢、李杜、欧苏都是各自时代的"当代文学"，《典论·论文》《文赋》《诗品序》《与元九书》《送孟东野序》《书梅圣俞诗稿后》无疑也是各自时代的"当代文学批评"。鲁迅的小说是20世纪一二十年代的"当代文学"，他的许多杂文也不折不扣就是当时的文学批评，难道同样的东西非得过上几十年才可以被视为"学问"？以"学问"为由而鄙夷"当代研究"者，若干年后在历史面前免不了被笑为盲聩。

厚古薄今积习难移

张　江：对当下批评的轻视，归根到底是厚古薄今的观念在作祟。表面看来，这只是一个对历史和当下的价值判定问题，实则隐含着更为复杂的原因和动机。其中很重要的一点，是研究者没有勇气和能力面对当下、处理当下。当下是正在发生的未竟形态，包含了诸多变数，面对当下也就意味着面对挑战和风险。而躲到历史深处的研究，在很大程度上规避了这种风险。任何人都没有理由轻看历史，但是，历史之所以有价值，不在历史本身，而在于它的经验和教训能够镜鉴当下，服务当下。忘却了这一点，是古非今，挟古自重，再大的学问也终归百无一用。

吴秉杰：当下，学术研究的诸多领域内，厚古薄今，重远轻近，已成为主导研究方向与学术秩序的潜在规则。在这种学术价值观的影响下，古代比近代有学问，近代比现代有学问，现代比当代有学问，成为通行与流行的看法。至于当代文学批评，在有些人看来还够不上研究，在这样一个序列里，是根本数不上、排不进的。

厚古薄今思潮的核心，当然是信而好古，唯古是信。认为越是古老的、久远的，今人越是应该顶礼膜拜。认为这里不仅没有"精华"与"糟粕"之区分，而且没有超越与更新之必要。这种复古的情结，以多种方式存在于学术领域，而且也以不同形式泛起于社会生活。如在"继承传统""弘扬民族文化"的旗号下，有一些封建迷信思想、传统中的糟粕沉渣泛起，一些影视作品热衷于展示帝王生活，渲染奢靡情趣，赞美奴性媚态。

细究起来，厚古薄今的内里不是简单的思古之幽情，它还隐含了学人与学界的种种不良习性和习俗。比如，把文人之间的相轻意识，转嫁到不同门类的评价上，通过行业的等级划分，把不同门类的研究者在学术上作了高下贵贱之区分。还有借助所谓更有价值的学术研究的名义，掩饰直面当下能力的缺乏，把远离当下包装为学术高雅，把直接研究当下贬低为学术浅薄或不学术，这样做的结果，是让厚古薄今的积习摇身一变，成为对当下文化与文学既没有热情又没有能力的人的护身符、遮羞布。

在如何对待传统文化方面,我们实际上已有一定的经验,那就是毛泽东一贯倡导的要"古为今用""推陈出新"。在他看来,"向古人学习是为了现在的活人"。我们应该珍视这样的经验,以今天的社会为立足点,以当下的时代为观察点、制高点,让我们的文学与艺术,包括我们的学问与学术,为今日中国之现实服务,为今日中国之大众服务。

学以致用是真学问

张　江:当下批评是不是学问?这要看对学问如何界定。如果学问仅指掉书袋堆砌起来的"硬知识""死知识",当下的批评看似不太像学问;如果学问代表的是一种价值确立,那么,当下批评当然是学问。不幸的是,在学院体制的裹挟下,我们时下对学问的判定,已经越来越形式化。用什么样的文风写作,有多少个注释,引用了多少本古书或洋书,这些因素正在演变为"学问"与否的判断标准。但是,对文学批评的判定,归根到底要看它的有效性,即是否有利于作家创作和读者接受,是否有利于文学发展。

周大新:当代批评算不算学问?时常能听到这种议论。学问是什么,依我看来,学问就是知识。曹雪芹的《红楼梦》中有一副对联"世事洞明皆学问,人情练达即文章",这句话老了点,但对我们还是不无启发。知识作为人们在改造世界的实践中所获得的认识和经验的总和,深藏于各个领域,体现在方方面面。英国哲学家斯宾塞说过:"知识在合适的环境下的被利用产生的价值才是最为重要的。"真正的知识是学有所用、学以致用的,在实现自我价值的同时,能将自己的所学融入社会,这才是最为重要的。

从对创作更有用处的角度看,作为审美判断的文学批评,可以与作家进行更直接的交流与互动,对作家产生更内在的影响与促动。在我自己的小说创作的过程中,从批评家那里汲取到不少有益的营养,这些评论与批评意见,不管是否合乎作者原意,都是动态美学的当下阐释、文学意义的适度延伸,都能给作家的思考与写作以一定的启迪。对于作家写作来说,这当然是最为切实也最为有用的学问。

创作是一种孤独的没有终点的旅行,在写作者的远行旅途中,需要鼓励,也需要批评。当年,我的短篇小说《汉家女》发表后,出现了不同的看法,有肯定,也有批评,这都促使我从不同角度反思自己,并对文学活动的复杂性有所认知。后来,我写作长篇小说《第二十幕》,因为耗时太长,身心疲惫,使得原本就不很自信的我,一度对自己写的作品乃至写作的意义都产生了怀疑。就在此时,评论家朋友花时间读了我近百万字的书,还热情地为我开了研讨会,对作品进行了分析与肯定。这一下子又鼓起了我的劲儿,增强了我继续写下去的信心。这些事每一想起,感激之情仍盈满胸中。

从事写作以来,我经由文学结识了许多同行好友,包括许多前辈、同辈和后辈的评论家。读他们写的书与文章,对于我了解他们的思想与情感,获知他们的思考与观点,乃至了解当下的文情与文坛,都有帮助。这让我感到,在文学跋涉的路上,自己并不孤单。

理论的生命力根植现实

张　江:文学理论也是如此。一些从事理论研究的学者,写起文章来习惯掉书袋,旁征博引,却忘了一个基本的问题,理论是关于文学的理论,只有根植于鲜活的文学实践,并最终指向文学实践,理论才有意义。一切离开了现实的理论,都是空头理论。现实性是理论的生命。

陈晓明:文学理论与文学批评既相互区别又相互联系,在具体的批评实践中,它们可以清晰地区别开来。文艺理论作为一门专业,在当代历史的某一时段内曾经显得无比重要。即便"文化大革命"后,文艺理论的重要性依然不可动摇。新时期的创作现实对理论提出挑战,亟须给文艺松绑,理论界围绕文艺与政治的关系、文艺的人性论、人道主义、文艺的上层建筑属性等展开论争,其结果是使文艺理论这个专业获得了思想解放。也因如此,文艺理论原来设定的一些权威性命题近乎失效。一门学科因为理论的解放而面临动摇自身根基的危险,这是发人深省的事。但是,这也恰恰表明,当代中国的文艺理论有面对现实的勇气,在实践中获得了自我更新的生命力。

20世纪八九十年代之后,中国社会的文艺实践异常丰富,文艺理论不再可能封闭于原有的原理、定律之中,那些被作为原理概括归纳的命题,都面临着文艺现实的检验，甚至可以说，理论的既定性失效了，理论只是一种思维方式、一种论述和言说方式。就我个人的体会而言，理论批评一定要介入文本，一定是文本释放出理论的要素和活力。批评活动不能拿着理论的条条框框教条化地去套具体的文本，不能用既定的理论去要求作家照样创作。理论只具有思维方式的意义，即是说，在面对具体的文学创作、具体的作品文本，所有的理论成见都要抛开，所有现成的理论结论都不具有权威性和绝对性，而是要回到文本的具体阐释，从中发现文本的意义，或者提炼出文本的理论素质。

其实，在欧美的文学批评活动中，"文学原理"常常只是对文学批评的概括和归纳。例如勒内·韦勒克和奥斯汀·沃伦的《文学理论》、沃尔夫冈·凯塞尔的《语言的艺术作品》、特里·伊格尔顿的《文学理论导论》，以及罗曼·英加登有关文学作品的数部理论著作，这些所谓的文学理论著作，并非自己归纳一套文学的基本原理或规律，而是归纳新批评、结构主义、符号学、阐释学、接受美学或现象学有关文学研究或批评的一些基本观点、概念和方法论。到了 20 世纪七八十年代，"耶鲁四君子"的解构主义文学批评引领美国潮流，他们的文学批评被认为具有很强的理论性。但他们的批评显然不是去阐发或还原解构主义的理论，也不是要形成什么原理体系，而是进入文本内部，去发现文本修辞和文学性构成的肌理。

国外文学理论的这些发展，有供我们借鉴之处。文学理论要发展，不是要在理论构架上多么精巧玄妙，论述上莫测高深，语言上佶屈聱牙，也不是形式上旁征博引。这些作文之道，固然重要，但都不是最根本的。文学理论的生命力，在于它的现实性。文学理论要激活经典文本，使我们获得新鲜的感受，更要从当下的文学创作实践中汲取理论的启示性和自我更新的生命力。理论的生命力在于指导现实，这句古老的名言，在今天仍有着巨大的生命力。理论要面向创作现实，面向批评现实，在与文本的直接碰撞中锤炼自身。

张　江：从事学术研究，追根溯源，严谨考证，讲究学术规范，这些都非常重要；重视理论推衍，逻辑严密，与过去的理论大师对话，这当然也很重要。但还要强调一点，学术研究要以我们当下身处的现实为核心。以此为核心，不是不兼及其余，一个大国，要有各种各样的学者，从事各种学问的研究。但是，最大的学问,还是当代的学问,最重要的学术研究,还是当代问题的研究。忘记这个核心,研究就会失去生命力。当下的文学批评,只要对作家、读者有利,能为繁荣中国的文学作出贡献,它就是学问,而且是极其重要的学问。

(《人民日报》2014 年 8 月 15 日)

文学呼唤崇高

对话
人

张　江（中国社会科学院副院长、教授）

高建平（中国社会科学院文学研究所副所长、研究员）

李国平（陕西省作家协会副主席、《小说评论》杂志主编）

王　杰（上海交通大学人文学院院长、教授）

王家新（中国人民大学文学院教授、诗人）

张　江：崇高是一个重要的美学范畴，在过去的文学中发挥过巨大作用，成为许多作家的自觉追求，今天却很少有人谈及，甚至有些人还要刻意远离崇高、调侃崇高、贬损崇高。一个时代有一个时代的文学，每个时代又有每个时代独特的美学追求，这当然不错。但是，文学的更迭演进，总的趋势一定是向上的，不会也不应该将有价值的东西统统推翻，更不能以牺牲文学的根本为代价。面对崇高的缺失，我们当然要问，崇高真的过时了吗？当下的文学不再需要崇高了吗？

崇高面对的多种威胁

高建平：崇高这个范畴在西方最早来源于古罗马时一篇假托朗吉弩斯之

名的作品,用来指伟大的风格。后来,英国美学家博克将崇高与优美对立,说崇高的对象是巨大和力量。这个范畴到德国哲学家康德那里,得到深刻而全面的阐释。康德认为,崇高是人的理性对当下有限性的超越。

在当代社会,美学上的崇高受到了多方面的威胁。第一种威胁是机械主义的价值观。在机械复制时代,艺术原本所具有的灵韵消失了,不再具有一种使人敬畏、使人感到神奇的力量,而成为日常用品。宗白华曾深情回忆说,他在《蒙娜丽莎》前曾幸福地站了半小时,如今,逼真的复制品画像可以成为寻常的招贴画,这种感觉也就一去不复返了。机械复制还造成一种对机器力量的崇拜。在各种各样的自动化的机器面前,人的独创、灵感,生命的激情不再张扬,出现了一种法国思想家利奥塔所说的"非人"的状态。

第二种威胁是消费主义所造成的没有深度的"华美"的盛行。在市场竞争之下,产品设计和光色运用产生了"美的世界"。正如德国美学家韦尔施所说,无所不在的华美的外观,使世界失去了真正的美。这时,艺术所需要的,是给人以警醒。

第三种威胁是形式主义美学,即精致、整齐、小巧的过分追求。固然,我们应该牢记,细节决定成败。但无论在文学还是在各种艺术之中,过分追求细节,进而流于琐碎,就会有失大气。毕竟,还是要内容大于形式,要有内在的美,克服形式主义的追求。

在当代,对文学的崇高构成更大威胁的,是一种现代犬儒主义。原本,犬儒主义含有超越世俗的对德性的追求的意味,但后来却演变成愤世嫉俗、放浪形骸,再进而演变成装模作样、装疯卖傻、卖弄巧智。通过疯傻、搞笑甚至自我贬低来揭示生活的虚伪之处,有一定的价值。但是,当这种写作成为潮流,并且与消费时代相互张扬,就构成对文学精神本身的解构。犬儒主义在本质上与文学所需要的深刻的思想性和浪漫的激情相对立。通过搞笑来给读者挠痒,毕竟是不能持久的。

过去三十多年,中国发生了巨大的变化,成为了一个越来越强大又对未来充满梦想的民族。这是一个充满崇高精神的过程,需要产生具有崇高精神的、大气磅礴的作品。

面对中国社会的消费主义,文学所要做的,不是去迎合,而是要使社会警醒。这时,更加需要具有冲击力的,能引起震撼,揭露官僚主义、奢靡腐败以及各种社会丑恶的作品。

文学毕竟不是一次性消费品,不是用完就扔的纸巾。博人一笑固然好,但文学还是有着永恒性的追求,具有永久的魅力。

破除伪崇高不等于遗弃真崇高

张　江:我们承认,在当代文学发展过程中,崇高曾经被引向歧途。缺少人性温度的"高大全""假大空"一度被视为崇高的标志。这种人造的"伪崇高"严重败坏了人们的胃口,对它的清算和反思符合文学发展的需要。但是,破除伪崇高不等于遗弃真崇高。历史发展的极端之处就在于,它在清算伪崇高的同时,将真正的崇高也一并抛弃掉了。

李国平:崇高的精神追求与美学向度,是中国文学的优良传统,也是体现于历代名家名作中的精神气韵。由庄严、高尚、博大、雄浑等元素构成的崇高美,是中国历朝历代的文人必欲追求的,更是五四以来的新文学的一个重要特征。作为一种民族的精神气蕴、时代的美学标识,崇高的美学血脉一直贯穿新中国的文学,是新中国文学的主旋律和主色调。

然而,当代文学在演进过程中,伴随着社会文化环境的复杂多变,尤其从20世纪90年代以来,文学的精神形态与生态都处在不断的裂变中,不断泛化,持续分化,乃至出现了样态的混杂与形态的混沌。其中一个显著的倾向,便是崇高遇冷,崇高缺失。在许多文学创作者和批评者那里,避谈崇高,羞谈崇高,似乎崇高只是一个古典的概念,只属于过去,现在已经不合时宜了。

崇高的缺失,与对新时期文学精神的误读、曲解有关。新时期文学曾经走在思想解放的前列,得时代风气之先,为否定"文化大革命"造神运动和"假大空"文学作出了突出贡献。就是在破除个人迷信、反极端英雄化、反"假大空"文学的思潮中,文学开始有意消解崇高,疏离崇高。这实际上是对新时期文学精神的误读和曲解。破除伪崇高并不等于不提倡真崇高,相反,要大力弘扬崇高,赋予文学以深沉、刚劲、宏大的追求。新时期文学伊始,鲁彦周、蒋子龙、张承志、张炜、路遥等一批作家的创作,抒写着平凡中的崇高,讴歌推动历史前进的进步力量,他们的创作,是对伪崇高的否定,是对崇高传统的接续。今天,应该纠正关于崇高的误读和曲解。

讨论崇高的缺失,不能回避的是"躲避崇高"的思潮,它始于对王朔小说个案的讨论,但却以思潮形态流布深远。应该承认有些对王朔创作的描述和判断,是客观而准确的,确有一定的合理性,但令人不解的是,明明是反思王朔作品不足的提法,却又在流传中转换为不无暧昧的对王朔作品某种情绪和倾向的激赏和推广。如果说,王朔的"躲避崇高"在嘲讽和调侃的层面有一定意义的话,那么这种意义也多局限于消极层面。现在看来,躲避崇高这一思潮并未给中国文学带来多少积极意义,相反,却留下了相当多的消极影响,应该好好予以反思。

毋庸讳言,在当下的文学、文艺与文化领域,"躲避崇高"已非个别现象,似乎已经形成一种倾向,乃至某种时尚,放纵欲望,淡漠理想,无病呻吟,利益至上,宣扬个人意志,渲染物质主义,热衷"娱乐至死"的风气此起彼伏,日渐乖张。谈论高尚,言及崇高,不仅很难引起共鸣,甚至还会遭到嘲笑,这是极其不正常的现象。

写出"日常生活的崇高"

张　江:在一般的理解中,崇高是和英雄伟人联系在一起的。凌云壮志、冲天豪情,以非凡的气魄和壮举改写历史,这当然是崇高。但是,这只是崇高的一面。崇高还有另一面,那就是小人物平凡的日常生活中蕴含的崇高。并且,在远离战火硝烟的和平年代,在亿万普通人成为历史主角的时代,这种"日常生活的崇高"已经是常态和主流。作家和艺术家应该善于在波澜壮阔的历史之中,从细微和平静的褶皱处发掘崇高。

王　杰:借用狄更斯在《双城记》开头的一句话,"这是最美好的时代,这是最糟糕的时代……我们面前应有尽有,我们面前一无所有"。因为这是一个社会转型的时代,也是一个变革和发展的时代,旧的价值尺度瓦解和崩溃了,新的价值尺度和规范又还没有真正建立起来。在这样一个历史时期,文学可以而且应该发挥十分重要的作用,这就是塑造面向未来的情感模式和审美品位。

崇高既是一个关于风格的概念,也是一种审美形态,在社会现代化的早期阶段和我们现在所处的文化经济时代,崇高都是人文学科和文学批评的核心概念。但是,在我看来,启蒙主义时期的崇高和西方后现代主义的崇高,与我们今天文学和生活中的崇高,是三个内涵上有区别和差异的概念,三者的混淆也是目前崇高问题显得十分模糊和混乱的原因。

我主张用"日常生活的崇高"(特里·伊格尔顿)来概括和表达我们所处的这样一个历史阶段的崇高,这既不是启蒙主义"宏大叙事"的崇高,也不是后现代"黑暗"和"绝望"的崇高,而是现实生活中的普通人,在承受社会的巨大压力和历经人生的诸多磨难时,虽然伤痕累累,却仍然满怀信念,善良而正直地生活着所呈现出来的那样一种人性之光,这是一种为千千万万"小人物"所践行的崇高。在鲁迅、沈从文等作家的笔下我们感受到这种崇高,在贾樟柯、周晓文的电影里,在汪曾祺、莫言、毕飞宇的小说中,在一些流行歌曲中,我们都能感受到这种崇高,并从中得到某种感情的升华和"净化"。

在哲学"碎片化"和"科学化"的时代,文学和艺术是寄托人性温情,对现实流俗和时尚潮流进行抵制的最重要的媒介和文化存在。它们以现实生活中有意义的审美经验为基础,在经济全球化排山倒海的强大压力下,奇迹般地挺直腰杆,并开出令人充满敬意的花朵。这就是"日常生活的崇高",它给在现实泥泞中打拼的人们以温暖和信心。

早在古罗马时代,朗吉弩斯就说过,"崇高是伟大心灵的回声",这句话在我们的当代文学和文化生活中仍然具有重要的意义。崇高的内在精神和气质,也就是中国古人所说的"三军可夺帅也,匹夫不可夺志也"的"志"。在物欲横流的世界,在个体的各种欲望都可以在金钱的帮助下充分释放的时代,这种"心灵"之志是我们能够抵御单一的"市场原则""丛林法则"的最重要的依托。在这个意义上,我们对这种真正的文学充满了敬意和感激。

建立中国式的崇高

张　江:崇高是一个普遍的范畴。西方美学家首先提出这个概念,并作出了理论阐释。其实,在中国古代,孟子就提出诸如"大""圣""刚"的概念,提出要养"浩然之气",说的就是"崇高"。从这个意义上讲,崇高从来就是中国美学的一个重要范畴。

王家新:作为一个美学概念或范畴,"崇高"并不只为西方美学、西方悲剧艺术所特有。在中国诗歌数千年的发展历程中,"崇高"也始终是它的一种精神向度,而这和历代中国诗人的命运与职责深刻相关,尤其是和一些伟大的诗人想要照亮和提升一个民族的心魂的努力有关。在这里,我首先想到屈原。屈原是中国第一个伟大的文人诗人,他的诗歌一开始就达到那样的高度和感人程度,在今天看来仍有点不可思议。他的一颗诗心,他的忧患意识,奠定了中国人最基本的情感结构。他对真理不惜任何代价的追求和决绝之心,形成了一个民族最高贵的品质和风骨。他在《离骚》和《天问》中那种伟大的想象力和追问精神,也极大地拓展和提升了了我们生命的维度。在屈原的作品中,有一种伟大诗歌才能提供的尺度、边界和回声。

屈原作品中贯穿的高贵品质和崇高之美,构成了中国传统"诗言志"最可宝贵的精神内核。更为深刻感人的是,屈原以他的全部生命,甚至以他最后的投江自尽,赋予了他的崇高追求以真实性和感人性。我们知道,在《离骚》的最后,就出现过这样的诗句:"仆夫悲余马怀兮,蜷局顾而不行",诗人在对现实绝望之余要前往他的乌托邦,但是他的马却不愿跟他一起前行了。那"蜷局顾而不行"的姿态和生命痛苦令人震撼,正是它将一首诗、将一个诗人的崇高品格推向了高潮。

在当下这样一个时代,我们是屈从于物质生活的消解性力量,还是奋力从虚无中创造出意义?我们的写作怎样重新通向希望?这些年来,人们对"后现代"的拥抱,对于原有的神话、价值和意义的消解,对于"崇高"的调侃,已使我们回到一个所谓"平面"上来。但是,当一种浅薄的时尚裹挟着我们前行的时候,我们是否已忘了应该"有所选择"?我们为什么写作?是为了给消费时代做一些文化点缀,还是坚持逆流而上,以我们自身的方式加入到世世代代的诗人对其"天命"的承担之中?

在20世纪的八九十年代,我们有不少"流着泪迎接早霞"的诗人,他们是敢于说出"除了伟大别无选择"的一代。但是现在,我们打开的精神维度是不是变得萎缩了?或者说,我们是不是有点混淆了蚊子的哼哼与缪斯的歌唱?

张 江:在今天这样一个审美多元化的时代,我们当然不希望所有的文学都是一副面孔、一种风格。但是,倡导审美多元化、风格多样化,并不是要让低俗取代高雅、猥琐消损崇高。文学无论分化出多少种风格,它的核心价值依然是引领人、提升人,让人向着宏阔、高尚、博大的精神之地进发。就此而言,崇高又不仅是一种风格概念,它更是一种精神气韵、灵魂色彩。如此意义上说,崇高应该成为所有作家和作品的执着追求。

(《人民日报》2014 年 8 月 29 日)

重塑文学的"真"

对话人

张　江（中国社会科学院副院长、教授）

汪　政（中国小说学会副会长、评论家）

毕飞宇（江苏省作家协会副主席、作家）

张政文（中国社会科学院研究生院党委书记、教授）

姚文放（扬州大学文学院教授）

张　江：当下的文学中，有一类现象需要引起关注：对虚构和想象的过度推崇、市场诱惑下文学创作的"订单生产"、文学类型化导致的情感类型化，等等，凡此种种都在不同程度地加深文学的"失真"状态。对生活的真实描绘、作家个体的真诚情感，在时下的文学作品中越来越稀薄。传统文学一直视真实为生命。在新的历史条件下，文学还要不要求"真"？"真"果真失效了吗？

文学要有真情，不要造情

汪　政：新时期文学之初，写感情曾经需要付出相当的勇气，因而表现真情实感成为新时期文学标志性的成就之一。那时的困难在观念上，因为表现情感，尤其是表现个性化的真情实感在相当长的时期内被视为禁区。

　　谁也不曾料到,文学表达真情实感在这个日渐开放的社会却再次成了难题。在一个文学不断成为消费品的时代,在一个文学愈来愈走向娱乐的时代,在一个文学经验愈来愈让位于虚拟世界的时代,真情实感没有了自己的立足之地,或者常常被淹没不见。现实的世界是如此喧闹,文学需要高度夸张、奇特、新异,才能将人们从现实的狂欢中拉回来,哪里顾得上检视自己的情感是否真实,哪里顾得上琢磨如何把握读者内在的情感脉动,以期引起共鸣呢?

　　人们的情感已经被社会情绪所同化、所绑架。人们欢喜着莫名的欢喜,愤怒着别人的愤怒,悲伤着制造出来的悲伤,唯独看轻了自己内心真实的情感。这种情感体验模式不可避免地影响到文学创作。作家不再忠实于自己的情感,而是习惯于琢磨现实世界的情感起落曲线,考虑如何能迎势而上,响应公众情绪,他们认为唯有如此,自己的情感制作才会被消费,才会转化为商品。这也是为什么我们的许多题材在情感表达上类型化、模式化的原因。打开爱情,必定是伤感的;打开底层,必定是同情的;打开官场,必定是愤怒的……事实上,这也是当今社会流行的情感写作运用类型,它几乎存在于一切艺术样式中。

　　然而,不管这样的情感表达方式如何具有现实需求,它都不具备美学上的合理性。文学必须摆脱这样的局面。毕竟,文学的生命在于真实,在于用独特的生命体验来表达真情实感。

　　这种真情实感来自两个方面:

　　第一是对表现对象真情实感的认识和表达。在社会情绪压倒个体情感的情形下,如何摆脱情绪的假象,让表现对象敞开真实的情感世界,是作家首先要做的工作。而这项工作又是与人物形象的塑造紧密相连的。从艺术表现的角度看,作品缺少真情实感是因为缺少个性独特的人物形象。仔细想想,这些年来,我们的文学塑造了多少成功的人物形象? 难怪有人说文学人物已经死了。人物都死了,又哪来真情实感?

　　第二是表现出创作者自己的真情实感。它涉及作家与生活的关系、作家的修养、作家的人格等等。作家不能太功利,不能一味迎合市场趣味。真情实感是从生活中积累出来的,依据了自己的经验、判断、立场和发现,总之,是自己的,而不能是别人的和别人需要的,情感不能被制造。

当文学回归到文学,当作家回归到真实的自己,真情实感的表达应该是水到渠成。

把生活"装进"并"变成"文学

张　江:文学需要写真实的生活,需要有真情的表达。这是否意味着只要把现实生活和真实情感原封不动地搬到纸面上,它就成了文学呢? 当然不是。"文学来源于生活"并不等于"文学就是生活"。从生活到文学的中间过程,凝聚着作家的智慧和才思,体现着文学的规律和奥妙。当然,这个中间过程再伟大,也不能超越生活真实的逻辑,并且,只有在这一逻辑原则之下,作家的一切创造才有意义和价值。

毕飞宇:"文学来源于生活",这是颠扑不破的真理。但对于写作的人来说,真正的考验在于,作家如何才能使生活上升到文学。

我们首先得搞清楚哪些"生活"可以走进文学,哪些"生活"不能走进文学。稍有古典诗歌修养的人都知道一句话,有些东西可以"入诗",有些东西不能"入诗"。相对说来,小说没有诗歌那样苛刻,那些不能"入诗"的东西统统可以走进小说。但是我们不要忘了,无论小说的世界多么开放,就某一部具体的小说而言,它依然是一个封闭的系统。小说的完整性是由它的封闭性确定的。《红楼梦》是才子佳人小说,你把"武松血溅鸳鸯楼"写进去就不合适;同样,《水浒》写的是好汉造反,你把火烧赤壁那样壮阔的人海场景写进去也不合适,好汉就是好汉,不会有太多的人,至少不足以构成"人海"。

所以,即使开放如小说,也依然存在一个"入小说"和"不入小说"的问题。这个"入"和"不入"就是关键,它同样很有价值。一方面,小说是开放的,没有不能走进小说的生活;另一方面,如果一个小说家决定了一部小说必须写什么,那么,与这个系统无关的生活你就必须统统放弃。

乐趣就在这里。这样的选择不仅决定了你最后可以写成一部什么样的作品,同时也界定了你作为一个小说家的能力、修养、气质和品格。文学真的是来源于生活的,可是,写什么,不写什么,作品与作品就这样区分开来了,作家与作家也就这样区分开来了。所谓的纯文学和类型文学也就是这样区分开来的。

还有一个更大的问题我们无法回避。文学来源于生活,可如何把生活"装进"文学里去? 生活怎么就"变成"文学了呢? 一个最基本的问题是,文学是以语言为中介的,当你决定把生活"装进"文学并"变成"文学的时候,你的语言是不是已经通过了"文学语言"的论证,这个问题任何一个写作的人都不能绕过去。我想说的是,这个论证极为隐秘,甚至无情,也许要耗尽你的一生。

我们生活在一个开放的、多元的时代,我承认,生活自身的饱满程度与生动程度是以往任何时候都不可比拟的。我听得最多的一句话是这样的:生活是多么的丰富,多么的赏心悦目,比小说精彩多了。这句话的潜台词是,作家们何必点灯熬油呢? 你们照葫芦画瓢就可以了。我想说的是,当我们静下心来,认认真真地研读了荷马、但丁、塞万提斯、莎士比亚、歌德、雨果、陀思妥耶夫斯基、福克纳、曹雪芹之后,我们会发现,无论生活怎样变化,我们也不会吃惊,生活嘛,就是文学所描绘的那个样子。我甚至会有这样的错觉,嗨,生活其实是来源于文学的。

"真的才是美的"

张　江:这就涉及文学的真与美的关系问题。20 世纪的文学理论中,曾出现了新批评、结构主义、符号学等种种形式主义批评方法,推动了文学研究的精细化、专业化,促进了理论的繁荣。但我仍然愿意指出,一些看似古老的理论命题并没有过时,文学还是要回到真情实感上来,作家要进入生活,使自己感动,再感动读者。

张政文:早在公元前 500 年,古希腊思想家赫拉克利特就提出"艺术摹仿自然"的著名论断,其后,苏格拉底、柏拉图、亚里士多德等先哲持续接力,让艺术反映自然和社会真实的文学本质论日臻完善,并经由文艺复兴和启蒙运动时期的艺术实践和理论延展成为统治西方文学观念近两千年的主流思想。在中国,文学艺术的真实性则主要强调作家在创作过程中所表达的内心情感之真切。其中既体现了中国文学关注现实、反思讽谏的文风传统,也蕴含着超越现实、怀抱梦想的文学精神。

古今中外的文学实践同时印证了"真的才是美的"这条创作铁律。艾布拉姆斯在《镜与灯》中曾指出,"作品总得有一个直接或间接地导源于现实事物的主题——总会涉及、表现、反映某种客观状态或者与此有关的东西"。历览中外文学史的经典作品,我们发现其中所包孕的人生世态的逼真刻画、心灵情愫的感人流露和哲思感悟的深邃真切是最能引发读者文化认同与情感共鸣的准星。阅读荷马史诗,我们能够听到特洛伊城陷落时市民的悲恸哀嚎;吟诵曹操的《蒿里行》,我们仿佛目睹"白骨露于野,千里无鸡鸣"的战争惨状;置身艾略特的《荒原》,我们真切感受到现代人精神的困顿、迷惘和焦虑……经典文学所透视的真实性绝不是对社会生活简单的摹写和反映,而是在对生活现实高度提纯后,对我们时代本质的深邃洞见,对人类生存状态的深切关切,是历史规律的真、生活本质的真和人类情感的真。正如雪莱所言,"一首诗是生命的真正的形象,用永恒的真理表现了出来。"

回顾和重申"真的才是美的"这一美学原则和创作理论,是对当下文艺创作虚假低劣、媚俗怪诞、恶搞炒作等不良倾向的真诚反思和警示。历史经验和艺术规律都告诉我们,只有坚守"真实性与艺术性的协调统一",才能保持文学遗世独立的崇高价值和审美理想,才能摆脱文学边缘化的困境和虚伪造作的病症,才能真正体现作家"铁肩担道义,妙手著文章"的存在价值,奏响时代精神的大吕黄钟。

生活逻辑与艺术逻辑

张 江:说到底,"真"毕竟只是一种文学的追求。生活是生活,艺术是艺术。文学是一个丰富多彩、精妙奇幻的世界。作家在创作中可以想象和虚构,创造出许多生活中根本不可能存在的人和事,读者也愿意接受各种生活不可能出现的奇特描写。那么,如何解释这种现象?这是否反证了"真"的失效?

姚文放:文学艺术来自现实生活,文学真实来自生活真实。但在文艺作品中人们往往看到相反的情况:《牡丹亭》中杜丽娘死而复生,《浮士德》中浮士德返老还童,《巨人传》中卡冈都亚父子力大无穷,《西游记》中孙悟空七十二变,这些都不合生活逻辑,但读者恰恰不以为意。这意味着在艺术逻辑与生活逻辑之间有一种分分合合、既一致又不一致的悖论。对这一悖论该作何解释呢?可以说,这一现象正昭示了文艺创作的一条重要规律,即它对于实际生活的把握,往往受到艺术规律的干预和调整。

一方面,文艺创作中创作主体的主观审美规律会对表现生活客观规律有所干预。如果说生活逻辑必须对于外部世界的客观规律一丝不苟地符合的话,那么在文学艺术中恰恰做不到这一点。在文学艺术中起作用的有两条规律,一是外部世界的客观规律,一是人的主观心理规律,前者重要,后者也并非不重要。对外部世界的客观规律的把握,需要人的感知、直觉、想象、思维等心理要素发挥作用,人们为了捕捉艺术对象在本质层面上更为深刻的方面,往往不得不放弃对外部世界客观规律的守持,而趋从人的主观心理规律,有时甚至需要扭曲前者而成全后者。在这种情况下,文艺作品中呈现出来的逻辑与实际生活的逻辑存在着一定的甚至是较大的差距就毫不奇怪了。

另一方面,文学艺术的形式规律对于生活规律也有限制和修正作用。文艺创作不仅要靠主客观结合去运思、营造,也要靠一定的艺术形式表现出来。这就又多了一重形式规律的制约。作家、艺术家必须遵循种种形式规律,才能恰到好处地描摹客观生活,抒发主观情感。作品的结构、格局、关系、张力、气势等,都不能不在考虑之中。于是在艺术的形式规律面前,实际生活的客观规律有时也不得不屈尊俯就,这就造成了艺术逻辑在又一层意义上对于生活逻辑的背离。

艺术逻辑虽然是以超越生活逻辑的方式把握实际生活的本质规律,但它最终还是达到了对生活逻辑的遵循。杜丽娘向往婚恋自由,孙悟空征服天帝和群魔,都真实地表达了古代人民反抗黑暗势力和封建礼教压迫的进步要求;拉伯雷塑造的巨人形象体现了人文主义者歌颂人的形象的审美理想;歌德则借浮士德的形象对世界人生作出满怀新兴资产阶级热情的执着的探索。这些变形的、超现实的形象所表达的情感、愿望和理想,从总体上说都有充分的历史依据,可以说,它们是在超越生活逻辑的更高层次上表达了社会历史的必然要求。

张　江:英国诗人约翰·济慈在《希腊古瓮颂》中曾写道:"美即真,真即美。"对于这一论断,人们可以从各个角度去理解。我认为,这句话至少告诉我们,在文学中真与美不是对立的。文学的美,不一定非要以牺牲真为代价。恰恰相反,真成就了美、提升了美。这提醒我们,在追求美的时候,不要忘记从真中寻美;在追求真的时候,不要忘记真就是一种美。

(《人民日报》2014 年 9 月 16 日)

活在当下的古典诗词

对话人

张　江（中国社会科学院副院长、教授）

康　震（北京师范大学文学院教授）

蒋　寅（中国社会科学院文学研究所研究员）

吴思敬（首都师范大学文学院教授）

郑欣淼（中华诗词学会会长）

张　江：习近平总书记2014年9月9日在北京师范大学考察时表示，他很不赞成把古代经典诗词和散文从课本中去掉，他认为应该把这些经典从小就嵌在学生们的脑子里，使之成为终生的民族文化基因。中国是一个诗歌的国度，先人们给我们留下了大量古典诗词。在今天这个社会变革日新月异、信息爆炸的新媒体时代，古典诗词是否还能活在当下，以什么样的方式活在当下，这是需要我们认真面对的问题。

为什么需要古典诗词

康　震：当我们登上泰山南天门，眺望蓬勃的日出景象，会禁不住脱口而出："会当凌绝顶，一览众山小！"恐怕只有这样的诗句才能表达我们激动万分的心情。当我们远离家乡，逢年过节会暗自低吟："独在异乡为异客，每逢佳节倍思亲。"这已经成为中国人表达思乡之情的经典语句。当我们与朋友远隔万里，音讯不通，会用"海内存知己，天涯若比邻"来宽慰自己失落的心情。

古典诗词到底是什么？它是中国人经典的情感表达方式，也是最具中国特色的情感表达方式。说它经典，是因为总的来说，古典诗词形式简洁明快，语言含蓄深情，经过几千年的积淀，为中国人所喜闻乐见，是中国人在长期的文学创作实践中提炼出的最具代表性的文学形态。即使时代变迁，近现代又涌现出众多的诗词形式，但古典诗词依然是中华民族表达情感的经典的文学形式。说它最具中国特色，是因为古典诗词内涵丰富，几乎涉及政治、经济、文化、军事、科技等中国人社会生活的所有方面，一部古典诗词的历史就是一部中国人的历史，读古典诗词，不仅能读出蕴含其中的情感，更能读出中国人的文化、价值与智慧。

古典诗词形式在这个信息时代非但不过时，反而成了一种新兴的时尚。无论是在微信、微博，还是在各大网站上，都可以看到古典诗词已经渗透进我们的社会生活，成为重要的时尚元素之一。古典诗词的内容也从未过时，我们常说读书有两种方式，一种是我注六经，一种是六经注我。所谓我注六经，就是我因循古代经典，亦步亦趋；而六经注我，则是将古代经典为我所用，为时代所用，使古代经典这株老梅绽放新的花朵。毛泽东、郭沫若等一大批现代诗词大家，都是以古典诗词展现时代新声的典型代表。

还是回到开头的那个问题：古典诗词有什么用？表面看来，似乎没用，实则有大用！这个大用就是涵养民族气质，孕育民族品格，培育民族精神，展现民族风貌。所以，我们需要古典诗词，而且在 21 世纪的今天，更加需要。

古典诗词是民族财富

张　江：古典诗词是一个巨大的宝库，蕴含着中华民族几千年的精神和文化积淀。当然，在这种历史遗产中，也有不合时代发展需要的封建遗存，因此，我们对它的继承，不是简单地平移和复制，而是一种淬炼和提取，让优秀的民族文化基因得到传承延续。就此而言，与其说我们在传承古典诗词，毋宁说我们在通过古典诗词传承民族精神和民族文化。毕竟,古典诗词是民族精神和民族文化最集中的载体之一。

蒋　寅:中国诗歌源远流长,拥有两千多年的历史。早在周代就产生了以四言为主的诗歌体式,留下诗歌总集《诗经》。周代贵族以诗为文化教育的"六艺"之一,春秋时期诸侯国在祭祀、宴飨和朝会时演奏诗乐,贵族交际和使臣应对也每借诗来表达,以至孔子有"不学诗,无以言"的感慨。文学史上第一位伟大作家屈原就是一位诗人,以他的杰作《离骚》为代表的《楚辞》与《诗经》共同构成中国古典诗歌的伟大传统。从汉魏到南北朝,诗歌体式不断完善,艺术表现技巧不断丰富,声律形式不断完备,到唐代终于形成近体诗的完美形式。

唐代留下诗作的两千多名诗人,多数是官人,而文人几乎成了诗人的同义词。只有不能作文的诗人,而几乎没有不能作诗的文人。唐代以后的别集,有许多单纯的诗集,却很少有只有文而没有诗的文集。作者中既有李白、杜甫、苏轼、陆游这样的伟大诗人,也有只存片言只句的无名作者,整个社会无不崇拜诗人,喜爱诗歌。许多典故、逸事都表明,华夏民族是一个热爱诗歌的民族,中国是一个诗歌的国度。唐代留下的诗歌,经近年学界仔细清理,有4.7万首之多;而前后不到100年的元朝,刚编成的《全元诗》竟收录14万首作品。清诗数量更是无法估量,现存一万多名作者的四万多部别集,加上上千种总集,最保守的估计也有几百万首。

对今人来说,古典诗词是先贤留给我们的无比丰富的精神财富,是中华民族美育和文学教养的经典,是哺育中国诗人的伟大传统,也是各种艺术创作挹之不竭的灵感源泉。古往今来,人们从牙牙学语时就诵读古诗词,在经典作品的浸润中培养起生活趣味和写作才能。到今天,无论是学者的研究还是启蒙教育中的古诗诵读,古典诗词都作为古代文学中最灿烂的经典,被研究、接受和传诵,在培养我们的审美感受、模塑我们的艺术趣味、陶冶我们的生命情操等方面发挥着巨大影响。

诗教传统与文化传承

张　江:中国古代有诗教传统。这种传统形成的原因非常复杂,与诗歌的独特地位、功能担承、审美指向,以及传统社会专业教材的匮乏等都有关系。古代以诗施教,既是一种基本的文学技能训练——通过读诗、诵诗而学诗,也是一种品行规范的涵养方式——以诗歌来传达古人遵循的立身立世原则。我们今天倡导孩子们学一点古诗,目的更加丰富,古诗还是一种美的熏陶和浸润,是文化的传承和延续。

吴思敬:中国是个有深厚诗教传统的国家。我国传统的蒙学教育,是非常重视诗歌的。蒙学经典中有一本传播极广的《神童诗》,是给孩子们进行人生启蒙与诗歌启蒙的诗歌读本。编者善于把握儿童心理特征,所选诗作短小精悍,言近旨远,全部都是我国古典诗歌最为精短的形式——五言绝句。儿童从小吟咏这些作品,自然会得到美的熏陶,进而学会从生活中发现诗意。稍长之后,蒙师便指导学生从对对子开始,进行诗歌写作的训练。清代李沂在《秋星阁诗话》中说,作诗"初学须日课一首,或间日课一首。勤作则心专经熟,渐开门路"。这种训练的目的,不一定是把每一个学生都培养成诗人,但是通过大量既读又写的训练,使得学生开阔了胸襟,提升了审美能力,却是确定无疑的。相较起来,当下我们的中小学教育对诗歌的重视远远不够。中小学生很少读诗,更不会写诗。这就出现了守着一座诗歌文化的宝库,我们的学生却不得其门而入的情况。

欲改变这种局面,需要采取综合措施。当务之急是加大中小学教材中诗歌的比重,不只选古代诗歌中的优秀作品,同时也应包含五四以来新诗创作的名家名篇,要给学生提供优秀诗歌的选本,扩大阅读面,让学生在与经典诗篇的交汇中,接近艺术,感受精神心灵。其次是作文教学中应适当安排诗歌写作的训练。中小学的写作训练历来强调实用性,这样就把诗歌类的写作排除在外了。实际上诗歌属于"无用之用",一个热爱诗歌并有一定写作体会的人,自会有较高的审美眼光与较健康的审美情趣。此外,还要尽力营造一个诗化的环境。一定的环境会诱发一定的心理,这就是《礼记·乐记》所说的"人心之动,物使之然"。因此,不仅应当有一个诗化的校园环境,也应当有一个诗化的社会环境。我们的公共场域不要被商业广告全盘占据,而应留出一些空间给诗歌等艺术。宋人有诗云:"境入东南处处清,不因辞客不传名。"诗与环境这种互相生发的关系,不可不察。

重在传习民族精神

张　江：中国古典诗词，蕴含着民族文化之根。研习古典诗词，不是要复古，更不是要用古典诗词取代现代诗词，而是要以此为凭借，让古典诗词中蕴含的中华民族千百年来凝聚而成的民族精神得以传习和光大。社会要发展，文化要进步，没有深沉的文化底色铺垫，没有坚强的民族精神支撑，发展和进步就是空话。对于古典诗词，我们除了将它作为审美教育的有效载体，还要积极挖掘其中蕴含的民族精神。

郑欣淼：人们都说中国是一个诗的国度，我理解，这不仅是指中国诗歌传统源远流长，诗歌遗产相当丰厚，也可以认为，诗歌已成为中国人的一种生活方式，是中国文化的一种特殊表现形式。古典诗词有着诸多价值和作用，我以为，今天研习古典诗词，更应该重视传习蕴含在其中的民族精神。

民族精神是一个民族在长期发展过程中所孕育形成的富有生命力的优秀思想、高尚品格和坚定志向的集中体现，是民族文化传统不断积淀和升华的产物，是一个民族赖以生存和发展的重要支撑。中华民族精神是中华文化精华的集中体现。在五千多年的发展历程中，中华民族形成了以爱国主义为核心的团结统一、爱好和平、勤劳勇敢、自强不息的民族精神，这种民族精神又促进了优秀民族文化的不断发展。中华民族精神始终是维系中华各族人民共同生活的精神纽带，是支撑中华民族生存、发展的精神支柱，是中华民族之魂。

民族精神表现在多个方面，但在古典诗词中又有特殊的充分的反映。中国人重视诗歌的审美价值，更注重诗歌的社会功能。从诗骚以来，中国诗歌就形成了"言志"与"载道"的优秀传统。作为一个不屈不挠、历经磨难而生生不息的民族，中国传统文化非常重视人的意志品质的磨炼和培育。屈原的"路漫漫其修远兮，吾将上下而求索"、曹操的"老骥伏枥，志在千里"、王之涣的"欲穷千里目，更上一层楼"、李白的"长风破浪会有时，直挂云帆济沧海"等反映传统知识分子向往理想人格、追求大丈夫浩然之气的名言佳句，洋溢着积极进取、奋发图强的精神，正是民族精神的生动写照。

民族精神的核心是爱国主义，即对乡土、国家执着的热爱。热爱祖国壮丽山河，"国家兴亡，匹夫有责"，为了国家可以"杀身成仁"。曹植的"捐躯赴国难，视死忽如归"、杜甫的"剑外忽传收蓟北，初闻涕泪满衣裳"、陆游的"死去元知万事空，但悲不见九州同"、文天祥的"人生自古谁无死，留取丹心照汗青"、林则徐的"苟利国家生死以，岂因祸福避趋之"等，其爱国情怀感人至深。尽管那时的爱国主义带有某种历史局限性，但在"位卑未敢忘忧国"的思想浸润下，涌现了众多民族英雄，创造了无数惊天地泣鬼神的爱国主义业绩，并将这种爱国热忱升华为崇高的道德责任。浩如烟海的古典诗词以爱国主义、民本主义为主旋律，是中国人的心灵史，也是中华民族精神的发展史。

民族精神是需要传习的，古典诗词在其中有着不可替代的作用。这不仅因其蕴含着体现民族精神的丰富内容，而且是由诗词本身的性质、特点和教育功能决定的。中国"诗教"传统由来已久。古典诗词重形象，意境含蓄，易诵易记，使人们在阅读、吟诵、鉴赏中震撼心灵，陶冶情操，而且是持久地长远地受其影响。诗词与人文素质、与社会教育制度有着密切关系。我们对诗词的教育功能切不可低估。以诗育人，功德无量！

张　江：我们今天所处的时代，是一个以"速度"和"变化"为表征的时代。倡导古典诗词活在当下，不是要提倡好古复古，而是要让古典诗词为当代文学发展服务，为当代生活服务，为培育和践行社会主义核心价值观服务。从这个意义上说，我们所倡导的，是作为一种文化载体的古典诗词，是传承民族文化基因的古典诗词。

（《人民日报》2014 年 10 月 17 日）

写出时代的史诗

对话人

张　江（中国社会科学院副院长、教授）

白　烨（中国社会科学院文学研究所研究员）

王鸿生（同济大学文学院教授）

关仁山（河北省作家协会主席、作家）

廖　奔（中国作家协会副主席、研究员）

张　江：我们生活在一个波澜壮阔的时代。这个时代为作家、艺术家提供了丰沛的营养和鲜活的体验。但是，纵观这些年的文学创作，能够与这个伟大时代相匹配的作品实在不多，庄严厚重、气势恢弘的史诗之作更是难见。有高原而无高峰，碎片化、个体化、感官化的填充物遍地皆是。震撼民族心灵的精神气象，天风浪浪、海山苍苍的合唱，几为绝响。何以如此？值得我们深刻反省。

当下文学缺乏史诗气象

白　烨：改革开放三十多年来，从人们看得见的日常生活，到看不见的心理世界，都发生了深刻而巨大的变化。这种从经济到文化、从物质到精神的历史性变迁,的确给当代文艺家提供了前所未有的创作素材与写作契机。从理论上讲,我们确实处于一个孕育文艺精品的伟大时代。但从实际上看,我们却没有取得与这个时代相适应的文艺成果。我记得前些年,在一些研讨会和座谈会上,理论批评界想举出一些相对完整地追踪与记述改革开放三十多年历史发展进程,并具有较高文学性与较大影响力的小说作品,但想来想去,举出的作品都不甚理想。我们还缺少与这个伟大时代相称的精品力作,确是不争的事实。

多样化的写作中,旨在反映中国特色的社会现实,尤其是改革开放三十多年来的巨大而深刻的时代变迁,以及这种社会巨变带来的心理撞击与精神新变的作品,还并不多见;而着力于典型人物形象的精心打造,尤其在写出既有独特的个性又有凛然的正气、葆有新的时代气息和精神气质的社会主义新人形象方面,还显得相当薄弱。

我想,造成这种现象的原因是多方面的。首先是文艺家对不断变动中的生活现实,既需要近距离地细致观察,又需要艺术性的整体把握,这不仅要求很高,而且难度极大。这是不具备大家气度与大家能耐的作者难以达到的。它要求作家有精准地把握现实的能力与精湛的艺术表达能力,还最好具有由政治学、经济学、社会学、哲学、历史学等知识融会而成的文化厚度、思想深度,以及用这种特有的素质打量生活、处理素材、提炼意蕴的非凡功力。用这样的标尺去衡量我们的作家,就自然带出了第二个问题,那就是与这种高要求相匹配的作家,不说绝无仅有,也是少之又少。我们的作家在知识储备上相对单一,在写作上多重视个人经验与个体视角,他们的写作,有意无意地在远离着"宏大叙事",只是有"我",没有"我们",这是作家自身的问题。还有一个显而易见的问题,那就是社会文化生活的趋于浮躁与实利,市场只在意作家的经济价值与作品的商业效益,只求"畅销",不求"常销",这样的环境氛围,势必也在一定程度上影响和制约了史诗性作品的创作与生产。

史诗是民族的精神志

张　江:文学也是历史,是以特殊方式记录人类成长进步的历史,也就是人类的心灵史、精神史。世界许多民族都有史诗,中国的一些少数民族优秀长篇史诗更是精华。为什么会有史诗?因为每一个民族都需要有记录他们创世开业伟大功绩的浩浩长歌,有记录他们灵魂追索和精神寄托的绝世交响。我们号召和渴望的,不仅仅是史诗的形式,更是史诗的气度和魂魄。一个有作为的民族,不能没有自己的史诗。

王鸿生:每个民族都有其精神史。在不少民族那里,民族精神的密码,民族英雄的业绩,往往通过史诗的形式得以记载和传承。作为一种文化识别标志,史诗曾被喻为"一个民族的族徽"。而史诗的创世性、全景性、崇高性,则镌刻着一个民族的深沉记忆及其关于未来的恢弘想象。

众所周知,汉民族的史传是世界上最发达而完备的。从《尚书》《左传》《史记》《汉书》《三国志》《资治通鉴》到历代续修的家谱、地方志,从古至今,国人的修史热情经久不衰。这种史传传统至少表明,民族精神志的记叙方式并非单一,史诗的形态也不是凝固不变的。中国作为一个多民族国家,中华文明作为一种多元融合、亘久绵延的文明,如何在全球化时代的切身处境里,在中国革命、建设和改革的壮阔实践中,有效地梳理、整合中华民族的集体记忆,发掘、赓续和重铸中华民族的精神气脉和核心价值追求,并锻造出具有史诗品格的文学艺术作品,不仅是民族文化复兴的题中之义,同时也是中国对世界文化作出新的贡献、对世界历史走向产生独特影响的重要机缘。

史诗是民族的精神志。当我们这样说时,并不意味着史诗是存放在档案柜里的已故祖先的精神卷宗。从现代解释学的角度来看,史诗(包括生活的史诗)就发生在当下,但这"当下"却叠入了"过去"的记忆和"未来"的希望。事实上,由于时间具有主体间性的特征,过去与未来、记忆与希望就像自我与他者一样,总是隐秘地存在着交相启示、交互依赖、相互生成的关系。史诗可以从一个人的创作开始,但绝不会到一个人的经验结束。史诗的作者可能是单数的,但它所承载的记忆与希望则必然是复数的。作为共同体生活的精神结晶,史诗叙述的伦理起点,就是从记忆开始,去重新想象生活,在历史中创造历史。

起源就在当下,历史就在我们自己身上。这是辩证的时间观,也是辩证的史诗观。如果意识不到这一点,或盲目受制于线性进步论、历史终结论、历史虚无主义等错误观念的支配,那么人类实践的诸多可能性将不复存在,而新的史诗的创造也就无从想象。因此,深刻领会人类创世活动的永恒当下性,对于唤醒被解构、被耗散的史诗冲动及其现实表征能力,对于正在勇攀世界语言艺术高峰的中国当代文学来讲,应具有特别重要的意义。

优秀作家应为时代代言

张　江:传统文学理论有个提法,认为作家应该像镜子一样反映现实。这有前人的道理。但也造成误解,将作家定性为局外人,只对现实做客观描述。事实上,任何作家都生活于时代之中,归属于社会。挣脱时代,与现实不发生任何瓜葛的作家不可能存在。优秀的作家,应该主动投身于时代的洪流,在现实的潮涌中挥洒激情,记录和歌唱时代。

关仁山:写作者生活的时代,就是他安身立命的依托,施展才华的舞台。因此,不管是有意识还是无意识,作家的生命成长、人生感受,作家的下笔为文、艺术想象,都会与他所处的时代息息相关、唇齿相依。而优秀的和伟大的作家,更是有意识地在做自己所处时代的代言人。

空前活跃的中国社会现实、丰富深邃的传统文化都在持续地给中国作家提供着写作资源。社会现实还会源源不断地提供生活信息和人生信念,深刻地影响我们对生活的认知和理解。当代的作家,要有与社会同呼吸、与时代共命运的意识,要在生活与精神的两个层面上,做时代的参与者,而不是旁观者。这就需要以"在场者"的姿态切入当下,在时代大潮下直击时代命题,观察社会变迁,反映民众心声,讴歌人性光辉,写出社会生活的演进侧影,塑造充满时代光影的各类人物。

这些年我较多地关注农村现实,书写农村题材,创作了"中国农民命运三部曲"。我认为,农民可以不关心文学,可是文学万万不能不关心农民。当下最为撼动人心的变化,最具时代特色的潮动,都集中体现于当下的农村与农民。中国改革开放三十多年,中国人经历着生活与心灵的震荡,每个人内心都有喜悦和激愤,都有焦虑和苦难,都有对未来的迷茫和向往。文学必须真实记录这个时代的前进足迹,反映改革给人带来的心灵激荡,包括欲望对人性的钳制、资本对灵魂的扭曲。这一切都为文学提供了丰盈而充足的创作素材。文学不能忘却精神的创造,不能忘却对人类的温情与关怀,作家应该通过自己的作品展现对时代的担当。文学有责任记录和反映这个伟大而复杂的时代。

今天的作家,首先要有面对现实写作的勇气。当下的现实,既复杂难辨,又变动不居,直面这样的现实,风险大,难度大,需要一种超强的能力,也需要相当的勇气。这种直面现实的写作,比那种狂欢式的写作要艰苦,有风险。如果我们躲避的太多,必然在真实性上打折扣。直面现实写真实,需要作家具有相应的修养、勇气与思想认知能力。

如何深刻认知当今变动的现实与复杂的乡土,是横亘在每一个当代中国写作者面前的难题。现实有丑恶,但作家人格不能丑陋;人性有疾患,作家内心不能阴暗,要有强大的爱心,要热爱脚下的土地,热爱土地上劳动的人们。因此,作家的内心要不断调整,要有激浊扬清的勇气,还要有化丑为美的能力。自己要有强大的精神力量,还要从反思中给人民以情感温暖和精神抚慰。这其实是精神层面上的双向互动。作家所需要的这些精神力量,要经常补充,不断更新,办法就是要到时代的热流、基层的土地和普通的大众中汲取精神力量。这个时代可能存在不少问题,但向前行进是主流,是大势,作家应与自己所处时代肝胆相照,桴鼓相应,只有这样,我们的写作才有意义。

我们的时代正呼唤史诗

张　江:我们的时代需要史诗,呼唤史诗。今天的中国,有太多的故事值得讲述,有太多的情感值得抒发。文学,要写出我们这个时代的欢乐和忧伤、困顿和振奋、渴望和豪情,更应该写出党领导人民奋斗前行的伟大精神。史诗诞生的土壤已足够丰沃,现在缺乏的就是崇尚史诗、创造史诗的精神和品格。

廖　奔:从闭关锁国到投身世界潮流,从保障自身存在到关心人类未来前景,从冷眼向洋看世界到热情融入全球和平发展,社会由温饱型转向小康型,民众由生存挣扎转向人的全面发展——蓦然回首,中国已经走过了昨天。

今天,渴念自立于世界民族之林的中国经过百年革命已经挺立于国际大舞台,回望睡狮由觉醒到抗争到奋起的整个过程,我们已经能够拉开距离作历史性纵观:从抵抗列强瓜分,到反抗日寇践踏,到寻求正确发展路径——决定我们今天命运的中华民族百年轨迹可歌可泣。

于是,史诗的土壤出现了。史诗是一种庄严的文学体裁,携带着厚重的历史和民族母题。它是特定历史时代的产物,是一定历史阶段重大历史事件和社会生活的全景式反映,揭示出复杂丰富的历史、民族和文化内涵。原始时代产生创世性的英雄史诗,文明时代产生铁血性的历史史诗。一部民族史诗,往往就是该民族在特定时期的一部形象化历史,它因而是民族精神的结晶,是人类在特定时代创造的高级的艺术范本。

今日之中国,历史巨变、社会转型、精神高昂、人性复苏,正是出文艺巨作的时候。史诗把历史、民族、宗教、人性话题全部统一于深刻的史诗精神之中,因而,我们创作的起点,应该是唤醒中华民族的诗史精神和史诗品格,寻求到一种能够提升和强化民族精神与国家认同的叙事方式。我们如果能够克服褊狭、狷急、片面的视角,站在时代的立场、人性的立场、文学的立场,剩下的就是冷静、客观、平和地观察与写作了。

眼下的时代写作,从单一宏大叙事到丰富的个体情感张扬是一大进步,然而漫天飞舞的小时代、小情感飞絮,在满足了部分私人性审美需求的同时,也让人期待黄钟大吕的时代强音。私人写作、个体情感要汇入社会主潮,才能描画出波澜壮阔的时代画卷,而其立场、视角、经验、技巧可以融入史诗创作之中,增加其血肉、真实感、新鲜度和丰富性。我们的时代,呼唤史诗。

张　江:过去的三十多年,中国人民用自己的行动写就了一部伟大的现实史诗。但是,文学家的史诗又在哪里?有人说,文学的史诗当由后人去完成,理由是,只有与这个时代拉开距离,有了沉淀,才会有完整的把握,伟大的史诗巨作才会出现。这是推脱和逃避。任何一个时代,身处其中者体验最深,也最有发言权。与其交给后人,通过历史碎片的打捞和形迹模糊的想象来组装今天的风貌,何不用我们自己的思想和情感,用我们自己的笔,为这个时代作一份真实的证言?

（《人民日报》2014 年 10 月 31 日）

别让笑声滑向低俗

对话
人

张　江（中国社会科学院副院长、教授）

李佩甫（河南省作家协会主席、作家）

周　宪（南京大学文学院教授）

陈众议（中国社会科学院外国文学研究所所长、研究员）

赵炎秋（湖南师范大学文学院教授）

张　江：文艺作品可以轻松幽默，引人发笑，这已经成为共识。曾经有一段时期，所有作品都是正襟危坐，满脸严肃，字里行间还不乏说教色彩。长此以往，观众和读者必然厌倦，甚至采取敬而远之的态度。尤其是在高频率、快节奏的当下社会，人们精神压力大，就更不希望在工作之余还绷紧神经。古人讲"寓教于乐"，就是说教化的实施，要通过使人愉悦的方式来达到。这些年，文艺作品中的笑声是多了，但新的问题也随之产生。

笑要发自真实的生活

李佩甫：作为人的乐观情绪、豁达精神的一种表现，由幽默的手段、诙谐的情趣构成的种种笑料，是人们日常生活中的必然随行物。所谓喜怒哀乐，人之常情,正是这种道理。作为现实生活审美反应的文学写作,也一直不乏幽默的艺术风格与文学传统。茅盾在 20 世纪 60 年代评说一些老作家的创作个性时,就曾特别评点道:赵树理的作品,"明朗隽永中时有幽默感";老舍的语言,"幽默感是他的特色之一","似乎锋利多于蕴藉,有时近乎辛辣"。

在老舍、赵树理这些文学大师的创作实践中,我们不仅能看到他们鲜明而突出的个人风格,也能从中感受到那种扎根于现实生活、浸润于民族精神的文化根性。

近年来出现了一种无所不嘲的"搞笑"热潮,这种倾向由于与"娱乐化"思潮相呼应,大有蔓延到文学界的趋势。这种所谓的"搞笑",不仅使网络上种种低俗娱乐新闻大为泛滥,电视娱乐节目中低俗桥段比比皆是,还涉及文艺创作中对一些"红色经典"的无底线"恶搞"。这种做法颠覆了道德标准,混淆了是非判断,即便不是恶俗动机与粗鄙品味驱使下的冷嘲热讽,也是一味追求感官刺激的为笑而笑。

要让人笑,但不能一味搞笑,更不能胡搞和恶搞。这是因为,笑既来自生活的真实,也要作用于真实的生活。要通过对笑的巧妙生发和合理运用,在一种娱乐的气氛中起到臧与否的实际效用,实现美与刺的社会效果。

几年前我写过一篇《学习微笑》的小说。在一个颇具另类意味的学习微笑的故事中,包孕的正是来自生活本身的体验与观察。某国营食品厂的女工刘小水和其他几位女工姐妹,因要参与接待来访港商、各级官员的任务,被领导安排去训练班"学习微笑"。教"微笑"的老师说:"微笑表现的是一种自信。"可是面临种种生活困境的刘小水,表现不出来自信,她一笑,泪先下来了。在故事展开的绝大部分时间里,刘小水都是在哭,她以哭来表达自己的各种情绪,哭成了她基本的生存状态。"学习微笑"对于刘小水是无比艰难的,原因就在于工厂的破产与官员的贪腐,使她难以抚平不断加深的心理创伤,难以摆脱"小人物"的悲哀。"不会微笑"之于她,既与她个人的性格有关,更与她的家庭生计有关。真正使她由哭泣转为微笑的,既有人生哲学的自我信守,更有生活环境的切实改变。笑在这里,不仅密切联系着生活的现实,而且内在勾连着生存的现状。

世上没有无缘无故的笑,这缘故,就是人们所置身的现实生活。不仅是笑这种行为离不开生活,所有的作家也都脱离不开他所处的时代生活。看似是单枪匹马的文学创作,看似是艺术虚构的文学作品,其实都毫无例外地基于一定的个人生活,源于一定的社会生活。因而,对于文学所面对的常青常新的生活世界,还是老生常谈的一句话:深入生活,认识生活,用思想的亮光去烛照生活,用生活的活水去滋养文学。

智慧地笑并且笑悟智慧

张 江:人为什么会笑,这是一个重要的美学问题,历代美学家都有很多论述。我们当前的文艺作品,并不缺乏笑声。综观时下流行的各种文艺样式,笑成了最基本、最不可或缺的元素。甚至在有些作品中,博取观众和读者的笑声,成了作者的终极目的,笑声的多寡,成了衡量作品成败的标准。至于用什么方式让人发笑,笑声中包含了多少况味,笑得低俗还是高雅,统统弃之不顾。

周 宪:一个充满欢乐天性的民族,任何时候都不缺乏笑声。走进斑斓的中华民族文化史,各式各样的笑声不绝于耳。许许多多的笑声发自内心,充满智慧,让人叹服!

曾几何时,告别了一本正经的严肃文化,推销笑声的喜剧文化在今天演变为巨大的产业。脱口秀、模仿秀、综艺晚会、相声、清口、段子、喜剧片、动画……林林总总,蔚为大观。找乐子不仅是一种行为方式,更是一种文化,搞笑既逗乐又赚钱。于是乎,一大批笑声制造者应运而生,他们是笑声的供应商、快感的经营者,而喜剧文化则成了拉动经济的宝贵能源。

笑是生命能量的释放,但它不仅是一个生理反应,更是蕴含了复杂意义的认知过程。同是笑,却有不同的意趣和境界。当下走红于手机、舞台、荧屏、网络和印刷物中的不少所谓幽默笑料,说实话,并不那么有品位和格调。有一些是拿农民兄弟开涮,另一些以取笑残疾人为乐,太多的"恶搞"和"戏仿"在媒体上流行,笑声中常常充溢着低俗的趣味。必须指出,当下中国并不缺笑声,缺的是让人感悟智慧的笑声;当下中国也不缺笑声的制造者,缺的是创造智慧笑声的艺术高手。当格调不高的笑充斥媒体时,当笑声不再给人以智慧的启迪时,这样的文化生态难免使人忧患。人们不禁要问,我们的文化是不是出现了什么"病兆"?

让人们智慧地笑并笑悟智慧,需要对笑的文化意涵做深度开掘,提升笑声所蕴含的正能量,在笑声里寄寓积极的人生经验,在笑声里探究丰富的生活哲理,在笑声里展现向上的人格情怀。今天,中国社会面临着深刻转型与变迁,各种蓬勃向上的新事物、新观念、新体验层出不穷,这些无疑是当代中国喜剧产业的富矿。笑的文化史发展一再表明,幽默缺乏智慧便降格为庸趣,喜剧没了智慧就会变为流俗,笑声缺了智慧则成为傻笑。一个伟大的时代需要的是智慧的笑。

我以为,智慧的笑给人以启迪,智慧的笑会触动心灵,智慧的笑让人的精神得到升华。虽然笑不是万能的,没有笑却是万万不能的。问题的关键在于如何创造智慧的笑声。我们有理由相信,提升和丰富笑的意蕴,在朗朗笑声中发现智慧,这正是建构当代喜剧文化所亟须的。

笑的艺术蕴含价值判断

张　江:从本质上讲,笑是一种姿态。它代表人们对历史或现实的一种态度,或赞赏,或批判,或嘲弄。这其中蕴含着深刻的价值评判。没有这种承载,只是通过插科打诨的语言卖弄,故作滑稽的肢体表演,甚至不惜违背伦理道德、世俗风尚,生硬制造笑声,其结果,只能是让笑声滑向低俗。

陈众议:笑或者来自生活的真实内容,或者消解虚假的生活内容。鲁迅先生说,喜剧是把人生无价值的东西撕破给人看。人们对庄重的、严肃的、重大的事情不会笑,但如果这种重大的内在意义沦为徒有外表、徒有形式时,对这种形式的揭露就产生了笑。

由此,我想起了一个美学上的历史"轮回"。1958年,姚文元在《文汇报》上发表文章《照相馆里出美学》,用极"左"的语言号召来一场美学的革命,建立共产主义的美学。这时,人们还没有识破这种语言的虚假空洞性,也没有笑。这种"照相馆里的美学"在21年后的1979年,却在一部相声所引发的笑声中被消解了。这个相声就是姜昆、李文华的《如此照相》。离开生活的美学,在口号的装饰下,一开始似乎给人以庄严感,但由于形式主义必然会被人们厌倦,庄严的外壳遮不住空洞的内容,因而这种美学最终以笑来收场。国外也是如此,许多喜剧性的名著,如塞万提斯的《堂吉诃德》、果戈理的《钦差大臣》,都表现了一种时空错位。前者揭示出时代风尚的变化使骑士文学变得可笑,后者揭示出沙皇统治下官僚制度的腐朽。在笑声中都有着真实的时代和生活内容。

法国哲学家亨利·柏格森在研究滑稽的意义时说,笑的对象是生命的机械化。形式主义就是一种机械化,把生机勃勃的真实内容变成徒有虚假外表的东西。时空错位也是如此,换一个场景,虚假可笑的一切都暴露了出来。作家艺术家将人物引领到一个特定的角度,为事实投下一束奇特的光,于是,一切腐朽的东西,都以一种神奇的面貌出现了。

笑的对象,是天下可笑之人、可笑之事。如果丧失了这个对象,就只好为笑而笑。一些喜剧性作品,没有生活内容,只是盲目地制造笑点,没有笑硬要搞笑,就会滑向恶俗。搞笑很容易,无非就那几个套路:笑人傻,或装傻逗人笑;男扮女,女扮男,或不男不女;笑残疾人,笑弱势群体;再就是一些现实指涉、性暗示。本来,喜剧要撕破人生无价值的东西,让人们发自内心地去笑,而今这种搞笑行为本身就是无价值、无意义的,让人们笑得无可奈何,或者根本笑不起来。

笑要直面时代的问题

张　江:笑是有重量的。生活中的琐碎片段、偶然事件,个人的际遇遭逢、情感波澜,当然蕴含着引人发笑的元素,但是,我们更需要那些与时代贯通的笑,通过笑声折射时代的进步或存留的问题。这种笑声即便轻灵舒畅,也蕴含着历史的深沉,让人在笑声中获得沉甸甸的收获。这就是有重量的笑。

赵炎秋:如果说,世上没有无缘无故的爱和恨,那么,世上也没有无缘无故的笑和哭。文学的笑,或因幽默而起,或因讽刺而来。前者如狄更斯,他的《匹克威克外传》通过匹克威克先生及匹社成员一系列的事与愿违、好心办错事,在幽默、滑稽的外表下弘扬了人间的真善美,引起读者欢快、肯定的笑;后者如果戈理,他的《钦差大臣》通过纨绔子弟赫列斯达可夫被一群外省小官吏误以为是微服私访的钦差大臣的经历,尽情讽刺了旧俄官场的贪污腐化、道德败坏，引发观众鄙夷、否定的笑。但是，我们也能看出，两位作家的幽默与讽刺，针对的都不是个人琐碎的欲望与行为，而是时代的问题与要求。

生活中的一些琐屑欲望与事件如果以搞笑的方式表现出来，固然也能引起人们的笑，但这种笑是轻飘的、短暂的，有的甚至是无聊的、无意义的。这种形式的笑多了，人们难免感到乏味甚至空虚，因此它们不是文学的笑的主流。文学的笑，应该是有意义的、引人思考和回味的，对人对社会有益的。这样的笑，只有与时代的问题紧密结合才能达到。

时代的问题来自时代的现实，往往是时代的矛盾纽结所在。它是人们关注的焦点，它的解决与否，往往关系到民众的幸福、社会的正义与发展。也正因为它是各种矛盾的纽结，关系到民众与社会的福祉，才引起大家的关注。矛盾意味着笑的可能。笑的内部机制是矛盾，没有矛盾便没有笑，至少，没有意味深长、引人思考和回味的笑。文学直面时代的问题，实际上就是面对着一座笑的富矿。将文学的笑与时代的问题联系起来，通过笑肯定、弘扬其积极的一面，讽刺、批判其消极的一面，推动、促进这些问题的暴露、转化与解决。这样的笑，才是厚重的、有价值的，才能引起读者的关注与思考，促进社会的进步与发展。

笑应直面时代的问题，还意味着笑要随着时代的发展而发展。一个时代有一个时代的生活，生活变了，文学自然也要跟着发生变化，文学变了，文学的笑自然也要跟着发生变化。阿里斯托芬的《阿卡奈人》以喜剧的形式批判战争，提倡和平，反映了公元前5世纪希腊的现实和人民的愿望；莎士比亚的《威尼斯商人》以喜剧的形式反映了在新的资本主义生产方式兴起之后，旧的高利贷制度的过时与落后；1962年，李準的小说《李双双》通过妇女中的先进分子李双双与胆小怕事、爱面子、大男子主义的丈夫孙喜旺之间的矛盾，反映了20世纪60年代中国的现实与问题，使人们在笑声中告别过去，告别落后的思想与习惯；1978年，宗福先的话剧《于无声处》通过对何是非背信弃义、口是心非以及最后众叛亲离的讽刺与批判，让观众在笑声中认识到"文化大革命"中一些是非颠倒和政治投机者的丑恶嘴脸。这些作品都具有强烈的时代性，只能产生在它们所处的时代，原因就在于它们反映了时代的现实，抓住了时代的问题。一个时代有一个时代之文学，是由于一个时代有一个时代的生活与问题。问题来自生活，是生活矛盾的集中表现。直面了问题，文学以及文学中的笑也就抓住了生活,具有了无可替代的时代性。

　　张　江:中华民族是一个历经苦难的民族。这种特殊的历史,造就了中国文艺作品沉重的底色和基调。时过境迁,民族的崛起和国家的振兴,让中国文艺具备了表达笑意的现实土壤。但是,这种笑,必须具备思想和艺术的含量,禁得起审美的考量。不能为了搞笑而搞笑,更不能让笑声滑落到低俗、恶俗的泥淖中去。作为一种艺术的表达,如何笑,笑什么,不仅是个技巧问题,更是个取向问题、品位问题。

（《人民日报》2014 年 11 月 7 日）

时代巨变中的文学命运

对话人

张　江（中国社会科学院副院长、教授）

陆建德（中国社会科学院文学研究所所长、研究员）

高建平（中国社会科学院文学研究所副所长、研究员）

海因茨·德吕格（德国法兰克福大学文学系主任、教授）

卡罗拉·希尔姆斯（德国法兰克福大学文学系教授）

苏珊·克努法特-海因（德国法兰克福大学文学系教授）

前段时间,在中国社会科学院文学代表团访问德国法兰克福大学期间,代表团成员张江、陆建德、高建平同法兰克福大学学者举行座谈,一同探论文学在当今时代的命运和作用。

文学的当代遭遇

张　江:我先提一个问题供讨论。我们困惑的是,在中国,物质生活比较艰苦的时候,比如 20 世纪五六十年代,文学的号召力和影响力很大,读文学的人很多。最近一些年,中国经济强大起来,普通民众的生活好起来,可是了解文学、喜欢文学、阅读文学的人却越来越少。尤其是经典和高雅文学,除了专家圈子里有人读一读以外,普通民众很少涉及。过去,中国人不仅读中国的纯文学,对德国的小说、戏剧和诗歌,也都很熟悉。现在,这种局面彻底改变了。我们不禁要问,文学阅读与物质生活水平的提高之间究竟是什么关系?

海因茨·德吕格:我非常同意你的观察。我和我的同事们当年在读中学时都很喜欢阅读歌德和海涅那些充满智慧的作品,而如今读书的年轻人越来越少,给我们这些在大学教文学的人带来难题。现在的本科生普遍不接触文本,特别是长文本和复杂的文本,也不愿意读理论,指导这样的学生很困难。

但我对此并不那么悲观。我很关注年轻人现在每天都会面对的"流行幕"(POP Curtain),它既是一种流行文化,也是一种美学,还提供知识,对年轻人具有强烈的吸引力。我感兴趣的是,年轻人在不读书的时候会做什么,在这种新的情况下,文学应该发挥什么作用? 作为研究者,我们是逃避这一切,对这种人人手拿智能手机听流行音乐的生活方式视而不见,还是应该与之对抗? 我们是不是应该做些什么? 但要想做些什么,首先应该知道当下正在发生的一切。我和其他七位学者编过一本 POP 研究论文集。这里的 POP 不是指流行文化,而是指流行美学,即关于流行文学、传媒、电影、时尚等等的美学。将这些研究和法兰克福学派的批判理论联系起来很有趣,大家都知道,阿多诺是最有名的对文化工业提出批评的学者之一,我们今天重新思考,就是看看是否可能把阿多诺的观点和现在的流行理论、流行文化批评联系起来。

高建平:这确实是一个重要的问题。阿多诺在中国学界影响很大,我们昨天访问了法兰克福研究所,看一看阿多诺工作过的地方是我们很久以来的一个心愿。但我们也在思考这样的问题:阿多诺批判文化工业,而现在文化工业非常繁荣,发展势头不可阻挡。法兰克福学派批判过的现象,延续至今已经几十年了,面对今天的消费主义,我们应该如何思考? 当社会发展的经济驱动力发生变化之时,我们又该如何应对? 是仅仅用描述的态度来应对,还是用批评的姿态来介入? 我认为,至少应该采取一种"辩证的态度",即要以一种发展和变化的眼光来看。

卡罗拉·希尔姆斯:在德国,有很多人讲授法兰克福学派,讲授阿多诺对文化工业的批判。但我们还是要面对现实。流行美学很重要,原因在于,流行文化已经成为现实,需要研究。法兰克福学派对流行文化可能是过分悲观了,我们现在要做的是怎样从流行文化里面发掘一些积极因素。整个社会文化现

135

实这些年变化得很快。德国有一个祖尔坎普出版社,第二次世界大战以后的德国文化可以说是由它建立起来的,德国所有著名的作家、理论家包括本雅明和阿多诺都在祖尔坎普出版过著作,而现在这家出版社和其他出版社一样都面临生存危机。就在今天,德国著名的日报——《法兰克福汇报》宣布因为财务问题将裁减一百多名编辑部员工,这也是危机的表现。

苏珊·克努法特-海因:祖尔坎普出版社在 20 世纪 50—60 年代很有名气。50 年代,他们重提文化经典,重新建构优秀的"老传统",给了战后德国一个"身份"。60 年代的时候,他们又为学生革命提供支援。在长达 20 年的时间里,这家出版商从精神建构到对纳粹思想的精神解构,再到提倡精神多元化,影响很大。他们厉害到打一个喷嚏,德国的作家就会感冒。而现在情况完全不同了,当他们试图让大众闭嘴的时候,每个人都回以大笑。他们不再有力量,不再能提供任何重大的生活意义了。意义被其他人所掌握。

陆建德:其他人是什么样的人?

苏珊·克努法特-海因:不是某个人或某些人,而是一个时代,一群没有面目的大众。我们不再有一个智慧的领导委员会了。曾经具有凝聚力的"国家"被无边的"社会"所取代。

珍视和传承文学经典

张 江:在中国,出现了这样一种现象:一些能够担负教育功能、伦理功能的优秀文学作品,却很难接触到大众。就以中小学教育来说,一些非常优美的古典诗词都被从教材中抽去了。对此,我们的习主席都给予关切。像我们这个年龄的人,过去在读小学和中学的时候,能背诵许多中国古代的经典,现在的学生已经不背这些了。我不知道德国现在是什么情况,我们之前了解的德国文学,包括德国革命家李卜克内西、罗莎·卢森堡、蔡特金的著作,现在还有人读吗?在中小学教育中,德国的传统优秀文学作品还保留吗?在你们看来,传统文学是否应该一代代传下去?

海因茨·德吕格:这里有一个主要的差别——中国文学比德国文学久远得多。当我们说经典文学时,通常指的是 18 世纪以来的文学,德国人对歌德时代以前的文学接触得很少。而对你们来说,这些都已经是很现代的文学了。但是我觉得还是可以做一些比较,德国学生阅读歌德时代以前的文学的能力,不仅没有变强,反而越来越差了。

张　江:德国中小学学生对歌德时代以后的经典文本的学习,或者对民间文学、民谣、童话的阅读,在现在的教学中有多大分量? 占据什么位置? 这些内容还受欢迎吗?

海因茨·德吕格:这要具体分析。18 世纪的一些文本在学生中很受欢迎,比如歌德的《少年维特之烦恼》,描写爱情,情感热烈,年轻人爱读。其他一些文本,则在远离年轻人的世界。比如同样是歌德的作品,取材于希腊神话的伦理剧《陶里斯的伊菲格尼亚》,读的人就很少。我自己在做学生的时候很喜欢这部戏剧,之所以能够接触并喜欢上它,是因为我有一位非常好的老师,他把我引进了文学之门。我知道,现在在许多学校,想让学生去阅读古典文本是很困难的。很多学生借助于网络,只是读一些梗概、提要和评论就算完成任务。这的确是一个大问题。古典作品的阅读在学生中不受欢迎,这意味着我们有很多的工作要做。

当然,德国的大学里也有许多学生仍然在读希腊神话,因为知道它代表了我们的古代传统。虽然今天来理解这些古典文本及其背景会有一些困难,但这些学生十分愿意接受挑战,何况这些古典文本一旦读进去就会着迷。这些优秀的学生将来很多都会到中小学校去当老师,这一点很让人高兴。

高建平:两年前我访问卡塞尔时,在一个街角看到过格林兄弟的雕塑。你们的孩子今天仍然读格林兄弟的童话吗?

海因茨·德吕格:当然,我们法兰克福大学的特色之一就是有一个儿童文学应用研究所,这是德国唯一一所研究童话的作用的学术机构。

寻找接近文学的新方式

张　江:这关系到一个重要问题,我们怎么看待文学的功能? 在传统的中国文学观念里,文学本身就有教育和引导的功能,特别是对儿童、青少年的基础教育来说,是非常重要的。比如,我们从小就给孩子讲岳飞的故事,是为了培养他们的爱国主义情感。再比如,我们把李白、杜甫的诗选入中小学生的教材中,就是希望他们能够通过阅读这些作品而热爱我们的国家、热爱中华民族的历史,成为懂历史、懂文学、懂中华民族优秀传统的人。那么,德国人怎么看待文学的功能? 在座的各位教授,你们是不是也赞成用文学来引导人,将民族的优秀精神,将世世代代的民族追求,将普通民众的理想、梦想融入到文学中,教育你们的下一代?

海因茨·德吕格:是的,某种程度上我们也是这样做的。但是,在这里也要做一些区分。一方面,现代德国历史还有一些遗留问题,对此要从伦理的维度、用批判的眼光来反思;另一方面,我们又需要一种无条件的对语言的爱,用非常敏锐的鉴别力去感受语言的细微差别。因此,对文学的功能问题需要在一种文学伦理、理解伦理、他者伦理的主题下进行讨论。

苏珊·克努法特-海因:我认为,文学教育功能的发挥,不仅仅要靠传统文学,尝试用当代文学或者外国文学来实现也很好。比如喜剧,这种艺术形式是流行美学的研究对象,在当下很有影响力,它更现代,更容易让学生接近而且能给他们带来阅读的欢乐,以喜剧为媒介,或许会让他们喜爱上文学。

海因茨·德吕格:这很有趣。我们做过一个"1990年代流行工作坊",还做过"那些年我们热爱的文学和流行音乐"对比研究,试图通过这些方式唤起学生对文学的热爱,虽然这并不容易。你们谈论文学的方式,包括用文学来培养文化的说法,我认为非常重要。这是一种很智慧的对待文学的方式,我们就应该试验各种新方法,让年轻人感到文学与他们的生活息息相关。

陆建德:青少年对古典文学、传统的纯文学越来越不感兴趣,文学的影响力不是在上升,而是在减弱。你们说"要与之做斗争",怎么斗争?

海因茨·德吕格:也许,最好的办法是直接与之做斗争,将手机扔进垃圾桶,把书硬塞给他们去读。但是,这可能办不到。有时我也会问自己,为什么要到大学去学习文学,原因是,那里有最好的老师。老师会引导我思考。他不会说这很好,这不错,他会说这不好,你需要提高进步,你需要努力,这就构成了挑战。接受挑战之后,我会感到自己确实学到了东西。所以,选择文学,热爱文学,这和我的经历有关,那些优秀而又风趣的老师向我们介绍最好的作品,和我们就文学而做的讨论也很有趣,让我收获很大。

在交流中建构文化身份

张　江：在中国的传统文化教育中，在文学的建立与传播过程中，西方文学带来的影响是很大的，特别是五四以后。比如在青少年的童话教育方面，中国孩子几乎都知道安徒生童话、格林童话，像《皇帝的新衣》《卖火柴的小女孩》，孩子们熟悉得很。西方文学和思想对中国文学的这种影响，对青年一代的成长的影响，虽然有它有利的一面，但我们还是希望，中国的青年一代对自己民族的文学和民族的传统能有更多的了解和阅读。

海因茨·德吕格：这是一种可以称之为"民族中心主义"和"西方中心主义"的争论。我对中国的文化和传统知道得不多，我们今后应该更多地了解中国传统，这样才可以和美国的传统、欧洲的传统进行比较。有人说，德国的当代文化有点像美国的当代文化。这样的话，就更需要重视我们的传统。没有传统，就面临失去自我的危险。因此今天我们首先要了解传统，坚持传统，阅读传统，讨论传统；然后要去应对传统身处的这个时代，以一种辩证的方式看待传统。当我们做跨文化的文学研究时，不能仅仅研究移民文学，即研究由于种种原因移民到德国来的人的文学，还要研究异域文化，研究他们的传统。在一个全球化的时代，中国与德国在经济方面有很多联系，在文学交流上，我们也有很多的工作要做。应该在珍视文化传统的基础上交流，在交流的过程中坚持文学的民族性，通过文化交流来建构文化身份。

苏珊·克努法特-海因：我提一个与文化身份相关的问题。我感兴趣的是，中国的少数民族文学指的是什么，有什么主题吗？

陆建德：中国是个大国，有很多民族。在中国历史上，各民族之间的相互交流和相互影响，为中国文学的发展作出了巨大贡献，创造了中国文学的多样性。我们现在的教育中也注重文化的多样化，引导学生以更开放的态度对待少数民族，花时间学习少数民族的文学。在中国，民族文学研究一直受到高度重视。比如，中国社科院有一些研究员就专门在做史诗研究。以前有人说中国没有史诗，现在发现并不是这样，内蒙古以及其他很多少数民族都有他们的口头传统。这些史诗内容非常丰富，蕴含着悠久的历史故事和生动的人物形象,一些老艺人可以连唱好几个星期不停。而且,这些史诗没有书面歌词,一代代传承靠的就是口传心授,并不断有新的创造。这样的民族文学是我们民族文化的宝贵财富,已经得到重视和保护。

(《人民日报》2014 年 11 月 18 日)

文学书写中国梦

对话
人

张　江（中国社会科学院副院长、教授）

於可训（武汉大学文学院教授）

柳建伟（八一电影制片厂副厂长、作家）

张　柠（北京师范大学文学院教授）

杨剑龙（上海师范大学人文与传播学院教授）

张　江：在不久前召开的文艺工作座谈会上，习近平总书记强调，实现"两个一百年"奋斗目标，实现中华民族伟大复兴的中国梦，文艺的作用不可替代，文艺工作者大有可为。文学是文艺的重要构成，是一切艺术形式的母体。在实现民族梦想的征程中，文学应该通过什么样的方式实现价值、放飞梦想？这是我们需要思考的问题。

文学是筑梦的工程

於可训：梦想不仅是文学起源发生的原初动力，也是文学之为文学的一种内在精神特质。在诸多关于文学起源的学说中，从巫术说、游戏说，到劳动说、精神补偿说，都包含表达人类内心愿望和欲求的因素。这种愿望和欲求，换句话说，也就是人类对生活的美好期待和梦想。在中外文学史上，描写人类各种梦想的作品不计其数,从嫦娥奔月到地心漫游,从世外桃源到乌托邦,人类用文学的方式,写下了他们在不同历史条件下追求美好生活和理想世界的梦想。这种追求不仅作为神话和幻想题材,同时也作为一种普遍的精神原则,贯穿于不同创作风格和流派的文学作品之中,从现实主义追求的典型性、浪漫主义崇尚的理想化,到现代主义关注人的存在的终极问题,都是文学追逐生活梦想和存在理想的表现形式。

从上述意义上说,文学的这种精神特质,在近代以来的中国,得到了淋漓尽致地发挥。近代中国,积贫积弱,志士仁人,变革图强,都将希望寄托在中国的未来。五四以后的新文学,将未来中国的希望寄托在青年身上,从鲁迅"救救孩子"的呼唤,到李大钊对"少年中国""青春中华"的期待,乃至郭沫若的《凤凰涅槃》所讴歌的新生,都是新一代知识分子除旧布新、改造中国的梦想。这种梦想到后来革命文学兴起,就成了在一个相当长的时间内文学所书写的社会理想和为实现这一理想而奋斗的文学人物斗争、前进的精神力量。从左翼文学描写工农群众的反抗斗争,到抗战文学反映军民的浴血抵抗,以及嗣后为迎接全国解放而进行的斗争,都是朝向建设新中国这一新的社会理想。当这一新的社会理想成为现实,追求更美好的生活理想和更合乎理想的生活目标,用理想的光芒烛照现实,把求实态度和理想精神结合起来,不但成了当代中国文学反映现实、推动时代的精神动力,同时也是引领当代中国文学发展前进的艺术方向。近半个多世纪以来,当代中国文学就是在这一理想精神的引导下,从20世纪五六十年代反映社会主义革命和建设的历史,到70年代末80年代初以来,反映历史新时期改革开放的实践,走过了一段艰难曲折而又光辉灿烂的历程。今天中国人的梦想,是全面建设小康社会,实现中华民族的伟大复兴。书写这样的中国梦,既是当代中国文学崇高的责任,也是它无上的荣光。当代作家应该而且也必将以更加出色的创作成绩,更加辉煌的艺术成就,在中国文学史上写下一页更加绚丽多彩的篇章。

民族的梦与个人的梦

张　江:人是一切社会关系的总和。所谓"一切社会关系",当然也包括个体与国家、民族的关系。从这个意义上说,一个民族的梦想,也应该是浸润其中的众多个体的梦想。具体到文学,每一个诗人、作家,他们各自梦想的萌生和实现,都与这个民族的梦想交融与共,相存相依。

柳建伟:实现中国梦的基础,以我粗浅之见,应该有以下两个要件:一是在一个风清气正的社会,每个人都有自己的梦想;二是在一个公平公正的社会,每个人都能通过自己的诚实劳动,最终实现自己的梦想。中国梦是江河海洋,每个中国人的梦想是无数细流小溪。实现中国梦,最重要的应该是让每个中国人都能放飞梦想并实现梦想。

放飞梦想和实现梦想,必须立足于自身条件,结合现实,否则只会是白日做梦。在美国名校读书的比尔·盖茨中途辍学,与几个朋友开始追逐创业的梦想,最后建立了微软帝国。大约二十年前,中国一个叫马云的青年萌生了做电子商务的梦想,而今他所创立的阿里巴巴正在深刻改变着中国人的消费方式。他们两个人都是从自身实际出发,审时度势,在人生的关键节点上,重设或修正自己的梦想,并最终成就梦想的典范。个人的梦想,需要坚持,也需要适时修正。35 年前,我跟着社会潮流走,考上了计算机专业。后来我发现计算机专业并不适合我,再加上读到鲁迅弃医从文的故事,我开始关注文学。如饥似渴读了几十种古今中外经典文学名著后,当作家的梦想在我心里生根发芽了。我决定在文学的天空里,放飞自己的人生梦想。三十几年过去了,创作之路虽然崎岖,创作之艰辛虽然有时苦如黄连,但我一直坚持走下来,终于从一个操作计算机的工程师,变成了一名专业作家,实现了少年时的梦想。

人人都有梦想,人人的梦想都能实现,这样的理想世界,当然很难建立。但是,让多数人实现梦想,是值得我们为之努力的。只有做到这一点,中华民族伟大复兴的中国梦才能实现。

文学应坚持自己的独特方式

张　江:文学可以筑梦,也需要筑梦,但前提是,一定要以文学的方式,潜移默化,润物无声。让文学汇入国家和民族的话语交响,不是要求文学家发出政治家的呼喊,也不是要求作家给出社会学家的行动路线。文学,只有站定自己的位置,找准自己的声部,用自己的方式发声,它的存在才有价值、有意义。

张　柠:作家书写中国梦,必须坚持文学的方式。这里有一组关系,必须梳理清楚。其一,文学的发展需要融入国家和民族的宏大叙事之中。唯其如此,文学才能规避孱弱的独语,在与万千大众的和鸣中收获厚重与博大。其二,在国家和民族的叙事交响中,文学必须坚持自己的独特方式,否则它的存在就会被淹没,进而失去意义。当前,中国梦凭借其强大的凝聚力和号召力,已经成为包括作家艺术家在内的全民族的共识,文学当然需要汇入其中。但同时需要引起我们注意的是,文学能不能坚守住自己的独特方式,充分运用和发挥自身所长。

一些作家经常犯这样的毛病,写个人、历史、情感等题材,怎么写都好,活色生香,游刃有余。但是,一旦表现的内容上升到国家和民族的高度,立刻就忘掉了自己的作家身份,忘掉了文学创作的基本规律,将自己变身为政治宣讲者、政策解读者,概念化、口号化随之而来。在中国现当代文学史上,这一问题始终存在。说到底,这是对文学独特存在方式的放弃,是对文学基本规定性的忽视。这就提醒我们,今天的文学要想书写中国梦,必须找到和坚持文学的独特表现方式,通过优美的语言、诗意的笔触、丰满的形象,传递温暖、感动、激情、力量,让梦想在心灵深处找到安放之所,在梦想和现实之间搭建起精神的桥梁。

因此,中国梦不应该被处理成一个简单的政治口号。它既是一个国家和民族的梦想,也是千千万万鲜活的生命个体对未来的憧憬和希冀。它可以驻足在一个企盼的眼神中,也可以融化在一声嘹亮的歌唱里,它可以是一个少年的出门远行,也可以是一个老者的翘首遥望。梦想,唯有具体而生动,才具备指引我们前行的力量。一切伟大的文学作品,除了思想之深刻,还必须化无形为有形,将深刻的思想意象化、感性化、审美化。这既是文学艺术的基本特征,也是它的独特优势。在一个国家和民族向梦想进发的途中,文学能否发挥独特作用,实现独特价值,关键正在于此。

文学梦也是中国梦

张　江:文学是一个国家的精神名片。历史上,中国以唐诗宋词享誉世界。今天,中国文学需要重新启航,以更加辉煌的成就走向世界,彰显中华文化软实力。这一梦想,属于文学,也属于整个中国,是中国梦的重要内容之一。

杨剑龙:关于文学与中国梦,我觉得还有另外一个维度,那就是文学梦也是中国梦的内容之一。文学是一种精神创造物,是精神文明的重要构成,是文化软实力的重要体现。中华民族伟大复兴的中国梦,在我理解,是一种全方位的综合实力的提升,既包含经济硬实力,也包含文化软实力。就此而言,让中国文学光荣绽放,在世界舞台展示它的华彩,为人类文明发展贡献更大的力量,也是中国梦的应有之义。

事实上,自从歌德最早提出"世界文学"的概念之后,各民族文学的发展就告别了单一的自我参照,走出国门,融入世界,成为共同的梦想。中国文学自然也不例外。纵观历史,中国文学历来有着强烈的吸引力、感召力,且不说《诗经》、楚辞、唐诗、宋词,也不说唐传奇、元杂剧,就说《三国演义》《西游记》《水浒传》《红楼梦》,以及现代文学史上鲁迅、老舍、巴金、曹禺等人的创作,都有重要的国际影响,已经成为人们了解中国和中国文化的重要渠道。这些年,随着中国文学活跃度的增加和中国文化对外交流的日益频繁,"走向世界"更是成为中国文学的强烈愿望。

但是,我们也不得不承认,在当前的文化格局中,中国文学对世界的影响力还相当有限。即便是莫言、余华、麦家这样的作家,虽然海外知名度较高,但与马尔克斯、米兰·昆德拉、村上春树在中国的影响力还不能相比。最直接的体现是,中国作家对外国作家的学习和摹仿相当普遍,外国作家学习和摹仿中国作家却非常少见。如何让中国文学重返辉煌,再谱华章,成为民族复兴的重要内容。

张　江:历史经验告诉我们,任何一个时代的文学,只有与国家和民族同声共振,才能发出振聋发聩的声音,最大程度地彰显它的价值和意义。在恢弘的历史主旋律之外茕茕孑立、喃喃自语,只能被淘汰和淹没。当前,中华民族的时代最强音,就是追逐梦想、实现梦想,让梦想的愿景尽快化为现实的美景,文学在其中大有可为。

(《人民日报》2014 年 11 月 28 日)

优秀作品代表文学的高度

对话人

张　江(中国社会科学院副院长、教授)

杨　扬(华东师范大学中文系教授)
范小青(江苏省作家协会主席、作家)
何言宏(上海交通大学人文学院教授)
谢有顺(中山大学中文系教授)

张　江:习近平总书记在文艺工作座谈会讲话中指出,文艺工作者应该牢记,创作是自己的中心任务,作品是自己的立身之本。近年来,我国的文学事业空前繁荣,文学作品数量众多,但也存在着有数量缺质量、有"高原"缺"高峰"的现象。真正的精品力作、传世之作还是不多,热闹有余,精彩不足。

优秀作品是"时代的眼睛"

杨　扬:谈到文学的繁荣,人们首先想到的是重量级的作家和他们的代表性作品。这是因为,优秀作家作为民族的文化精英,他们身上更多地汇聚了时代的精神品格,他们创作的精品力作,常常成为"时代的眼睛"。通过这"时代的眼睛",人们看得见他们所描绘的时代的生活情景与精神状况。

事实上,中国当代文学在六十多年的发展演进中,最能说明不同时期文学风貌的,就是一些标志性作家所创作的代表性作品。如"十七年时期"赵树理的《三里湾》、孙犁的《风云初记》、欧阳山的《三家巷》、长篇小说"三红一创""保青山林"等。新世纪以来,中国文学迎来了强劲的发展势头。以长篇小说为例,近几年来,每年有两三千部之多,还不包括海量的网络文学作品。这样的文学创作基础与文学出版规模,对文学发展的助推无疑是巨大的。庞大的作品数量与优秀文学作品之间,当然不是一回事,但从文学史的角度来看,一个时代的优秀作家作品的出现,不会是一种孤立的文学现象。个体的提升须自立于整体的基础,质量的攀升有赖于数量的积淀。

从当下最负盛名的一批中国作家创作情况看,他们大多进入创作的成熟期。新世纪以来,贾平凹、莫言、王安忆、刘震云、铁凝等人的作品,不仅延续着他们各自小说创作的基本风格,而且增加了更为深沉而复杂的历史底色。换句话说,相比于他们以往的创作,这些新作品显得更加充实饱满,技巧上也更加得心应手。这是极其难得的收获。

"百花齐放"的当代文学,如同丰繁的万花筒,充满了各种可能性。也许,一些优秀的作品正在孕育之中,也许,重要的文学大家正在形成之中。对于我们这些从事文学研究和评论的人而言,目前最为需要的,就是保持一种好奇的心态,葆有一双发现的眼睛。

作家要用作品说话

张　江:作家应该以写作为天职,用作品说话。评判一个作家的唯一尺度,就是他的作品。拿不出响当当的"硬通货",把主要精力花在经营人情关系上,花在自吹自擂上,花在各种社会活动中,只能沦为"空头文学家"。没有过硬的作品支撑,文学再热闹也是空的,文学家再忙也是"空忙"。鲁迅先生对"空头文学家"的告诫,在今天仍然值得警惕。

范小青:随着社会的发展,越来越多的公开场合需要作家出现,它体现了社会对文学的尊重。但同时,这个现象也需要我们警惕。作家陆文夫曾说:见书不见人,见人不见书。所谓"见人",就是作家在各种场合露面过多,把大量的时间花在"见人"上了。如果作家潜心创作,应该是见不到人或者很少见到人的。经常见到作家的"人",见到他到处露脸,在各种场合穿梭,恐怕书就会少见了。没有作品,没有过硬的作品,即便头上有再亮的光环,耳边有再响的掌声,身边有再多的追捧,也是站不住脚的。

要想多见书,多出精品力作,不仅需要大量时间,更需要纯粹的追求,要深深扎根生活,了解人民大众的疾苦和悲欢,了解社会的发展变化,深入思考,认真阅读,艰辛书写。时间对作家来说,永远是不够用的,不停地介入各种活动,不仅时间上不允许,心也会乱了,精神也会懈怠。我觉得自己对此必须保持警觉。因为工作的原因,这几年我也不得不到处抛头露面,我深感在喧哗的表面之下,一定要保持一颗纯粹而宁静的心,要时时记住,作家的根不在舞台之上,而在民众之中,作家的本不是幕前的华丽亮相,而是寂寞的长期坚守。无论成就有多大,无论获过多少奖,无论地位有多高,创作才是作家的中心任务,作品才是作家的立身之本。

值得庆幸的是,虽然繁忙奔走,但是我执着于创作的心没有丢失掉,我尽力保持内心的平衡和平静,让自己的心一直沉在人民中、沉在文学里。在江苏省作协工作的六年多时间里,我创作了两部长篇小说《香火》和《我的名字叫王村》,都是描写农村历史和现状的。我写农民,写新生代农民工,写城市的新一代,每年我都有新的中短篇小说发表。在写作实践中,我深切地体会到,只有接地气,作品才可能是独特的,才会有筋骨、有道德、有温度。

无论作家身处的环境如何,写作的条件怎样,作家必须用作品说话,用作品报效人民,用作品让自己站起来。

营造健康文学生态

张　江："见书不见人,见人不见书",这句话说得好。文学事业就是要以作品为中心,以出好作品为导向。但是,好作品的出现,也需要良好的外部环境。这种环境,不是天然形成的,需要我们去积极营造。批评家在这方面也大有可为。

何言宏：21 世纪以来,我们的文学生态变得更加丰富,也更加复杂,如何针对这一情况采取相应的对策,是关系到文学繁荣发展的重大问题。

文学领域和自然界一样,需要一个健康良好的生态。在这样的生态中,文学能够自由和谐稳定地良性发展,优秀作品层出不穷,正面价值成为主导,即使遇到一些来自外部或源自内部的不良干扰,也会具有强大的自洁功能,能够通过自我调适来达到新的平衡,并以此促进文学进一步的繁荣与发展。正像自然界的生态平衡必须建立在生物多样性的基础上一样,文学界的生态平衡,也要保持文学的多样性,特别是优秀作品的多样性。

文学界的生态平衡是动态和相对的,比如新世纪以来,市场化对文学影响的加剧、网络文学的发达、"80后"以至于"90后"作家的出现、玄幻和穿越小说的盛行、文学批评的学院化倾向,以及我们与世界文学交流互动的日益频繁与深广,等等,这些新的现象,都在文学原有的生态系统中加入了新的因素,都会在不同程度上影响原有的文学生态,特别是低俗化、欲望化和单纯追求感官娱乐等问题,有时甚至会恶化我们的文学生态。因此,我们在努力维护文学多样性的同时,也不应该放任自流,置文学生态的病变与恶化于不顾,而是应该有所作为,积极营造健康的文学生态。

营造健康的文学生态,目前起码有两个方面的工作需要加强。一是应该加强文情观测工作。社会生活与文化状况瞬息万变,文学创作的题材、内容、媒介传播甚至阅读方式(如目前微信传播与微信阅读的流行)相应地也在不断变化,这些文学生态的动态变化,非常需要及时地进行动态追踪与调查研究,将那些优秀的文学作品和那些值得肯定的文学现象及时地凸显出来,这是营造良性和健康的文学生态的基础工作。二是应该加强文学评论工作。文学评论具有非常重要的调节功能。它能在坚持和追求真善美的永恒价值的基础上,一方面有所弘扬,有所倡导,充分评价与肯定那些优秀作品,总结它们的经验、扩大它们的影响;另一方面,对于那些违背或偏离这一永恒价值的文学现象,也能够及时地纠偏,激浊扬清,以避免文学生态的病变与恶化。由此出发,学者和批评家们应该充分认识到时代所赋予的重大使命,为营造健康的文学生态,推动文学的发展与繁荣而努力。

作品要用形象说话

张　江:优秀文学作品能够留传后世,核心是形象塑造的成功。一个成功的文学形象,既要有思想的深刻性,又要有艺术的感染力,并且能够将两者有机结合。这就要求作家"抓得准、写得好"。抓得准,是指能够捕捉到一个时代的本质特征,并将之形象化;写得好,就是形象塑造立体饱满,生动感人。成功的文学形象具有永久的生命力,跃然纸上,口耳相传,铸就作品的不朽。

谢有顺:文学作品是用形象说话的。作家能否创造出有思想深度与艺术感染力的形象,并使之与读者产生精神共鸣,是判断一个作家优秀与否的重要标尺。一旦作家所创造的形象开始进入到民众的日常生活,这个作品就可传诸后世了。

形象的饱满在于思想的深刻。作家对生活的理解、对世界的观察,会沉淀在形象身上。一个有思想的形象是丰富的、多层次的,既宽广又复杂,既个体又典型。形象所蕴含的思想性不是直白的、教化的,而是通过人物的命运感来唤醒读者的同情心,以这种理解之同情,与作家所创造的形象同欢乐、同悲伤。生活是复杂的,一个有思想的作家,对生活、对人的认识应有公正的眼光,既要写出生活的艰难、不易,也要写出生活的美好与希望,既要审视人性的阴暗与恶,也要举证人性的亮光与善,唯有这种健全的视野,能让作家超越各种俗见,写出真正动人的灵魂。

形象的动人在于艺术的魅力。形象的塑造是一个艺术工程,它是由一个个细节、一个个场景累积起来的,甚至每一个词、每一句话,都是作品的针脚,不可轻忽。针脚越绵密,作品就越能取得读者的信任。一些文学形象之所以扁平、苍白,就因为作家单一地图解生活,缺乏对形象的精微刻画,也没有细致地去理解人物内心的变化,无法展开那些灵魂的褶皱,这样的形象多半是粗线条的、简单化的。动人的形象,除了贯注着作家真实的情感,也体现出作家的艺术才能。而判断一个作家的艺术才能,不仅要看作家想象和虚构的能力,还要看作家是否对自己所描写的生活与对象有调查、分析、研究,是否愿意做笨拙的案头工作,从而把写作变成勘探人心的学问。因此,对形象的艺术塑造,需要有想象力,也需要有实证精神,必须有一种虚实平衡的能力,才能创造出真实、伟大的形象。形象的生命力就是文学的生命力。好的价值要得以传播,要有好的载体,而要讲述好中国故事,最重要的就是要创造出有精神感召力的形象,以形象说话,以形象来诠释价值。

张　江:文学繁荣的根本是创作更多优秀作品。一个作家的文学成就,一个时代的文学高度,最终都要以作品为表征。当前,中国文学的体量已经相当庞大,但是,数量代替不了质量。对一些作家而言,慢下来,沉下去,将对速度的追赶转化为对质量的琢磨,也许是正确的选择。

（《人民日报》2014 年 12 月 16 日）

文学的筋骨和民族的脊梁

对话
人

张　江（中国社会科学院副院长、教授）

朱向前（中国人民解放军艺术学院副院长、教授）

赵　玫（天津市作家协会主席、作家）

何　平（南京师范大学文学院教授）

谭好哲（山东大学文学与新闻传播学院教授）

张　江：有筋骨的文学就是有精神力量的文学。筋骨与题材无关，大江东去、金戈铁马的宏大叙事可以成就筋骨，表现草木之微、花开花落的小叙事也可以筋骨毕现。筋骨也与风格手法无关，豪放硬朗可有筋骨，婉约细腻也可有筋骨。关键是作品在精神上能不能站起来、立得住，能不能给人启迪和力量。

文学要给人正向的力量

朱向前：作为人类精神活动高级呈现形式的文学，对人的灵魂始终有拯救、提升与引领的作用。道理很简单，人是有欲望的，所谓七情六欲、"食色性也"，而欲望又是难以满足的，所谓欲壑难填。因此，好文学不能仅仅是宣传教化，但仅仅是承认人的欲望、调动与激发人的欲望、描述与放大人的欲望的文学，当然不能算是有益于世道人心的好文学。正是从这个意义上，中华文化才有"文以载道""以文化人"的传统,鲁迅先生才坚持认为"文学是照亮国民精神的灯火",人们也普遍接受"作家是人类灵魂的工程师"之说。

毋庸讳言,三十多年来的市场经济确实打开了潘多拉魔盒,在极大地满足人们欲望的同时,也在文学中留下了一道晦暗的阴影,在不少作品里,功利主义、市侩主义甚嚣尘上,缺乏现实主义的批判精神和理想主义的观照升华。这些跟着感觉走甚至跟着感官走的文学,很难给人以希望、信心、鼓舞。

正能量源自何处?源自精神。精神源自何处?源自信仰。信仰培育精神,精神产生力量。什么样的价值观培养什么样的信仰。是的,信仰不能兑换金钱,但能兑换幸福;不能带来快感,但能带来激励;不能提升品位,但能提升灵魂。人无法单靠信仰生存,但脱离信仰也一定活不出滋味。语言华丽、技巧炫目、情节刺激而不感人,如嫫母衣锦;仅仅感人却无法令人明理,如隔靴搔痒;令人明理却不信服,如霸王举鼎。

真正吸引人、感动人甚至说服人而且又传达和弘扬某种价值观的艺术作品才能算是成功。在这方面,美国文化的代表好莱坞大片,值得我们三思。无论是《珍珠港》《父辈的旗帜》《硫磺岛家书》,还是《变形金刚》《2012》《阿凡达》,其中都渗透着美国价值观,巧妙地利用商业和高科技唱出美国精神的赞歌。

我们的文学,所需要的是唱出中国精神的赞歌。五千年中华文明,源远流长,博大精深,代表着一种深厚的传统;近代一百多年来,尤其是中国共产党人所领导的中国革命和建设实践,证明了一种现代精神。我们需要这种精神来净化灵魂,弘扬正气,振奋力量,坚定信仰。

拿什么奉献给人民

张　江:古人讲要"笔能扛鼎",意思就是说笔端要有雷霆之力。作为文学创作者,笔端的力量从哪里来?我的观点是,作家离地面越近,离泥土越近,离百姓越近,他的创作就越容易找到力量的源泉。世间万象,纷繁驳杂,尤其是我们身处的时代,丰富性、复杂性超越既往,作家怎么选择,目光投向哪里,志趣寄托在哪里,很大程度上也就决定了作家的品位和作品的质地。

赵 玫：人民的生活丰富多彩，读者的需求五花八门。但纷繁的生活中，主旋律是改革的现实、奋进的姿态；多样的需求中，最需要的是理想的徜徉、精神的鼓舞。在这方面，已故作家贾大山为我们作出了最好的诠释，提供了学习的榜样。他多年来深深扎根于基层，扎根于群众生活，这使他的写作洋溢着人民性，在日常化的细节描写中折射世情百态与社会万象，同时又以幽默的情趣表达臧否。这样的文学，以群众喜闻乐见的方式，反映人民的心声与时代的情绪，正是人民所需要和喜欢的。

对于作家来说，可以选择的很多，可以写作的也很多，但其中显然有大与小的区别、重与轻的差异。狂波巨澜远胜于杯水风波，鼓角争鸣远重于风花雪月，这是不争的事实，因为前者显然更有分量，更具力量，更能发挥鼓舞人、感奋人的作用与功能。

对作家而言，了解时代的风尚，把握社会的脉搏，倾听人民的心声，是最为需要和最为紧要的。我们只有把民众的思考、情感甚至困惑真实地表现出来，才能和他们心心相印，成为朋友。我们只有满怀深情地深入到民众之中，才能在写作中把握当下社会生活的脉搏。我们只有始终坚持把人民群众当作创作的主体，才能在写作中汲取创作的灵感和源泉。我们要把最美好的情感送给读者，让人们能够看到希望。通过我们的努力，为更多的读者营造健康向上的精神家园。

我们置身于一个伟大变革的时代，社会的发展，物质的繁荣，极大地改变了人们的生存状态，同时也为文学的繁荣发展开拓了更为广阔的前景，为思想的活跃、写作的创新提供了无限的可能。在某种意义上，文学的未来，取决于我们今天的态度。所以，将什么样的作品奉献给读者，沉淀给历史，就成了每个文学工作者需要认真思考并付诸实践的使命。

塑造民族脊梁式的文学新人

张 江：有筋骨的文学，需要有筋骨的文学人物作支撑。综观近年来的文学创作，人物形象塑造有畸形化取向。要么纸醉金迷、醉生梦死，要么狡黠阴险、心狠手辣，颓废和腹黑成为当下文学人物的流行面孔。我们不是说这类人物形象不能出现在文学作品中，而是说不能让这类形象成为文学的主流甚至全部。与此相比，我们更需要塑造时代的民族脊梁式的文学新人。

何　平：即使不从世界文学的谱系看，着力塑造民族脊梁式的文学新人也是中国现代文学的伟大传统。鲁迅的《理水》、巴金的《家》、老舍的《四世同堂》、路翎的《财主底儿女们》等，这些小说之所以能给读者留下深刻的印象，一个重要的原因就是作家们敏锐捕捉到他们所处时代中那些正在孕育、生成和成长的民族脊梁式的新人，感应到时代对民族脊梁式的文学新人的召唤，进而去发现、命名和书写这些文学新人。

一个优秀的作家应该有这样的发现之眼。而从他们的创作实践看，"新人"之新，一方面可能是新时代赋予的新创造；另一方面也可能是我们民族固有精神品质绵延、注入当下和未来的一种激活和再造。有一个问题必须澄清，强调文学着力塑造民族脊梁式的文学新人，不能简单化地理解为只能写正面人物、英雄人物，甚至写"高大全"式的人物。我们不能天真地以为一个时代的民族脊梁式的文学新人是可以由某一个作家"集成式""一次性"完成的，事实上，是那些堪为民族脊梁式的品性分散在一个个作家笔下的人物身上，这些人物汇合起来恰如璀璨星空。

民族脊梁式的文学新人不是向壁虚构，而是需要作家在他们生活的世界中去挖掘和发现。今天强调着力塑造民族脊梁式的文学新人应该意识到文学生态、文学观念以及艺术生产方式和传播方式的变化。从整个文学生态上看，当下不只是民族脊梁式的文学新人式微不振的时代，也是整个文学人物式微不振的时代：作家不把塑造经典人物作为毕生的志业，对作家塑造的文学人物形象的萃取也不是文学研究用心用力的领域。如果往深处看，这种式微不振也与知识界整体性的精神衰弱密切相关。自我矮化的精神品格，丧失独立价值立场和精神支援的媚俗趋世，使得作家很难从深度和宽度上思考和把握所处时代之"新"与"旧"，自然也不能将笔下的文学人物安放在一个有深度和宽度的历史和现实交汇的时代。

因此，作家着力去塑造民族脊梁式的文学人物是一个方面；另一方面，那些已经被作家塑造出来的民族脊梁式的文学新人，如何被研究界"再发现"，进而使这些文学新人可以被国民意识到而成为精神建构和自我仿效之"新"，应该成为我们思考的问题。就文学研究者而言，不能没有经过广泛的文学检阅就简单地说我们的作家没有塑造出民族脊梁式的文学新人。可以举一个例子,刘醒龙的《蟠虺》是一部在 2014 年甫一发表就引起很大反响的长篇小说。小说中,刘醒龙思考"君子"和"小人"这个话题在今天如何回应遥远的传统,又以何面目存身"当代"。一部《蟠虺》,刘醒龙几乎一直在追问"君子"和"小人"这两个词的当代意义,也是在这种追问中,塑造了曾本之、马跃之、郝嘉、郝文章这些新时代的君子群像——我们期望的民族脊梁式的文学新人。

用文学为精神"补钙"

张　江:文学是民族精神的浓缩,有什么样的民族精神就有什么样的文学;更重要的是,文学还是民族精神的给养,对一个民族的精神生态产生潜移默化的重要影响。因此,文学不仅要反映现实,更要作用于现实,不能只是迎合风尚,更要引领风尚,甚至创造风尚。用有筋骨的文学,强健人民大众的精神肌体,这既是中国文学一以贯之的传统,也是当今时代人民大众对文学的迫切期待。

谭好哲:在数千年的中国文学发展史上,从诗经、楚辞到唐诗、宋词,再到元明清的小说、戏剧,历朝历代都不乏有筋骨的文学家和有筋骨的文艺作品,其中所表现出的哀痛民生艰难、系念国家安危、坚守美善理想的伟大情怀,绘就了中国文学永不消退的精神底色,成就了中华文化正大刚健的风骨气象。五四新文化运动以来,一大批进步作家更是以启蒙和解放、救亡和图兴为己任,以其对于旧道德、旧文化、旧生活的激烈批判和否定,对新道德、新文化、新生活的热烈憧憬和讴歌奏出了时代的强音。从古代文论对艺术风骨的强调,到毛泽东赞扬"鲁迅的骨头是最硬的",再到习近平对"有筋骨"文艺作品的期待,正从一个侧面体现了中国文学和艺术永续不衰的精神命脉,这种精神命脉值得当代文学家倍加珍视并发扬光大。

文艺之所以需要有筋骨,在于文艺创作历来对于时代、国家和人民承担着一份沉重的责任。有筋骨的文艺作品好比人体必需的钙,能够强健人民大众的精神肌体,吸收的精神钙质越多,精神机体便愈加强健,而只有精神上强健的人民,才能够创造伟大的时代与强盛的国家民族。因此,创作者不能仅仅满足于自己的作品有接受者,能够在低层次低水准上满足他人的需要,还必须认真考量和反思自己的创作对时代进步有无引领和推进,对人民大众文明素质和精神境界的提升有无助益。由于受到古今中外各种低俗的、错误的思想文化观念和市场经济中追求金钱等负面价值的影响和侵袭,中国当下社会生活和文艺领域里存在着颓废萎靡之风,不少人欠缺做一个堂堂正正的中国人的骨气、底气和人生正气。此种境况之下,有良知和责任的作家既要自觉地融入人民的伟大历史实践,追随时代前进的脚步,敢于为时代存正气,为世人弘美德,做时代风气的先觉者、先行者、先倡者,又要高扬社会主义核心价值观的旗帜,把爱国主义作为创作的主旋律,传递崇真求实、向善向美的价值观,引导人民树立正确的历史观、民族观、国家观、文化观和审美观,在多元纷乱甚至景象迷蒙的思想文化语境中重铸民族生活的价值理想。只有如此才称得上是有筋骨的当代文学创作,也只有这种创作才能真正起到启迪民智、鼓舞民心、提高人民精神境界的化育作用,名副其实地成为铸造灵魂的工程,从而更好地发挥文学移风易俗、通政经国的应有社会作用。

"致君尧舜上,再使风俗淳。"唐代诗人杜甫曾以此诗句表达自己一生追求的政治理想,这种政治理想赋予杜甫诗歌不朽的诗性力量,成就了其作为诗人的伟大。当代中国的文学家也应该具有理想和抱负,勇于以文学引领时代风气,提振民族精神,补足民众需要却缺失的精神之钙,以健康向上的精神风貌带领中华民族走向大国崛起的历史征程。

张　江:任何民族,任何国家,支撑其不断前进的核心力量是精神的力量。文学是这种精神力量的重要构成和独特载体。从这个意义上说,文学家必须以更宽广的境界和更博大的胸怀去领悟自身的责任和使命,如此才能在民族精神的传承和建构中发挥作用,成为民族复兴和梦想实现的重要推动力量。

(《人民日报》2014 年 12 月 30 日)

中国精神是文艺之魂

对话人

张　江（中国社会科学院副院长、教授）

刘庆邦（北京市作家协会副主席、作家）

张未民（吉林省作家协会主席、批评家）

雷　达（中国小说协会会长、批评家）

向云驹（《中国艺术报》总编辑、批评家）

张　江：什么样的作品可以称得上"高峰"之作？不同的人可能有不同的答案，但有一点可以成为共识，那就是好作品一定与灵魂有关，它能够触动灵魂、塑造灵魂、涤荡灵魂。

文艺是关乎灵魂的事业

刘庆邦：当下的文艺，总体上看乱花迷眼，具体看又精品无多。对此，作为一个作家，作为文学创作的主体，不可把自己当成局外人，去埋怨环境，埋怨媒体，埋怨评论家，甚至埋怨读者。还是要眼睛向内，来一番自省，看看自己在整个文学生态中扮演了什么样的角色，是不是为文学园地提供了积极、健康、向上、美丽、有益的东西。

作家是人类灵魂的工程师,对于这个说法,每个作家都耳熟能详,但不是每个作家都能认同。有的作家报以微笑,认为这个说法高了,是在为作家戴高帽——不就是码码字嘛,哪里就够得上灵魂呢,哪里敢与工程师相提并论呢?

我对这个说法也有些敬畏,从不敢轻易把自己的职业与这个说法相联系。不是谦虚,真的,我认为自己的写作劳动与人类灵魂的工程师还差得很远。然而,我不能不承认,文学创作的确是一种内在生活和精神劳动,的确是一项关乎灵魂的事业。我们的写作如果不能影响别人的灵魂,至少可以触碰我们自己的灵魂,通过写作改善自己的灵魂,不断完善自我。

我越来越深切地体会到,作家的写作是作家的生命之歌,是他精神生命的存在形式。作家的创作过程与作家的生命状态有着紧密的联系,作品的质量取决于生命的质量,作品的力量取决于生命的力量,作品的分量取决于生命的分量。所谓生命的质量,是指一个作家的人格。高尚的人格应当包括善良的天性、高贵的心灵、良好的道德、悲悯的情怀和坚强的意志。生命的力量,主要是对一个作家的思想能力以及他所达到的思想深度、思想宽度和思想高度而言。一个作家勤学、善思,对世界有独特的看法,又勇于并善于表达自己的看法,这样的作家才称得上生命有力量。鲁迅就是一位极具生命力量的作家。史铁生身体不好,常年在轮椅上生活、写作,但他对生命的不懈追问,对人生意义的深入思索,显示出强大的生命力量。作家生命的分量不是先天就有的,是受过挫折,经过坎坷,甚至被误解过,被轻视过,被批斗过,锻炼再锻炼,加码再加码,生命才逐渐变得有分量起来。沈从文评价司马迁说,司马迁之所以能够写出伟大的《史记》,得益于他的忧患意识和生命的分量。不论是司马迁,还是沈从文,他们的生命都很有分量,因而才写出了有分量的传世作品。

像司马迁、鲁迅、沈从文、史铁生这样的作家,才是真正的人类灵魂的工程师。他们的作品为我们树立了极高的标杆,虽不能至,心向往之。

弘扬核心价值观是文艺内在需要

张　江:虽不能至,心向往之,是一个作家的高尚追求。文艺作品不仅是创作者个人修为、素养、德行的外化,更应该是整个社会核心价值观念的承载和传播。惟其如此,文艺才能在更广阔的意义上实现其价值。这既是文艺的社会责任,也是文艺的内在需要。

张未民:"富强、民主、文明、和谐;自由、平等、公正、法治;爱国、敬业、诚信、友善",这二十四个字,是对我们生活实践的正能量的集中表达,具有向上的道德崇高性,同时又是对伦理底线的守护,具有日常生活的普遍性。它是用观念性符号表达的生活,如何透过它的概念硬壳把握它的生活本性,将艺术审美视界与价值伦理视界相融合,还原它的形象气韵和生命神髓,体现核心价值观的情感共鸣,这一点对文艺家来说尤为重要。

中国自古就有"文以载道"的传统。望文生义地理解"文以载道",难免会简单化,似乎"文"就是一个装载工具。其实只要仔细思考,想想"道"这一目标远大理想宏伟的本体,文怎么能够"装载"得下?反而可能是人行走在生活的常道、正道之上,被这伟大的道所指引和承载,我们的"文"才可能具备伟大的品质,从而实现自己较高的审美境界。

历史上,人类创造出无数深刻而生动、与伟大理想道德融为一体的文艺经典,这些经典作品审美光辉与道德光辉同在,它们自觉拥抱生活与生命的本质,从不把这种本质作抽象空洞的处理,而是还原生活的完整、积极与鲜活生动,由此进入价值观的核心地带,可以说,真正的文艺精品都应该而且一定是核心价值观的表达者和表现者。中国自古以来的优秀文艺作品都离不开民族核心价值精神的指引和塑造,因此才有其与日月同辉的灿烂景象。

刘勰在《文心雕龙》中如此阐释"文"与"道"的关系:"道沿圣以垂文,圣因文而明道"。这是说,我们要心存敬仰敬畏之心,明白"文"都是生活之"道"的神圣产物,这样文艺家才能像圣贤一样使道垂之于文,他自己也因文艺的创造而可能阐明道,实践道,从而"日用而不竭",生活和生命以及文艺才不会枯竭。对于今天的中国文艺来说,建构和践行社会主义核心价值观,弘扬中国精神是应重之"道"。

真善美是永恒价值所在

张 江:事实上,文艺所载之道,很少有高不可及的"大道",而多是日常生活的"常道"。其中,真善美就是最基本和最重要的内容之一。倡扬真善美,抨击假恶丑,在抨击假恶丑中倡扬真善美,这是文艺的职责所在,也应该是所有文艺工作者投身此中的基本使命。

雷　达:从审美常识来看,艺术的真实性、功利性、欣赏性三者的完美融合,是真善美统一的艺术境界。综观古今中外的文艺史,作家艺术家们获得的每一次巨大成功,总是与真善美相统一的精神价值密切联系的,凡是在历史风雨中站稳了脚跟,经得起时间淘洗的作品,都是把真善美凝结为一体并凸显其宝贵价值的。鲁迅就曾说,凡文艺都有"圈",例如"美的圈""真实的圈""前进的圈",而这恰好是他认为最重要的审美标准和艺术批评标准。

毋庸讳言,在我们的文艺创作中,真善美的声音弘扬得还很不够。而弘扬真善美的声音,恰恰应该是一个民族文学的精神旨归。我们今天的不少作品,并不缺少直面生存的勇气,并不缺少揭示负面现实的能力,也并不缺少面对污秽的胆量,却明显地缺乏呼唤爱、引向善、看取光明的能力,缺乏辨别是非善恶的能力,缺乏正面造就人的能力。这样说,丝毫没有轻看批判性文学的意思,揭露、批判、直面"惨淡的人生",反对"瞒和骗",任何时候都必不可少,多年来它已经产生了巨大的精神能量。但不能因此就认为只有揭露性文学才是好的,才是中国文学的最高水平。一个民族的文学倘若没有精神上的正能量作为基础,作为理想,作为照彻寒夜的火光,它的人文精神内涵和思想艺术境界就要大打折扣。

当然,这里切忌把批判精神和建构精神对立起来。真善美不应是虚浮的、浅薄的颂歌,它是在与假恶丑的斗争中发出其光亮的。所谓正面的价值声音,并非如有人浅薄的理解,以为只是表彰好人好事之类,它要广阔得多。它是中国精神的高扬,是伟大人性的礼赞,有了这些,对文学而言,才有了魂魄。它不仅表现为对国民性的批判,而且表现为对国民性的重构,不仅表现为对民族灵魂的发现,而且表现为重铸民族灵魂的理想。

文艺要贯注优秀中华文化血脉

张　江:文学艺术既是时代精神的审美呈现,也是历史传统的当下延伸。

中华文化源远流长、博大精深，凝聚着中华民族在漫长的历史长河中沉淀而成的智慧、气韵、神采。中国文艺要获取更加绵长深厚的发展动力，在世界各民族文化软实力的竞争中脱颖而出，形成独具魅力的精神标识，必须贯注优秀中华文化的血脉。

向云驹：中华文化源远流长，积淀着中华民族最深层的精神追求，代表着中华民族独特的精神标识。古人云："文人者，大匠也。"大匠操斤，不惟技法，犹在神气。在主体人格上，中国文化传统推崇"天行健，君子自强不息""士不可以不弘毅，任重而道远"，在艺术精神上崇尚"文以载道"，在文章境界上追慕"行文之道，神为主，气辅之"，即所谓神浑则气灏，神远则气逸，神伟而气高，神变则气奇，神深则气静。当代文艺工作者应该举道义、立使命、敢担当、履责任。这使命是民族复兴中国梦的实现，这道义是中华民族生生不息又与时俱进的文化传统。

文艺作为中华文化的重要构成，必须要有鲜明的中国风格、中国气派、中国精神，必须要贯注中华文化的血脉。中国传统文化艺术不仅承载着中国人的精神、气质、思想和追求，也以其自身发展的历史进程和多样的门类、风格、形式，构成中华传统文化的丰富形态。诗经、楚辞、汉乐府、南北朝民歌、唐诗、宋词、元曲、明清小说，一部中国文学史就是一部中国人民的精神史。远古岩画、原始彩陶、商周青铜、秦砖汉瓦、魏晋石刻、隋唐三彩、宋瓷元瓶、明式家具、清代织锦，一部中国工艺美术史也是中国形象的演变史，留给世界文艺宝库一批辉煌的珍宝。此外，放眼中华民族几千年文明史，红山玉器、编钟、兵马俑、三星堆、长城、敦煌石窟、故宫、园林、清陵、书法、昆曲、古琴、中国绘画……一部缤纷的艺术史长卷，铺展在人类文明长河之中，彪炳天地，享誉世界。拥有如此丰厚博雅、广大精深的文化遗产，站立在如此壮丽伟岸的巨人肩膀之上，我们应该为人类续写新的文明篇章。

张　江：历史上，中国文艺凭借中华民族特有的精神品格和文化底蕴，卓尔不群，傲然挺立，创造了辉耀千年的伟大历史。新的时代条件下，中国文艺仍然需要以中国精神为魂魄，砥砺品格，凝练气韵，以更多有筋骨、有道德、有温度的优秀作品，更加刚健有为地汇入时代前进和民族复兴的滚滚洪流。

（《人民日报》2015 年 1 月 16 日）

农村题材电视剧需升级换代

对话人

张　江（中国社会科学院副院长、教授）

尹　鸿（清华大学新闻与传播学院常务副院长、教授）

王一川（北京大学艺术学院院长、教授）

王丹彦（国家新闻出版广电总局宣传司副司长、中国广播电视艺术
　　　　委员会副主任）

赵　彤（中国电视艺术家协会理论研究室主任）

张　江：我国是一个有着悠久农耕历史的国家，农业、农村、农民问题历来是关系整个社会稳定和发展的重要问题。作为大众艺术形式，电视剧能否在新的历史条件下准确和深刻地表现"三农"主题和农村现实，是对创作者的现实把握能力和艺术表现力的挑战，也是对观众的文化责任感和审美认识能力的挑战。尤其是在农村迅速发展，农民生活大幅改善，同时也面临诸多问题的现实境遇下，创作出富有时代气息、思想深度和艺术感染力的农村题材作品，更是电视剧艺术无法回避的挑战。

"山乡巨变"要有表现力

尹　鸿：今天中国农村的现实是，联产承包责任制不仅基本解决了十多亿

163

人口的吃饭问题,而且为农民带来了市场经济观念,带来了对现代生活方式的憧憬以及对科学文化知识的追求。在这样的背景下,《蹉跎岁月》《今夜有暴风雪》等以知青生活为表现内容的电视剧开启了新时期农村题材电视剧的先河。此后,20世纪80年代到90年代前期,出现了一批经典农村题材电视剧,如《篱笆·女人和狗》《山不转水转》《辘轳·女人和井》《古船·女人和网》《黑槐树》《山野》等,这些作品不仅为老百姓提供了精神文化享受,也及时表现了农村社会和农民生活正在发生的巨变,奠定了中国电视剧关注农民命运、推动农村改革、传播现代文明的优良传统。

然而,很长一段时间以来,经历了"山乡巨变"之后的农村逐渐淡出社会热烈关注的视野,媒介竞争也使农村题材艺术创作的市场接受度不断下降。农村题材电视剧不仅数量明显减少,而且创作方法模式化,偶有少量比较优秀的作品出现,但更多作品不是表现老弱病残、天灾人祸的"苦情戏",就是谈情说爱、滑稽逗乐式的轻喜剧。农村变得肤浅化,农民形象也失去了现实深度和人性深度。这种文化消费主义倾向在一定程度上改变了中国农村电视剧的走向。

中国农村在现代化冲击下正在经历新的变革。农村因为经济快速发展产生了越来越多的新现象、新问题、新矛盾,农村社会的公平正义,农村在市场经济条件下的社会重建,农村在发展转型过程中面临的科技兴农、环境保护、城镇化建设、教育均衡、农民工命运、留守老人、留守儿童等,都成为关系中国社会和谐发展的大问题,是艺术创作应该关注的重要题材。

在这种情况下,更加真实地面对中国农村的深刻改变,以建设性的态度表现中国农村发展的主流趋势,帮助人们更好地理解中国农民和农村的未来,是电视剧创作应该承担的艺术使命。有先进文化立场的电视剧,应该用一种不粉饰也不冷漠的现实主义态度,生动、丰富地去表现、探索中国农民如何在深重的历史代价和现实困扰中蜕旧变新,为观众塑造出个性鲜明、代表时代精神的新农民艺术形象——他们既可能是土生土长的传统农民的新形象,又可能是从城市回到农村的新农民形象,还可能是逐渐模糊了农民与市民界限的新公民形象。这些形象,将成为中国几千年农耕文明之后自由、独立、富有首创精神的新时代的象征。

创造标本式农民形象

张　江：讲好故事是电视剧艺术的本分，而讲好故事的关键要素之一是塑造合乎生活逻辑的典型人物。典型人物的精神光谱直接关系着作品的立意和审美意蕴。值得一提的是，随着创作实践的不断丰富，近两年来出现了一批农村题材电视剧优秀作品，它们敏锐捕捉到农村社会生产生活的底色，对人物性格的丰富性、人性的深度以及人与社会的复杂关系等进行突破性的开掘，对我们认识当代中国农村社会现实具有标本价值。

王一川：近年来农村题材电视剧创作的新变化，突出地表现在农民形象的塑造上。以往我们的农民形象塑造形成两种习惯性模式：一种是正面讲述主人公如何在改革与保守或先进与落后等二元对立中凭借忍辱负重、自我牺牲或善良人品等方式化敌为友，赢得村民信赖，取得改革的进展；另一种则是通过主人公的一连串小品化或喜剧化故事去消解矛盾，保持对观众的吸引力。这两种习惯性模式的美学后果在于，农民形象几乎成了一成不变的符号，缺乏应有的丰富性和吸引力，与现实生活存在巨大落差。这种模式是对真实本身的扁平化。

与模式化描述、简单化处理相比，近期的一些作品尝试以历史参照、对比互映、环境衬托等方式，彰显典型人物的精神、智慧和情怀，创造了一系列新的农民形象，值得关注。例如，《我的土地我的家》中的张二粮用高科技发展新型农村经济体，表现了现代化进程中农民社会角色的新认知，个性鲜明的人物身上洋溢着鲜明的时代气息，超越了平凡琐碎，围绕农民与土地的关系，奏出了新与旧、爱与痛交织的改革协奏曲。《马向阳下乡记》在都市与乡村的文化落差中，在下乡干部与村中"精英"的博弈中，让"第一书记"马向阳走入农民内心，将带领农民奔小康的"公仆"形象融于富有智性精神的喜感情节中，增强了富有时代特征的"主人公"的艺术魅力。以马向阳这一人物为中心，形成了一个新型农民形象群（刘世荣、刘玉彬和花小宝等），让观众感受到当今农民的新风貌和电视剧艺术的感染力。《小麦进城》《女人当官》《当家的女人》则生动而集中地反映出农村女性巾帼不让须眉的精气神，展现出她们追求幸福美好生活的内心期待。尤其是《小麦进城》中王小麦形象的塑造,突破了农村女性被关怀被救助的弱者模式,树立了一个凭借独立进取获得生命尊严的强者形象。她热情、坚毅,在对户口制度、城里人偏见、文化人成见等城市生活阻力的历次抗争中,成功地把风风雨雨化作彩虹桥,给自己和家人创造了幸福的生活。这样一个富于主体精神和创造活力的进城农民形象,贴近今天的中国农民精神实际,有可信的生活基础。

这些可感、可亲、可敬的新农村新农民形象,体现了创作者对人物命运的深度关怀,既有生活贴近性又有审美独特性,令观众感到宛在眼前却又滋养心智,引领观众在回望乡土故事的过程中更深刻地洞察城乡生活巨变,更真切地认知时代发展进程。

走出"审丑""苦情"模式

张　江:有些作品,虽然故事背景是农村,人物身份是农民,但在时尚风潮和市场逻辑的影响下,对农民真实生存境况和喜怒哀乐的呈现,流于表象化,甚至庸俗化、审丑化,播出时热闹一阵,随即就被淡忘;有些作品虽试图触及一些农村社会深层矛盾,却由于主题概念化、人物脸谱化、故事扁平化而导致作品整体质量不高,社会影响力难以尽如人意。

王丹彦:20 世纪 80 年代,以《篱笆·女人和狗》《辘轳·女人和井》《古船·女人和网》"三部曲"为代表的农村题材电视剧一经播出便产生令人难忘的轰动效应,并让农村剧从此在中国电视剧艺术画廊中占据了重要位置。从20 世纪 90 年代到本世纪初,我国农村剧数量可观,产生了一定的影响力。但是,一段时间以来,在精神高度、思想深度和艺术精度方面具有轰动效应的力作难得一见。

这个不足在近两年的农村题材电视剧创作中有所改观,一些作品开始积极探索现实主义观照和理想主义引领的深度契合,努力寻求生活真实性与艺术假定性的融会贯通。这种转变意味着创作者一方面要具有文化批判精神,不回避现实农村中存在的土地纠纷、经济矛盾等,另一方面不局限于"暴露"和"揭丑",而是通过揭示城市与农村、农民与土地、农业与环境的辩证关系,观照时代变迁中典型人物的典型命运,彰显人性的光亮与真善美的力量。在这种叙事策略下,产生了一些有特点的作品,如《马向阳下乡记》《老农民》《满仓进城》《我在北京,挺好的》《幸福生活万年长》《油菜花香》等剧,它们或通过城乡交流与互动展现当代农民的积极心态与崭新风貌,或通过正视"三农"问题来倡导依靠农民自身的智慧和力量建设美好家园,或通过小家庭的喜怒哀乐感知大时代的风云变幻,为我们呈现新时代农村生活的丰富景象与农民精神成长的心路轨迹。

电视剧作为叙事艺术,叙事方式影响作品呈现,总结探讨这些传播效果好的作品,可以发现,有几个经验值得借鉴。一是创作者注重故事逻辑的艺术真实,通过设置合乎生活逻辑的戏剧冲突来演绎故事,情节的推进动力超越简单的善恶对立;二是注重将幽默风格、偶像效应、怀旧情结等元素与剧情巧妙地熔为一炉,让农村剧彰显出多样化的叙事风格;三是注重把个人成长、城乡变迁等糅合统一于完整的故事体中,让观众领略到别具一格的精神愉悦与视听享受。

实践证明,只有纵深体察农民生活的酸甜苦辣,敢于并善于触碰农村的焦点问题,摆脱抄袭模仿、浮光掠影、二元对立的创作弊病,才能从人物、叙事、风格、结构等文本要素层面探求符合美学规律的创新,真正实现农村题材电视剧的破茧成蝶。

坚持体验胜于先验

张　江:事实上,只要用心观察就会发现,这些荧屏上的农民和他们的生活就在我们的周围,不神秘也不离奇。关键是艺术家要有善于发现和捕捉变化的眼睛,有体验生活的勇气和表现生活的激情,要走进田间地头,沉潜在生活的激流之中。仅凭先验的想象和简单的二手材料,拿不出好作品。好作品是在生活里"泡"出来的。

赵　彤:20世纪90年代后期以来,我国电视剧事业迅猛发展。播出频道和播出时间的剧增带来市场体量的大幅扩展,播出需求催促着生产供应。许多创作者面对大量的订单和丰厚的报酬,无暇站起来看看窗外事,很难走出去听听市井声,只是夜以继日地在电脑前码字。"萝卜快了不洗泥",这是片面追求速度的必然结果。模式化创作以及创作者对生活体验的懈怠,使文本重复衍生,结果是这部剧和那部剧看起来大同小异。在这样的创作环境里,农村题材电视剧日益成为对农村远距离的简单想象,有生活体验基础、合乎生活逻辑的作品着实不多。

对当代中国农村进行远距离想象式的创作,是一个包括创作心态、创作资源、创作方式、创作要求在内的综合症候。这种症候的普遍表现是:不是自己内心有想要描写农村的冲动,而是以完成商业或规定任务的心态来从事农村题材的创作;没有农村生活的体验,也不想或"没有时间"去农村深入生活,现成的间接材料代替了鲜活的亲身体验;角色、人物关系、语言和矛盾冲突不是来自对实际感受的提炼,而是来源于侃大山、看碟片、听汇报、查资料,从中即兴摘取,加以组装;不是从生活的规律出发,而是从技巧、桥段、场面的成规出发来设计情节、塑造人物,对技巧的崇拜高于对生活的热爱和敬畏。我们看电影《许茂和他的女儿们》《老井》《被告山杠爷》《卒迹》,或者电视剧《篱笆·女人和狗》《外来妹》《马向阳下乡记》,即便是生活在城里的观众也感怀不已。这是为什么?原因就在于创作者对农村的书写来自零距离的体验,而不是远距离的想象,是创作者动心之作。创作者动心,观众焉能不动情。

在我看来,产生这两种创作方式的原因在于,前一种创作,深深地陷入工业文明、信息文明和城市文明的精神再生产体系之中,把农村和农民乃至农耕文明的文化积淀都视为异己,避之唯恐不及,描写起来惟凭惯性和印象;后一种创作,把农村、农民和农耕文明的文化积淀看成自身内涵的组成,创作者不仅清楚文明与文化有阶段性,而且深知文明与文化还有连续性,农村、农民和农业文化不是陌生人,而是他们自己的一部分,所以愿意走进去、能够走下去。这两种创作方式优劣高下,作品自然会说话,观众也自有判断。

张　江:"如果你的照片拍得不够好,那是因为你靠得不够近。"这是摄影记者罗伯特·卡帕的经验之谈。对于一个拥有9亿多农民的国家,如果我们的大众艺术作品不能充分地、艺术地把握今天的农村真实生活,不能深刻地、全面地把握农民兄弟姐妹的精神需求,这种艺术创作的历史感和现实感就值得怀疑,这种艺术的大众性也值得商榷。贴近现实、贴近生活、贴近群众并非艺术创作的外在律令,而是内在规律。电视剧创作需要一双想象的翅膀,更需要紧紧地贴着地面行走。农村题材电视剧创作有成功的经验,也有失败的教训,对此我们应该及时地研究和总结。

(《人民日报》2015 年 2 月 3 日)

家国情怀与文学书写

对话人

张　江（中国社会科学院副院长、教授）

蒋　寅（中国社会科学院文学研究所研究员）

张德祥（中国文联电视艺术中心主任、评论家）

赵京华（中国社会科学院文学研究所研究员）

樊　星（武汉大学文学院教授）

张　江：拥有家国情怀的文艺作品，最能感召中华儿女团结奋斗。在中国，家国同构、家国一体的观念由来已久，是中华民族优良传统的一部分。爱国如爱家，危难时舍小家为大家，这种观念深入人心。今天的文艺创作，仍然需要弘扬这种精神。

家国一体观念由来已久

蒋　寅：家国一体观念的形成，与中国社会构造的特殊性密切相关。中国古代社会基本上是一个以血缘关系为纽带的宗法社会，家和国具有一种类比的对应关系：家就是一个缩小的国，国就是一个放大的家。民族危亡关头，忠孝不能两全之际，相比尽孝奉亲乃至恋妻顾子，临危赴难更具正当性，因为国是一个大家,国之不存,家将焉附？所以无论是岳母刺字"精忠报国",还是霍去病"匈奴不灭,何以家为",都是历史上最激动人心的故事。

张德祥:中国的国家形态及理念在尧舜时期就初步形成。自夏开始,形成"家天下"传统,家国同构的文化基因历史深远,加之祖先崇拜的传统,家族的亲和情感历久弥新。这也是为什么以"忠孝"为核心的儒家思想能牢牢占据文化的支配地位,作为精神支柱支撑着国与家相互认同、相互依存的原因。"家国同构""家国一体"是中华文化的基本情怀,"国泰民安""家和万事兴"是生发于这一情怀的心愿。

樊　星:儒家的人文理想"修身齐家治国平天下",真正能做到者非常少。但"家国一体"的观念深入人心。陆游所谓"位卑未敢忘忧国",顾炎武所谓"天下兴亡,匹夫有责",都体现了中国人"家国一体"的民族情感。杜甫"烽火连三月,家书抵万金"的感慨,陆游"王师北定中原日,家祭无忘告乃翁"的叮嘱,鲁迅"我以我血荐轩辕"的誓言,也都道出了家与国休戚与共、个人命运与民族兴亡息息相关的忧患意识。

赵京华:但是,到了近现代"家国一体"的内涵发生了重要变化。中国现代民族国家意识的出现是以反帝反封建为契机的,一方面现代国家要求国民凝聚共识,形成一致对外的国家认同;另一方面,传统的臣民转变为现代意义上的国民,"家国一体"的观念不再以儒家天地君亲师为终极目标,不再以效忠帝王为旨归,而是以主权在民的民族国家为认同对象。这给传统中国文化里的"家国一体"理念和家国情怀注入了新的要素。

人的凸显与现代家国情怀

张　江:实现中华民族的伟大复兴,必须凝聚中国力量,增强中国人的底气和骨气;个人的价值也只有在推动社会进步、增进国家富强的过程中才能真正实现。在家国情怀的链条内凸显人的意义、人的价值,实现人、家、国三位一体的价值同构,是现代中国的又一精神传统。

樊　星:先秦时期与"修身齐家治国平天下"一同出现的,还有"人本""民本"思想,如《尚书》中说到的"惟人万物之灵",《管子》中指出的"凡治国之道,必先富民",此后更有所谓"国以人为本""得人者得天下"的说法。但这种朴素的人本主义思想,即个人的存在与个体的意义,在很长一段时间里实际上被轻视和忽视了。所以,家国情怀在历史上存在一个比较大的分野,那就是从古代到近代,基本上是以集体主义为主的家国情怀书写,而从现代到当代,家国情怀书写中开始显现人的个体觉醒与个性解放的因素。这是一个巨大的历史进步。

蒋　寅:虽然宗法社会中个人总是强烈地意识到自己是宗法统系中的一分子,但儒家文化所弘扬的强烈主体精神和使命感,促使广大士人将自我作为有担当且有行动能力的主体来体验。为拯斯民于水火,实现大同社会的理想,历代士人无不励志躬行,成仁取义。国家遭遇外敌入侵时,拼死抵抗,舍身殉国;朝内奸臣当道、王纲隳颓时,挺身而出,抗颜直谏。从夏商时代的关龙逄、比干,直至明清时代的海瑞、杨雍建,上至宰辅阁僚,下至苏州五义士那样的平民,坚持正义,反抗黑暗势力的压迫,始终是中国古代士人不屈不挠的传统。

张德祥:现代以来,随着民族国家的现代化,人的解放、人的价值得到凸显。从《红楼梦》到《家》,可以看出,封建礼教严重窒息了人的生命活力,扼杀了人的创造才能。而人的生命活力与创造才能的发挥,是一个国家充满创造活力、保持先进性的前提。这就是五四以来,爱国主义和个性解放互为依托、民族解放和人的解放互为表里、反帝和反封建并行的原因所在。由此可见,现代意义上的家国情怀,是人、家、国三位一体的价值同构,而人的价值尤为重要。只有实现了人的全面发展,激发出人的创造才能,国家才有活力和希望。

赵京华:现代意义上的家国情怀有两种凝聚方式。一种是从乡土爱到故国情再升华为爱国主义情感的自然生长过程;另一种是为养成现代国家的主体——国民,而以国家意识为中心的人为建构过程。无论通过哪一种方式形成家国情怀,人都是其中的核心要素。文学是人学,表现人的家国情怀,表现人民对大地山河的爱恋、对国家民族的认同,也便成了现代文学的题中应有之义。

家国情怀文脉源远流长

张　江:在中国文学中,家国情怀始终是重要的文学母题,由此也衍生出不计其数的爱国主义经典篇章。这些文学经典超越时空，历久弥新，被一代又一代中华儿女反复吟唱，成为中国人自强不息、奋斗不止的强大精神支柱。

张德祥：家与国是我们赖以生存的家园，是我们的精神根基，更是男儿建功立业、安身立命的寄托。古代诗歌中常常见到"少小离家老大回"，男儿出乡关，建功业，直至告老还乡，情感始终在家与国之间回荡。"烽火连三月，家书抵万金"，历代边塞诗一以贯之的是保家卫国的主旋律，"将军白发征夫泪""古来征战几人回"，正是这种牺牲精神，树立起中华儿女戍边守土的家国责任，奠定了中国文学的悲壮与崇高之美。

蒋　寅：先贤们葆有的这种铮铮骨气和崇高节操，来自孟子所谓集义而生、日益存养的浩然之气。从屈原的"亦余心之所善兮，虽九死其犹未悔"，到唐代诗人戴叔伦的"愿得此身长报国，何须生入玉门关"，再到明东林党领袖顾宪成的"风声雨声读书声声声入耳，家事国事天下事事事关心"，这种民胞物与的家国情怀正是我们民族的灵魂和传统文化的精髓。直到今天，这种正气仍然是中华民族伟大复兴的精神动力和价值依据。

赵京华：家国情怀及其文学表现，在近代之后呈现出崭新的形态。它既接续着中华传统，又有反抗帝国主义侵略和殖民、要求革命和解放的现代内涵，成为五四以来新文学的母题之一。中国新文化发端于五四运动，周氏兄弟早年对东欧巴尔干等弱小民族亡国亡种及其文学中反抗斗争精神的关注，20世纪20年代乡土文学的自然发展，"九一八"后东北作家群的爱国主义写作，构成了现代文学的一条清晰脉络，而七七事变的爆发，更是将文学的家国情怀推到高峰。

樊　星：儒家讲"浩然之气"，所谓"富贵不能淫，贫贱不能移，威武不能屈"。道家其实也讲正气，例如"独与天地精神往来"一说。这些说法，塑造了一代又一代士大夫乃至普通百姓的"民魂"。这种"民魂"，基本上构成了中国从古到今的文学写作的主要精魂。在当代文学的长篇小说创作中，经由苦难叙事来抒写家国情怀，也一直是多元化写作中最为重要的一脉。

家国情怀母题常写常新

张　江：一时代有一时代的爱国主义，一时代有一时代的民族英雄。在中国文学史上,家国情怀既穿越古今,一以贯之,又常写常新,五彩斑斓。这造就了家国情怀母题极大的张力和丰富的蕴涵。

蒋　寅:在中国文学史上,家国情怀一直是士大夫文学的重要主题,既有乱世里屈原那种对国家前途的殷忧,也有盛世中杜甫"致君尧舜上,再使风俗淳"那样的壮志。在国家统一、政治清明的时代,士人群体的济世之心固然超过独善之志,表现出奋发有为的豪迈情调;就是在外敌侵凌、内政昏蔽的时代,他们也没有一味消沉萎靡、明哲保身,而是抗颜直谏,投军御敌,在他们中有诗人李白,有词人辛弃疾,还有写下不朽名作《满江红》的爱国名将岳飞。而当置身改朝换代之际,身世飘零,甚至生活在异族的统治下,冠裳易服,他们在奋力抵抗之余,又以"天下兴亡,匹夫有责"的文化救亡大志,潜心学术,欲为往圣继绝学,为万世开太平。

张德祥:家国情怀确实在不同的时期有不同的表现。近代以来,国家积弱,民族危亡,文学中的救国救民之情更是炽热,尤其是新文学,始终以民族独立、人民解放、国家富强为精神主流,以爱国主义为思想主脉,在现实主义的表达中注入强烈的现代意识。没有任何一个时代的文学像 20 世纪文学这样与民族存亡、国家兴衰休戚相关——呐喊、觉醒、抗争、奋斗、反思、改革,一路走来,风风雨雨,但始终充满着古老中国向现代中国蜕变的强国富民梦想。

樊　星:在当代文学中,讴歌"民魂"的优秀作品,有增无减。大略看去,有五个文学人物系列:一是"反思文学"中周旋于极左思潮的落难者,二是"改革文学"中勇往直前的改革家,三是"军旅文学""战争文学"中的优秀军人,四是"历史小说"中名垂青史的帝王将相、士大夫,五是 20 世纪 90 年代以来"底层叙事"中自强不息的小人物。他们虽非尽善尽美,但是,或具有顽强的生命意志、温暖的人情味,或富有远大的抱负、超凡的智慧,虽历经坎坷,甚至遭遇失败,也仍然给人以理想人格、英雄气概的感染。

赵京华:在现代民族国家依然处于建构和发展过程中的今天,爱国主义的文学主题和家国情怀的书写依然有存在的理由和依据,也依然会常写常新。当然,今天的文学家也要面临更复杂的问题,如民族与世界、个人与国家、小我与大我、情感与理智等。关键要有真情流露,要以诚立言,如此才会有优秀的家国情怀的书写与表达。

张　江:表面看来,今天人们的家国情怀好像淡漠了,事实上,家国情怀仍然拥有最广泛的认同基础,是当代中国最大的情感共识,也是中华儿女最基础、最普遍的情感底色,最容易引发共鸣。作家艺术家依托于此,可以创作出更多饱含历史信息的壮丽诗篇,建筑民族文学的心灵史。

(《人民日报》2015 年 2 月 13 日)

展现中华审美风范

对话人

张　江（中国社会科学院副院长、教授）

姚文放（扬州大学文学院教授）

刘成纪（北京师范大学哲学与社会学学院教授）

牛宏宝（中国人民大学哲学院教授）

高建平（中国社会科学院文学研究所研究员）

张　江：中华美学精神是中华民族集体性的审美意识的精髓和灵魂，是中华民族在五千多年的历史长河中形成的富有民族特色的美学精神，它引领和规约着中国人的审美活动和日常生活。当代文艺要"不断进行美的发现和美的创造"，首先要坚守中华文化立场，传承和弘扬中华美学精神。

张扬至上之美

姚文放：中华美学精神博大精深，是中华民族的优质基因和卓越风范。中国人历来崇尚和谐之美、日新之美、充实之美、刚健之美、纯粹之美、自然之美、素朴之美、风骨之美、气韵之美、空灵之美、圆融之美等，可以说是众美归之，铸成了中华美学精神的巍峨丰碑。

中国人追求真善美,同时认为在一般的真善美之上尚有更高的审美层次,这是一种至真、至善、至美,或大真、大善、大美,相近的说法还有盛德、至诚、尽美、至乐等,形成了"尽善尽美""天地有大美而不言""日新之谓盛德"等富有创意的命题,成为中国人的精神追求和人格理想,也为通往美的至上境界铺设了切实可行的路径,如《大学》的"三纲领""八条目",就是确立从"明明德"到"亲民"再到"止于至善"的目标,通过格物、致知、诚意、正心、修身、齐家、治国、平天下这八个台阶,最终到达至善、大美的光辉顶点。为了达到这一至上境界,我们的先人也提出了他们的方法论,如老子说"大音希声,大象无形",庄子说"朴素而天下莫能与之争美",提供了富于辩证性的运思方法。二程、朱熹的"理一分殊""月印万川"之说,对于把握特殊与一般、现象与本质、相对与绝对的关系富有启发意义。这些范式、逻辑和方法论,虽然与哲学、伦理、政治交融渗透,但因为得到审美活动的涵养和浸润,反过来也对美学有所发明、有所创获,成为中华民族的形而上追求的重要支撑、充实和补益。中华美学精神的至上追求也是历朝历代文学艺术发出的最强音,"亦余心之所善兮,虽九死其犹未悔""安得广厦千万间,大庇天下寒士俱欢颜""苟利国家生死以,岂因祸福避趋之",这些至善、盛德、大美已经融化在血脉里,积淀在基因中,成为中华民族不可动摇的精神支柱。

凸显神圣价值

张　江:中华美学精神不仅体现在文学艺术等审美创造活动中,更体现在国家理想追求、自然本质认知、人生境界把握等各个方面。换言之,小到个人修为,大到齐家治国,近至一草一木,远至星系宇宙,都被审美化了,都蕴含着中国人的美学思维、美学精神。

刘成纪:中华美学精神主要包括国家理想的审美化、自然本质的生命化和审美人生的神圣化三个方面。这三个方面分别赋予了中华美学精神存在的宽度、深度和高度。

中华美学精神存在的宽度,主要指美的理想从艺术向政治、文化领域的广泛蔓延。西周以降,中国传统政治被称为礼乐政治,国民教育则强调诗教、礼教和乐教。基于这种以文教立国的理念,中国历代思想者不以经济繁荣或军事强大作为生逢盛世的标志,而是以美为其定性。《礼记·少仪》描述了一个礼仪之邦所应具备的韵致和风范——"言语之美,穆穆皇皇;朝廷之美,济济翔翔;祭祀之美,齐齐皇皇;车马之美,匪匪翼翼;鸾和之美,肃肃雍雍"。这种审美化的国家理想,为政治实践提供了追慕的目标。

中华美学精神存在的深度,主要指中华美学对自然生命本质的发现和肯定。中国人的自然审美不止于山川草木的表象形式,而是深入把握其内在的生命意蕴。"人不善赏花,只爱花之貌;人或善赏花,只爱花之妙",这种对自然妙意的真赏,使审美过程成为人与自然的深度沟通过程。同时,传统中国哲学认为万物皆有生命,这意味着生命构成了一切存在的共同本质。自然界中任何微末的个体,不仅因为包蕴生命而获得存在价值,而且因其内在本质的一致而成为不可分割的整体。这种自然生命观深化了中国人对人与自然关系的认识,为当代生态文明建设提供了富有深度的理论根据。

在中国历史上,审美境界被视为人生的最高境界。中国社会自西周始,对鬼神世界就开始保持敬而远之的态度。但这种对超验世界的理性态度,并没有妨碍中国人精神的上升。"志于道,据于德,依于仁,游于艺",艺术态度成为人生最具超越性的态度,宗教承诺的超验世界被给予了审美的把握。一些异域宗教传入中国,也被审美化,成为一种艺术化的宗教,如禅宗。于此,作为一种形而上学,中华美学精神成为具有神圣价值的精神。

坚守中华立场

张 江:中华美学精神是中华文化独特性的重要体现,是中华文化走向世界的重要支撑。抛弃这种独特性,甚至妄自菲薄,唯人之美为美,以我之美为丑,中华文化只能湮没在多元文化的百舸争流之中。

牛宏宝:自鸦片战争以来,中华民族一直为"立于世界民族之林"而奋斗,"传承和弘扬中华美学精神"是文化上"立于世界民族之林"的组成部分。"传承"是要接续中华文化和美学精神源远流长的丰厚脉络,"弘扬"是要在当今时代创造性地发展"中华美学精神"的独特性,充分发挥它贡献于人类的世界性价值,以打牢"我们在世界文化激荡中站稳脚跟的坚实根基"。

"传承"与"弘扬"是任何文化体在其发展过程中都会面临的基本问题。"传承"并非为传承而传承,否则就会固步自封;"弘扬"不能是无根基的弘扬,而是要以发展本民族文化的核心价值为基底。文化本身蕴含着"问道"的功能,即为中华民族走向未来的辉煌开辟可能性道路。在今天,文化的这个使命显得尤其重要和紧迫。这种"问道",既关注发展何种文化,也关注我们的民族共同体如何获得价值、如何在文化上安身立命,更关系从文化上为民族共同体应对世界变局提供战略思维、把民族共同体带向未来的辉煌。面向 21 世纪的中华文化,必然是能够把我们带向世界并且具有世界价值的文化,而不是局限于一隅的地方性文化。

中华艺术和美学经历了漫长的发展演变,不仅形成了区别于其他民族的独特性,也创造了具有世界价值的话语体系。因此,面向 21 世纪来"传承和弘扬中华美学精神",第一要坚持以中华美学精神为主体,这个主体性的地位不能动摇。第二要充分开掘中华美学精神中深具世界价值的维度,如中华美学中对人与自然和谐共处的追求、对感性与理性相统一的追求等。这些重要的美学精神正可以补救现代文化和先锋文化过于注重理性或过于注重非理性的偏差。第三则要创造性地开辟中华美学精神的现代维度。

关键在于创新

张　江:传承和弘扬中华美学精神,最大的障碍在于时代发展所造成的语境断裂。今天,人们对世界的感知方式,人生的价值追求,对美的理解,都已发生改变。我们必须立足当代,在吸纳精髓的基础上,勇于创新,找到中华美学精神与当下生活的对接通道。

高建平:中华美学精神,是一个活性的、动态的存在。进入新世纪以来,由于市场经济和信息技术两大推手的作用,文学艺术存在的环境发生了巨大的变化,人们的审美习惯和审美趣味,也发生了和正在发生着巨大的变化。我们要适应当代生活的变化,秉持一个当代人的主体态度,对传统宝库中的宝贝进行选取、运用和发展创新。

在探讨中国传统美学精神内涵的过程中,应努力避免两种倾向:一是离开文学艺术的实际,进行概念的字源式研究,只追根溯源,不看它实际具有的现实意义;二是用西方美学来机械套用,面对中西两种美学范畴时,脱离文艺的实际,抛开中西之间的千差万别而简单地画等号。在美学实践中,也要避免两种倾向:一是用某种怪异的外来观念和美学风格哗众取宠,以追求新闻上的轰动效应;二是离开审美实践本身,仅仅用其民族性来强证其正确性。

中华美学精神是充满着生命力的、不断发展着的精神,它应该与文学艺术实践的发展联系在一起。近些年来,我们在诗歌、小说、影视以至绘画、音乐等各门艺术中,都看到了传统趣味的回归和提炼的迹象。传统题材的小说和影视剧,绘画中的新水墨,音乐中的古典风格,都在当代生活中努力寻找自己的位置,寻找新的受众。创新是艺术的生命力所在,我们要用创新的精神去找回传统。弘扬中华美学精神,就是要将立足点放在发展中国特色、中国风格、中国气派和中国人喜闻乐见的文学艺术作品上来。

张 江:在传统社会,美学精神的提炼和塑形主要由文人完成,诗文创作是重要载体。今天也仍然如此,作家艺术家是传承和弘扬中华美学精神的重要力量,他们化无形为有形,把中华美学精神融入文艺创作的肌理之中,通过线条的使用、画面的勾勒、镜头的处理、意境的营造,展现中华审美风范。

(《人民日报》2015 年 3 月 9 日)

文艺是民族精神的引擎

对话人

张　江（中国社会科学院副院长、教授）

蒋述卓（暨南大学党委书记、教授）

何　弘（河南省作家协会副主席、批评家）

李云雷（《文艺理论与批评》副主编）

梁鸿鹰（《文艺报》总编辑、批评家）

张　江：当今时代，人们更愿意从文化产业的角度，从休闲娱乐的层面，去理解和定位文艺的功能。这无可厚非。文艺的功能不是单一的，娱乐也是其中的一个方面。有必要强调的是，除了这些，更应该意识到并主动发挥文艺对国民精神的建构、引领功能。

文艺是民族文化与精神的结晶

蒋述卓：一个民族的文学艺术往往是该民族的生活方式、思维方式与精神世界的反映与展示，也是该民族文化的沉积与凝结。

中国的文学艺术有着悠久而辉煌的历史，它真实地反映着中华民族灿烂的文化和博大深厚的精神内涵。就诗歌而言，从先秦时期的"诗言志"与"风"

"雅"传统开始,诗歌历来就是百姓以及文人士大夫们抒情言志的载体,历朝历代的官府也都要通过流传于世间的诗歌去观世间风气、知朝政得失。于是,尊崇儒家文化的杜甫诗有了"诗史"的称号,维系儒家道统的韩愈获得了"文起八代之衰"的赞誉。屈原的《离骚》与《天问》则是楚文化的结晶与象征,他在问天问世以及"究天人之际"时将楚人的想象与精神发挥得淋漓尽致。无论是李白还是苏轼、文天祥,虽然都历经磨难,他们的才情与豪气却始终不为坎坷所阻,也不因高压而屈。在他们身上,始终充满着化悲为健、化困为通的坚毅、精进、乐观和豪迈的情怀。中国少数民族的文学艺术亦是如此。蒙古族的《江格尔》、藏族的《格萨尔》、彝族的《勒俄特依》《阿诗玛》、壮族的《布洛陀》等等,都反映出各自民族的精神文化内涵。

世界上成熟而伟大的民族无不把本民族的杰出文艺家奉为本民族文化与精神的象征与标志。正如英格兰为拥有莎士比亚、法兰西为拥有雨果、俄罗斯为拥有托尔斯泰与普希金而感到骄傲,中国也为拥有李白与杜甫而感到自豪。当今世界不少国家依然将文学艺术当作其强化文化软实力的重要手段。美国的文学艺术及文化产业就是如此,他们不仅将文学艺术的创作生产当作文化发展与价值观凝聚的重要载体,同时也将其作为输出文化与价值观的重要手段。我们的邻国日本、韩国在这方面也创造了不少值得我们重视和借鉴的经验。

五四以来,中国现当代文艺继承中国古代文学艺术的优秀传统,在改造国民性、铸造民族魂方面作出了重要贡献。鲁迅的作品就是重铸民族魂的典范,延安时期出现的《黄河大合唱》也是团结凝聚民族精神的经典。当今的文学艺术,不能只是卖萌,不能一味娱乐,不能无内涵、无精神、无灵魂。轻飘飘的文艺必然导致"不能承受之轻"的民族之痛。只有向着铸造民族魂的大方向不断前进,才能使文艺真正成为鼓舞人民、实现中华民族伟大复兴的强大精神力量。

文艺是民族与时俱进的精神动力

张　江:文学艺术,无论是对现实的还原与再现,还是基于现实的虚构与想象,其价值都不只在于艺术化的过程本身。也就是说,审美属性的获得,仅仅是文艺之为文艺的基本前提。它更重要的价值,是在此过程中所传达的是非判断、价值取舍、情感倾向等,即精神性的引领功能。

何　弘:文艺自发源以来,就一直与人类的精神生活密切相关,持续发挥着精神引领和鼓舞、激励作用。

中国在魏晋南北朝时期迎来了文学的自觉。中国文学的自觉和人的自觉是相伴随的,正是文学和人的共同自觉,才推动了唐代文学的繁荣和大唐的空前兴盛。五四运动前后,新文学发端,中华民族的精神面貌为之一新:推翻统治中国几千年的封建帝制,建立起现代国家;取得抗日战争和解放战争的胜利,建立起新中国……这个过程,文艺提供了强大的精神动力,发挥了积极的引领和推动作用。

改革开放对于当代中国是一件影响深远的重大事件,而改革开放局面的出现,是从文艺界的思想解放开始的,应该说,文艺发出了先声。从伤痕文学、反思文学、改革文学到寻根文学,文艺为思想解放和改革开放提供了强大的精神支撑,甚而言之,如果没有新时期文学的引领、感召、鼓舞,思想解放和改革开放也许不会这么快到来。时至今日,回想 20 世纪 80 年代中国文学的盛况,文学界都为之自豪。这当然不只因为文学取得了空前的繁荣,更在于当时的文学确实对全社会发挥了积极而强大的影响。

文艺与人类的生活现实和精神现实密切相关。通常我们把文学看作经验的表达。好的文学首先应该准确表达一个时代的经验,让读者通过文学作品看到世界和人的本来面目,从而加深对自我和社会的理解。比如小说,作为一种叙事艺术,它首先要讲好故事,但更重要的是,通过一个个故事的链条,表达一种因果关系,这个因果关系就是作者的世界观,就是作者对所表达经验的解释,读者可借此完成对世界深入的理解。同时,文学的虚构性使之具有了更广阔的表现空间,它不仅可以表达世界本来的样子,更为读者提供了一个沙盘,可以借此完成对世界、社会和人的各种推演,让读者看到世界和人可能的样子,展现世界和人的各种可能性。在此基础上,文学要发挥其精神引领作用,要向读者描绘出世界应该是什么样子。让读者看清社会现实的面目,进而理解社会、理解人,再明白社会和人理想的状态,文学的精神引领作用自然就得以实现。

以创新的文艺引领民族精神

张　江：当前，发挥文艺的精神引领作用遇到的一大挑战，是传统方式的减效与失效。之所以会出现这样的问题，在我看来，核心是文学艺术与当今时代人们的生活现实和精神结构难以有效对接。应对这一挑战，唯有创新。

李云雷："苟日新，日日新，又日新"，中国文学的生命力恰恰在于它的创新能力，面对时代更替与世界变化，中国文学总是能够以其深厚的根基，焕发新的活力。近代以来，面对空前的民族危机与社会危机，一方面传统文学内部发生了重大的变化与调整，另一方面在与西方文化及中国现实的碰撞中，诞生了中国的"新文学"。以鲁迅为代表的中国新文学，在 20 世纪以来的中国文化史上占有重要位置，而其原因就在于其巨大的创新能力。

一个有意思的问题是，鲁迅在五四时期以激烈的反传统著称，为什么在逝世后他会被称为"民族魂"？在我看来，鲁迅是"反传统的传统，反现代的现代"，他反对的是将传统文化应用于当时之中国，而他的文化人格正是传统文化所养育的；同样他反对的是"全盘西化"的现代化，但并不反对中国的现代化，而是主张探寻一条中国现代化的独特道路。可以说，在传统与现代之间，在中国与西方之间，鲁迅及其一代人开创了一种新的中国文学，这是一种中国文学，但不是传统的中国文学，这也是一种现代文学，但又不是西方的现代文学，这就是中国的"新文学"。在 20 世纪，中国新文学与时代、人民血肉相连，参与到了中国的巨大变革之中，从五四文学到左翼文学、解放区文学、人民文艺，再到新时期以后的"伤痕文学""反思文学""知青文学""改革文学"等，中国新文学始终走在时代的前沿，以其创新精神提出时代的核心思想命题，引导并创造新的民族精神。

在这里，"创新"并不仅仅是形式、技巧与叙述方式的创新，更重要的是，它还包括一个作家的思想与艺术能力。面对新的世界图景与新的文化格局，作家以其独特的眼光提出新的思想命题，并以新的艺术形式创造出新的艺术境界，才可以称得上真正的"创新"。真正的"创新"来自哪里？来自作家的思想能力，来自作家的深厚学养，更重要的是来自作家对历史与时代的深刻判断,来自作家与民众生活的血肉联系,只有这样,一个作家才有创新的动力与能力,才能将个人创作融入新的民族精神之中。在我们这个时代,中国正在经历巨大的变化,我们面临的是前所未有的新局面。我们需要像鲁迅一样的文化巨人,需要巨大的创新能力,需要凝聚丰富复杂的个人体验与时代经验,讲述新的中国故事,发出新的中国声音。

民族复兴需要文艺振兴

张　江:伟大事业需要伟大精神。中华民族的伟大复兴,归根到底要靠千千万万的普通劳动者来实现。将分散的个体汇聚成奔涌的合流,最大程度地激发潜藏百年的梦想激情,在抵近目标过程中持续不断地提供精神动力,文学艺术责无旁贷。民族复兴,既理所当然地包含、也切实紧迫地需要文艺的振兴。

梁鸿鹰:一个民族的复兴,是进一步认识自己、发现自己、成就自己的伟大实践,同时也标志着其政治、经济、科技、文化的全面发展与勃兴。没有文化的蓬勃成长、蔚为壮观,一个民族无法自立于世界之林。中国从来没有像现在这样更加接近实现伟大复兴的目标,振兴文艺理应成为更加富有战略意义的必然抉择。

民族精神是一个民族赖以生存和发展的精神支撑,是凝心聚力的强国之魄,是实干兴邦的不懈动力。正是依靠爱国主义、团结统一、爱好和平、勤劳勇敢、自强不息的伟大民族精神,中华民族才在饱受侵略、欺凌和挫折中仍然不断创造着辉煌。文艺是民族精神的火炬,时代前进的号角,为民族生存和发展提供不可或缺的精神力量。无论是像鲁迅说过的那样,改造国人的精神世界,还是滋润世人沉浸于现代物质生活中而有所干涸荒芜的心灵,文艺责无旁贷。对于一个致力于伟大复兴的民族而言,必须把振兴文学艺术放在突出的位置,充分激发出文艺引领风尚、彰显信仰之美和崇高之美的巨大能量,让文艺高擎精神追求的旗帜,打牢价值坚守的支柱,从而为建设中华民族的精神家园持续添砖加瓦。

文艺是铸造灵魂的不朽事业,在人们价值追求多样、利益诉求多样的今天,充分发挥文学艺术在弘扬社会主义核心价值观、弘扬中国精神、凝聚中国力量等方面的重要作用,已经刻不容缓。

张 江:客观地讲,近些年来,文学艺术的精神引领功能日趋弱化。一个很重要的原因,就是一些作家艺术家主动放弃了这种责任和担当。眼睛盯着市场,把创作当生意经营,没有引领风尚的志向,只有逢迎世俗的媚气。文艺创作终究是精神生产,只有自己先站立起来,才有可能引领别人,才有可能成为民族精神的引擎。

(《人民日报》2015 年 3 月 31 日)

文艺要与时代同频共振

对话人

张　江（中国社会科学院副院长、教授）

何建明（中国作家协会副主席、作家）

杜学文（山西省作家协会主席、批评家）

赵　勇（北京师范大学文学院教授）

白　烨（中国社会科学院文学研究所研究员）

张　江：我们承认，一些经典文艺作品能够穿越时空，具有永恒的价值。这种永恒价值的形成，不是因为作品脱离了自身所处的时代，恰恰相反，优秀的文艺作品，总是首先扎根自己的时代，然后才能为不同时代的人们所欣赏，从而具有永恒性。这一事实，可以从古今中外的许多经典那里得到印证。

文艺是时代的随行物

何建明：古今中外的文艺作品无不遵循一个普遍的规律：随时代而行，是时代的必然反映和产物。这是因为，作者总是受他生活在其中的时代的影响，其个体的生命体验和精神感悟也总是因时代而催生。例如中国的《山海经》、希腊的神话，是古代人类在没有可能获取与之相适应的发达的科技与知识的情况下,通过虚象幻境的表现形式,来图解社会生活和自然景象,作品寄托的是那个时代的精神理想与追求。而像《红楼梦》和欧洲 19 世纪的一些小说,则更直接地反映了作者对所处时代生活图景的叙述与价值取向、审美理想。五四运动后的新文学,几乎都烙上了时代赋予作者身上的某些甩不掉的历史责任与生活印痕。

杜学文:一定的社会生活必将产生与之相应的情感方式。我们的创作之所以存在,是因为某一特定的时代背景,激发了我们的创作灵感。即使我们描写的是另一时代的人与事,并且把那一时代的生活表现得十分真切细腻,也是当下这一时代的情感产物。因此,创作无论如何都不可能脱离自己所处的时代,都要或直接或间接地表现我们生活其间的时代精神。

赵 勇:法国作家萨特的所作所为就很能说明问题。第二次世界大战结束前后,他深感战争给人带来的灾难之痛,便把自由选择与承担责任上升到存在主义哲学的高度,并在他的小说、戏剧中反复深化这一主题。由于他的大力推动,存在主义深入人心,文学成为介入现实乃至改变世界的手段。他大声疾呼:"文学的命运与工人阶级的命运是连在一起的。"这种鼓与呼的执着,今天看来依然让人动容。中国新时期发端的"伤痕文学"也是如此,刘心武的《班主任》之所以在文学史上具有价值,便是因为它率先揭露了"文化大革命"对青少年精神世界与灵魂的扭曲,发出了"救救孩子"的时代呼声。

白 烨:文艺是时代的随行物,因为作家、艺术家都置身于一定的历史时期,属于一定的社会阶段。他们作为一定时代和一定社会的介入者、见证者,无论是感受与感想、情感与情思,抑或是写真与纪实、虚构与想象,一定都会带有他那个时代从物质到精神、从生活到文化的种种痕迹与烙印。

文艺家要发先声传新声

张 江:赵勇教授刚才提到了《班主任》这部作品。我要问的是,"文化大革命"结束后,"伤痕文学"成千上万,为什么这部小说会成为旗帜?很重要的一个原因,就在于作者以其敏锐率先发出了时代的呼声。文艺作为时代的随行物,不仅要反映时代,还要引领时代,代表时代高度,这就决定了文艺家要发出时代新声,作时代风气的先觉者、先行者、先倡者。

何建明:人类历史上曾有过这样的现象:一支歌曲敌过一支军队、一篇檄文摧毁一个政权。文艺作为独特的精神产品,能激发人类空前的潜能,也能摧毁任何固若金汤的精神建筑。任何简单的复制生活和迎合生活,都不能真正体现艺术本身的光芒。文艺要发先声、传新声,所体现的正是文艺自身的时代责任感和历史使命感,是一切进步、向上的文艺作品的基本内质。艺术作品有大有小,文艺家的本领有高有低,这是客观存在的。但只要心存善良和爱,其作品就能与时代进步乐章同频共振,发挥积极作用,尽先觉、先行、先倡之一份力量。

杜学文:文艺家在创作中可能会有不同的角度,不同的层次,但若能感受到时代发展进步的本质而不是皮毛,感受到人与社会变化进步的必然性而不是偶然性,作品的意义就更加重大。因此,我们更倡导的是创作者要有对历史规律性的把握,对现实生活复杂性的理性体验。这样,我们的作品才能够表现出时代进步的内在动力,表现出人民需求的潜在未来。文艺创作就不仅仅是对社会生活的简单呈现,同时也成为时代进步要求的热切呼唤。这种呼唤将对社会的发展进步产生引领和推动作用。

赵　勇:英国作家劳伦斯曾经说过:"艺术的职责,是揭示在一个生气洋溢的时刻,人与周围世界之间的关系。由于人类总是在种种旧关系的罗网里挣扎,所以艺术总是跑在'时代'前头,而'时代'本身总是远远落在这生气洋溢的时刻后面。"在分析梵高的《向日葵》时,劳伦斯意识到了文艺家与时代的崭新关系。文艺家应该把他提前感知到的东西诉诸笔端。并非每个作家艺术家都有能力做时代精神的引领者,时代风气的先行者,但其中必有一些人大智大勇,敢于表达,善于言说。他们的所作所为,体现了作家和艺术家的良知和责任,成为一个民族的脊梁。对于这样的文艺家,我们更应该敬佩、爱戴乃至呵护。

白　烨:1987 年,贾平凹写出了长篇小说《浮躁》,在文坛内外引起广泛关注。当时,人们主要从及时反映农村变革中的新生活与新人物的角度来看待这部作品,实际上这个作品还有一个"先见之明",就是"浮躁"这个书名对于伴随着生活变异而凸显的社会情绪的扼要概括与准确把握。应该说,当下从社会生活到文艺领域普遍存在的"浮躁"现象,正是从 80 年代中后期开始的。

而文艺传时代新声的例子,则有 1979 年蒋子龙率先反映改革家时代风采的《乔厂长上任记》。这些例子都说明,文艺家发先声、传新声,不仅是必要的,也是可能的。

为时代代言的资质

张　江:没有人能够脱离时代。手法再高明的作家、艺术家,也无法涂抹掉自己创作中的时代底色。但这并不意味着每个作家、艺术家都自然而然地成为时代的代言者。堪此重任,为时代代言,需要作家、艺术家挣脱一切客观和主观的羁绊,真正站在历史的制高点,以公正、理性、良知为内在驱动。这是一个合格的代言者最基本的资质。

何建明:我们的社会无论发展到何时,都离不开作家和艺术家的独特视镜与情感测温表。抒写和记录时代的每一个细微处的进步与落后、美好和丑恶,永远是创作者的责任。作家、艺术家必须高尚,否则无法抵达高尚者的灵魂深处;作家、艺术家必须勤奋,否则无法听到一个低微的社会弱者的心灵的真实呐喊;作家、艺术家必须勇敢,否则任何努力都可能半途而废。

杜学文:严格意义上说,作家都是在为自己的时代代言。而要做好这种"代言",表现好自己的时代,必须确立科学的正确的历史观。只有确立了正确的历史观,才能科学地真实地分析我们的历史与现实,认识我们所处的时代,深刻发现与感受人民创造历史的必然,准确表现我们建设新生活、实现中国梦的不懈努力,给人以启迪、信心与力量,使人在立足现实的基础上,感受到未来的召唤。

赵　勇:文艺家要做好时代的书记官,首先是要有直面现实的勇气,有担当意识,要像巴尔扎克那样,忠实于自己的观察和思考,秉承批判现实主义精神。恩格斯曾经指出:巴尔扎克之所以伟大,就在于他敢于违背自己的"阶级同情和政治偏见","他看到了他心爱的贵族们灭亡的必然性,从而把他们描写成不配有更好命运的人","这一切我认为是现实主义的最伟大的胜利之一,是老巴尔扎克最重大的特点之一"。

当前中国的一些文艺家对现实主义的精神或者领悟不深,或者还有许多思想包袱。他们虽对现实也有所揭示,但往往绕来绕去,浅尝辄止,缺少正面强攻的意识,只好用种种形式技巧来掩盖这种揭示的不足。

白　烨:在文艺创作中,不同的作家、艺术家会有不同的视角与选择,但从根本和长远来看,能留得下来、传得开去的,多是那些书写了自己时代的生活与情绪、人物与性格的力作。这样的作品既能打动当下的读者,也能吸引以后的读者。由此我想到热播过的电视剧《平凡的世界》的原著作者路遥。他的《平凡的世界》自出版以来,年年加印,经久不衰,至今仍在小说类图书畅销榜上名列前茅。这种现象的背后,是作者路遥真诚又真切地描述了他所意识到的那个时代,以及那个时代的青年一代的人生奋斗。我以为,《平凡的世界》称得上是一部中国乡土社会在改革初期的"历史摘要",而路遥也称得上是"历史书记官"式的小说家。

书写和记录人民的伟大实践

张　江:从文艺创作的一般规律来讲,描写飞扬的人生、传奇的故事、惊险的历程,最容易上手,也最容易受到读者和观众的青睐。正因为如此,普通人的平凡人生往往被作家、艺术家舍弃。但是,恰恰是千千万万的普通人,用他们默默无闻的歌唱,汇聚成了振聋发聩的时代交响。因此,文艺创作还是要书写和记录人民及其伟大实践。

何建明:历史是人民创造的。身为作家、艺术家,书写与记录人民的生活和伟大实践,是最根本的任务和最基本的方向,否则就是一种失职与失德。要充分认识到文艺创作不是一般性的简单劳动,而是一种与时代同呼吸、与人民共命运的精神行为。作家、艺术家必须不断提高自己的创造水平和对社会的感悟能力,对自己的知识与经验持续地审视和更新,不断从人民群众的丰富生活与时代发展的土壤中挖掘和汲取营养,认认真真写作,而非随心所欲地码字。

杜学文:我们的创作仍然缺乏那种对中国波澜壮阔的变革与进步的深刻表现,还缺乏那种能够典型地反映中国现代化进程面貌的黄钟大吕式的史诗。一些作品似乎有这种努力,但由于作家对中国历史与现实缺乏深刻的把握,显得比较粗糙、简单,没有达到相应的艺术深度。还有的作品对中国的现实与历史缺乏准确的了解,所呈现出的生活不具有典型性。之所以出现这样的问题,与我们的创作疏离现实生活,疏离人民群众的伟大实践有着非常重大的关系。

赵　勇:我最近读了一些"打工诗人"的诗歌,其中一个强烈的感受是:"底层"不仅已开始说话,而且是在以最高级的语言说话。当诗歌界的成功人士飘浮在云端写作时,当中产阶层诗人玩弄着文字游戏无病呻吟时,这些所谓的"打工诗人"却把自己刻骨铭心的伤痛吟成了诗句。因为处在社会最底层,也因为生活本身就是悲和喜的凝聚,所以那些经历和体验一旦入诗,他们的笔下就有了毛茸茸的真实,也摹写出了残酷的现实。由此我便想到,我们的文艺可能离底层民众已经有了一些距离。当文艺家们没有能力去书写和记录这种实践活动时,底层人便会身体力行,自发加入到这种书写和记录的行列。在这样的文学作品面前,文艺家应该反省。

白　烨:文艺的生命力,既在于根植于生活,又在于作用于时代。无论是从文艺自身的规律性要求来看,还是从文艺创作所存在的欠缺来看,立足于改革开放30多年来的历史演变,记录和书写中国人民的伟大实践,委实是作家、艺术家们需要认真思考并切实加以解决的重要课题。

张　江:时代是一个流动的概念,每一个时代有每一个时代的特征。文学艺术要想与时代同频共振,作家、艺术家首先要做自己时代最敏锐的发现者和感知者,同时要千方百计地寻找与这个时代相契合的话语和表达。在这方面,没有禀赋和捷径可言,只能俯下身子,钻到泥土的最底层,用心去倾听和感悟。

(《人民日报》2015 年 4 月 17 日)

文艺家何以先觉、先行、先倡

对话人

张　江（中国社会科学院副院长、教授）

范咏戈（中国作家协会影视委员会副主任、批评家）

祝东力（中国艺术研究院马克思主义文艺理论研究所所长、研究员）

张抗抗（中国作家协会副主席、作家）

徐贵祥（解放军艺术学院文学系主任、作家）

张　江：习近平总书记在文艺工作座谈会上指出，"作家艺术家应该成为时代风气的先觉者、先行者、先倡者"。这是对作家艺术家地位和作用的准确提炼。作家艺术家理应通过自己的创作，铸造人的灵魂，引领时代风气，引导社会风尚。

强化文艺家的主体建构

范咏戈：新文学以来，说到对文艺家地位和作用的认识和评价，就不能不提毛泽东同志《在延安文艺座谈会上的讲话》。他把文艺工作看成是"文武两个战线"中的一个战线，是与"拿枪的军队"相并列的"文化军队"。他作于1936年的《临江仙·赠丁玲》，"纤笔一支谁与似，三千毛瑟精兵"，不仅是对丁玲个人的高度称赞,更是对文艺家特殊功用的形象表达。

当下中国,经过60多年的发展与演进,已经进入了日益强盛、伟大复兴的新的历史时期。这一时期,越发需要树立坚定的民族自信,熔铸强大的精神能量,激发巨大的文化活力。在这一时期,文艺与文艺家的地位与作用,不但没有减退,反而更为重要。不断向前的时代需要文艺的号角,不断向上的民族精神需要文艺的引擎,先进的文化与繁荣的文艺都需要文艺家的倾力创新与锐意创造。历史把文艺家推到了时代先锋的位置,需要其发挥精神导师的作用,为民族振兴鼓呼,为国家强盛放歌。

地位崇高了,作用重要了,自然要求文艺家自身力量的建设,强化主体建构。文学创作无论秉持何种观念与方法,最终都是创作主体之间的竞争与较量,更具体地说,是文艺家的创作姿态、社会责任和人格制导的竞争与较量。辛弃疾的"道德文章说",西方的"伟大人格说",都特别强调文艺家的人格建设。中外文学史上,不少作家有很高的文学技能,但仍不能成为截断众流、转变风气的大家。究其原委,多数可以在内心的充盈与否、眼界的开阔与否和情怀的高尚与否中得到解释。有的人空将才华落入游戏文字,甚至陷入风月吟弄、滴粉搓酥,故而难成气候。

黑格尔说得好,一个民族要有一些关注天空的人,他们才有希望,如果只关注脚下的事情,那是没有未来的。这也意味着,作为时代先锋的文艺家除了对个人修为有自觉要求之外,更要以开阔胸怀面向社会和时代,面向广大人群,面向历史和未来,自觉树立启蒙意识,履行文艺家的社会担当。

如果没有从屈原、曹雪芹到鲁迅等一批"民族魂",何来中国文学的辉煌;如果没有从普希金、托尔斯泰到帕斯捷尔纳克等一批"俄罗斯良心",何来俄罗斯文学令世界瞩目的光辉? 当下,面对讲好中国故事的时代要求,文艺家只有将中国灵魂注入作品,将小我融入大我,问良心,耐寂寞,用文字体现良知,用良知反哺生活,才能打造出中国文艺的高峰。

文艺领风气之先的独特优势

张　江:古人讲,"凡作传世之文者,必先有可以传世之心"。打造文艺精品,发挥文艺功能,首先是作家艺术家要提高自身修养。文艺家的知识水准、胸襟境界、人生高度,直接决定了作品的艺术浓度和思想厚度。自己没有这样的本事和高度,却企图去引领别人,这是不可能做到的。

祝东力:当下中国社会瞬息万变,日新月异,从生产到生活,从经济基础到上层建筑,新现象与新经验层出不穷。在这里,新与旧、先与后的嬗替变更,往往有其特别的意义。为了帮助我们更好地理解这个快速变迁的现代社会,这些新现象新经验需要及时恰当地给予整合、梳理与阐释,并赋予它们一定的含义。在这方面,文艺有其独特的优势。

当然,对新现象新经验的整合、梳理和阐释,也可以采用理论的或社会科学的方式。但这些方式需要将纷繁的原始现象和粗糙的感性经验进行沉淀、结晶,需要一番去粗取精、去伪存真,才能将之概括、凝铸,提升为新的概念、范畴和命题,也就是说,必须经过相当漫长的循序渐进的过程。与之不同的是,文艺作品凭借敏锐的直感,凭借跳跃的形象思维,往往能够先于理论或社会科学的方式,直接把握到新现象新经验的本质,捕捉到时代精神的内核。在这个意义上,文艺相较于理论和社会科学常常表现出某种先锋性、前卫性,绝非偶然。

文艺家们应该以自己特有的方式,形成对时代的认知和理解,并率先感悟到时代的最新端倪、动向、趋势,即所谓的"时代风气",将之表达、体现在作品中,同时作为一种价值和方向加以倡导和褒扬。要做到这一点,文艺家的主观意识处于何种状态,就是一个先决条件。许多小说作品往往满足于琐碎细节的铺陈和炫耀,缺少思想的升华,一些巨额投资的国产大片叙事凌乱,对生活的内在逻辑缺少把握,这些现象,说到底,是由于文艺家主体思想积累、知识储备、文化修养、艺术训练的不足造成的。

我们期待着领风气之先的作品的出现,首先是期待作为先觉者的文艺家的出现。文艺家自己站得高、看得远,文艺创作才有可能登上"高峰"的位置。

扎根脚下坚实的土地

张　江:要成为先觉者、先行者、先倡者,文艺家不仅要提高自我,还要摆正自我,不能因为被定义为先觉者、先行者、先倡者,就觉得自己高于大众,睥睨而视。事实上,一旦远离了脚下坚实的土地,切断了与人民大众的血脉深情,作家艺术家是不可能成为先觉者、先行者、先倡者的。

张抗抗:我们原本就是"人民"这个群体中的一滴水、一粒米、一片叶子,无论是在当下的日常生活中,还是在以往的个人经历中,我们的所见所闻所痛所喜,都与人民息息相关。离开了作家艺术家这个接收器,那些非文学非艺术的生活现实仍然客观存在。人民是文学创作的源头活水,作家劳动创造出来的文学作品和精神产品反过来再回归、回赠于人民,使更多的人民群众成为我们心心相通的读者——我们和人民就是这样一种互相依存的关系,而不是一种高下对立的关系。如果一个作家的精神状态、心理意识、思想感情,一时一刻也没有离开人民群众的基本利益诉求,在创作中自始至终坚持人类文明与社会进步的理想,而不是出于个人物质利益、名誉前途的种种考量,以趋利避害之心去选择写什么怎么写,以获得更大的个人利益——那么,这应该是一个有人民性、有良心的作家。反之,一个写作者如果对人民的疾苦视而不见,对人民的呼吁麻木不仁,甚至对那些危害侵犯人民利益的行径刻意粉饰,对人民的人性弱点缺乏客观清醒的批判意识,那么,这样的写作,很难称得上是真正为人民的文学。

先觉者、先行者、先倡者,这九个字,高度概括了文艺工作者的使命,也是我们写作者期望达到的目标。无论是文学创作还是文化建设,先觉才能先行,先行方能先倡,这是一个渐次递进、螺旋上升的艺术规律。先觉者,是那些具有独立思考精神、拥有对时代和现实超前认识的智者,而非人云亦云、唯上唯利之徒。先行者,也即勇于创新、敢于特立独行的探索者,每一部新作,都呈现出新的内容新的思考,以新形式表现新故事新思维。先倡者,是不怕打击不怕挨骂不怕争议、内心有强大力量的勇者,既能引领时代潮流又能脚踏实地。这九个字对文艺工作的领导者来说,也是新的考验。只有真正为那些有志于创新开拓的文艺工作者提供宽容友好的创作环境,文学的先觉、先行、先倡,才会成为可行、可见、可能的实景。

我的一部长篇小说新作,至今已经四易其稿,前后历时八年,仍在修改中,总是觉得自己还可以改得好些、更好些。对于成熟的作家来说,出作品不难,难的是从高原攀登高峰。真正的精品力作,需要有足够的耐心和毅力打磨。

文学界的同行更应相互鼓励支持,做思想的先觉者、时代的先行者、美德的先倡者。以生命和心血全力付出的作品,才能真正获得崇高之美。

变革中找准文艺定位

张　江:做时代风气的先觉者、先行者、先倡者,这是作家艺术家的使命,辜负于此,后知后觉,盲目追随,难成好的作家艺术家。同时,这也是对文艺家一份沉甸甸的重托。当今时代条件下,引领人的思想、改变人的精神,可能比历史上任何时期都更艰难。这需要作家艺术家有更敏锐的触角、更犀利的思想、更高超的表现力。

徐贵祥:在人类的精神发育史上,始终伴随着一股神奇的力量,寒冷中提供温暖,艰难中慰藉心灵,穿透千秋岁月,在苍茫大地上高扬理想信念的旗帜,照亮前行的路,这就是文学艺术。文艺,自从它诞生的那一天起,就携带着抒发情感、抚慰灵魂、陶冶情操、净化社会的功能,自古就有"经国之大业"的说法,后世又承载着喻世、醒世、警世的理想追求。

20 世纪初,中国的启蒙主义者逐渐认识到文学艺术的巨大感染力和影响力,在医治国人心灵、铸造民族骨骼方面,以"不可思议之力支配人道",鲁迅因此弃医从文,蔡元培甚至提出了"以美育代宗教",从而推动中国的文学艺术和文化运动进入一个新的阶段,为中国人民的独立和解放注入了强大的精神动力。

"风气如果坏下去,经济搞成功又有什么意义?"这样的追问振聋发聩,一语道出了当代中国精神生活面临的问题。物质丰富了,不等于我们的生活水平提高了;生活水平提高了,不等于我们幸福了;今天拥有幸福的生活,不等于我们的子孙后代还能过上幸福的日子。如果没有好的风气,没有崇高的理想信念和正确的价值观、人生观,没有健康的精神环境和人文环境,那么,即便坐拥金山,我们还是穷人。

改变时代风气,固然有法治、制度、教育等等方面的千方百计,然而,这些手段都是外因在起作用,本质的改变还是要靠净化世道人心,健全人格国魂,如鲁迅先生所说,"我们的第一要著,是在改变他们的精神"。文学艺术是心灵的事业,距离人的灵魂最近。一叶知秋,先觉人间冷暖;未雨绸缪,先行理想信念;春风化雨,先倡时代风气。文学艺术作品的感染力,对于社会历史的影响无处不在,地久天长。

中国的文艺事业,在经历了一系列的喧嚣之后,应该进入到一个理性回归的时代,回到文艺的本质关怀上来,回到以人民为导向的创作立场上来,回到真善美的追求上来,回到凝聚理想信念的崇高使命上来。广大的文艺工作者,要在这场伟大的变革中准确找到自己的战斗位置,心中有爱,眼里有美,笔下有情,纸上有善,创作出树立远大理想信念、传播当代中国价值观念、体现中华民族精神、反映中国人民审美追求,思想性、艺术性、观赏性有机统一的优秀作品,以我们的文学梦想和艺术梦想,推动整个民族强国梦的落地生根。

张　江:纵观近年来的文艺创作可以发现,距离先觉、先行、先倡的期待和要求,我们还有相当的距离。追随尚有不及,遑论引领。这是作家艺术家的处境危机,更是能力危机。任何一个时代都不会缺乏领时代之先者,只不过是由哪些人充当这一角色而已。作为精神生产者,作家艺术家应该成为这样一群人。当然,这样的角色定位要靠努力去争取和获得。

（《人民日报》2015 年 5 月 1 日）

自身修为也是创作的源头活水

对话人

张　江（中国社会科学院副院长、教授）

白　烨（中国社会科学院文学研究所研究员）
李掖平（山东师范大学传媒学院副院长、教授）
王跃文（湖南省作家协会副主席、作家）
毛时安（中国文艺评论家协会副主席、批评家）

张　江：中国古人非常重视人品与文品的关系，认为只有人品高尚，文品、艺品才能高洁。事实也的确如此，作家艺术家没有过硬的内在修养，很难创作出优秀的文艺作品。鲁迅先生说得好，从水管里流出来的都是水，从血管里流出来的都是血。将文与德割裂开来，认为文艺家只负责创作好作品，修养品行的要求是额外的附加，这种认识是片面的、错误的。

完善精神内力与道德标高

白　烨：因文艺葆有塑造形象、传递情感和作用于精神的特殊功用，文艺家自身的修为与内力向来为人们所看重。宋代的苏辙就说过："未有不能正身而能正人者也。"法国的巴尔扎克更是认为："艺术是德行的宝库。"正是因为这些伟大的文艺家特别注重正己修身,才有出自他们之手的伟大作品流传至今,泽惠后世。

文艺创作自身要求着德艺双馨,古今中外的文艺大家们也一再践行着德艺双馨,但德艺双馨并非是当下文艺家们普遍而自觉的追求,相反,重艺轻德的现象屡见不鲜,甚至还有人公开声称"不要德艺双馨的名头"。在这种思想的支配与影响下,所谓"为艺术而艺术"的写作、"为人民币写作"以及"为娱乐写作"的种种倾向,不仅时常泛起,而且大行其道,使得当下文艺界流行的作品中,常见"脱离人民,脱离现实"、把作品当"摇钱树""摇头丸"、把"低俗"当"通俗"、把"无聊"当"有趣"的现象。文艺创作在数量繁荣的同时,质量上良莠不齐,泥沙俱下。

当一个时代的文艺没有了精神的内力,缺少了道德的标高,无论数量多么丰繁,也是没有意义的。

在这里,重要的是要充分认识到,文艺家不仅是优秀作品的生产者,而且是优秀文化的传播者、文化生活的引领者。因此,不断加强自身修养,做道德品行和人格操守的示范者,是文艺家为文为人的题中应有之义。文艺家应努力做到习近平总书记所期望的不仅要在文艺创作上追求卓越,而且要在思想道德修养上追求卓越,从而为历史存正气,为世人弘美德。英国作家毛姆说过:"为艺术而艺术,不会比为喝酒而喝酒更有意义。"当年他批评的现象在今天依然需要引以为戒。

文艺家比的是底蕴深厚

张　江:文艺创作当然包含一定的技巧,但是,就创作行为本身而言,我更愿意将它理解成这样一种行为:创作是一种输出和发散,它所生成的每个文字、镜头、音符、线条等,都携带着创作者个人的气质、内蕴、品格。某种程度上说,文艺创作比拼的,不是谁的手法更高超,而是谁的底蕴更深厚。其中,学养、涵养、修养,正是作家艺术家个人底蕴的重要构成。

李掖平:文艺是铸造灵魂、启人心智的工程,对文化的整体精神走向有着极为重要的作用,而文艺家作为灵魂的工程师,担负着对一个民族精神的恒常养护、擢拔、提升之重任,需要不断提高自己的学养、涵养与修养。具体说来,作家艺术家应该在加强知识储备、文化修养和审美素养上狠下功夫,以学养德,内外兼修,涵竹兰风骨,养梅菊高格,以更加完善的自我向大众传播正能量、弘扬真善美。

有学养、涵养、修养的作家艺术家,才能心地澄明、胸襟阔大,目光深邃、情怀慈悲,生动传神地塑造出向真向善向美、历久弥新的文学人物,为民众拨亮精神灯塔,抵制纵欲逐利的不良倾向。

有学养、涵养、修养的作家艺术家,才能接地气、诉真情、有活力,自觉与人民同呼吸、共命运、心连心,欢乐着人民的欢乐,忧患着人民的忧患,记录人民的伟大实践和时代的进步要求,创作出有筋骨、有道德、有温度的文艺作品,以道德力量和伦理深度,以人性内涵和人文关怀,为读者和观众提供充实而温暖的情感服务。通过描写生活细节中的温暖与良善,彰显信仰之美、崇高之美;通过鞭挞人性的弱点与病态,传递回归良知的真诚期待。

有学养、涵养、修养的作家艺术家,才能在社会与生活、自我与时代、诗意与哲思的交融点上打造出精细深刻的艺术境界,建构起将自我向社会、时代敞开的难能可贵的艺术原创性和丰富性;才能做到无论是现实主义的在场写实,还是浪漫主义的激情抒唱,无论是象征主义的深刻寓意,还是古典主义的雅致优美,无论是现代主义的荒诞瑰奇,还是表现主义的拓深创新,都能自成一格,行文或繁复或简约,或浓烈或素朴,或律动或沉静,皆能独树一帜,流传久远。

有深爱大痛才会有元气淋漓

张　江:学养、涵养、修养,可以比喻为作家艺术家的元气。元气从哪里来?如何做到元气淋漓?博览群书,学识过人,用知识充盈自己的血脉,这些书本之学固然重要,更重要的,还要有建立在现实观照基础上的道德良知、人文情怀,否则,知识仅仅是知识。

王跃文:好的文学作品,能动人魂魄,能洗涤心灵,能燃起人们追求幸福的激情,能成为"引导国民精神的前途的灯火",这其中的精髓要义,必是作家自己对生活对人生有真观察、真感悟,对人民有最深切的爱、最真挚的痛,这样创作出来的作品,才会饱满生动、元气淋漓。

归有光说:"文章,天地之元气,得之者,其气直与天地同流。"中国的哲学家喜欢用元气来解释天地万物的本源。而文学的本源,除了为人类探寻宇宙生命的奥秘,描摹礼赞宇宙万物的壮阔美丽,让人们更加热爱生于斯长于斯的这个物质世界以外,更在于写出人类灵魂的高贵,写出理想人性的美好,写出作家心目中人类所应该有也值得有的理想生活。文学的本源,始终应是向着真善美的追寻与皈依。但这并不意味着作家的笔下只能出现美好的事物,甚而只能歌功颂德、粉饰太平。那些像刀一样锋利剖析着人性的阴暗,那些哑着喉咙呼喊着人类的悲伤与痛苦,那些像雷霆一样追问着生命的价值和意义,那些有力量、有正气、敢质疑、敢批判,那些以别样的笔墨追求真善美的文学,同样是趋于文学本源的文学。

我早些年写长篇小说《国画》《梅次故事》《苍黄》《朝夕之间》,这些作品大多以政府机关为故事背景,有评论家便冠我以"政治文化小说家"的头衔,也有评论家指出我是承接了启蒙文学中对国民性的揭示与批判,哀其官场中人性的异化,痛其官场灵魂的挣扎与迷失,探寻其所以如此背后的原因,以引起疗救的注意。我承认这的确是我创作的原初动机。我在这些作品中没能构建出人应该怎样生活的理想状态,但正因为沉痛于现实与理想的差距,沉痛于本应美好的人性的扭曲,沉痛于生命意义的缺失,我不得不以此来拷问人性的灰暗,以此逼问灰暗背后的美好与洁白。

2007年我写了长篇小说《大清相国》,写的是古代的清官贤相。2012年写了中篇小说《漫水》,写我理想中的乡村和回望里的乡愁。2014年写了长篇小说《爱历元年》,写喧嚣世俗生活中知识分子的情感救赎。有评论家说我"创作转型",我以为,以题材来为作家分类定性并不妥。有些作家确乎倾其一生钟情于一类题材,但更多作家在不同时期对生活的敏感点会发生变化,对生活的感悟和追问会变化,作家自己的精神灵魂也在成长,他会在不同的创作时期呈现社会生活的不同领域,究其创作实质却并没有变化。他依然在用手中的笔捍卫文学的尊严和自由,严肃严谨地观察、质疑、思考,以文学来呼唤和构筑真善美的世界。题材变了,唯内心的真实爱痛不变。

别林斯基说过:"没有一个诗人能够由于自身和依赖自身而伟大,他既不依赖自己的痛苦,也不依赖自己的幸福。任何伟大的诗人之所以伟大,是因为他的痛苦和幸福深深植根于社会和历史的土壤中。"这句话道出了文学创作的真谛:一个作家,只有深深地爱着他的民族和人民,将他的爱痛深深植根于所处的历史与时代,勇敢直面现实,超越个人,超越自我,将真诚的生命贯注到他的文学创作中,才可能写出充满生气、灵气和锐气的作品。

修养要和担当相化合

张　江:修养是一个人的精神面相,是一种综合素质;担当是一个人积极作为、敢于挺身而出的勇气。从事精神生产的作家艺术家,必须要将修养和担当化合,追求有修养的担当、有担当的修养。只有修养没有担当,修养止于修身养性;只有担当没有修养,担当止于一厢情愿。

毛时安:文艺作品的价值是通过和读者、观众的交流来实现的。这种交流背后,是作家艺术家承担的责任。虽然我们不能漫无边际地夸大每一部文艺作品的社会作用,但事实上,文艺作品影响时代进程的例子比比皆是。

作家海明威说,一个在岑寂中独立工作的作家,假如他确实不同凡响,就必须天天面对永恒的东西,或者面对缺乏永恒的状况。这就是说,当你拥有真理时你有责任传播真理,当你不理解真理时你有责任去追求真理。所以,真正的作家艺术家会非常严肃地对待自己肩上的责任。正是这种责任驱使海明威将《永别了,武器》结尾的最后一页改写了39遍。

对于作家艺术家来说,责任升华就转化成了担当意识——在社会和时代的重大转折之际,自觉地意识到自己应该不避风险有所担当。当诗人席勒目睹了上流社会的颓废和底层社会的野蛮时,出于良知和担当,他创作了由27封书信构成的《审美教育书简》,提出了借助美育健全人格的想法。有鉴于秦王朝统一六国后的迅速灭亡,年轻的贾谊在各种社会思潮混杂的时候,写下洋洋洒洒的《过秦论》,为汉初的社会稳定和繁荣提供了客观、公允、坚实的历史总结。当下中国正处在一个前所未有的历史阶段,为着历代仁人志士梦寐以求的中国梦的实现而跋涉向前,作家艺术家有责任为祖国的进步放声歌唱,为推动历史进步的人民放声歌唱。

思想家、文学家顾炎武说,文须有益于天下,文须有益于将来。这两个

"有益",就是每一个热爱祖国热爱人民的作家艺术家应有的责任和担当。

  张 江：问渠哪得清如许，为有源头活水来。对作家艺术家而言，自身的修为学养、品德情怀也是源头活水。时下，一些明星大腕的不端行为每隔一段时间就成为舆论关注的焦点。这些问题产生的根源，很大程度上就在于个人修养和品德的缺失。因此，提高修养，增加内力，当是每个作家艺术家终生的使命。

（《人民日报》2015 年 5 月 19 日）

惟有精品留其名

对话人

张　江（中国社会科学院副院长、教授）

张　平（中国作家协会副主席、作家）

赵丽宏（上海市作家协会副主席、作家）

郭文斌（宁夏回族自治区作家协会主席、作家）

刘醒龙（湖北省作家协会副主席、作家）

张　江：古人提倡"十年磨一剑"，但在今天，文艺创作"一年磨十剑"的现象似乎越来越盛行。不讲质量，只讲数量，不求精度，只求长度，注定难以产生精品。一个时代文艺创作的高度，取决于精品的多寡。历史的大浪淘沙是最严苛的选择，惟有精品才能经受考验，成其久远。

"长"和"快"不等于"精"

张　平：自从进入信息时代，有了计算机和互联网，文艺创作进入了大提速时代。以网络文学创作为例，有些网络写手，每日上万字的写作记录被屡屡打破，一年可以写出几部长篇，每部长篇的长度也日益惊人，从数百万字到上千万字，已是屡见不鲜。网络文学创作的极速化、巨幅化，导致青少年中普遍流行一种与之相适应的网络阅读方式,被称为"划拉式阅读",一小时可以阅读十几万甚至更多文字。这种网络写作和网络阅读的交互影响,造成青少年的深阅读越来越困难,也使得网络文学的精品化创作越来越稀缺。传统文学创作也存在同样的问题,电脑的方便、打字的快捷,使得传统文学创作的速度越来越快,有的创作者一年可写两三部长篇,一部长篇可达七八十万字。有人统计过,从 20 世纪 90 年代到现在,长篇小说的创作量已由每年 1000 多部增长到 4000 多部。至于网络文学领域,长篇小说创作的字数、部数已经多到无法统计。有人说,这是一个长篇狂欢的时代,一切似乎都以长为美,以快为佳。

当越来越多的年轻受众开始适应这类文艺作品时,一个让人深感忧虑的问题也随之出现——具有时代特征、代表民族形象、寄托我们理想和信心的文艺形象几乎消失了。信息化时代,我们并没有几部家喻户晓的文艺精品,能真正打动我们、激励我们并成为我们精神支柱和人生楷模的文艺形象更是少之又少。

文艺大家在哪里,经典作品在哪里,与时代相匹配的伟大作品何时出现,正在成为整个文艺界乃至整个民族的期盼和焦虑。打造精品,是文艺创作的高标准,也是一个有责任有担当的文艺家的职责。打造与时代相匹配的文艺精品,需要优秀文艺家的努力,更需要严肃认真的文艺创作。

如何成就真正的精品

张　江:在现实中,一部作品能够成为精品,并不意味着这部作品的各个方面都堪称完美无缺。历史的选择往往并不具备面面俱到的周延。但是,从打造精品的角度而言,思想精深,艺术精湛,制作精良,这"三精"必须同时兼顾、缺一不可。因此也可以说,精品的淬炼是一项系统工程,需要创作者、表演者和制作者共同努力。

赵丽宏:文艺作品成为精品,必须具备一些条件。思想精深,艺术精湛,制作精良,"三精合一",缺一不可。这是对文艺精品最为精炼的表达,有助于我们理解何谓"精品",进而打造真正的"精品"。

思想精深,其涵义非常丰富。它要求作品的内容鲜活灵动,对生活的描述真实准确,作品的感情真挚充沛,所表达的思想符合时代精神,对历史和人性有深邃而独到的见解。综观古今中外的经典名著,无不如此。鲁迅的文字能够流传久远,历久弥新,至今仍能启迪读者,最重要的原因便是他目光的敏锐和思想的深邃;巴金晚年的力作《随想录》,能震撼灵魂,打动人心,就是因为他的真诚、他面对生活和历史的坦诚态度,使他在反思历史的同时,无情地剖析自己的灵魂。思想的深刻和情感的真挚,其实是难分难解的。

艺术精湛,这对所有的创作者,都是不言而喻的道理。它要求作品具有鲜明的个性,在表达风格和展示形式上是独特的,是引人入胜的。不管是文学作品还是其他样式的文艺作品,都是如此。再深刻的作品,如果形式单调、语言干涩、缺乏韵味,那就无法亲近读者、吸引观众。对文学家而言,艺术精湛,是指作品构思新颖精到,语言文字独具一格。老舍的《茶馆》,为什么几代观众百看不厌,就是因为它独特的形式和个性,在一个小小的茶馆中,通过几个人物极其生动的生活化的语言,将历史的沧桑凝结在舞台上。这正是精湛艺术的魅力。

制作精良,是指以最好的方式展现推广文艺作品,使之生动准确地体现原作的风格神韵。影视、戏剧、音乐、舞蹈等艺术形式,对制作的要求尤其高,好的剧本和曲谱,若没有高水平的导演和演员,没有一流的乐团和歌者的诠释展示,便无法走向读者和观众,无法成为有影响的作品。再美的璞玉,没有雕刻家精心雕琢,终难成为一件独具内涵的艺术品。

有些作品,问世后轰动一时,不久便被人遗忘。事实上,这些作品引发轰动的原因,并非艺术本身的魅力,多是涉及的题材触及了一些社会热点话题。时过境迁,这类作品便被淡忘。还有一些作品,因其新奇怪诞,初现时热闹一时,但如果没有坚实的内核,没有深刻的思想,新鲜感过去,作品的生命也便随之结束。究其根源,这些作品无法传世,就是因为缺乏"精深的思想、精湛的艺术、精良的制作"这三者的统一。

创作不能急于求成

张　江:我们当然不否认天赋在文艺创作中的重要性,历史上也不乏创作者一挥而就之作成为经典的例子。能够在最短的时间内,花费最少的精力拿出令人折服的作品,这当然是好事。但是,从更普泛的意义上说,精品是"磨"出来的,是一点一滴"炼"出来的。对绝大多数创作者而言,这才是通往精品的普遍路径。

郭文斌:从1986年发表第一篇作品起,我已经走过了30年的创作道路。这30年,前十年摸索,中间十年转型,后十年自觉。第一本书出版后,我突然发现自己之前的创作是有问题的,一些作品不敢让老人看,也不敢让孩子看。我还发现,此前的学习和创作,没有解决我的人生困惑,没有给我带来真正的快乐,我不禁想,它又能带给读者什么呢?经过一番深入的反省和思考,我决定往回走,从传统文化中重新寻找答案。我发现,人们之所以活得焦虑,活得不快乐,是因为心中失去了安详。

随之,我把目光转向生我养我的大地,进行"农历"系列的写作。2010年,我完成了长篇小说《农历》。这期间,有过许多约稿,也有过其他长篇计划,我都一一放弃了。我心里始终装着"农历",惦着"农历",不放弃搜集、体验"农历"的一切机会。写得很慢,修改得也很慢。把书稿交到出版社后,我又拿回来修改,如此六次,终成其书。

这些年,我还以一位文艺志愿者的身份,投入文化公益事业。一方面到大学、文化机构、基层社区、厂矿、农村等地义务讲学;一方面担任央视《中国年俗》《记住乡愁》等纪录片的文学统筹工作,这些都让我重新认识传统、认识人民、认识生活,也更加认识文学。

文学是对生命的敬语

张　江:事实上,精品的创作生产并不仅仅是一项技术活。往内里说,它更核心的要素,是一个作家、艺术家的人格是否足够强大,强大到能够支撑起一部精品的思想含量和艺术高度。人格上的侏儒,不可能打造超越自身重量的青铜重器。因此,除了在创作上苦练内功,作家、艺术家还必须让自己在人格上高大起来。

刘醒龙:人生中常会遇到"识时务"的课题。20世纪80年代初期,重提重视知识、重视人才,一阵风将许多"乌纱帽"吹到了读书人头上。没过多久,又有许多读书人闻风而动,停薪留职下海去折腾。当然,从拼命上大学,到千方百计从政,再到疯狂追逐"没有金钱是万万不能的",如此"识时务",也可以看作人生过程中的一种选择和经历。而另一些人,认准一种自己最看重的价值,便心无旁骛、清苦寂寞地坚持下去,不在乎是否会成为又一个西绪弗斯神话。《蟠虺》开篇的一句话"识时务者为俊杰,不识时务者为圣贤",表明了两种境界,前者可以看作日常生活的一种常态,后者则是常态之上的创新。

文学最不应当表达的便是各种各样的"识时务",文学的意义只能是"不识时务"。巴金在写给1991年5月召开的全国青年作家会议的贺词中说:要用心写作,将心交给读者。巴金的这句话博得与会青年作家经久不息的掌声,因为这才是文学的至理名言。20多年过去了,我始终记着这句话,我认为对作家来说,还必须将心交给自己。唯有掌握了自己的心,才能够发出属于文学的声音。不识时务者之所以能够被誉为"圣贤",就在于他的一切首先属于自己的心。

属于自己的心的文学,往往会与世俗习惯产生冲突。而文学存在的意义恰恰是对世俗的拆解,从中找出心灵的真实。心灵真实基础上的文学才有可能于岁月之河中逆流向上。我的中篇小说《凤凰琴》,讲述了在一切与文化相关的努力都是为了将自己打造成"人才"的时世之下,还有一些卑微的人,在用卑微的精力,捧着那名叫"良知"的薪火默默行走于大地之上。整整20年后,在《凤凰琴》基础上续写的长篇小说《天行者》,依然能够引起属于文学的反响。这很好地表明,时光是文学最好的鉴定者。

文学是时代的气节,还原到叙事上,文学可以是人对生命的敬语。我于2014年出版的长篇小说《蟠虺》,让很多人觉得惊讶,文学带给人们的这种惊讶是文学生命力旺盛的标志。一个时代的知识分子人格,标志的是这个民族的人格,这些年,中国的知识分子人格形象被人为矮化,并非知识分子本身真的那么糟糕,而是糟糕的一面被过分夸大了。实际上,懂得并坚持自守的知识分子在中国比比皆是。文化与文明的重建,首先必须是知识分子人格的重建。《蟠虺》的写作源于发现和重铸中国知识分子的人格,相比各种各样的学术成就,知识分子的人格应当是这个时代的"青铜重器"。

张　江:当前,一些作家、艺术家都不同程度地患上了"焦虑症""恐惧症",唯恐自己被边缘化、被淡忘,于是就靠频繁地"露脸""出镜",强化读者和观众的印象,而为维持曝光率,常常拿出一些粗制滥造之作。精品,惟有精品,才能让作家、艺术家的名字不被淡忘,乃至不朽,哪怕终其一生只有一部。

(《人民日报》2015 年 6 月 16 日)

从高原到高峰,障碍何在

对话

人

张　江(中国社会科学院副院长、教授)

张颐武(北京大学中文系教授)

洪治纲(杭州师范大学人文学院院长、教授)

王春林(山西大学文学院教授)

裘山山(四川省作家协会副主席、作家)

张　江:新中国成立60多年,改革开放30余载,中国的政治、经济、文化空前繁荣。应该说,文学艺术诞生伟大作品的时机已经成熟。但是,为什么这样的作品迟迟没有出现? 从"高原"到"高峰",障碍何在? 如何克服这些障碍,推动中国文艺前行?

关切且超越当下时代

张颐武:今天,我们对大作品的期待越来越强烈。

当前文学呈现的总体状态是多姿多彩的,无论是所涉题材还是表达方式都十分丰富,传统纯文学、类型文学和网络文学三足鼎立的态势已经形成,文学出版充满活力,文学界和外面世界的联系也越来越紧密,中国文学越来越具有全球背景。但与此同时，我们还发现，在丰富多样的文学生态中，依然缺少足以象征时代进步的大作品，缺少真正能感染人、打动人、影响深远、彪炳于文学之巅的大作品。

这样的大作品从哪里来？它应该来自作家对自己时代的关键问题作出的回应，来自对人性更深入的思考和探究，来自艺术表达的新的创造。而当下的写作在这些方面都面临挑战。其中，文学如何更好地理解当下时代、认知社会现实是最重要的挑战。

当前，纯文学作家的主体是 20 世纪 50 到 70 年代生人。他们有深厚的文学功力，但对于当下复杂的社会现实却缺少真切把握，在感受时代的新状态、新趋势方面往往力有未逮，暴露出认识上的局限性。而没有对新状态、新趋势的认识和理解，就很难实现对时代的总体把握。所以，翻看时下的纯文学作品，往往是表现过去时代的生动具体，但感受当下社会的却不够精彩，或者是，写过去有感觉，析当下嫌浮泛。这种和当下社会脱节的状态如果持续下去，纯文学将越来越难以回应时代的重大问题。

与纯文学脱节于当下不同，青春文学、职场小说等类型文学又过于拘泥于当下。它们已经形成了成熟的类型，和当下生活联系紧密，有稳定的读者群和社会影响，却因为常常沉溺于细琐的现实，缺少历史感和对复杂人性的深度挖掘，而制约了自身的提升。

网络文学是文学的新增量，为类型文学增添了许多新的类型，也有广阔的市场需求。但网络文学创作受平台和读者的限制过多，读者趣味和即时性需求对其影响太大，使得网络文学在创作上较为短视，只满足于为读者讲故事，无心做深入思考，因而也无法给读者带来深刻影响。这是网络文学的主要局限。

无论是纯文学、类型文学，还是网络文学，要想创作出代表时代高度的高峰式作品，首要的都是突破自身局限。真正优秀的写作既能与身处的时代建立有机联系，又具备超越时代的力量，而这显然需要长期的、多方面的努力。

写作的同质化及其隐忧

张　江：艺术最大的敌人是重复。当代文艺创作屡遭诟病的还有同质化问题，这个问题不仅始终没有得到根治，甚至还有愈演愈烈之势。一些作家艺术家熟悉了一些老套路，就以为找到了灵丹妙药，创作时想让读者哭，就用这几味，想让观众笑，就用那几味。没有对生活的真切体验，不用自己真实的情感感染读者，这样的作品难以抵达人心。

洪治纲：同质化的一个典型就是近些年颇为流行的"反腐小说"。这类小说中确实有一些优秀之作，但是，也有相当一部分作品一味沉迷于人性欲望，将权、钱、色之间的隐秘纠缠演绎得惊心动魄，甚至奉权术为人生智慧，视欲望为生命信念。在这些小说中，很多人物的人生志向，就是玩转各种厚黑学。读这类小说，我们会感到，不仅故事大同小异，极似早期的黑幕小说，而且叙事格调也十分平庸，无非是以"反腐"为幌子，兜售各种人玩人的"诡术"，体现了作家艺术思维的同质化倾向。

这种同质化倾向，驱使作家们将一些有违人类基本伦理的手段，盲目地奉为新的生存经验和人性面貌，并对现实和历史进行所谓的"艺术重构"，将人与人之间相互算计的"诡术"延伸到职场、谍战以及宫廷故事之中，大有蔚然成风之势。譬如，一些影响很大的职场小说传达出来的生存伦理就是同事之间的相互设套和彼此提防，只有利益，没有友情和信任；一些风靡一时的谍战作品，人物表面上有政治信念在支撑，但骨子里流露的还是对各种计谋和诡术的迷恋；不少后宫题材小说所彰显的核心内容也只是争宠、诬陷、欺诈、复仇、献媚等，似乎嫔妃宫女的生存法则就是玩遍各种恶俗的"诡术"。这些作品所透露出来的，已不是正常健康的人性情感，也不是被普遍遵从的伦理道德，而是尔虞我诈、彼此利用，是利己主义的表里相背、精确盘算，说穿了，就是对厚黑学的另一种演绎，折射出创作主体的价值误区，其结果必将使读者对人类赖以生存的良知和信念产生怀疑。

类似的同质化思维还表现在其他创作中。譬如在"底层写作"思潮中，很多作品写到城市中男性农民工的生存困境时，要么是性压抑，要么是讨薪困难，要么是人格受辱；写到女性农民工时，则常常离不开身体资本化的谋生之道。似乎农民工的生存之艰、生命之痛，就这么几种。在书写现代都市青年生活时，也总是迷恋于两性情感游戏和对时尚物品的追捧，审美趣味上大同小异，即宣扬一种随遇而安、难得糊涂甚至及时行乐的生活伦理。

这种同质化的写作，无疑消弭了作家的创新能力，也折射出作家对某些混乱的生存秩序和灰色的人性质地,有着一种不拒绝的理解、不认同的接受甚至是不内疚的合谋。

浮躁的背后是短视功利

张　江:多而不精、繁而不荣,背后的原因是创作者心态浮躁。千锤百炼,才能出得好钢;十年磨剑,才能削铁如泥。但现在的情况却是,没有耐心千锤百炼,没有毅力十年磨剑。心态的浮躁,折射的是作家艺术家对文学艺术敬畏感的消失,也暴露了作家艺术家价值观的世俗化、平庸化。

王春林:浮躁气氛的来源大约有三个方面。其一,我们正处于一个以"快"为突出特征的文化快餐化时代。伴随着科学技术的突飞猛进,愈是晚近,人类文明的演进历程、人类生活的基本节奏,就愈是加快了步伐。快节奏的生活,必然会对置身其间的文学产生影响。尤其不能忽略的一点是网络的出现。有了网络,就有了平面化、快餐式的网络阅读与手机阅读,专心品读逐渐成为一件奢侈的事情。既然一切都快了起来,那文学创作为什么不可以快一些? 这么一快,急功近利的问题就来了。

其二,现实经济利益的直接刺激。这一点,与文学正处在一个以经济为中心的市场经济时代密切相关。一方面,必须承认市场经济对于国家民族发展所产生的巨大作用,但另一方面,也不能忽略泛市场经济的负面影响。在泛市场经济的观念下,似乎只要作品畅销,获得巨大的经济利益,就是成功的创作。为了经济利益,一些作家放低身段,只为市场写作,其结果必然是文学的实用性、功利性大大增多,文学的精神性日渐削弱。

其三,文学奖项与选刊所造成的文学短视症。各类文学奖项的设定,各种文学选刊的创办,其初衷当然是为了推进文学创作的发展。但实践中,文学奖项与各种选刊竟成了双刃剑,一方面促进文学的发展,另一面却"误导"文学的方向。所谓"误导",是说在很多作家心目中,干脆把文学与文学奖、文学选刊画了等号,文学创作变成了为文学奖、文学选刊而作。很多作家的创作目标,只是满足于被选刊选载,或者获奖。当被选载或者获奖成为作家创作的终极目标时,急功近利也就无法避免了。

一言以蔽之，不彻底告别文学创作的这种功利主义心态，文坛就不可能切实摆脱浮躁氛围的困扰，也不可能创作出真正优秀的文学作品。

重要的是凝神聚气

张　江：作家艺术家的浮躁，有其客观的诱发因素。这是事实。那么，是不是今天的社会环境就必然引发浮躁？我不这样认为。任何一个时代，作家艺术家都要面临各种诱惑，都行走在浮躁的边缘。但是，每个时代都有那么一些人，能够拒绝浮躁，凝神聚气，潜心创作，这些人才有可能拿出精品，成为伟大的作家艺术家。

裘山山：写出一部好作品最重要的因素是什么？思想、才华、激情、阅历，以及知识储备。但我以为，还有一样非常重要的因素，那就是写作时的定力，换句话说，就是凝神聚气的能力。

作家也是寻常人，难免会被各种欲念打扰，或者被这个信息爆炸的时代裹挟、淹没。要想在写作时凝神聚气，在我看来首先要干净。这个干净包括环境和内心两个方面。大约十多年前，我写过一篇短文《干干净净写作》，"对我来说，写作最要紧的是干净。房间脏乱差是断然不行的，我肯定先收拾屋子再说；手脏也是不行的，须先洗手，然后擦上护肤霜；环境闹也是不行的，如果窗外有清洁工锄草，我就只好停下来，看他们工作，嗅嗅青草的香气，等安静了再写。我写作时连音乐都不放，嫌吵；心乱就更不行了，只能坐在电脑前发呆，等平静下来再说。"十多年过去了，依然如故。

我始终习惯在熟悉的地方写作，那就是我自己的书房。曾经我的"书房"就是个很简陋的阳台，仅仅可以放下一个电脑桌，但我只有坐在那里心才是定的。2008 年汶川大地震，我坐在电脑前被摇晃得站不起来，但接下来的数月，除了去灾区采访，我就坐在那个地方写作，短短两个月写了 10 万字的采访稿件。一进入写作状态，余震来袭我也没感觉，全部心思都在稿子上。有时候我试着找一个更舒适的地方去写，反而很难进入状态。由此可见，这样的干净主要还不是指所处的环境，而是内心。如果心不净，或不静，就是在夜深人静的时候也会精神涣散，心浮气躁。

　　凝神聚气，干干净净写作，在我看来还有一层意思，就是要有一个简单朴素的写作目的。每每开始写一部作品，我为自己确定的目标都是，要比上一部更好，超越自己。不去考虑印数，不去考虑改编，更不去考虑开研讨会或评奖，所有作品以外的东西都不去想，只想作品本身，简单至极。说到底，写作就是一种摒弃一切杂念的修行。

　　张　江：当下的中国文艺，体量巨大，队伍庞大，形态复杂。实事求是地讲，最终能跨越高原抵达高峰者，必定是少数。这关键的少数，将成为后世界定我们这个时代文艺高度的标尺。当然，这并不意味着只要这关键的少数人远离浮躁就可以了。少数来源于多数，没有整个行业风气的改变，很难有少数人的脱颖而出。如果每个创作者都能力戒浮躁，勇攀高峰，虽终不能至，亦心向往之，中国文艺的品位和水准将会大大提高。

（《人民日报》2015 年 7 月 21 日）

柳青的意义

对话人

张　江(中国社会科学院副院长、教授)

贾平凹(陕西省作家协会主席、作家)

白　烨(中国社会科学院文学研究所研究员)

胡　平(中国作家协会创研部原主任、评论家)

段建军(西北大学文学院院长、教授)

张　江：习近平总书记主持召开文艺工作座谈会并发表重要讲话以来，"深入生活，扎根人民"在文艺界引起热议，受到作家、艺术家的积极响应。中国文艺发展到今天，已经步入飞速前进的时代，同时也面临着有数量缺质量、有"高原"缺"高峰"等诸多问题。在这种情况下，重倡"深入生活，扎根人民"，具有特殊的现实意义。究竟如何深入生活，怎样扎根人民？在这方面，当代著名作家柳青的经验值得重视。

重新认识和学习柳青

贾平凹：柳青留给我们的一份重要遗产就是《创业史》。这本书当年洛阳纸贵，被千千万万的人阅读，也让柳青声名鹊起。《创业史》是怎样产生的？

为什么在那个时代产生？为什么是由柳青而不是别人创作出来？这些都值得我们探究。

柳青出生于贫瘠的陕北,成长于战乱年代,但这些都埋没不了他傲人的才华。他在上学时就自学了英语和俄语,阅读了国内外许多著作,并在抗战时期创作发表了一系列文艺作品。在解放区时期他就注重深入生活,写出了长篇小说《种谷记》。新中国成立以后,柳青不满足于以前的创作,决心要写出属于自己的立德立言立身之作。他常讲文学是马拉松长跑,需要长久的努力,所以,他并不计较一时的得失毁誉。他的远大抱负和强大内心就是《创业史》的写作动力。

柳青来到长安农村,开始是以写作为目的来体验生活,后来,他渐渐地被当时的农村新形势所鼓舞,为农民新生活的热情所感染,他的心进去了,感情也融进去了。这个时候,他不仅仅是为了创作,而是拥有了一般作家所缺乏的使命感,进而才有参与农村一切事务的行为,他把自己变成了一个农民,一个农村基层干部,一个与人民同呼吸共命运的作家,而不是一个搜寻写作材料的人,一个旁观者,一个局外人。我们读《创业史》,可以读出丰富浓厚的生活气息,更能读到文字内外充盈着的对土地和人民的深厚情感。他是去写土地和人民的,在写作中他把自己变成了土地和人民的儿子。这正是《创业史》成功的原因。

柳青在农村一住就是 14 年,他的生活习惯,甚至衣着、言语已经和农民一样,农村、农民的事没有他不知道的。但柳青骨子里又很现代,他会外语,阅读量大,虽身在农村,目光却没有局限,国际新闻、文坛思潮,他都了解得清清楚楚。《创业史》的叙述结构、叙述方式、叙述语言就受到他阅读的国外作品的影响。他在文学上的大视野,学识上的多吸收多储备,保证了《创业史》的高水准。

很长时间里,人们推崇《创业史》,但并不了解《创业史》是怎么写成的,很多人知道柳青在长安县深入生活十几年,但不大清楚他是如何深入生活,又如何从生活走向艺术的,不明白他的这种深入意义何在。新形势下重提深入生活,扎根人民,柳青的意义凸显出别样的光芒。当年,《创业史》需要柳青那样做,如今,时代需要我们重新认识并学习柳青。

柳青的"农民化"与"去作家化"

张　江：文学创作是一项专业性很强的工作，需要作家有精湛的专业修养，但是，有了专业修养，成为专业作家之后，又容易远离人民大众和人民大众的生活。这并非完全是作家为了凸显优越感有意为之，而是作家的生活圈子决定的。从这一角度来看，作家既要"专业化"，也要有意识地"去专业化"。

白　烨：柳青一直坚持着一个基本信念，作家要做好文，先要做好人。他曾提出："要想写作，就要先生活，要想塑造英雄人物，就要先塑造自己。""一个对人冷淡无情和对社会事业漠不关心的人，无论他怎样善于观察人，也不可能成为真正的作家。这就是说在生活或工作中要有热情——热情地喜欢人、帮助人、批评人或反对人……"柳青认为，做文是做人的自然延伸，创作的姿态是建立在生活态度的基础上的。

柳青落户皇甫村的 14 年，不仅是作为作家深入生活的 14 年，也是他有意"去作家化"、自觉融入农民的 14 年。14 年中，柳青真心实意地去做一个基层工作者，乃至一个普通的农民。当年有记者曾在文章中这样写道："柳青完全农民化了。矮瘦的身材，黧黑的脸膛，和关中农民一样，剃了光头，冬天戴毡帽，夏天戴草帽。他穿的是对襟祆、中式裤、纳底布鞋。站在关中庄稼人堆里，谁能分辨出他竟是个作家呢？"在皇甫村村民的眼里和心中，"这个黑瘦的老汉，和他们一样，也是个庄稼人"。在这里，成为一个地道的农民，当好一个庄稼人，是柳青更为在意的，他做到了，实现了。

关于如何做人，柳青给同行上了极为生动的一课。其基本要义就是：不要做社会的旁观者，要做现实的介入者；不要做生活的客居者，要做生活的主人公。让自己成为所描写的群体中的一员，彻底打通写他人与写自己的界线，把生活的感受与激情、欣忭与困惑、烦恼与欢乐等，内在地化合为感觉的放达、情感的宣泄。

14 年不打折扣的农家生活，促成了柳青的成功转型，也造就了经典作品《创业史》。得悉柳青因身患重病而难以完成《创业史》第一卷之后的写作，曾经是作品人物原型之一的董廷芝老书记深情地说道："希望他好好养病，能把四部书都写出来。别人写,写不成他那样的。"质朴的语言与深切的期盼中,包含的是对柳青坚定的首肯和独特的认知。"别人写的"与"他那样的"分别都是什么样的呢?我们大致能感觉到,"别人写的",多半是隔靴搔痒、旁敲侧击,甚至是冷眼旁观、居高临下,而"他那样的",则一定是直言骨鲠、径情直遂、别具生面、钩深致远,一句话,"欢乐着人民的欢乐,忧患着人民的忧患"。

生活成就了柳青的创作

张　江:贾平凹先生提出的问题非常好,为什么是柳青而不是别人创作出了《创业史》?才华、学养、抱负,这些因素当然很重要,但我相信,当年有才华有学养有抱负的作家,并非只柳青一人。为什么其他人没有达到这个高度?关键就在于,柳青对生活的了解和把握超出一般,是生活成就了柳青的创作。

胡　平:柳青对中国当代文学的贡献,一是《创业史》,一是深入生活长达14年的"纪录"。没有这14年的深入生活,就没有《创业史》。

从文化学角度看,小说中许多生动的情节是"人们"而不是"个人"创造出来的,换句话说,不是凭借作家的想象,而是出自作家对生活的模仿。在一定范围内,创作也是一种信息积累和信息交换的活动,柳青说,"在生活里,学徒可能变成大师,离开了生活,大师也可能变成匠人",这道出了真相。

在《创业史》整个创作过程中,柳青始终忠实于现实主义,坚持呈现生活的本来面目。作品中最丰满的人物是梁三老汉,他发家的梦想,百折不挠的努力,以及对土地的深深眷恋,处处折射着千百万农民的身影。梁生宝这个人物也耗费了作家的大量心血,柳青在创作中尽可能地赋予他生命的血肉,让这个看上去"高大全"式的正面人物亲切可感。最大限度地将人物立起来,是创作的关键挑战。人们熟悉的梁生宝买稻种一节,今天看来也堪称经典。读者很难忘记,那个雨夜的城里,一个乡下来的年轻庄稼人停留在街头,头上顶着一条麻袋,背上披着一条麻袋,一只胳膊抱着用麻袋包着的被窝卷儿,黑幢幢地站在街边靠墙搭的一个破席棚底下,为了省两角钱不肯住旅馆。此时的梁生宝不仅是朴实的、真切的、活生生的,也是令人牵肠挂肚的。这些描写都来自作者14年里对普通农民的入微观察。

今天,在主旋律题材创作中,依然存在如何写好正面人物的问题,这依然是关键性的问题,也就依然有老老实实向柳青请教的必要。

时代需要柳青这样的作家

张　江:艺术高于生活,这本无错。但是,不能将这句话当作无视生活、蔑视生活,甚至胡编乱造的挡箭牌。艺术源于生活,生活大于艺术。生活和艺术相伴相随,密不可分。柳青留给后人的财富就在于,在生活中寻找艺术,在艺术中介入生活,生活和艺术最终达到合一。这样的理念,这样的作家,到今天我们依然需要。

段建军:柳青是一个有着强烈参与意识和探索精神的作家。他的文学创作活动,与他亲身参加的民主革命、社会主义建设紧密联系在一起。他一直倡导生活先于文学,文学来源于生活,并应该参与生活发展的写作观念。他所说的生活,主要指基层人民群众的生活。他以文学的方式体验、探索和参与不同时期的社会实践。这种写作方式在中国当代文学中,形成了一道独特的景观。

柳青始终坚定地和基层群众一起直面当下的社会人生,寻求和探索新的社会人生之路。无论是《地雷》《铜墙铁壁》对战争场景的描绘,还是《种谷记》《创业史》对农业生产活动的记录,其情节刻画与历史叙述,都和社会现实同步。鲜活的细节与真实的情境,很自然地将读者带到历史场景之中。尤其是《创业史》塑造的农民形象,表达了作家强烈的参与精神和用文学探索新生活的创作倾向。

时过境迁,今天我们是否还需要柳青?答案是肯定的。首先,柳青直面时代和社会,介入现实和人生,对时代和社会出现的问题不回避、不遮蔽,以文学的方式进行探索,寻求解决的途径与方式,表现出可敬的艺术探索勇气。其次,柳青的《创业史》,每一章都站在一个特定的人物立场,用个体的眼睛看世界,用个体的身体体验人生,用个体的声音评判社会。不同章节的人物不同,立场不同,声音不同,但最后又都汇集为一种超越单纯个体之上的集体人格洪流,从而实现了艺术的有机合成,表现了生活的本色。可以说,柳青以革命现实主义精神,称颂真善美,鞭挞假恶丑;同时又用理想主义的写作情怀,为社会寻找正能量,表现对社会人生可贵的担当。

张　江:经验永远被现实抛在后面。我们当下的一些作家,也许在记忆深处还积存着一些自认为可供不断开掘的生活经验,事实上,它可能早已陈旧不堪。写作,就是面对生活发言。当生活在作家那里变得陌生时,作家发言的能力也就丧失了。柳青的经验告诉我们,一个作家、一个艺术家的艺术成就,是与对生活掘进的深入程度成正比的。

（《人民日报》2015 年 8 月 14 日）

在人民的创造中实现文艺的创造

对话人

张　江（中国社会科学院副院长、教授）

夏　潮（中国文联副主席、评论家）

姜　昆（中国曲艺家协会主席、曲艺家）

徐沛东（中国音乐家协会副主席、音乐家）

惠敏莉（西安易俗社社长、戏剧家）

张　江：只要文艺存在，文艺与人民的关系问题就永不过时。关于这一问题，我们当下的症结是理论与实践相悖：在理论上，大多数人都认同文艺离不开人民；而一旦落实到创作实践中，尤其是与市场、利益发生冲突时，背离人民的情况就时有发生。说到底，这还是思想上的问题。

人民是文艺舞台的主体

夏　潮："人民是历史创造者""人民是文艺创作的源头活水"，习近平总书记在文艺工作座谈会上的这些论断，充分体现了马克思主义唯物史观的科学真理，生动表述了人民在文艺作品中的主体地位，并且准确回答了文艺创作来自谁、表现谁、为了谁的问题。

如果说历史是个大舞台,人民就是这个舞台的真正主角。人民在不同时期的实践活动,构成了一部人类社会发展的历史。这体现的是人民的历史主体地位。唯物史观认为,人民是历史的创造者,一切社会的物质文明和精神文明成果,都是人民认识世界和改造世界的时代体现。文艺创作是客观世界在作家艺术家头脑中的反映,从这个意义上说,人民的创造活动和实践成果构成文艺创作的来源,人民大众的审美和艺术评价主导文艺创作的方向。这又体现了人民的文艺主体性内涵。

历史是人民创造的,人民的生活又是最生动的历史。恰恰是人民琐碎平凡、点点滴滴的现实生活,成为文艺创作取之不尽、用之不竭的源泉,离开这个源泉,文艺就会变成"无根的浮萍、无病的呻吟、无魂的躯壳"。将人民作为历史主体、作为文艺创作的源头活水,作家艺术家就不能热衷于写"一己悲欢、杯水风波",而要书写人民、讴歌人民,塑造出富有时代精神的人民形象。人类文明史上历久弥新的传世经典,多是以最广大的人群为书写对象,体察民生,感知民情,所以不仅能获得当时读者的认同,而且历经社会历史的变迁也不褪色。

此外,文艺作品需要读者和观众解读。从接受美学的角度说,人民是文艺的接受主体,没有经过人民的检验,文艺作品恐怕还不能算是最后的完成,这是人民的文艺主体性的另一层含义。作家艺术家要敢于把自己的创作交由人民去评鉴,以人民评价为尺度,以人民满意为标准。只有真正尊重人民的鉴赏与批评,才能创作出经得起历史淘洗的传世之作。

人民的需要是真正的需要

张　江:文艺发展到今天,已有几千年的历史,专业化的程度越来越高,丰富性也越来越强。正因为如此,很多原点性的问题反而被忽略和遗忘。文艺为什么能够存在?为什么能够几千年薪火相传、长盛不衰,并且不断发展成熟?原因就在于人民需要。这是文艺存在的根本价值。

姜　昆:文艺与人民相依相伴、相辅相成,对于最具民族性、民生性和民俗性的曲艺艺术来说,更是如此。接地气,才能有人气,曲艺所深蕴潜藏的人民性,是它存在的理由,也是它获得一代代观众欢迎的根本原因。这是一个双向的过程,民族文化传统、文化精神借助曲艺形式得以广泛传播,曲艺艺术也在这一过程中历久弥新,与时俱进。

曲艺界有句话叫作"一遍拆洗一遍新",什么意思?人民是我们的老师,生活是艺术的源泉,只有切近人民需要,切近生活现实,不断修改、创新、发展,曲艺艺术的血脉才能延续不绝。这一过程中,需要我们直面人民群众不断变化发展的精神需求,在坚持曲艺艺术本体的基础上,解放思想,敢为人先,吸收其他艺术形式的技巧要素,融合各种有益观念,不断促进曲艺艺术的创造性转化和创新性发展。人民需要不是一成不变的简单的需要,而是与时俱进的真正的需要,越是以人民为中心,越需要我们始终保持勇于担当的艺术责任感。

"责重山岳,能者方可当之!"曲艺界向来有"说书唱戏劝人方"的优良传统,这也是心里有人民、肩上有担当的具体表现。回顾过往,许多曲艺先辈为我们作出了表率:烽火硝烟中,"快板大王"毕革飞、我们的老主席王尊三用曲艺鼓舞了无数指战员与革命群众的士气;抗美援朝战场上,相声名家"小蘑菇"常宝堃与弦师程树棠用鲜血染红了异国他乡的土地;新中国成立初期,全国曲艺界四面红旗之一的郭文秋用《送梳子》展现了人民对社会主义的拥护;粉碎"四人帮"后,《帽子工厂》《"白骨精"现形记》《假大空》《如此照相》等作品对极左思想如利刃般揭露讽刺,令无数观众警醒和深思。勇于担当是我们文艺轻骑兵的文化自觉、艺术自觉、价值自觉,今天,曲艺界更要面向基层、服务群众,面对新任务拿出新本事,积极弘扬和践行社会主义核心价值观,将曲艺优良传统代代相传。

为人民服务靠好作品

张　江:文艺根本价值的实现方式,就是回到人民、回馈人民。回到人民,就是文艺作品不能满足于只在小圈子内流传;回馈人民,就是要通过创作,给予人民大众高品质的精神滋养。作家艺术家服务人民的最好方式,不是别的,就是拿出人民大众喜欢的好作品。

徐沛东:论起"文化惠民",音乐必不可少。无论是盛世欢歌,还是亲情赞歌,无论是寻常巷陌的恣意抒发,还是华美舞台上的精致演绎,都在丰富着老百姓的文娱生活。音乐以其广泛的群众基础和极高的普及度成为受众面最宽泛的艺术门类之一。所以,坚持以人民为中心的创作导向,努力改善文化民生和提高人民精神生活质量,落实到音乐工作上来,就是要让源于人民、属于人民的音乐艺术,真正回馈人民、惠及人民。而结合今天的音乐生态来看,最重要的是在音乐创作中自觉追求思想性、艺术性、娱乐性的有机结合,将思想性寓于艺术性、娱乐性之中,既表达群众的真情实感,反映人民大众的日常生活情趣,又符合主流价值观,引领大众音乐文化潮流。

多少实践已经证明,文艺工作者唯有准确表达民族发展和文明进步的时代主旋律,方能让艺术生命常青。回忆我的创作道路,凡是与人民情感息息相关的作品,凡是紧扣时代脉搏的作品,凡是接地气的作品,如《篱笆墙的影子》《我热恋的故乡》《亚洲雄风》《爱我中华》《得民心者得天下》《辣妹子》《大地飞歌》等,都受到人民群众的广泛喜爱。这也激励着我坚持精品意识,努力丰富音乐作品的表现力,不断提升艺术境界。

民无魂不立,国无魄不强。当经济社会发展到一定阶段后,文化对推动社会全面进步愈发重要。我党历届领导人都高度重视文化建设,并形成了一脉相承的文化强国战略。当前,以爱国主义为核心的民族精神和以改革创新为核心的时代精神是中华民族的振兴之魂和强国之魄,是实现伟大中国梦的精神动力。音乐文化在传播爱国主义、凝聚民族力量、高扬时代旗帜方面有不可替代的作用。作为音乐文化工作者,我们要在浩浩荡荡的世界文化潮流中,自觉守护民族精神家园,自觉关注国家大业和民生百态,将民族精神和时代精神融入音乐创作实践,为实现文化强国梦努力奋斗。

让作品携带"热爱"的温度

张　江:人民不是抽象的符号,同样,热爱人民也不是空洞的口号。对作家艺术家而言,热爱人民就是要落实到创作中,落实到每一部作品、每一段情节、每一个细节上,让自己的作品始终携带着生活的气息和人民的温度。

惠敏莉:作为古老地方剧种的秦腔,从它诞生之日起,就深深地扎根于广衷的黄土地,成为黄土地人民的艺术心声。因此,演绎人民的喜怒哀乐,让人民喜闻乐见,就是秦腔的生存之根、发展之本;离开了黄土地、黄土地人,秦腔艺术的发展就会成为无源之水、无本之木。作为一名深受黄土地文化滋养的地方戏演员,我深谙秦腔剧种与黄土地人民的血肉联系,深知基层观众对于传统艺术的渴求,也深信优秀文化能"启迪思想、温润心灵、陶冶人生"。无论什么艺术,从审美价值关系这个角度来看,人民大众都是"需求"的主体,文艺作品这个客体只有通过人民群众的检阅并最终被接受,才能实现自己艺术创作的价值,并产生巨大的社会效益。

基于这样的认识,多年来,我带领西安易俗社一方面抓创作,新排、复排剧目 30 余台,另一方面深入厂矿、农村、街道、社区、高校、军营和老少边穷地区,为人民群众演出。为了更好地贴近群众、服务人民,我在秦腔艺术之外,还学习了陕西的其他十多种地方戏,在传承保护濒危地方剧种的同时扩大这些剧种的受众面。事实证明,只要有好演出、好剧目,观众对这些地方戏是欢迎的。这些年,从新疆边陲到上海滩,从哈尔滨到宝岛台湾,易俗社从三秦大地走向祖国的四面八方,无论是边关军营还是海岛乡间,无论是金碧辉煌还是风吹雪打,哪里有人民群众,哪里就是我们奉献艺术作品的舞台。

张 江:文艺来自人民,服务人民,满足人民日益发展的精神文化需要,同时,文艺也只有在这个过程中,才能找到自己存在的价值,形成发展的动力。与人民同在,在人民的伟大创造中实现文艺的伟大创造,才是文学艺术发展的根本途径。

（《人民日报》2015 年 9 月 11 日）

坚持以人民为中心的创作导向

对话人

张　江（中国社会科学院副院长、教授）

阎晶明（中国作家协会书记处书记、评论家）

张未民（吉林省作家协会主席、批评家）

白　烨（中国社科院文学研究所研究员）

徐　坤（《人民文学》副主编、作家）

张　江：习近平总书记在文艺工作座谈会上的重要讲话以及最近出台的《中共中央关于繁荣发展社会主义文艺的意见》，都把坚持以人民为中心的创作导向作为指导文艺工作的重要原则，深刻揭示了社会主义文艺的本质，具有重大的理论价值和现实意义。

需要处理好三个关系

阎晶明：为什么人的问题，是当代中国文艺发展的一个重要理论问题，也是文艺创作不断丰富、深化的实践问题。文艺的繁荣发展，一个很重要的标志，就是文艺创作极大地丰富和满足人民群众日益增长的文化需求，让人民成为文艺的欣赏者和实践者。

随着中国社会的迅速发展,大众文化素质普遍提高,加上文化信息传播手段的变革,人们对精神文化生活的期待越来越高,对作家艺术家的要求也越来越高。在这一背景下,如何处理好文艺与人民的关系,如何正确对待个体创作与时代要求之间的关系,如何确立文艺作品的社会价值,就成了一个非常重要和复杂的课题,成为一个必须廓清的问题。

为人民创作,就要处理好发扬艺术个性与满足大众需求之间的关系。文艺创作是个性化的创造性劳动,充分尊重作家艺术家的创作个性以激发文艺创作活力,是繁荣文艺的一个鲜明标志。作家艺术家则要使自己的个性化创作成为人民生活中一个重要的组成部分,担当起为人民创作的责任和使命。

为人民创作,就要处理好提高与普及、雅与俗之间的关系。当代中国,艺术的受众已经发生很大变化,作家艺术家要有创作的自信,更要理解读者观众在艺术审美上不断丰富和提高的要求。前一段时间观看北京京剧院青年剧团排演的京剧《锁麟囊》,感触颇深。剧情并不复杂,就是两个女性之间命运颠倒和碰撞的故事,主题十分明了,是对善良品性的褒扬。这是传统的通俗的故事,是老百姓日常生活中强调的人性主题,而全剧中的唱词却充满诗性和文化气息,不失传统词曲的优雅品质。剧作家翁偶虹创作时,在雅和俗之间如何考量? 如何做到既保持艺术品质的高雅又能满足普通观众的欣赏要求? 此剧直到今天仍然能够长演不衰,提示我们,不能认为文艺为大众服务就是放低艺术标准,更不能以为满足群众需求就只能通过粗鄙的语言、低俗的故事、混乱的价值观和猎奇的手法去迎合大家。

在文艺创作形态日益丰富、文艺传播方式日益多元、人民精神文化需求日益强烈多样的今天,作家艺术家要实现为人民创作的目标,任务更加艰巨,责任更加重大。

突出普通百姓这一主体

张　江:"人民"是一个群体概念。事实上,这一概念在长期的历史发展中,已经形成了越发清晰的指向性。同时,在这一概念之下,也融注了越来越厚重的情感内涵和情怀依托。以人民为中心,就是要以情感和情怀为底蕴,让千千万万的普通大众从幕后走到台前,站立在舞台的中央。

张未民:"人民"从来都是具体的、有血有肉的,而不是抽象的、空洞的。按传统的说法,人民就是百姓,就是苍生、众生。当我们说出这些词时,我们主观上其实已沾带上了深厚的情感关怀,同时也意味着要将"自我"抽离出来,让"人民"或百姓、苍生、众生对象化。也就是说,此时我们一方面赋予自我以广阔的胸襟,提升了自我的崇高感,使自我与芸芸众生发生相辅相成的联结,另一方面我们也获得了一种视野,眼睛里装进了自我以外的广大人民群众。因此,正确处理表现自我和表现人民的关系非常重要。

自我当然是人民的一员,表现自我不能与表现人民对立起来,表现自我应包含在表现人民的内容当中。这一辩证法的真意在于,说出"人民"二字,就是出示一种视角、一种方法论和一种世界观。它的主要着眼点不是强调自我而是强调置人民于认识和表现的前台,使人民获得认识和表现的优先位置,获得真正的主体地位。而且,这里面的"人民"二字于人民的整体性视界中更强调表现那些作为主体部分的普通人、普通民众,那些普通劳动者和社会底层的小人物们。表现自我或表现社会上层建筑的生活自然也是表现人民的应有之义,表现人民主体的含义应像人民一样内容丰富多彩而天地广阔。但我们还是要弄清楚倡导以人民为中心的命题之意所在,这就是要把人民整体中的主体部分突出出来,把那些普通老百姓的生活置于艺术表现的核心,而这是一切现代文艺作品及其文艺观有别于过去文艺的地方。

人民性是古今中外一切优秀文艺的优良传统,但现代文艺的特点是,不仅为人民代言或彰显人民意识、人民情怀,还重在把传统文艺忽视掉的人民真正地主体化,成为艺术表现主体,成为真正的主体内容。以人民为中心,要求高水平的和全面的人民性,我们不仅需要杜甫的"安得广厦千万间,大庇天下寒士俱欢颜"式的人民性,现代文艺的人民性还需要使人民的主体部分获得应有的主体地位,需要鲁迅的《祝福》、老舍的《骆驼祥子》、赵树理的《小二黑结婚》、路遥的《人生》和《平凡的世界》等。只有如此,才能更好更全面地表现人民,才能真正在现代文艺的水准上实现以人民为中心。

以人民为中心,人民是文艺之心,是生活之心,这是一个人民、生活、文艺三者统一的需为之努力的境界。正确地找到和恰当地表现这个文艺之心和生活之心,文艺才能实现自身价值,才能在人民性中实现审美性,审美为尊、艺术为尊也就自然地落地生根、落到实处了。

"以人民为中心"是尺度

张　江：社会主义文艺为人民而创作，人民理所当然地成为文艺的鉴赏者和评判者。现实中，人民的鉴赏和评判往往容易被轻视或忽视，要么以专家评价取而代之，要么与市场评价等而化之。专家评价和市场评价也有其价值，与人民评价并非不可调和，但是，从更长远的历史维度来看，人民才是文艺作品最终和最权威的评判者。

白　烨：谈到"以人民为中心"，习近平总书记在文艺工作座谈会上的重要讲话中特别提到，要"把人民作为文艺审美的鉴赏家和评判者"。《中共中央关于繁荣发展社会主义文艺的意见》也专门提出"建立经得起人民检验的评价标准"。这些重要论述和要求，对当下的文艺工作有着特别的现实意义。

在我们通常的文艺活动中，无论是文艺创作，还是文艺评价，抑或是文艺传播，始终不渝地恪守"人民性"立场，一以贯之地保持"人民性"姿态，应该说还不是很突出，也不是很自觉。更多时候，是把文艺当作一种专业性的活动来认知和对待。"把人民作为文艺审美的鉴赏家和评判者"，要求文艺工作者要转变姿态，文艺活动要面向人民，从创作、评价到传播的各个环节，都把"人民"放在心上，把他们的意愿与需求、认同与趣味，作为文艺工作的基本尺度，作为文艺活动的内在依循。

这要求文艺家在创作中，切近人民的精神需求，适应人民的审美情趣，在摸准时代跃动节奏和人民精神脉搏的前提下，编织出富有生活厚度和精神气度的生动故事，塑造出具有时代气息和新锐气质的感人形象，以接地气、扬正气的优秀作品，为广大人民群众所喜闻乐见。在这方面，已故作家路遥可谓是一个心里装着人民因而也深受人民喜爱的典型。他的《平凡的世界》，因为葆有深刻的人生启迪意义和青春励志作用，出版后广为流传，特别受到青年读者的欢迎。无论从作品的实际影响看，还是从读者的阅读取向看，路遥这种拥抱时代、切近现实、心系人民的写作，显然更为广大读者所欢迎和喜爱，也更有广泛的影响力与长久的生命力。这无疑是路遥"人民是我们的母亲，生活是艺术的源泉"创作理念的最好回报。

在文艺评价和文艺传播中,要葆有"人民性"的观点,秉持"人民性"的尺度。也就是说,包括文艺评论、文艺评奖在内的文艺评价,不仅要带入人民"喜欢不喜欢""接受不接受"的考量,还要努力使"专家评价和群众认可统一起来",建立健全反映文艺作品质量的综合评价标准。在文艺传播中,特别要把社会效益放在首位,努力实现社会效益和经济效益、社会价值和市场价值相统一,绝不能让文艺成为市场的奴隶,让文艺成为赚钱的工具。

自觉地为人民创作

张　江:与物质生产相比,文学艺术虽然不直接服务于人们的衣食住行,但它服务于人们的精神生活。作家艺术家享有崇高的声誉和地位,因为他在人们的精神建构中发挥了重要作用。从这个意义上说,每一位文艺工作者都应该以服务人民为天职。这既是最基本的职责,也是最终极的目标。

徐　坤:坚持以人民为中心的创作导向,就是要一切为了人民,一切依靠人民,一切服务人民。社会主义文艺的本质就是为人民服务,把为了人民群众作为文学创作的主要方向,把依靠人民群众作为文艺创作的力量源泉,把服务人民群众作为文艺创作的自觉行动。

服务人民就是要求文学家、艺术家深入生活、扎根人民,熟悉人民群众的生产劳作,书写人民群众的英雄事迹,创作人民群众喜闻乐见的作品。"问渠那得清如许,为有源头活水来。"没有长期深入生活的实践,赵树理写不出《小二黑结婚》《李有才板话》《三里湾》这些经典篇章;没有几十年如一日生活在农民中间的丰厚的生活积累,柳青写不出《创业史》;没有长达十六年与新疆人民同呼吸共命运的生活体验,王蒙写不出荣获茅盾文学奖的作品《这边风景》。人民和生活永远是艺术创作的源泉。

以我就职的《人民文学》这本杂志而言,服务人民就是要挖掘人民群众中的创作力量,培养来自基层、来自人民群众的作家,时刻关注当下人民群众生活中发生的新现象、新变化,并以艺术的方式予以及时快捷的反映。近年来,《人民文学》杂志不厚名家,不薄新人,发掘和培养了王十月、郑小琼等来自一线的打工作家和打工诗人,培养和鼓励"北漂"作家和活跃在全国各地的自由撰稿人,使得塞壬、李娟等一大批优秀作家脱颖而出,成为文坛创作的主力军和佼佼者。杂志前两年还特设"非虚构"专栏,连续发表青年教师梁鸿采写记录河南家乡变迁的"梁庄"系列,探讨传统乡土中国正在发生的深刻变革,关注农村和农民的命运。这些作家和作品有筋骨、有温度、接地气,在读者中产生了巨大的影响。

书写人民群众的伟大实践,记录变革时代的进步要求,是当代文艺工作者必须担当的使命和职责。"文章合为时而著,歌诗合为事而作"。只有为了人民,依靠人民,服务人民,我们的文艺才能健康地繁荣与发展,我们的艺术家才能书写出反映中国精神的伟大篇章。

张　江:纵观中国文艺的发展历史,可以得出一条基本经验,什么时候文艺与人民切近,歌哭与共,戮力同心,它就拥有无限活力和勃勃生机;什么时候远离了人民,沦为小圈子的游戏,它就落入寂寥和枯索。古代如此,现代如此,当代更是如此。这昭示我们,当代中国文艺的繁荣发展,也必须在这一基本经验的框架内奋发而为。

（《人民日报》2015 年 11 月 3 日）

怎样讲述中国故事与中国经验

对话人

张　江（中国社会科学院副院长）

陈晓明（北京大学中文系教授）
罗　杨（中国民间文艺家协会分党组书记）
郭宝亮（河北师范大学文学院教授）
金元浦（中国人民大学文学院教授）

张　江：讲述中国故事，提供中国经验，这是近年来文艺领域的一个热门话题。这个话题的价值和意义不容置疑。不过，这个话题包含了一些更为复杂的问题，还有待进一步探讨。比如，现实的中国故事如何进入文学艺术？文学艺术又如何在中国故事中提取中国经验？

讲述中国大故事

陈晓明：我们不得不先回答这样的问题：文学要讲述什么样的"中国故事"？"中国故事"怎样才能获得文学的讲述？

当然，中国当代文学已经讲述了大量的中国故事，如何评价这些"中国故事"，仁者见仁，智者见智，但无论如何，以文学的方式讲述则是一个最基本的前提,如果离开了文学的传统、既定经验和方法来讨论"讲述中国故事",那样的要求文学恐怕难以实现。但是,对现有的故事和经验进行分析、阐释,发现其中意义和价值,对于文学理论和批评来说,则是可以而且应该着手的工作。

确实可以看到,莫言、贾平凹、陈忠实、铁凝、王安忆、刘震云、阿来等,他们耕耘在各自所熟悉的中国乡土,在讲述乡村中国和20世纪中国历史等方面已经取得了一定的成就,他们的作品给世界文学提供了中国经验的独特性,也标志着汉语文学的高度。这些中国故事的根本意义,在于讲述中国农业文明进入现代历史遭遇的剧烈冲突、创痛和新生。20世纪充斥着剧烈的冲突,中国尤其如此,风起云涌的历史变迁、传统的塌陷和人伦的激烈改变,这些重大景象都在中国几代作家的笔端呈现,这是中国文学讲述的中国大故事,可以说,这样的大故事对世界文学构成了一种独特的贡献。就像诺贝尔文学奖评奖委员会颁给莫言的颁奖辞里写的那样:"史诗般的狂潮席卷了世界"。

表现当下乡村创痛的作品,如贾平凹的《秦腔》、方方的《奔跑的火光》,最近还有范小青的《我的名字叫王村》值得我们关注。但是,总的来看,中国当代文学在表现当下中国社会深刻变化方面还显得乏力,往往偏向于描摹和罗列社会表象,而对人心人性的发掘缺乏深刻性和独创性。与此同时,一些对当下生活新的特质开掘得有意味的作品,也往往被我们忽略,例如林那北的《寻找妻子古菜花》、迟子建的《踏着月光的行板》。讲述中国故事,最难处理的还是当下直接的城市经验。迄今为止,中国作家在表现当代城市生活时总显得表面化。真正讲述当代生活的复杂性和深刻性,中国文学似乎还没有真正开始。

今天中国社会在剧烈的变迁中确实有很多传奇、很多故事、很多令人惊异的现象。怎样展开文学的讲述并不是件容易的事情。文学作品的根本面向应当是人心、人性和人情,是文学的语言、作家的个性和创造性,是一种品格和精神、一种情怀和关切、一种坚韧和信念。容纳了这些因素,不管讲述什么样的中国故事,都会是真实而又深刻有力的,都会显现饱满、富有活力的中国经验。

建立文艺的民族魂魄

张　江:文艺不仅为时代发展存照,还参与时代的精神建构。从这个意义上说,讲述中国故事,提供中国经验,不仅是文艺创作的题材问题,更涉及它的内在精神构成。从当代中国的历史巨变中提炼出巨变背后的奋进、坚韧、执着,建立与波澜壮阔的历史相呼应的精神史诗,是对作家艺术家更大的考验。

罗 杨:对于一个国家的文艺来说,饱满的内在魂魄是其重要的标志与价值。几千年来,中华文艺薪火相传,贯注于其中的中华民族特有的精、气、神构成的中华魂,始终是文艺葆有巨大的感召力与影响力的关键所在。

以爱国主义为核心的民族精神,以改革创新为核心的时代精神,是当代中国的兴国之本、强国之道,是民族复兴的精神动力。最可怕的危机不是经济危机,而是精神危机,是我们心灵深处可以守望的东西变得越来越少。一个伟大的国家,绝不能跟在别人后面亦步亦趋地爬行,而是要学习别人的长处,坚守自己民族的魂魄,在时代风云中不断除旧布新,涅槃重生。

有魂的民族才有底气和豪气。鲁迅曾说:"唯有民魂是值得宝贵的,唯有他发扬起来,中国才有真进步。"坚守中华魂、弘扬中国风,既是当代中国融入世界潮流,走上国际舞台中央的需要,也是未来中国为世界文明作出贡献的重要依托;既有益于中国软实力与和平发展的理念,也有利于开创世界新格局的担当。

建立中国文艺自己的魂魄,就是要在精神上站立起来,将中华民族几千年凝练而成的精神遗产继承下去,同时,在当代中国故事中提炼当代精神核心,构筑中国文艺的内在支撑。

表现当下独特经验

张 江:讲述中国故事,最难的在于讲述当下正在发生的故事。这是因为,当下的中国故事是全新的,以往累积起来的"想象中国的方法",包括文学艺术已经建立起来的讲述经验基本失效;另外,当下中国现实维度内的复杂程度超越此前,如何厘清、选择、判断,对作家艺术家而言难度更大。但是,恰恰因为它是全新的、高难的,所以它才更有价值,更值得去攻克。

郭宝亮:我认为,"中国故事"就是自古至今中华民族所经历的和正在经历的所有生存和为生存而进行的抗争故事,而"中国经验"则是这个过程中积累的丰富经验和体验。今天讲述"中国故事",从传统中汲取素材当然是必要的,但我认为,讲述当下中国正在进行的故事和将要进行的故事尤为迫切。

新中国成立迄今60多年,中国人民已真正站起来,逐步富起来。在这一过程中,尽管也有失误,但我们是朝着光明前进的。如今的中国已经到了一个关键的转折点。一方面,经济上我们成为世界第二大经济体,文化上我们也在努力实现中华文化的伟大复兴;另一方面,中国传统农业社会向现代城市社会转型,改革进入攻坚阶段,思想领域、文化领域、社会生活各个领域都变得前所未有的复杂。在面对和处理这些问题的过程中,我们所走的只能是属于我们自己的有特色的社会主义之路。这条路没有经验可循,它是人类历史上的一条创新之路。因此,我们可以充满自信地说,当下中国的正是世界独特的。

对于我们这个时代的作家、艺术家而言,这难道不是一个千载难逢的大好机缘吗?讲述"中国故事"就是要讲述这样的时代故事,表现"中国经验"就是要表现当下中国这种独特的创造性经验。过去,我们迷信于西方价值观,把这种价值观当作"普世价值"来想象中国,殊不知,中国的问题深植于中国的大地,不了解中国当下发生的一切,没有把握中国问题的思想能力,我们的作家就不能算作一个优秀的作家。把当下的"中国故事""中国经验"讲述好了,这样的作品也就给世界提供了独特的意义。

传播优秀中国文化

张　江:无疑,当下的中国正在吸引全世界越来越多的目光,世界需要了解中国、需要倾听中国故事。但是,从另一个角度来说,并不是每一个中国故事都能引起世界的关注,也不是每一种讲述都能获得倾听的兴趣。因此,讲述什么、如何讲述,也是一种技巧,它成为中国故事走向世界的关键。

金元浦:一个国家、一个民族,要真正变强大,追根寻源,背后的支撑是绵远无界的思想文化的力量。文化是每一个国家和民族最重要、最独特的资源之一,而一个国家文化的独特性总是以他们奉献给世界的优秀作品和卓越代表为标志。

让世界了解中国,首先要让世界了解中国文化。中国文化的精髓是什么,中国文艺的精髓是什么,我们都要在研究的基础上加以判断、选择。作为中国古典文学作品中的巨著,《红楼梦》是中国最具文学成就的古典小说,是中国长篇小说创作的巅峰之作,集中国传统文化之大成,是最令中国人骄傲的百科全书式的艺术经典。《红楼梦》的精神财富是中华民族的宝贵遗产,是人类文明进步路途中的一座丰碑,让曹雪芹和《红楼梦》不仅成为我们中国的文化财富,也让它真正成为世界的文化财富。以《红楼梦》为例,我们可以探讨中国文化走出去的历史的和现实的途径。

今天的中国、今天的我们,有责任有使命让世界听到、读到、看到中国故事,让凸显东方智慧的中国故事滋养和修复曾偏斜、西化的人类文明,让全球共同享有这份人类文化的宝贵财富。当然,不止是《红楼梦》,还有一些代表中华神韵的中国文化,应该通过我们的创作传播给更多的人。

从文化传播规律来讲,文化的传播往往是从世界文化的制高点向其他区域流动,它不同于管理中"木桶效应"的短板决定理论,而是一种文化传播的"水塔效应"或"灯塔效应":在建筑的最高处建好了水塔,便可向所有用户提供用水;只有在大海中树立灯塔,才能引导船只循着正确的航道航行。因此,如《红楼梦》这样卓具中国传统文化特色的佳作力构,能代表中国文化的制高点,成为中国文化具有世界竞争力的代表,参与到全球文化的竞争与合作中去。

我们这个时代应该朝着高端目标,创作更多的优秀作品。这才是对中国故事的最好的讲述。

张　江:讲述中国故事,核心在于两点:第一,敢不敢讲,愿不愿意讲。这其实是文化认同和自信问题。如果妄自菲薄,始终觉得外国的月亮比中国圆,当然就不敢讲、不愿讲。第二,能不能讲,会不会讲。这不是说我们要取悦哪种口味、迎合哪种趣味,而是说我们应该探索与中国故事自身相契合的独特的讲述方式、表达方式,并且是文学艺术所独有的方式。

（《人民日报》2015 年 11 月 27 日）

建设文艺研究的中国话语

对话人

张　江（中国社会科学院副院长、教授）

王　杰（上海交通大学人文学院教授）
丁国旗（中国社会科学院文学研究所研究员）
段吉方（华南师范大学文学院教授）
高建平（中国社会科学院文学研究所研究员）

张　江：改革开放以来，中国学界引进了大量西方文论，这对于中国的文艺理论建设，起到了一定的作用。但是，由此也带来不少问题。将西方理论奉为圭臬、照搬照抄西方经验、"套用西方理论来剪裁中国人的审美"等现象屡见不鲜。当下，如何建设文艺研究的中国话语，成了一个普遍关注且亟待解决的问题。

文艺理论要以审美实践为基础

王　杰：在全球化时代，对于文学艺术的感受和评价，是否也可以像科学和技术一样用"先进"与"落后"来衡量呢？我的答案是否定的。文学艺术创作是作家艺术家的审美经验符合艺术规范和社会需求的表述，而审美经验是人类社会生活中的一种非常复杂的现象,它既包括文艺创作和文艺欣赏的活动,也包括人们在日常生活的各个方面体验到的审美愉悦。由于人们总是生活在一定的社会关系、文化关系和情感关系中,审美经验一定是具体的,是在具体的历史语境和文化语境之下进行实践的结果,而文化语境和历史语境是不断变化着的,加之文化本身的民族性和多样性,这就决定了在文学艺术实践的解释和评价上,所有声称放之四海而皆准的理论都是有待质疑和检验的。审美经验不是物理现象,它是情感性的,是一种带着不同民族、不同阶层、不同性别各自"气味"和特征的文化现象,因此,我们自己的审美经验、民族气质、感觉结构等,应当成为中国当代文艺理论和艺术批评的基本面向。

当代中国的生产方式、文化传统、社会关系、文化矛盾和社会心理等方面都不同于西方,尤其不同于新自由主义主导下的西方社会现实状况。我们已经走出了一条中国特色社会主义道路,当代中国的文学艺术实践也已经形成了西方美学和文艺理论所无法完全把握和概括的新的审美经验,这是人所共知的事实,问题是我们在学理上应当怎样概括出这种新的审美经验和文艺实践。如果不能与充满活力的创造性的审美经验相对应,提炼出能够解释、评价、分析当代中国文艺实践的文艺理论和美学,那就是当代文艺理论家的失职。

前沿理论不等于西方理论

张　江:多年来,国内的文艺理论研究形成了一种求快求新的惯性,即以最快的速度追赶西方最新的理论,套用阐释一番,然后迅疾更换,如此循环往复。这种做法甚至被看成是紧跟前沿、走在时代前列、具有理论敏感性的表现。理论的前沿是否就是西方的最新理论,是否就是谈论时髦话题和时髦学者?这个问题需要反思。

丁国旗:什么是前沿理论?我认为,它首先应该是能跟上时代发展、反映当下文艺热点的理论。表面上看,应接不暇的西方文论确实足够"新潮",甚至在一些人看来,写文章或讲话时不时地蹦出"新历史""后殖民""语义矩阵""酷儿理论""解构""主体死亡""超仿真"等词汇,似乎就能有效证明学术研究的前沿性。但"新潮"并不等于"前沿",况且限于传播的时效问题,这些所谓前沿理论在西方或许已是"明日黄花"了。其次,前沿理论要关注文艺创作和理论发展中最迫切、最关键的问题。西方文艺理论在进入中国之后,承担的更多是对已有作品的重新解读与阐释,如用精神分析解读《红楼梦》、用女性主义解读《花间词》等,对指导我国当下文学创作或解决现实文艺问题,意义不大。再次,前沿理论还应该在一定程度上具有创新性,对于文艺未来发展有所启示。以目前的情况来看,不少学者对于西方文论的研究停留在拾人牙慧的层次,西方文论中国化的创新成果付之阙如。

如果说改革开放之初对西方文论的引介与研究对拓宽中国学者的思路有积极意义,那么今天我们仍将西方理论奉为"圣经",就需要认真反省了。不加分析地将西方理论当成前沿理论是对学术的误读。当代文艺理论只有立足于当下中国文艺创作的现实需求,继承传统文论的优秀成果,批判借鉴西方文论的优长,才能真正有效地创建具有中国特色、中国风格、中国气派的理论成果。

有效整合文艺研究话语体系

张　江:与盲目地求新求异相比,我们的当务之急是进行文艺研究话语体系的整合。当前,我们的文艺研究存在多种理论资源与话语体系,彼此之间的隔绝冲突显而易见。有效整合多重话语体系是对既有理论资源的消化吸纳,也是建设文艺研究中国话语的必要工作。

段吉方:建设中国特色社会主义文艺理论话语体系,首先需要深入理解马克思主义基本立场和理论见解,充分掌握马克思主义美学传统与批评原则。其次,要充分关注当代文艺批评实践,特别是对中国当代各种新兴审美文化经验要有充分的理论把握。再次,要充分考虑中国文学与艺术问题的基本语境与现实,在马克思主义文艺批评与中国问题、中国经验相结合的过程中充分展现理论研究与当代语境的关联性。

当代西方新兴文化思潮的崛起,既给当代中国文艺理论话语体系建设带来了对话与发展的机遇,也带来了严峻的挑战。当下,中国传统文论、中国现代文论、西方文论、西方马克思主义文论是当代中国文艺理论话语体系建设最重要的四种理论资源。在理论建设中，既离不开对它们的有效借鉴，更需要作出深刻的批判鉴别。特别是当代西方文论在一个较长的时期内已经影响了中国当代文艺理论研究和文艺批评的思维方式与话语方式，因此，把握当代西方文论范式转换的理论路径及其中国影响，系统反思当代西方文论话语的有效性与理论缺陷，是当代中国文艺理论话语体系建设的一项重要任务。

中国文艺理论话语体系建设不是靠简单梳理历史发展就能实现的。我们需要在理论层面上反观传统、反思经验，进行批判性的理论探究，需要在批评实践上，以马克思主义美学传统解析当下文艺发展经验。这意味着，中国特色社会主义文艺理论话语体系建设既要重视马克思主义文艺理论的学理特性，又要系统把握由于历史语境发展变化导致的具体文艺问题的发展与变异。从历史变化和现实语境出发，充分观照审美文化与大众文化经验变迁中的中国审美意识形态现实，方能彰显马克思主义文艺理论研究的问题意识与实践品格，展现中国化的马克思主义文艺理论话语体系建设上的努力和成绩。

话语体系建设要关注当下实践

张　江：建设文艺研究的中国话语，这个命题蕴含着空间和时间两方面的诉求。从空间意义上讲，是要建立文艺研究的本土意识；从时间意义上讲，则是要建立文艺研究的当下意识，两者最终都是为了解决"有效性"这一核心问题。所谓当下意识，就是文艺理论要关注当下文艺实践，解决当下文艺实践中的现实问题。

高建平：从本质上讲，理论是实践的。首先，理论的起源是实践。理论总是关于某物、某事、某学科的理论。那种建立"没有文学的文学理论"的说法，是荒唐的。其次，理论要指导实践，并受到实践检验。如果文学艺术的理论对文学艺术的发展没有指导作用，只是一些自我消费的空洞话语，或是清谈家的谈资，那么，这种理论就没有发展前途，从事这种理论的人以及整个文艺理论学科，都会在社会中自我边缘化。

人们思考和构建理论，尽管最初是从实践出发，但在构建过程中会出现种种偏离。这些偏离的形成,既受个人学术特点的影响,也有理论大环境的原因。有时,在某个时期有着一定进步意义的理论,过了这个时期,就会成为理论进一步发展的障碍。

晚清时,有人提出"中学为体、西学为用",在极端保守的封建主义意识形态笼罩下,这种学说有助于突破迷雾,"开眼看世界",尤其对于引进西方的器物之学有积极意义。但随着国门的打开,中国在与西方列强的碰撞中屡遭挫折,这种学说就过时了。晚清以来另一种在中国产生重要影响的指导思想,是"西体中用",即"向西方找真理",运用于中国。通过"西体中用",中国引进了大量的西方思想并付诸实践,使国家的面貌发生了巨大的改变。后来,人们在总结中国的现代历程时发现,思想的引进也有一个实践检验的过程。思想理论,凡是符合实践需要并以实事求是的态度来运用的就取得成功,凡是以教条主义的态度生搬硬套的就遭遇失败。

以上所论是经过长期实践所取得的经验和教训,有的甚至是血的教训。但是一些文学理论研究者却忘了这一切,纠缠在"中体西用"与"西体中用"之间,各执一词,造成了学术上的空耗。其实,古今的道理是一样的,文学理论研究也要以当下的现实、当下文学艺术创作和欣赏的实践为本,持"古为今用、洋为中用"的态度,实践为"体","古"和"洋"都是"用"。

当下的文学艺术理论,还是要走"拿来主义""实践标准""自主创新"之路。继续向国外学习,拿来对我们有用的理论话语。这些话语要经过实践的检验,取其精华,去其糟粕。更加重要的是,我们的精力还是要放在创新上,创新才是文艺理论话语建设的主要途径。

张　江:前不久出台的《中共中央关于繁荣发展社会主义文艺的意见》提出,文艺理论和评论工作要"坚持以马克思主义为指导,继承中国传统文艺理论评论优秀遗产,批判借鉴外国文艺理论,研究梳理、弘扬创新中华美学精神,推动美德、美学、美文相结合,展现当代中国审美风范"。这应该是我们建设文艺研究中国话语的基本遵循。

（《人民日报》2016 年 1 月 8 日）

现实主义的坚守和发展

对话人

张　江（中国社会科学院副院长、教授）

吴义勤（中国作家协会书记处书记、教授）

迟子建（黑龙江省作家协会主席、作家）

李运抟（广西民族大学文学院教授）

贺绍俊（沈阳师范大学文学院教授）

张　江：由数量到质量的跃进，由"高原"到"高峰"的攀升，无疑将是未来一段时间内中国文艺的主要任务。如何使这种跃进和攀升成为可能？我觉得很重要的一点，就是在文艺创作上，仍然要坚守现实主义的创作原则。

现实主义始终是文学主潮

吴义勤：中国当代文学发展至今已有近 70 年的历史。70 年里各种文学思潮风云激荡，但现实主义始终是当之无愧的文学主潮，这表现在：

其一，中国当代文学各个时期最优秀的代表性文学作品都是现实主义作品。从"三红一创"到《伤痕》《班主任》，从《陈奂生上城》《平凡的世界》到《白鹿原》《秦腔》，从《红高粱》《尘埃落定》到《繁花》，一部部现实主义力作构成了中国当代文学一条割不断的主线。

其二,中国当代文学人物画廊里的典型人物形象都是由现实主义文学创作的。梁生宝、朱老忠、陈奂生、李顺大、余占鳌、孙少平、白嘉轩、庄之蝶……文学是人学,中国当代文学丰满的人物形象谱系正是其文学成就的最大体现。

其三,现实主义有着自我孕育、自我调整、生生不息的强大生命力,至今还没有一种文学潮流可以挑战现实主义的地位。

20 世纪 50—70 年代,现实主义被定于一尊,其表现形态趋于单一和狭窄,概念化、符号化、主题先行的倾向风行,现实主义被扭曲和异化,其形象大打折扣。70 年代末到 80 年代,新时期文学在"伤痕文学"和"反思文学"的潮流中,开始了对"写真实"和"真实性"的回归与呼唤,现实主义全面复苏。文学与时代的关系、文学与生活的关系、文学与历史的关系得到全面修复,文学激起了全民族的共鸣。80 年代中期,纯文学的呼声构成了对现实主义文学的反思,现代主义和先锋派文学回归文学的主体性和本体性的主张与实践,虽然某种意义上改变了中国当代文学的审美品质,却并没有取代现实主义写作的强大惯性,现代主义和先锋派文学也最终走向了对现实主义的回归与融合。随后,从 80 年代末至今,新写实、新状态、新生代写作又开辟了现实主义更丰富的形态,现实主义文学呈现出了"无边的现实主义"的特征,从现代主义到后现代主义,各种潮流与主张都被吸纳到现实主义的旗下。

现实主义之所以成为中国当代文学的主潮,既是由中国国情决定的,也是由中国人的审美传统和审美习惯决定的。一方面,中国人的审美习惯天然地对现实主义有亲近感。人们希望借助文学这面镜子看到现实、认识现实、理解现实,希望通过文学来回应对现实的关切,来表现现实的问题。另一方面,源远流长的文以载道的传统,也使中国人对现实主义文学情有独钟。五四以来,改造国民性、启蒙现代性一直是文学的追求与梦想,用文学教育人、感化人,用文学推动历史、改造社会,一直是文学的神圣使命。为了实现这一使命,可以说现实主义优势独具。而今天,表达中国经验,讲述中国故事,更使现实主义有了大展身手的舞台、迎来了再创辉煌的机遇。

虚构非虚构都与现实不可分

张　江:现实主义是当代文学的主潮,这一点毋庸置疑。我们今天重申现实主义,要避免对现实主义教条、刻板的框定。其一,倡导现实主义,不是要用现实主义取代一切,用任何一种"主义"包打天下只能带来灾难;其二,现实主义也可以并且应该有想象、有虚构,但是,它的情怀始终在现实,在大地。

迟子建:非虚构文学不"贫血",是读者喜欢它的主要原因。但如果所有作家都拥抱非虚构写作,我们又有堕入另一种思想牢狱的危险。如果虚构类文学消失,文学就真的死了。因为世界文学史上的杰作,大多是虚构类作品,虽然这些作品来源于现实和历史,但如果不插上虚构的翅膀,就不能穿越时空,飞翔至今,给我们带来艺术震撼,比如《荷马史诗》《神曲》《悲惨世界》《战争与和平》《百年孤独》《红楼梦》《聊斋志异》等等。

无论是虚构还是非虚构作品,它们的动力之源,都与现实密不可分。这些年的写作让我品悟到,凡是那些我写得比较好的、得到读者好评和社会认可的作品,都与现实休戚相关。我曾去煤矿采访过,所以在写作以煤矿为背景的《世界上所有的夜晚》时,落笔就不慌张。为了创作《额尔古纳河右岸》,我追踪放养驯鹿的鄂温克部落,一直到人迹罕至的大兴安岭深处,体味他们的生活,倾听他们原生态的歌声。当我进入小说时,我接触的那些血肉丰满的鄂温克人,便自然地跃动双足,与我的笔共舞。写作《群山之巅》,更是调动了我多年的生活储备,否则,我小说中的龙盏镇就没有生机,无法建构。

但现实主义和浪漫主义并不相悖。一个好作家,他的作品既可以是现实主义的,也可以是浪漫主义的。可我们习惯把"主义"泾渭分明地区分,认为现实主义的作品与"浪漫"就没有关联,而"浪漫主义"一定与"写实"有天壤之别,其实这种判断是有点简单化的。我认为鲁迅之所以为大家,就是因为他既有现实主义的杰作,又有浪漫主义的篇章。而我更看重体现他浪漫主义情怀的那些作品,比如《故事新编》和《社戏》。从《社戏》中,我看到了另一个鲁迅,一个满含伤怀泪水的柔情的鲁迅。

长期以来,我们对浪漫主义有着严重的曲解,认为浪漫主义的东西就不深刻,就不是"写实"的,其实真正的浪漫主义作品是很"写实"的,比如雨果的《悲惨世界》和《九三年》。同样,我们对现实主义的理解也存在误区,以为现实主义就是大地的尘埃,而与云朵无缘。这使得某些冠以现实主义名目的作品显得粗鄙、浅薄,展览的不过是一片片失去水分的叶片,而一些所谓的浪漫主义作品,散发的却是陈腐、迷离惝恍的气息。

一个好作家,一定要有现实主义的眼光和浪漫主义的情怀。

现实主义的开放与原则

张　江:相对于教条、刻板的人为框定,我们今天需要警惕的另一种现象,是现实主义的泛化,也就是无原则地扩展现实主义的内涵和外延,使之成为一种没有边界的命名。它造成的后果,是一切创作都被装进了现实主义的箩筐,而事实上却是取消了现实主义。就此而言,对现实主义基本原则的坚守就显得尤为必要。

李运抟:新时期以来,在突破传统现实主义模式和接受西方现代现实主义美学的"拿来"潮流中,国内出现了各种称谓的现实主义,如心理现实主义、象征现实主义、文化现实主义等等,旗号众多,不一而足。这些说法旨在超越现实主义的种种框范,来为某种写作现象重新命名,但它们涉及的不只是一些写作现象的研讨,也关涉现实主义的一些基本原则问题。

一个新概念的提出,依据是否充分至关重要。尤其当现实主义与现代主义界限变得模糊时,评判"现实主义"更不能靠番号翻新来解决问题。相反由于出现太多旗号,更需要正本清源。应该承认相对于传统现实主义,现代现实主义确实进入了更为自由的审美世界。但现实主义之所以为现实主义,还是因为它具有不可动摇的基本原则,其中最根本的就是审美的客观性原则。

朱光潜总结法国批判现实主义时指出,"它的一个带有普遍性的基本特征就在于它的客观性。"这种客观性正如契诃夫提倡的,是"按照生活的本来面目描写生活",也如高尔基所说,对于人类和人类生活的各种情况,作真实的、赤裸裸的描写的,谓之现实主义。作为主体审美,现实主义创作必然存在主观性,也难以保证纯客观的中立性,但并不等于放弃现实主义客观立场。

20 世纪 30 年代,卢卡契、布莱希特就探讨过现实主义的变化问题。西方马克思主义现实主义理论虽然突破了传统马克思主义现实主义美学,不仅提倡现实主义的开放性,对现代主义艺术也很宽容,但它对现实主义客观原则却非常强调。如奥地利理论家费舍的"新现实主义"和法国美学家加洛蒂的"无边的现实主义",提出了富有探索意义的观点。加洛蒂的《论无边的现实主义》认为卡夫卡是"伟大的现实主义作家",依据就是卡夫卡的"变形艺术"虽然与现实世界缺乏"形似",却"神似"地揭示了现实世界的某些真实本相。不少出色的现实主义作家也是如此,如当不少评论家称马尔克斯的创作为"魔幻现实主义"时,马尔克斯却声称自己就是现实主义作家。这种声明也是在强调现实主义的客观性。

坚守现实主义审美的客观性原则,还要特别注意形式变革与相关思考的结合。在现实主义文学的开放中,表达方式的多样化是个重要标志。其中有各种"变形艺术",但不管使用怎样开放的艺术手法,采取怎样特殊的思维方式,目的都应该为了"辞能达意"。那些形式变革与相关思考相得益彰的作品,都是出于"辞能达意"的自觉结果。

作为一种创作方法,必然有其相对稳定甚至不可改变的基本原则,现实主义亦然。不管打出多少旗号和怎么"开放",基本原则还是不能含糊,否则干脆另起炉灶。自然,确立一种创作方法也不能仅靠名称的标新立异。

现实主义创作也需要拓展

张 江:发展才有生命力。与其历史相比,今天的现实主义,表现空间拓展了,表现方式丰富了,表现手法多样了,现实主义已远远突破了"描摹现实"的简单概括。在坚守中拓展,在拓展中坚守,已经成为并将继续成为现实主义存在的基本方式,也是其葆有生命活力的内在源泉。

贺绍俊:新时期文学一路发展到新世纪,现实主义经历了不断地蜕变和洗礼,今天的现实主义已经变得更为丰富多彩。莫言的创作就是一个典型的例子。他开始创作时明显受到当时风行的现代派的影响,但他的创作基础仍是现实主义的,因此莫言在创作过程中会存在一个与马尔克斯、福克纳"搏斗"

的问题,他说他那一段时间"一直在千方百计地逃离他们"。从第二部长篇小说《天堂蒜薹之歌》起,他有意回归现实主义。然而莫言此刻的现实主义已经吸纳了大量的现代派元素,呈现出一副新的面貌。诺贝尔文学奖特意为莫言的现实主义文学创造了一个新词——"幻觉现实主义"。莫言的幻觉现实主义的素材来自民间,民间故事和传说的特殊想象与异类思维嫁接在现实主义叙述中,开出了幻觉之花。

在不少现实主义作品中,都加进了一些超现实或非现实的元素,由于处在强大的现实主义气场中,这些超现实或非现实元素同样具有现实的感染力。陈应松的《还魂记》就是个例子。陈应松是典型的现实主义作家,但长年扎根于神农架,那里氤氲着的神奇诡秘,常常为他的小说叙述带来一种超现实的想象。《还魂记》的构思完全建立在超现实的基础上,作者采用亡灵叙事,让死于非命的柴燃灯灵魂返乡,通过亡灵的眼睛,看到了现实世界种种不合理的现象。作者尖锐地指出,现实中的不合理和不公平才是必须彻底否定的"超现实"。超现实让作者避免了直接讲述现实故事的拖累,从而专注于对人的精神境遇的探询。即使像孙惠芬这样非常"老实"的现实主义作家,当她面对乡村急剧的变化时也感到单纯以客观写实方式难以表述清楚现实世界的复杂性,于是要在《后上塘书》中设置一个亡灵的形象,有效地开拓了小说的视野。

总之,当代作家的文学观早已越出了传统现实主义的疆界,同时,我们又能明显感受到现实主义精神对于作家把握世界的影响,仍然感受到现实主义的强大力量。

张　江:现实主义在中国具有悠久而强大的传统,创造了无数熠熠生辉的经典华章,凸显着中国作家艺术家脚踩大地、观照现实的人文情怀。当前,在更为驳杂的文艺思潮的冲撞中,在市场越来越多地主导阅读趣味,并潜移默化对创作产生越来越强烈影响的时代背景下,坚守现实主义,恰恰就是契合文学本义的选择。

(《人民日报》2016 年 2 月 5 日)

光影中的意识形态

对话人

张　江（中国社会科学院副院长、教授）

戴锦华（北京大学电影与文化研究中心主任、教授）

陆绍阳（北京大学新闻与传播学院院长、教授）

丁亚平（中国艺术研究院电影电视研究所所长、研究员）

饶曙光（中国电影家协会秘书长、电影评论家）

张　江：当今时代，好莱坞电影无疑是世界范围内最畅销且最具影响力的文化品牌。表面看来，好莱坞电影只是一部吸金的机器，它运转的结果是汇集了大量财富，赚取了高额利润。但是，我们需要注意的是，好莱坞生产出来的光影之作，无论是娱人之乐还是拯救世界，抑或其他，事实上都隐藏着强烈的意识形态诉求。

娱乐与意识形态的正相关

戴锦华：广泛流行的通俗娱乐作品无疑与意识形态相关，而且是正相关：其商业的成功度同时是其编织的意识形态的密度和有效性的证明。

然而，不同于某种冷战式想象，意识形态——尽管其核心要旨是对统治合法性的论证,却从来不是一般意义上的政治宣讲或灌输。意识形态的形式特征从来是隐形的窃窃私语、喁喁告白,是对化身为常识系统的价值体系的生产与再生产,是对社会与时代的认同与情感结构的塑造。自行暴露为宣讲或意识形态灌输,可能出自其载体的劣质、蹩脚,更可能其自身便是某种合法性危机的指征。意识形态与文化霸权有关,但与权力暴力无涉。否则,便只需国家机器自身的运行,而无需意识形态国家机器的辅佐。因此,我们才会说,美国政治始终是华盛顿特区与洛杉矶—好莱坞的"双城记",而非华盛顿特区的独白。

具体到好莱坞电影,其 A 级片大约是主流意识形态复制和再生产的场域,灵活多变,却万变不离其宗;而 B 级片,加之今日的多数电视剧,其意识形态则大多相对庞杂、繁复,或者说,更近似于葛兰西所谓的"霸权争夺战"的场域而非主流价值观的阵地。好莱坞在意识形态上以不变应万变的全球常胜,固然依托着美国的全球霸权,同时也凭借着好莱坞制作人高度的政治敏感与有效的应激机制。好莱坞始终是"现实主义"的,社会现实尤其是社会心理的困境与危局始终是其选题和叙事的切入点,舍此,便无以论及意识形态的"想象性解决",无以实践社会常识系统的更新与复制再生产。百年好莱坞,确乎是美国梦的最佳营销商。但作为今日世界最耀眼的跨国公司群体之一,好莱坞当然以逐利而非意识形态营销为目的,好莱坞与美国梦的联袂双人舞,只在于美国梦或曰美国主流价值、美国意识形态始终占据着全球的霸权地位。

谈到娱乐与意识形态,多少有些"新"味道的事实是,伴随冷战终结,意识形态的暴露与失效开始成为全球性的普遍事实。其主要特征是,意识形态在丧失其匿名性与隐形性的同时,开始丧失其社会整合、询唤的效力。尽管认同—身份政治调门甚高,却无法改变文化犬儒主义与政治民粹主义高涨的世界现实。此时,电影作为国家文化工业又当如何应对,变成颇具新意的命题。2015 年负面评价美国社会主流价值的《鸟人》在奥斯卡评奖中大获全胜。2016 年,《鸟人》导演亚利桑德罗·冈萨雷斯·伊纳里多又凭《荒野猎人》蝉联了最佳导演,而且在片中召回了美国历史的印第安幽灵。此番,不仅可以试看好莱坞如何再度化解由社会危机漫漶而来的文化阴影,亦是看意识形态是否仍可充当国家机器全速运转的润滑剂,当然也是看电影的社会角色能否迎击数码转型,羽化重生。

意义缺失的背后

张 江：我们指出好莱坞电影隐藏着意识形态诉求，不是抨击，只是道出了一个容易被忽略的事实。我倒认为，意识形态之于电影，并不是夹带进去的"私货"，而应该是题中应有之义。但是，反观当下的中国电影，在这一点上欠缺很多。驱逐意义，逃避意识形态，片面追求娱乐性和感官刺激，为中国电影埋下了诸多隐患。

陆绍阳：当前的中国电影业，一方面是由票房的井喷式增长构筑起的一派繁荣景象；另一方面，电影主体多是由"有意思没意义"的影片构成，在这个话语越来越多而意义越来越稀薄的空间里，观众看到的是炫目的视觉奇观而不是丰富的心灵世界。

出现这样的文化景观，与经济社会发展的现状有密切的关系。随着市场经济的推进，消费作为基本的经济活动和文化现象，在社会生活中的位置愈加突出，商品概念也深入到文化艺术领域，电影作为艺术品的纯粹性被淡化，而作为工业产品和消费商品的特性被放大。

按照目前的趋势，社会主导文化有可能被商品逻辑贯穿，这就有可能导致三种后果：

一是主流价值观的边缘化。在以往的创作实践中，电影人探索出"家国同构""政治—道德一体化"等叙事策略，从国家、社会、个人多个层面为主流意识形态话语深入人心提供了多种有效的范式。但如果将一切皆商品的逻辑应用到文化艺术生产中，让快速更替的消费思维占主导的话，本来根植于我们内心的价值观和精神信仰可能就会被动摇。

二是情感展示的外在化。英国文化学者迈克·费瑟斯通指出："在消费文化影像中，在独特而直接产生的身体刺激与审美快感的消费场所中，情感快乐与梦想欲望总是大受欢迎。"他的细致观察道出了一些实情，问题是我们是否需要一味地"迁就"大众口味？电影让观众在高强度的工作之余放松一下精神，满足娱乐需求，这无可厚非，但不能忘记，电影即便被认为是娱乐艺术，也必然保有"成教化、厚人伦"的功能。艺术的至高境界是陶冶人心，如果电影仅仅被当成身体和物的展示,让坐在舒适椅子上的观众凝视和把玩,那它就逐渐丧失了文化性,它的价值无疑就会大打折扣。

三是捕捉生活的浅表化。现在有一种创作倾向已经很明显,创作者不愿意触及生活中的矛盾。虽然编导在创作中将叙事退回到家庭,或者干脆穿越到过去时空,固然有客观原因,比如希望规避风险,但实质上还是一种跟风取巧心理在作祟。电影不仅仅要反映生活,更要引导人们发现生活的问题,引导人们对生活进行严肃的思索。如果镜头捕捉的只是悬浮在生活之上的光鲜,而不去探究现实生活的内涵本质,甚至还有意在社会矛盾和个体生活中间打一堵防火墙,我们的电影就可能顺坡而下,滑向世俗文化、商品文化、消费文化汇聚的洼地,人们不断呼唤和期待的具有历史厚度和时代宽度的力作就不可能出现。

人物塑造不能苍白无力

张　江:人物是一切影视作品的核心。人物塑造的成功与否,直接决定着一部作品的成败。好莱坞电影,无论是《阿甘正传》《拯救大兵瑞恩》,还是"星球大战"系列,其成功都建立在人物塑造的基础之上。同时,作品的意识形态传达,也通过人物的言谈举止、所思所想来完成。

丁亚平:好的影视作品,准确、鲜明、生动地诉诸观众的直觉和联想,除了要有戏剧性,更要具备影像的艺术特性。好的内容是灵魂,是影像艺术特殊表现手段的主要目的所在。

我们看到,一些作品的创作,重事件叙述轻人物塑造、重功绩交待轻故事挖掘,这是影像艺术中人物形象塑造不丰满、艺术魅力不强的重要原因。忽视在思想冲突中凸显人物的人文内涵和个性,会影响观众的观赏;而外加上去的主题标签,不仅容易概念化,而且很难感人。

我认为,影像艺术中人物形象的思想蕴含一定要有,但是我们反对人物形象塑造上的公式化、概念化,反对主题先行和庸俗社会学。在概念化和生活真实感之间有一"临界点",这就是对艺术创作规律的遵循:一是放开手脚,二是去除陈言,三是重视观赏性。大众以购票等自愿观赏的形式完成消费体验,追求的是放松身心及多种情感参与,灌输式传播会与观众要求满足快乐的心理产生抵触。如果主流意识形态生产与观众兴趣、电影市场需要未能实现无缝对接,不能与电影观众产生多方位的有效交流,日积月累将形成一时难以修复的审美接受疲态。

解决人物形象的思想蕴含问题,有两个路径。一是寻找历史与现实的共振点,扭转普遍存在的过度娱乐化、平面化和主观化的创作观念;二是使影像人物成为现实与想象的缝合,"言之无文,行而不远",需要改变不真实与感染力缺失的状况,解决观众不认可的问题。

娱乐性与思想性的分离

张 江:我一直认为,娱乐性和思想性并不存在天然的矛盾。娱乐不排斥思想,有思想深度的娱乐是有品位的体现;思想也不拒绝娱乐,以轻松活泼的方式阐释思想、传达思想,往往收到事半功倍的效果。但是,目前国产影视,尤其是电影对娱乐的追求,往往以牺牲思想性为代价和前提。

饶曙光:国内电影市场规模不断扩大,但与美国电影的全球传播力、影响力相比,国产电影依然无法企及。

2015 年中国电影出现了一些口碑与票房都不错的作品,它们大多以制造话题取胜,以小品化、桥段化掩盖电影叙事能力的不足,以互动性强的网络语言掩盖电影专业能力的不足。特别是娱乐性与思想性相互分离的现象比较严重。为什么中国电影如此高速发展,但却面临着越来越激烈的批评?一言以蔽之,结构不合理。特别是电影市场层面,同质化、单一化、过度迎合观众的娱乐性需求、过度追求票房数字。在互联网背景下,导演开始扮演"产品经理"的角色,"用户至上的粉丝电影"成为一些青年导演的至高追求,讨论影片的思想性则成了"一种滑稽行为乃至笑话"。

2015 年年度票房前十名中,国产喜剧片占了 3 部,依次为《港囧》《夏洛特烦恼》《煎饼侠》,如果加上轻喜剧色彩的《捉妖记》和跨类型的《澳门风云 2》以及《万万没想到》《恶棍天使》《唐人街探案》《不可思异》《一念天堂》等等,更可看出,主流观影心态已经从艺术审美滑向了社交娱乐,进而形成了中国电影商业美学发达而艺术美学式微的独特现象。正如一位导演所说,现在很多人拍电影纯粹就是为了"抢钱"。话说得有些极端,但确实凸显了当下电影的某种状态,这提醒我们必须注重中国电影的商业伦理、中国电影的叙事伦理。

电影不仅是一种工业产品,也是一种文化产品,不仅要满足观众的娱乐性需求,更要满足观众的思想性需求,更进一步,成为引领国民精神前进的灯火。创造、优化新供给以创造、满足新需求,是当下中国电影创作面临的巨大挑战,也是中国电影需要前瞻性思考并有效应对的课题。

张　江:电影作为一种文化产品,必然携带意识形态属性,这是宿命,逃脱不掉。以好莱坞为代表的美国电影,正是利用这一点将自己的价值观推向世界。中国电影不仅要生产特效、生产 3D、生产笑声,更要蕴含和传播中华民族的价值观,传递主流意识形态。当然,是以艺术的形式。

(《人民日报》2016 年 4 月 15 日)

现实主义魅力何在

对话人

张　江（中国社会科学院副院长、教授）

雷　达（中国小说学会会长、批评家）

白　烨（中国社会科学院文学研究所研究员、批评家）

黄发有（南京大学文学院教授、批评家）

叶　梅（中国作家协会主席团委员、作家）

张　江：毋庸讳言，当前，在各种新思潮、新观念的冲击下，少数作家、艺术家不再愿意谈论现实主义，也不希望自己的创作被贴上现实主义的标签。究其原因，他们认为现实主义意味着保守和落后，不够时尚，不够新潮，不够抓眼球。那么，现实主义真的过时了吗？在今天的文艺创作中，它还有没有生命力？我们还能不能理直气壮地谈论现实主义？

生生不息，常写常新

雷　达：现实主义是人类艺术地把握世界的最古老、最普遍，同时又常在常新的一种基本创作方法、原则和精神。现实主义有其质的规定性，它总是承认人和世界的客观性，总是力图按照世界的本来面目再现（或表现）世界，总是强调人类理性的力量、能动的力量;由于它对人和世界客观性的肯定,它更重视包括人在内的环境的作用,并重视人的社会性。

由于现实主义在艺术创作的过程中,以无限广阔的客观现实为对象、为依据、为源泉,并以影响现实为目的,它在不同的历史阶段都以自己的方式反映着客观的生活现实与人们的心理现实,并推动着人们更好地认识和改变现实,从而发挥了自己独特的能动作用,也使现实主义文学之树常青。

从当代长篇小说来看,60多年来波澜壮阔的创作演进,就显示出了以现实主义为主导的基本走向。在不同时期,社会反响甚大的重头作品,人们耳熟能详的杰作力构,也多出自现实主义文学一脉。如"十七年"时期的"三红一创""青山保林"等。从新时期到新世纪,在各种力量的推动下,长篇小说更是获得长足的发展,每年都以数以千计的数量增长,但叫得响、传得开的,也多是葆有现实主义血脉的作品,如《平凡的世界》《白鹿原》《尘埃落定》《长恨歌》《秦腔》《额尔古纳河右岸》《黄雀记》等等。可以说,现实主义生生不息,常写常新,使文学百花园枝繁叶茂,花团锦簇。

最近也最有力的一个例证,是由《平凡的世界》小说的热销和电视剧的热播形成的"路遥热",它明白无误地告诉人们,现实主义依然有着巨大的影响力与强盛的生命力。路遥曾不无幽默地说:"当别人用西式餐具吃中国这盘菜的时候,我并不为自己仍然拿筷子吃饭而害臊。"事实上,现实主义的《平凡的世界》,现实主义之于路遥的这部作品,与其说是手法在起作用,不如说是精神在起作用。人生是一场奋斗,如何活得有筋骨、有精气神,在困难乃至苦难面前不低头、不屈服,保持对真善美的追求、对理想人格的追求、对人生意义的追求,是每一个人必须面对的课题。路遥笔下既卑微又骄傲,既平凡又刚毅的主人公们,能给青年读者以沉思、勇气和鼓舞,给行进者以精神的滋养。这就是《平凡的世界》20年来一直受到青年读者喜爱的主要原因。

烛照现实,贵在精神

张　江:为什么现实主义文学能常在常新?我认为,这不是历史的偶然,而是由现实主义所倡导的理念决定的。文学艺术,归根到底,是人类把握世界的一种方式,换言之,是人类处理自身与现实关系的一种方式。而现实主义最本质和最鲜明的特色,恰恰是对这种关系的强调。

白　烨:现实主义并不是一个简单的概念。在 20 世纪 80 年代初中期,关于现实主义问题,就曾开展过为期数年的热烈争论与讨论。而我们所说的现实主义,是联系着中国的社会文化现实,对应着中国新文学以来的创作,跟欧美的批判现实主义、俄苏的批判现实主义,实际上是剥离开来的,是内涵与外延都不相同的两个概念。简要地说,关于现实主义,有偏严与偏宽两种思路的理解。偏严的,在内涵与方法上都持守现实主义的原本要旨,即"真实地再现典型环境中的典型人物"的真实性、客观性与典型性;偏宽的,则主要强调富含人文主义内核的社会性、真实性与向上性统一的基本精神。

我赞同要持守现实主义精神的说法,这一说法要比仅仅在手法上去理解现实主义显得更有弹性一些。现实主义精神,我理解就是人文性与人民性的合而为一,秉持文人的操守与良知,坚持为生民鼓呼与代言,有这样的胸怀与职守,是至为重要的。只有具备了这种现实主义的精神立场,才能在创作中做到"植根现实生活,紧跟时代潮流","顺应人民意愿,反映人民关切",使作品具有属于这个时代的标志性与辨识度。

而与这样一个较高的要求比照,我们的不少作家都有不小的差距。其中最为明显的问题,一是缺少严谨认真的艺术态度,二是缺少烛照现实的理想精神。从而使作品在追求所谓的"真实"中,或目光短浅,看不到远处,或眼光低俗,满眼都是灰暗。从这个意义上说,现实主义的文学创作,很大程度上取决于现实主义作家自身的现实主义造诣,尤其是现实主义精神。

当前,多变而多彩的社会生活,多样而多元的文学手法,使得作家的选择和作品的写作获得了极大的自由,充满了诸多可能。但在怎样看取生活,怎样塑造人物,怎样表达情感,怎样传扬精神上,依然有着高下之分、轻重之别。在我看来,最有分量和最有价值的文学,应该是直面人生、直指人心,具有现实主义精神的文学。这种基于现实主义精神的写作,不仅为时代所需要,也为读者所喜欢。

与时俱进，守正出新

张　江：现实主义旺盛而持久的生命力，也来源于它在漫长的历史过程中所形成的发展机制和修正机制。事实上，今天现实主义创作所呈现出来的样态，以及人们对它的理解，已经与最初的现实主义乃至传统现实主义有了很大不同。这种发展中的调适和拓展，保证了现实主义始终葆有独特的魅力。

黄发有：首先，深厚的精神传统为现实主义带来丰富的滋养。从杜甫的诗歌、关汉卿的杂剧到曹雪芹、吴敬梓的小说，都以文学的形式深刻反映现实，成为历史的见证。而五四时期以鲁迅为代表的现实主义传统，更是不断地激励当代作家直面现实。这种深厚的现实主义传统，积淀在国民的思维模式和审美习惯中，深刻地影响了一代代的读者和作家，推动他们在传承中创新，为现实主义开辟新的领地。

其次，现实主义文学与时代共同呼吸。对时代感和现实性的强调，使得现实主义文学具有一种介入性与亲历性，一个作家以自身的生命来见证时代与现实，从不同侧面来揭示现实和真相，这种写作的在场感显得质朴而厚重，往往具有一种直逼人心的魅力。作家对形式的探索能够发掘文学的独特魅力，但逃避现实的形式游戏只会抑制文学的内在活力。从 20 世纪 90 年代以来，在消费文化盛行的语境下，一些深刻反映历史和现实的优秀作品彰显了其独特魅力。陈忠实的《白鹿原》、李锐的《旧址》、王安忆的《长恨歌》、阿来的《尘埃落定》等优秀作品，遵循着现实主义原则，但又突破了现实主义的框框，既凸显了现实的深层意义，又在更加宽广的背景上将记忆与现实、传统与现代、情感与哲思混合成一个矛盾的复合体，在审美建构上达到了整体象征的效果。而且，这些作品改变了传统现实主义对外在描述和外部冲突的依赖，注重探索历史、社会、文化背景中人的精神世界的内在冲突，通过人的灵魂的折光来呈现外部世界的复杂性。

再次，现实主义的开放性与多样性为现实主义带来创新的活力。现实主义只有表现生活的复杂性、深广度与多样化，才能具有生生不息的动力与活力。作为与先锋文学差不多同时出现的文学潮流，新写实小说是对先锋文学偏重形式探索的补充,它在总体倾向上继承了现实主义的传统,同时又吸纳了法国自然主义与新小说的某些表现手法,这类作品对于凡人琐事的关切,成为艺术地反映当时世道人心变化的精神窗口。尽管新写实小说也有其审美的局限性,但其开放性姿态却给现实主义带来有益的启示。在当代文学史上,那些真正有独特建树的现实主义作家,往往能够突破既有的文学成规,从而开拓新的文学可能性。

脚踩大地,心系现实

张 江:文艺创作不是纯粹技法的演练。历史上千千万万的经典名著,没有一部是单纯依靠技法跻身经典之列的。除了形式因素,更重要的是作品与现实对话的能力。我们当前的一些作家、艺术家,往往在"怎么写"上费尽思量,但对现实的熟悉程度、把握能力明显不足。从这个意义上说,回到现实,回到现实主义,应该是一种适时的呼唤。

叶 梅:随着各种流派各种手法相机而生,中国文学的现实主义传统曾一度遭到冷遇,但当我们在越来越沸沸扬扬、纷红骇绿之时,却重新感受到现实主义的生命力所在。它是一眼望不到边的海洋,是无比宽阔的高天厚土,能成就文学最为需要的原创性(包含独创性)以及人性最为真实和微妙的呈现。

文学的原生态只能来源于作家对生活的独特感知。我初学写作的第一篇小说,正是现实生活的催动。当年到乡村插队,感受到农民的辛劳与生存的艰辛,尤其是那些美丽健壮或粗糙苍老的女人,那些浑身汗腥、心怀梦想、顽强如草、代代延续的女人……她们是我在生活中所熟悉的,我只是用笔将她们记录下来。

面对世界,我们所能知道的是地球变得越来越小,人类像鸟儿一样在空中飞来飞去,但人与人之间的距离却似乎越来越大。我曾经设想,比如工人,它的内涵和外延究竟有了什么变化?他们就在我们身边的工地上劳作,但咫尺天涯,他们的生活和内心对于我们来说,是一个陌生的世界。又比如农民,我们吃着他们种出的粮食,可以想象这些发亮的米一颗颗从他们手上滑过的情景,但不知道过去用翻斗打粮用石缸装水用背篓运输,现在又究竟是如何从种到收？一亩粮食需要多少投入又能得到多少收获？他们有没有合作医疗？孩子能上到几年级？

在人类社会越来越丰富多彩也越来越复杂多元的今天，文学应该怎样面对这样一个辽阔和陌生的世界？如果文学有一天不能真实和痛切地反映人们的内心世界和外部世界时，文学的出路又在哪里呢？所谓文学"边缘化"究竟是一种懒惰的逃遁还是一种空虚的无奈？所谓"市场化"是一味地迎合、甘愿做奴隶还是自觉地有所选择？所谓"自我"是躲避在象牙塔里的自我欣赏还是真正的解剖自我，进而以个人方式与世界融合？

作为一个写作者，我不得不问自己。

张　江：习近平同志在文艺工作座谈会上指出，"文艺创作方法有一百条、一千条，但最根本、最关键、最牢靠的办法是扎根人民、扎根生活。"现实主义之所以历百年而不衰，就是因为它在千百条创作方法、创作规律中把握住了最根本、最关键、最牢靠的一条，始终脚踩大地，心系现实。

（《人民日报》2016 年 4 月 29 日）

红色经典的当下意义

对话人

张　江（中国社会科学院副院长、教授）

仲呈祥（中国文艺评论家协会主席、评论家）

阎浩岗（河北大学文学院教授）

赵慧平（沈阳师范大学文学院教授）

杨少衡（福建省作家协会主席）

张　江：近年来，围绕红色经典展开的讨论一直不绝于耳。这主要因为，作为一种特殊的历史文化资源，红色经典并没有随着时代的发展而成为被封存的历史，可以说，红色经典既是历史的，又是当下的。这体现在，红色经典原作还在被不断阅读、观看、欣赏，同时，它也成为当下文艺创作的一种资源，被反复改编、重拍、翻唱。就此而言，我们对"红色经典"的讨论，事实上就具备了历史与当下双重观照的意义。

红色经典并未褪色

仲呈祥：以描写人民革命斗争历史为主的红色经典，在发表和出版之后的不同时期，一印再印，长销不衰，而且，改编为其他艺术形式之后，仍然广受不同代际人们的欢迎。这种经过历史和人民检验的文艺经典作品,不会因为时间的流逝而过时,更不会因为岁月的更替而褪色。

最能说明问题的一个实例,是歌剧《白毛女》的重排与巡演。这个诞生于70年前延安的民族歌剧经典,从延安开演,中经太原、石家庄、广州、长沙、杭州、上海、济南、长春直至北京,在大江南北掀起了一股强劲的"《白毛女》旋风"。不久前,据此拍摄的 3D 舞台艺术片《白毛女》电影也在全国上映,受到广大观众好评。一部民族歌剧经典,历经 70 春秋,久演不衰;主演从王昆到郭兰英,到彭丽媛,再到雷佳,薪火相传,后继有人。而且,由民族歌剧到京剧,到芭蕾舞剧,再到不少地方戏曲,竞相移植上演。铁的事实证明:这部经典作品所昭示的现实主义精神与浪漫主义情怀相结合的创作精神,深入生活、扎根人民的创作道路,既"各美其美"——传承民族秧歌民族戏曲审美优势,又"美人之美"——借鉴西方歌剧审美经验并进而"美美与共",兼容创新形成民族歌剧新范式的创作。

现实的发展、社会的进步,离不开历史镜鉴的启迪,也离不开文学力量的推动。红色经典中以审美方式呈现的"历史镜鉴",弥足珍贵。《白毛女》的主要编剧之一、著名诗人贺敬之就深刻指出:那种颠覆《白毛女》反对阶级压迫主题、胡诌"杨白劳与黄世仁两方只是债权人与债务人之间的关系""欠债还钱是正理"的历史虚无主义极为有害。《白毛女》这部经典正是以艺术力量对这种历史虚无主义的有力回击。当中国老艺术家采风团到海南访问红色娘子军旧址,当地人民把吴琼花的扮演者祝希娟簇拥起来,嘘寒问暖,奔走相告:"吴琼花回家啦!"原来,谢晋导演为拍摄电影《红色娘子军》,带着初出茅庐的青年演员祝希娟到这里深入生活,与红色娘子军的老战士及当地群众结下了深情厚谊,从而令祝希娟在影片中饰演的吴琼花形象大获成功,荣获大众电影"百花奖"最佳女演员。自此,不仅电影《红色娘子军》成为海南岛的一张响当当的文化名片,而且祝希娟塑造的吴琼花艺术形象也深入民心,成为中国激励人民跟着共产党创造幸福生活的精神动力。这里,发人深思的是:红色娘子军在海南实际活动的历史时长不过一年零数月,而吴琼花则使娘子军的影响不断。于此足见"文学力量的推动"的重要性,足见文艺经典绝不过时的现实意义。

红色经典是精神的传导

张　江:在我看来,红色经典之所以在当下还有受众,是因为它提供了另外一种精神力量。这种精神力量是挫折面前的顽强不屈,是追求真理的视死如归,是集体主义的责任担当。以此为精神内涵,红色经典建立起了一种进取、阳刚、开阔的美学风格。而这种精神力量和美学风格,正是今天时代需要的和稀缺的。

阎浩岗:经历了时间淘洗,红色经典始终被那么多人喜爱,且历久不衰。那么,它是否具有超越意识形态、超越特定时空阈限的精神内涵呢?

红色经典是"工农兵文艺",它以几千年来一直被忽略、被蔑视的底层普通平民为主人公,把他们塑造成英雄。我们可以认为,它传导的也是一种地道的平民精神。它的平民精神不同于五四时的俯视平民、怜悯平民,而是平视加仰视。近距离的平视,使得平民特别是农民的日常生活以从未有过的细腻方式展现于读者面前。只有像柳青、梁斌、浩然这样真正熟悉农民、热爱乡村生活的作家,才能以那样的深情描绘出蛤蟆滩、千里堤、白洋淀、东山坞的自然景色,在渲染时代风云之时,也让读者感受到农民朴实的精神追求和世俗的喜怒哀乐。梁生宝、朱老忠、萧长春这些人物确实比实际生活中的农民更高大。但这些人物形象不乏可信性,因为他们并非不食人间烟火。他们仍然让人感觉是活的人,而非提线木偶。

红色经典突出集体主义精神。五四对"个人"的发现,其积极意义巨大,个体生命和个人权利被尊重是现代性建设的最重要成果之一。但是,关注个人、尊重个人并不等于个人利益至上、不讲团队精神。集体主义精神在如今的语境中也可转译为团队精神。人既是个体的人,又是社会的人。个体价值被重视是前提,集体主义、团队精神则是对个体生命价值和意义的超越。

红色经典以革命浪漫主义为主导,它传导出一种非常独特的魅力。《红岩》里的英雄超越普通人的地方,不是其非凡的武功或智谋,而是建立在信仰基础上的超强意志力。红色经典符合毛泽东关于文艺"高于生活"的美学思想,它的超越精神不仅体现于主人公精神气质的方面,也表现在作品营造的艺术氛围、美学境界的超越性;读者即便知道了林道静不等于杨沫或江华不同于马建民,知道了真实的威虎山并不像小说里写得那样险峻、琼海的"南府"有别于电影或舞剧里的境况,也还是喜欢陶醉于作品的艺术氛围之中,因为作品将大家导入了一种更美好的彼岸世界。

因而,时过境迁之后,读者可以批评红色经典的各种局限,却难以忘怀它,我们不应忽略它的存在。

从红色经典中汲取文学养分

张　江:具体到文艺自身的发展,红色经典不但是当代文艺发展史上不可回避的存在,而且对当下的文艺创作也不乏启示意义。当过多的宫廷权谋霸占银屏,一己情爱充斥歌坛,穿越玄幻独领风骚之际,回头翻看一下红色经典,从这些作品中汲取一些营养,对于文学艺术的健康发展不乏积极意义。

赵慧平:在我看来,当今的文学要发展,不应忽视也无法忽视红色经典的存在。文学之事,从来不仅仅是谋篇布局、遣词造句的形式技巧之事,它是生命的一种审美存在方式。在某种意义上说,审美是人的生命存在的最高表现形式,因为它是人的心灵之事,营造的是人的精神家园,它聚敛的是对真善美的热爱与向往,对假恶丑的厌恶与抛弃,对美好理想的憧憬和追求,对现实生活境界的升华。红色经典是中国共产党历史上一群先进分子的精神世界的文学呈现,表现的是一个时代民族的心灵和审美理想,是一个时代的精神存在和审美符号。虽然它与今天的文学有了时代的差异,但文学的发展由传承到创新的规律,使它必然地成为中国当代文学发展进程中的一个组成部分,它所获得的文学经验和成果已经构成了当今文学的基因与传统。这样看来,仅从一个视角和标准评价红色经典是远远不够的。

当今的文学写作应该也完全能够从红色经典中汲取养分。文学写作无论是咏物还是感怀,都是需要境界的。"境界说"是中国古典文学重要的范畴,作者有什么样的人生境界,作品就会营造出什么样的艺术境界。在红色经典中,将人民大众作为文学的主人是时代文学的追求,这种对社会历史必然要求的回应,是时代文学的进步。在表现人民大众追求理想生活的乐观精神、艰苦奋斗的进取精神、友爱互助的奉献精神时,红色经典也表现出作者的家国情怀、社会责任感和理想信念。当年红色经典追求和创造的超越一己之利的高远艺术境界,是那个时代最宝贵的文学遗产,也是当今的文学写作缺乏的,需要学习和汲取。

文学写作不会在真空中存在,它必然要受到各种力量的制约。如果说红色经典受到了一定的政治干预,那么当今的文学写作也受到了一定的市场"经济力"的操纵。我们的文学世界里时常失去理想、信仰、乐观、进取、诚信、友爱、优美、崇高、典雅,却让自私、享乐、权谋、诡计、暴力、仇杀、乱伦、荒诞、无耻、丑恶泛滥。这里并不是彻底肯定或者否定某一年代的文学,而是主张要以科学的态度,从中国当代文学发展史的视角观照不同时代的文学,在历史传承的过程中不断去粗取精、去伪存真,形成自觉的文学精神,繁荣中国当代文学。在当今挣脱"经济力"对文学的束缚时,需要在红色经典中积极地汲取已经获得的那些宝贵的精神营养。这里还要指出的一点是,红色经典是现代汉语的文学写作达到历史高度的代表作,它对中国优秀文学传统的继承,它所表现出的中华民族特有的思想、情感和审美方式,它在语言运用方面的丰富与雅正,已经成为现代汉语文学在一个时代的文学符号。

当代生活是写作新经典的源泉

张　江:大时代方有大作品。与催生红色经典的革命与战争年代相比,我们今天身处的时代虽已没有了战火硝烟,但这仍然是一个处于历史转折时期的大时代。它所引发的人们思想观念的震荡丝毫不逊于革命战争年代。从这个意义上说,当今时代应该也能够产生新的经典之作。

杨少衡:我觉得当下创作作为当代生活的一种反映,其素材、课题和认识等等,都产生并依赖于当代生活。当下创作中最能反映时代风貌和精神的代表性作品才可能成为新经典,被人们记住,留传于世。在这个意义上说,当代生活是产生新经典的源泉。

当代生活景象无疑极其丰富而复杂。与人们所称的红色经典所产生的那个疾风暴雨式的革命与战争年代比较，当代中国虽属和平发展，却也在发生着深刻巨变。特别是改革开放以来，中国社会的巨大变迁范围之广、影响之深史所罕见。中国走出近代史上贫穷、落后、屈辱的境地，创造了世人瞩目的经济高速发展奇迹，社会形态也在迅速转型。发展与转型同时给中国带来了各种问题与压力，新形势下的国际环境既提供机遇，也充满挑战。中国人民正在以自己的创造力解决问题，直面挑战，向着实现"中国梦"的方向前行。这样一种生活景象给文学创作提供了无尽资源，也提供了巨大的表现空间。

我生活在福建，这里不属中心区域，生活却也同样发生着巨变。一个遍布丘陵的省份，以往被山岭分割出众多方言区域，20 年前行路还处处艰难，如今高速公路和高铁交通纵横交错，四通八达。当年的农业省份快速城镇化，沿海地区工厂林立，已经很难找到旧日乡村。山区许多村庄只有老幼留守，传统村社结构在悄然消解。与此同时，人们的思想也与往昔大不相同。置身如此丰富变迁的场景中，感受的确多样而深刻，总觉得处处有值得表现的题材，可以写的东西太多了。也常感叹这是一个出大作品的时代，问题只在于自己的认识水准与笔力。

当代生活提供的当下场景中也包含着与其密切相关的历史场景，以及认识这种历史的当下眼光。福建是古代海上丝绸之路的起点，随着"一带一路"的提出，人们进一步发掘并深入认识以往，作家们也发现昔日海上丝绸之路此刻有了新的表现空间。历史上福建与台湾关系密切，福建在近现代以来的台海风云变幻中一直处于特殊地位。当下，生活在这里的作家们在深入思考历史，深刻认识将两岸紧密相连的血缘与文化纽带，以自己的创作投身于实现祖国和平统一的历史任务中。近现代史上的福建人下南洋、福建以古田会议为代表的巨大红色资源也备受瞩目，具有深入开掘、继往开来、服务当代的意义。当代生活的无穷资源与课题为创作提供了广阔新天地，无疑是创作以至新经典取之不尽、用之不竭的源泉。

张　江：事实上，当今活跃在文艺创作一线的作家、艺术家，或多或少都受到过红色经典的影响，尤其是"50 后""60 后"的一代。从这个意义上说，红色经典已经成为当代文艺创作的传统和资源之一。未来,随着时间的推移,某些红色经典作品也许会逐渐淡出,但是,作为精神镜像和文化遗产的红色经典,一定会长久地延续下去。

（《人民日报》2016 年 5 月 27 日）

文艺不是"摇钱树"

对话人

张　江（中国社会科学院副院长、教授）

张颐武（北京大学中文系教授）

汪涌豪（复旦大学中文系教授）

李　震（陕西师范大学新闻与传播学院教授）

马建辉（《求是》杂志社研究员）

张　江：当今时代，文学艺术这种精神活动被越来越紧密地与资本和金钱联系在一起。文学网站背后的资本推手、影视剧生产的巨额投入、文艺图书出版的码洋考量等等，都彰显着这种联系的紧密。在市场经济时代，文艺的创作生产肯定与资本和金钱撇不了干系，一定的利润回报也是保证文艺健康发展的必需。但是，文艺不是"摇钱树"，尤其不能把"向钱看"作为文艺创作生产的唯一目标。

警惕消费文化淹没文艺价值

张颐武：文艺具有多向多维的功能，但主要功能在于陶冶人的精神。其作用往往是潜移默化的，是对人的内心世界的影响。文艺的审美功能就是通过独特的美学追求和意趣来让人有所触动,受到感染和陶冶,这些都不是立竿见影的,应该避免庸俗化地理解文艺的功能。一方面要防止把文艺的功能低级化,认为赚钱就是好的,以此来刻意地"迎合"市场和受众;另一方面也要避免方式简单地传递理念、刻板说教。这两者都难以体现文艺的价值和功能,反而会让文艺的作用得不到真正的发挥。文艺是通过想象和形象来作用于人,它需要生动而具体,形象往往大于观念,是丰富和具体可感的。无论是"纯文学"还是"大众文化",虽然类型有别,观念有异,但最终都依靠审美价值来发挥作用。

汪涌豪:价值是关系范畴,离开与主体的关系便失去探讨的基础。强调文艺的主要价值在审美,也同样是基于文艺作为人掌握世界的重要方式,需通过感性化形式、依据美的规律展开这一特性;另外,需把人的内在尺度运用于对象,以最终实现人自身的自觉自由这种功能。所以,无论是文艺创作还是批评都应该坚持审美的本位,关注其本质、结构与实现方式,从而引导人从日常世界进入精神世界,领悟人生真谛,创造生活意义。为此在反对一切机械反映论的同时,要特别警惕消费文化淹没、解构和忽视审美价值的倾向。只有牢牢把握文艺的审美特性,才能做到"坚守文艺的审美理想,保持文艺的独立价值"。

李　震:在中外文学艺术史上,大凡经典作品都是以审美价值为根基的。而当文艺被市场主宰、被用来赚钱的时候,它就已经丧失了自己的本性,沦为异己。当今文艺界,通过文艺牟取暴利,用迎合受众低级趣味的狗血剧、神剧和劣质小品成为千万富翁、亿万富翁者大有人在,为了商业利益用一些低劣影视作品将文学经典庸俗化、丑化者大有人在。如果一个民族的文艺长期在商业利益驱动之下,满足于生产劣质产品,不仅会导致文艺审美价值的沦丧,而且会大大降低这个民族的精神品格和尊严。

马建辉:人们需要文艺,不是由于文艺可以满足其世俗享乐,而是文艺能够满足其审美需求;同样,社会需要文艺,也不是因为文艺可以以票房创造物质利益,而是文艺能够以审美净化和提振人们的心灵与精神。席勒说,只有审美趣味才能把和谐带入社会,因为它在个体身上建立起和谐。库申指出,美的特点并非刺激欲望或把它点燃起来,而是使它纯洁化、高尚化。审美最终使文艺区别于其他意识形式,也使文艺价值区别于世俗价值。对于世俗价值的反思与超越是文艺审美价值的重要体现,过度的世俗价值诉求在人们身上造成的裂隙和片面性,都会在文艺审美中得到某种程度的修复和弥补。

实用价值内含于艺术价值

张　江:除了审美价值,文艺有没有实用价值?当然有。但是,在我看来,实用价值只是文艺的衍生价值,或者说是副产品,而不是主要价值,更不是文艺之为文艺的根本属性。并且,实用价值恰恰是通过审美价值来实现的,没有审美价值,实用价值也必然落空。我们现在的问题,是绕过了审美价值,片面追求实用价值。

张颐武:毋庸讳言,文艺当然有其实用的价值,实用价值当然也是文艺的一种必然具有的功能,但它显然不是文艺的唯一功能或最重要的作用。观看阅读文艺作品不是看教科书或商业指南,而是借由艺术的魅力对人生和人性有更丰富的理解体味,并对受众的生活产生潜移默化的影响。

汪涌豪:文艺的实用性价值,不能予以过度强调。片面重视实用价值会使艺术价值边缘化,这种情况在一味追求娱乐性和商业成功的文艺活动中多有表现。尽管娱乐与理性思考及社会性内容不相排斥,通过娱乐获取利益也并非原罪,但将文艺简化为娱乐,再偷换为游戏与搞笑就过了。个别影片一味追求商业成功,在市场压力与国外获奖诱惑下,任意删减重要人物并简化其他人物的命运,不恰当地转移和改塑情节,以致牺牲掉原作的多样化与复杂性。如此消解深度以吸引感官注意,只能证明文艺一旦贴上商业化的标签,其自身的独立完整性将不复存在。

李　震:文艺可以兴观群怨、可以评骘人生,也可以产生商业利润,但这些功能和价值都必须以审美价值和艺术价值为前提,都必须通过审美来实现。这些近乎常识的道理,在当今一些文艺家看来似乎早已是明日黄花了。他们可以无视常识、无视艺术本身,可以直接去炮制商业片,直接用类型去复制、克隆,直接用大投入去博取广告效应,用大制作去刺激人们的感官,用模式化的生产去迎合审美惰性。而那些大投入、大制作的东西,除了用商业炒作赚取了高额利润外,几乎讲不出一个生动的故事,塑造不出一个鲜活的人物,提升不了人的精神品格。

马建辉：说到底，文艺的实用价值是内含于艺术价值或审美价值之中的。艺术价值高，实用价值也就随之升高。艺术价值对于文艺具有根本性，抽离了艺术价值，实用价值也就会被取消。文艺作品影响力的源泉之一是艺术水准。票房、收视率、点击率、印数和版税等实用价值的最大化，体现的就是这种艺术水准所达到的高度。艺术价值达到相当高度的经典之作，往往都是畅销和长销作品，它们创造的实用价值是依靠炒作赢得一时利润的平庸之作所难以比拟的。这也是实用价值内含于艺术价值的一个明证。

急功近利是创作的大敌

张　江：可以说，我们的时代不缺有才华的文艺家，我们缺的是文艺家不为世俗诱惑所动的定力和板凳敢坐十年冷的勇气。文艺界存在的急功近利之风需要高度警惕，这种风气吞噬作家艺术家的才华，销蚀文艺作品的质量。一些人急于获奖、急于成名、急于获利，于是草草堆砌出一批长篇大作，却没有一部经得住推敲，其结果只能是速成速朽，白白浪费生命和才华。

张颐武：文艺家急功近利就是只注重短期效应，对艺术采取立即变现的实用主义态度。其结果是两种倾向的盛行，一是迎合市场，庸俗地跟风，导致作品不可能真正地进入人心，体察人心；二是迎合理念，变成灌输，让理念大于形象，也无法让文艺发挥作用。这些其实都是和生活脱节、和现实脱节、和艺术与审美脱节，最终不但不能赢得受众，反而让公众和社会唾弃。

汪涌豪：一部作品的艺术价值可能需要很长一段时间才能实现，是谓审美的滞后性。此时尤其考验作者的耐心。今天人人都在讲路遥和陈忠实，在我看来，路遥的劣质烟与陈忠实的小木桌就是其将创作视为生命燃烧的见证。用陈忠实的话说，艺术是要人将其奉为"生命的关键词"。今人喜欢讲"工匠精神"，文艺创作何尝不是这样。但有的画家仅就着照片涂抹成画，有的作家视文学为名利场，担心几年没有作品就会被人忘记，故两年一部长篇，为此而收罗市井故事勉强敷衍，而忘了从故事到文学之间须经诗化的提炼与美的转换，更需假理性的判断以见道义的力量。

李　震：大凡经典作品都是十年磨一剑的结果，任何急功近利的行为，制造的都是垃圾。张艺谋作为一个学摄影的北影学子，却以饰演《老井》中的孙旺泉一举获得东京电影节的最佳男主角奖，主要原因是导演吴天明逼着张艺谋在太行山上的老井村，以一个地道农民、一个农村石匠的身份生活了几个月，每天从几里路的山下往山上挑水，将每家的水缸灌满，每天从沟里将石板背上山，最后老井村每户人家的院子里都摆满石板。几个月下来，张艺谋的手上、脚上、背上的水泡都逐渐变为老茧。而后，才有了孙旺泉的形象，才有了最佳男主角的殊荣。而今天的很多职业演员，从初看剧本到封镜，几个月就演完几十集的电视连续剧，其演出水平可想而知，片酬却高得惊人。

马建辉："板凳要坐十年冷，文章不写一句空。"这句话对于文艺创作同样适用。一切优秀作品，都有一个"如切如磋，如琢如磨"的过程。一个时期以来，一些心浮气躁、急功近利的作品表现出明显的快餐化取向，成为速成速朽的一次性消费品。一些希望作品能够尽快兑换成实用价值的作者，投机取巧，沽名钓誉，自我炒作，煽动人们的世俗欲望，让低俗作品大行其道。创作上的功利主义是粗制滥造的温床，"陶钧文思，贵在虚静，疏瀹五藏，澡雪精神"，心里只想着价值兑换，如何能创作出优秀作品？

牵一牵市场的鼻子

张　江：市场不是洪水猛兽，文艺与市场也不是对立关系。相反，健康的市场对文艺发展还有积极的推动作用。我们要强调的是，作家艺术家不能完全依附于市场，被市场牵着鼻子走。简单的迎合和盲目的跟风，出不了好作品，成就不了优秀的文艺家。同时，在市场面前，作家艺术家不但不能被市场牵着鼻子走，还要有勇气牵一牵市场的鼻子，培育市场，引领市场。

张颐武：不被市场牵着鼻子走，就是要用真正的艺术来感染人打动人，不是靠跟风迎合，不是靠媚俗，而是要潜心创作，只有这样才会有更广阔的空间，才能创作出优质的作品，才能真正得到社会的最终认可，而不是一阵浮云。现在看来，既要提升小众的纯文艺的水准，也要提升大众文艺的水准。既要对受众有了解,又要对创作规律有更为深入的理解,让作品经得住当下的检验也能经得住历史的检验,让创作有更长久的魅力。这当然是更高的要求,也需要做更多的努力。

汪涌豪：文艺家要听从自己内心的召唤,而不应屈从市场,以一种商业化的姿态,大量复制趋利。因为文艺的特性规定了文艺家必须从当下物的局限中摆脱出来,以与生活保持必要的"距离"来审视生活,求得超越。倘若只知为人民币创作,是很容易沦为大众文化批评家阿诺德所批评的"庸俗阶级"的。由此想到作家冯骥才对一些画家只重价格不论品质的批评。一段时间以来"营销批评""市场批评"代替历史与美学批评的不良风气,其实都是这种庸俗气的反映。所以我个人很敬重孙犁这样的老辈作家,身上有一种难得的远离尘嚣、独上高楼的庄敬与清高。当然,文艺家并非不食人间烟火,尊重其知识产权,让其有较为理想的经济回报,使其得以维护应有的体面生活,也是很重要的。

李　震：文艺需要传播场域,需要经费的投入,更需要通过市场来扩大再生产。然而,文艺的最终目标绝不是市场。任何类型的文艺一旦被市场牵着鼻子走,不仅无法创造经典,而且最终会走向堕落。因此,当今时代,文艺与市场的关系似乎已成为一个难以化解的悖论。文艺既离不开市场,又不能被市场所主宰。这一悖论,看似是一个死结,其实并非不可解。纵观中外,真正占据了大市场的其实是一些经典作品,譬如中国的四大名著,譬如梵高、毕加索的美术作品等等,它们并不是没有市场,而是占据了大市场、永久的市场。但我敢说,无论是曹雪芹等四大名著的作者,还是梵高、毕加索,他们一定不是为市场而创作的。

马建辉：优秀作品当然最终会赢得市场,但其功夫不在市场之内,而在市场之外。文艺家不应被市场牵着鼻子走,而应该自觉地牵一牵市场的鼻子。优秀作品的经典化过程往往不是市场的自然汰换,而是主流社会有意或自觉选择、培育的结果。文艺创作在市场面前绝不应是被动、消极的存在,而是可以有所作为,且必须有所作为的。文艺市场可以培育和转化,因为文艺市场主体就是人。通过培育人们良好的文艺消费观念和消费习惯来转化市场倾向,是文艺家的重要职责之一。

张　江：文学艺术终究是一种精神活动,满足的是人们的精神需要。其他所有的功能和价值,都是在这一基础上生发出来的。它在现实中带来的利润回报,是对创作者提供了高品质的精神生活的奖赏,或者说是一种价值交换。把文艺当作摇钱树,只希望坐地收钱却拿不出好作品,既不道德,更不可能。

(《人民日报》2016 年 7 月 8 日)

魔幻叙事也有价值内涵

对话人

张　江（中国社会科学院副院长、教授）

饶曙光（中国电影家协会秘书长、批评家）

张德祥（中国文艺评论家协会副主席、批评家）

夏　烈（杭州师范大学教授）

聂　伟（上海研究院研究员）

张　江：近年来，数字科技的发展促发影视制作技术的提升，让各类具有魔幻色彩的影视作品成为票房新宠。这些作品由于冲破现实的拘囿，而获得更大的想象和腾挪空间，亦真亦幻，或虚或实，特别是现代科技手段所营造的超级体验，成为魔幻影视作品独特的魅力。不过，需要强调的是，魔幻叙事仍然是人们把握世界的一种方式，仍然需要有价值内涵的追求。

魔幻是人们把握世界的一种方式

张德祥：魔幻是人类很早就有的一种艺术思维方式，使常规物像幻化变异而凸显其特征，以求得现象背后的本质真实，或者寄托人类遥远的理想。20世纪80年代后期，中国文坛受拉美文学影响"闹"过一阵子魔幻现实主义，不少人趋之若鹜,以为是新手法,其实并不新鲜。

从文艺史来看,人类最早的神话以及岩画都有魔幻的影子,后来,魔幻进一步成为文学的重要手法。鲁迅在《中国小说史略》中专门论述了明代的神魔小说。时至今日,尽管科学已经解开了许多自然之谜,但科学毕竟不可能穷尽未知世界,所以人类的幻想需求并不因为人类走过了童年而丧失,相反,科学幻想方兴未艾。因此,从魔幻到科幻,幻想始终是文学艺术的一种思维方式,一种表现手法。

魔幻,可以说是古代的科幻,科幻,可以说是现代的魔幻,无论如何,它们都脱不开现实世界的影子,而是现实世界的变形、夸张、扭曲、延伸而呈现出荒诞不经的面貌。实际上,很多魔幻作品形在彼而意在此,借魔幻而说现实,借鬼神而喻人类,反而更具有艺术的穿透力,更能看清现实世界的本质,这就达到了一种艺术真实。魔幻艺术的价值最终体现为艺术真实所达到的审美境界、精神高度以及所传达的思想价值。

但是,魔幻艺术也容易走火入魔。魔幻艺术能够带来超现实的奇异感受,这致使有些人停留于此、陶醉于此,一味地制造奇观,刺激人的神经,以达到娱乐宣泄的效果。应当说,这个层次较低,只停留在技术层面,没有达到艺术效果。但是,目前有些影视作品看重的恰恰就是这一技术效果,极尽妖魔鬼怪斗法之能事,惊险与惊悚互为表里,炫目惊心,用感官刺激取代艺术审美。这样,魔幻就更多地走向了游戏而游离了艺术,这就是走火入魔。在一个资本逐利的环境中,魔幻超现实的技术功能受到资本青睐,以追求感官刺激的娱乐性俘获票房。要让魔幻归于正途,非有艺术的精神定力与把控能力不可。在魔幻的层面上,艺术和游戏的界限越来越模糊,这是一个不争的事实,也是一个需要警惕的问题。

魔幻镜像的现代演绎及价值表达

张　江:魔幻不是游戏,魔幻背后仍然有价值诉求。在这一点上,美国人的魔幻叙事颇能说明问题。无论是《阿凡达》《蜘蛛侠》,还是《生化危机》《变形金刚》,尽管题材不同,但它们在震撼的视觉冲击背后,都处处弥漫着强烈的美国价值立场。因此,当我们欣赏这些魔幻大片,如果认为它们只是提供了一场视觉盛宴,那就大错特错了。在这一点上,国内文艺作品还有相当距离。

饶曙光:近年来,在数字技术与产业经济的双轮驱动下,作为国产商业电影重要类型的魔幻电影方兴未艾,在叙事逻辑、美学价值、创意系统、类型特征及商业模式等层面正发生着深刻的现代化转型。自 2008 年的《画皮》开始,《狄仁杰之通天帝国》《西游·降魔篇》《西游记之大圣归来》《捉妖记》《寻龙诀》《美人鱼》《大鱼海棠》等东方魔幻电影纷至沓来,它们以类型杂糅与文化融合的姿态,悉力探寻视觉奇观、寻找传统文化与现代理念妥善对话的新范式,逐步成长为促进中国电影市场增长的重要引擎。

魔幻电影的独特之处在于其能自由驰骋于真实时空与虚幻世界之间,打破传统现实主义的桎梏藩篱,边界消失,达成人类对无垠异域的意志追求与想象:即以镜像寓言生动描摹现实社会,巧妙隐喻世俗百态,犀利折射现代伦理精神,表达当代主流价值观。近年来的一些中式魔幻大片在技术形式、生产制作上虽"师法""移植"于西方,然其故事母题却试图汲取古籍原典的儒道哲蕴及民间传奇的精华。概括地说,时下对传统魔幻意象的使用及民族文化理念的注入,成为国产魔幻电影"折射"现实的两大本土化路径,一定程度上推动着中华传统文化的创造性转化和创新性发展。

与此同时,国产魔幻电影在特效技术、故事叙述、价值表达、海外传播等方面存有诸多问题,更有某些魔幻大片过度追求数字技术体验,故事支离破碎,审美追求与人文情怀丧失殆尽,退行到浮泛的"杂耍"层次,甘于充当市场的奴隶,远离主流价值观,自然遭到观众的质疑与诟病。鲁迅小说中庞大的动物意象系统背后隐含着纷扰繁杂的"人的世界",魔幻皮相表征下的现实批判方为其旨归。

互联网与全球化浪潮下,国产魔幻电影需实现数字造型技术与民族精神内核的深度契合,悉力拓展类型、深掘内涵。即不仅与武侠、爱情、科幻、战争等类型片相糅合,还要实现中国故事的世界表达,将主流价值观融入到优秀传统文化之中,实现民族精神、文化传承和主流价值的有效融合,这样方能真正走向世界。

魔性根于人性

张　江：每一个超人的背后都站着千百个凡人，每一种魔性的张扬都是人性的隐喻表达。从某种程度上来说，魔幻叙事越是出离常规，越能激起受众的热情，但是，在受众的接受符码中，魔幻与现实的参照和对接仍然是核心机制——用魔幻的艺术表达不露声色地折射现实，是所有成功的幻想叙事的共同特征。

夏　烈：客观地分析"构幻"（魔幻、玄幻、奇幻、科幻）类创作的文化心理，我想主要来源于这样一些因素：一是人类自原始而来的文化心理积淀，一种对于自然神秘和广大的不可知事物的敬畏；二是由此生成的人类对想象、对解释神秘的不可知事物的渴望，即叙事的热情和伴随并生的生理—心理的快感机制；三是对于现实曲折的、变形的反映和反应，有所隐喻和寄托；四是由第三点而来的幻想类创作的伟大文脉的感召，成为作家在"传统与个人才能"结合下重要的历史传承；五是小说、影视、游戏本身的虚构性、虚拟性正是幻想的直接后果，换言之，幻想性的创造力是人类生而有之的能力。

在这些貌似荒诞不经的娱乐的魔幻作品中，事实上不可能不依存着重要的人类精神，体现着或清晰或矛盾的价值观系统。比如《西游记》作为一部中华魔幻经典与古典小说经典，500年来一直吸引着中外读者、评论者进行赏析与阐释。师徒历经九九八十一难、西天取经的崇高信仰和磨难已经成为中国传统文化精神的一部分；孙悟空作为天地日月生成的石猴，其闪耀的自由性灵之光，以及最终将责任使命与自我价值的实现相结合的修炼历程，也让不同年龄、阅历的人都能有所学习和借鉴。无论《大话西游》式的改编、《孙悟空是个好员工》式的移用，或是《大圣归来》式的另起炉灶，创作者都是在原著中孙悟空原有的性格特征和象征性的基础上，赋予这个形象以当代理解和当下生活。可以说，只要魔幻类叙事写好了人性和故事性，就能在价值观上持续地影响后世。

新世纪以来，国际文化交流与贸易带来影视大片的输入，其中魔幻类影视作品的影响最大：其覆盖人群大、输入数量多，对中国观影人群尤其是青少年的文化习惯、价值观念有较大的影响。受到西方尤其是美国好莱坞模式的启发,中国魔幻题材的文艺创作及其产业链正在加速发展。网络文学领域中玄幻作品火热,是其主要表现之一:融合儒释道、民族大义、兄弟情和个人奋斗精神的作品不断生成,深受广大网民的喜爱。

当前,我们的魔幻文艺作品还未完全达到文艺作品审美性和功能性的高度合一,创作者缺乏从文化自信到文化自觉的主动构建。从文化战略的顶层设计而言,也鲜有把这类题材的文艺作品作为讲述中国故事、彰显中华美学精神以及主流价值观的载体,这是需要加以审视和重视的认识盲点。

魔幻镜像创制与青年文化声张

张　江:当前,青年群体是魔幻叙事类文艺作品最大的拥趸与受众。与传统的现实主义叙事相比,魔幻叙事更契合青年群体的接受心理和审美诉求,因而在青年人中具有广阔的市场。正因如此,魔幻叙事在满足青年群体审美需求、表达青年文化声张的同时,必须要有价值引领的意识和担当。

聂　伟:作为幻想片概念下属的亚类型,如果说科幻题材的创制是关于未来的现实主义想象,那么魔幻题材的想象就是关于历史的现实主义写作。托尔金的《魔戒》向原著倾注了大量意味深远的隐喻,既是对盎格鲁—撒克逊文学的欧陆历史神话原型的模仿,更是他对两次世界大战的经验书写。创世神话融入宗教信仰,人间悲剧经过智者反思,《魔戒》成就了英国人引为自豪的新世纪作品,也为此类创作奠定了历史乌托邦的基调。

然而,近年来魔幻题材的发展渐次浮现新的特征:宏大叙事的史诗性因为粉丝的大量主动参与而迅速消解。最典型的莫过于正在全球许多地区热播的美剧《权力的游戏》。该剧的小说原著《冰与火之歌》以欧洲大陆为蓝本,涉及了大量的中世纪历史细节,而此后强势的粉丝文化则直接影响了前端创意,致使该剧的二次元美学特征愈发明显,如今,原作者马丁已成为欧美各大漫画节的常客。更极端的例子是带有中国资本基因的电影《魔兽》,这部电影的改编动力大多源于全世界尤其中国游戏玩家的自媒体资源。可以说,青年的二次元审美,甚而是一些青年已将其视为现实的二次元存在样式,正在改变魔幻题材的创作样态,成就了青年文化神思涌动的"异托邦想象"。

不论是西方魔幻的文学渊源还是东方玄幻的历史厚度,经由全球青年无时差、跨地域的集体参与,被迅速整饬为平行域的二次元语言和单一明了的强力逻辑,或曰一种青年文化的自我符码转化。当大众媒介与资本逻辑自以为准确地掌握了当下的青年话语,反复粘贴魔幻故事与之进行隔空对话的时候,我更愿意将其理解为自媒体"发现青年"的努力与青年文化声张。他们借助脑洞大开的超验逻辑重新想象文明的缘起,尽管常常表现得经不起推敲,却充满了年轻人直面世界时试图"把住一些把不住的事体"的热忱与创世纪冲动,他们以"游戏即生存"的类 VR 方式推进着属于新世代的亚文化实践。

张　江:归根到底,一切文艺作品都蕴含着价值内涵,都是价值立场的表达。魔幻叙事也概莫能外。强调这一点,一方面在于提醒,当我们在影院中、电视机前酣畅淋漓地欣赏奇幻大片时,这些影片的制作者给予我们的远不止视觉的享受;另一方面也在警示国内的文艺生产者,在收获高额票房的同时,切不可沾沾自喜,忽视了魔幻叙事中价值内涵的提炼。

(《人民日报》2016 年 7 月 22 日)

文化自信与文学发展

对话人

张　江（中国社会科学院副院长、教授）

刘跃进（中国社会科学院文学研究所研究员）

白　烨（中国社会科学院文学研究所研究员）

贺绍俊（沈阳师范大学文学与文化研究所教授）

徐兆寿（西北师范大学传媒学院教授）

张　江："在5000多年文明发展中孕育的中华优秀传统文化，在党和人民伟大斗争中孕育的革命文化和社会主义先进文化，积淀着中华民族最深层的精神追求，代表着中华民族独特的精神标识。"我们坚定文化自信，根本上来源于此。文学是砥砺精神的事业。文学作品追求以精神的力量征服人、感染人、塑造人，首先要求作家在内心深处对本民族的文化高度认同，建立强烈的文化自信。

充分挖掘民族优秀文化资源

刘跃进：习近平总书记强调文化自信是"更基础、更广泛、更深厚的自信"。这三个"更"字，凸显了文化自信的独特性和重要价值，道路自信、理论自信、制度自信，其本质是建立在文化自信基础上的。

中华民族在交流融合过程中，犹如满天星斗，百川归海，形成了共有的文化血脉。周秦起自西陲，协和万邦，融合南北，开创了书同文、车同轨的时代。汉唐盛世，万邦朝奏，疆域辽阔，汇为一统。康乾盛世，乾隆皇帝秉承康熙旨意修建历代帝王庙，强调"夫天下者，天下人之天下也，非南北中外所得私。舜东夷，文王西夷，岂可以东西别之乎?"在乾隆眼中，"中华统绪，不绝如线"，这是《春秋》大义中最核心的观念，也是中华民族源远流长、生生不息的根本所系。

建立在这一观念基础上的中华文化，在各种文明交往中具有强烈的文化感召力。周秦汉唐时期的文化已经与欧亚大陆其他文明有着广泛深入的交流，产生了一簇簇中外文明交流与碰撞的火花，缔造了一段段东西文化友谊的历史佳话。3000多年来，中华民族在充分吸收外来文化、创造中华文明辉煌的同时，也在积极地、充满自信地传播着中华文化，不仅滋育了华夏儿女，也对周边国家乃至欧美产生重要影响，成为世界文明宝库中极具特色的重要组成部分。

中华优秀传统文化经历了古代中国不同的历史阶段，把精华积淀下来，成为凝聚中华民族奋发向上、增强中华民族文化自信的精神黏合剂。"先哲留嘉谟，后人当勉就。"在追寻"两个一百年"中国梦的伟大征程中，我们应当遵循"创造性转化、创新性发展"原则，充分挖掘中华优秀传统文化资源，深刻把握当代社会脉搏，牢固坚守中华民族的文化自信，不忘本来，吸收外来，面向未来，创建新的文化形态，创造新的文化辉煌，为中华民族的伟大复兴提供强大的精神力量和智力支持。

文学自强需要文化自信

张　江:无论历史还是现实，中华民族是最有理由坚定文化自信的民族。但是，相当长一段时间以来，一些文艺工作者缺乏应有的文化自信。少数创作者对博大精深的民族文化资源视而不见，反而对西方文化情有独钟，甚至套用西方理论来剪裁中国人的审美，邯郸学步，迷失自我。文学自强，根本上是精神的自强，具备刚健自信的内在气质。

白　烨：文化自信与民族复兴的愿景、文化繁盛的伟业、精神自强的达成，都密切相关，当然也与文学息息相关。文化自信关乎文学自强，文学自强需要文化自信。

文学创作，说到底是作家经由自己的方式讲述故事，并通过讲述故事来反映现实。讲述故事的人对于自己文化的认同程度，决定了他在故事讲述中的思想取向，以及故事本身的精神含量，这也内在地决定了他在讲什么样的故事，以及故事究竟讲得怎么样。

作家贾平凹曾谈到，置身于当下中国的时代氛围与文化环境中的作家，必然会有中国心、中国味、中国腔。而直面我们的现实，思考面临的问题，讲述当下的故事，就是在向人类提供中国经验。贾平凹虽然是由长篇小说《带灯》的写作来谈个人创作体会，但他由此感觉到的、领悟到的，既表现了一个中国作家对于自己国情和自己文化的清醒认识，又从一个作家的角度诠释了文化自信与文学创作的内在关系。

对于作家而言，如何更好地认知现实、把握生活，需要一定的文化自信在背后起主导作用。我们的社会并非到处都是莺歌燕舞，花团锦簇，社会上还有许多不如人意之处，还存在一些丑恶现象，甚至在一些地方、一些时候还会善恶并存、美丑混杂。面对这样一时氤氲不明的状况，就需要写作者以高度的文化自信，用崇高的理想情怀和坚实的人文精神拨云见日、去伪存真、介入生活、反映现实，并引领人们在生活中向善和向上。

文学写作，既贵在创新，又讲究个性。而无论是创新之追求，还是个性之探求，都需要在艺术的形式与风格上，继承和发扬民族形式和民族气派，更需要在立足于民族文化、本土文化和地域文化的基础上，去营造和构建属于自己的"一方邮票"，使自己具有文化上的代表性与艺术上的辨识度。要实现这一切，创作者的文化认知与文化自信，以及在创作过程中对于文化自信的具体践行，都是至关重要的。

自信地书写中国经验

张　江：事实上，随着改革开放巨大成就的取得，以及综合国力的显著提升,我们的文化自信正在被不断夯实和加强。这里有一个对中国经验的逐步发现和认知的问题。众所周知,中国的发展道路与欧美国家不同,中国经验独特价值的显现过程,必然也是中华民族文化自信的建构过程。文学上的文化自信,包含在整体的文化自信之中,它与中国经验构成了互为助力的关系。文化自信是文学之"钙",强健着文学的筋骨;文学的发展反过来又影响文化自信,辉煌屹立的文学高峰,必然进一步夯实和强化文化自信。

贺绍俊:21世纪前夕,学者季羡林以谚语"三十年河东,三十年河西"预言:21世纪将是东方文化的世纪,表现出强烈的文化自信心。当时也有不少人对季老的预言表示怀疑。新世纪以来,随着中国在各个方面创造的成绩引起全世界的瞩目,中国经验也成为人们热烈研究和探讨的专用名词,中国经验仿佛一再地为季老的预言提供证明。中国经验是当代文学最生动、最新鲜的写作资源,作家们也在以文学的方式书写中国经验,揭示中国经验的普遍意义。而在这种书写中,作家们的文化自信心更加强烈,也更加坚定。诗人梁平就以"三十年河东"为题写过一首充满激情的抒情诗。诗人从改革开放30年的历史进程中找到了最具典型性的塑造崭新中国形象的元素,让这个崭新的中国形象站立在坚实的历史基础和文化内涵上。因此,诗人不仅关注特区建设、农村土地承包责任制、百万大裁军、香港回归、三峡工程、航天事业等重大的政治事件,也把目光投注在流行时尚、央视春晚、志愿者行动等文化现象上,从而对中国经验作出了一名诗人独特的理解,比如他将特区建设比喻为"一部真实的中国版的《老人与海》",就在政治和经济的解读之外,对特区做了文化的解读。诗人之所以能够酣畅淋漓地泼洒诗意来塑造一个新的中国形象,就在于他内心充溢着的文化自信。

另一方面,作家具有了坚定的文化自信,才能够更加敏锐地发现中国经验中新的文学形象,准确地把握和书写中国经验。中国崛起后,不少外国人也来到中国寻求发展,孙颙的长篇小说《漂移者》就塑造了这样一个人物马克。全球化时代兴起的移民文学主要描写的就是由一个国家迁移到另一个国家的人物形象。孙颙在认识中国经验时表现出一种文化自信心,他看到了中国在经济崛起之后的文化语境的新变:在东西方文化的碰撞中,中国不再是被动和弱者的姿态,冲突和对抗也不再是碰撞的主旋律。孙颙非常真实地反映了马克如何改变自己的文化优越感,主动去适应新的文化语境,学习如何在一个崛起的后发展国家中生存和发展。

中国经验也将文化自信注入现实主义文学传统之中，使现实主义更加充满生机。现实主义并非简单地客观反映现实，而是处理现实经验的眼光和能力，当我们的现实主义有了强大的文化自信心时，我们不仅讴歌真善美理直气壮，而且也有了更大的勇气去批判假丑恶。中国经验必将为人类文明添加精彩辉煌的一笔，对此当代作家应该充满自信心。

文化自信是文学创新的驱动力

张　江：有文化自信才有文学创新。那些模仿国外作家作品的做法，说到底，是骨子里缺乏自信。中国文学的创新，最大的源泉是中国改革开放的伟大实践。当前，这场实践已经取得了举世瞩目、波澜壮阔的成就。这其中蕴含的智慧和创举，完全可以在作家书写的过程中转化为文学的创新。我们目前缺乏的，是发现的能力、转化的能力。

徐兆寿：在中国历史上，两次西学的融入都带来文化上的震荡、迷失与自我否定，最后又是回归自我，找到文化基因中蓬勃的生命力而重塑自我。文化自信是一个国家和民族最根本的自信，它也是文学创新根本的驱动力。但文化自信并非凭空产生，也非你想拥有就能拥有的。中国人过去的文化自信来自每一个中国人自信为世界的中央之国，自信是世界上最强大的国家。即使有如唐玄奘觉得中国人缺乏生死之教，到西方去取经，以此弥补中国人的信仰缺失，但一说起"东土大唐"还是自信满满，而西方世界则是妖怪丛生、蛮荒无稽的边缘地带。中心还在中国，所以就有了自在、自主、自由的精神主体。

100多年来，我们丧失了这种中心地位，缺失了精神主体，我们的文学愿景常常是到非自主的西方世界去拿一个奖牌，以此确立自己的自信。它的背后是文化的不自信。而文化不自信的背后是两个维度的缺失，一是对中国5000年文化基因的否定，从根本上否定了作为一个中国人的历史本我；二是对当代中国国力的不自信，从根本上动摇着中国人的信心。

所以我们总是说中国文学缺乏钙质，这个钙就是不自信。那么，如何确立文化上的自信呢？从中国古代的经验来看，国力的强大仍然是最大的自信源泉,也就是说,仍然要解放生产力,大力发展国力。另一方面,则是文化上要解放传统文化,恢复中国文化的元气,同时,要发挥中国文化强大的包容性,将世界上一切可能吸收的优秀文化都融入自己的文化体系中,形成一种中西文化相互激荡、相互融合并具有自主性的文化。从某种意义上说,要完成《史记》中所说的集百家之长,实际上也就是完成人类文化的集大成工作。在这个意义上,才会有终极性的文化自信,自然也就有了自在的、自足的文学创新,就像李白在完全的自足中挥就千古绝唱一样。

张　江:文学是文化的重要构成。中华文化源远流长,光辉灿烂,是中华民族生息繁衍的精神依托,也是中华民族集体智慧的结晶。中国文学始终浸润在中华文化之中,它每一个辉煌的高峰,都得益于文化的滋养和润泽。当代中国实践对中华文化的丰富和发展,为中华文化注入了新的生机和活力,进一步坚定了中华民族的文化自信。这也必将为中国文学的进一步繁荣发展提供强大动力。

(《人民日报》2016 年 10 月 4 日)

鲁迅精神和我们的文学传统

对话人

张　江（中国社会科学院副院长、教授）

孙　郁（中国人民大学文学院院长、教授）

袁盛勇（重庆师范大学文学院教授）

李继凯（陕西师范大学文学院教授）

李林荣（北京第二外国语学院文学院教授）

张　江：2016 年是鲁迅逝世 80 周年。80 年间，斗转星移，世事变迁，中国社会发生了翻天覆地的变化。但是，鲁迅留给我们的精神遗产，却始终如一条涓涓细流，从未间断。尤其在文学方面，不但鲁迅当年的创作始终是后人难以超越的高峰，而且可以毫不夸张地说，我们所寄寓的文学传统，有相当一部分来自于鲁迅，肇始于鲁迅。

鲁迅为何常读常新

孙　郁：今天的中国，鲁迅恐怕是被阅读最多的作家，其影响力从未消退过。

阅读鲁迅文本，我们便进入湍急的精神激流，被一遍遍洗刷着。他引领着我们造访远古的遗存,也攀援着精神的圣地。他的文风透着热气,也散出古老文明的气息。他有一种颠覆性的智慧,却又在暖意中流淌着人间爱意。在其留下的翻译文字、创作文字和整理国故的文字里,指示着未来文化的方向,"外之既不后于世界之思潮,内之弗失固有之血脉",一直启示着一代又一代人。

我们的前辈学者早就指出,鲁迅的价值在于对中国文化的一次重要的改写,把"立人"和国民性改造、新文化建设联系起来。他清楚地看出中国文化里的问题,又能以现代的眼光重新调整自己的思路。那些丰富的文本不是线性因果的排列,在肯定里的否定和空无里的实有,让人想起爱因斯坦式的智慧。他的每一篇文章都不重复,其创新笔法显出现代中国人罕有的高度。鲁迅早期受到进化论思想影响,后来注重对马克思主义文艺美学的译介,形成了自己特别的文化理念和审美精神。他在多维的时空里构建了自己的诗学世界,而这世界不属于士大夫式的附庸风雅,也非绅士阶级的自恋,他的一切,都和大众息息相关。

鲁迅逝世80年了,纪念他的时候,我总想起他晚年几篇动人的文章。他说无穷的远方、无穷的人们都与自己有关。那时候,鲁迅已经卧床不起,但内心不忘的是苦难中的百姓。他诅咒黑暗里的遗存,且不断寻找新的精神之源。与保守主义战,与各种政客战,与自己内心旧的精神遗传战。他在战斗中,又有无量的爱意辐射于世间,我们由此看出他内心最为动人的一隅。

鲁迅为什么常读常新?因为其遗产纠葛着历史的敏感之点,人性的敏感之点,存在的敏感之点。他警惕历史的轮回,希望在没有路的地方走路;拒绝文学中的瞒与骗,强调赤诚之心;反对主奴意识的侵蚀,礼赞人间的正义。在表达自己思想的时候,他敞开着胸怀,又能不断拷问自己的灵魂,在精神的突围里一次次呈现着创造性的实绩。当我们遇到困苦和不幸的时候,鲁迅文字间流动的智慧与勇气,会成为我们行走的参照,那些鲜活的思想召唤着我们走在克服困苦的路上。无论是在战争时期还是在和平年代,其文字一直像燃烧的灯火,照耀着不断摸索新路的人们。这是自孔夫子以来罕有的伟人,他的精神的现实性和超越性,乃新文化原点性的存在。重要的还在于,鲁迅的经验对于现代性的明暗、曲直,以及存在的缺陷,都有启悟的价值,这一点在今天越来越清楚地显现出来。

希望自己文字速朽的鲁迅，一直清醒于自己写作的有限性。他在克服这种有限性的跋涉里，因了穿透的智性，而逼近精神的无限的可能性。这与康德、卡夫卡对人的主体的内觉的凝视显示了惊人的一致性，且有了东方式的逻辑。我们古老的文明，因了鲁迅那一代人的努力而拥有了现代性的闪光，"取今复古，别立新宗"，不再是空想。

鲁迅的著述是百科全书的遗产，写着我们民族的过去与现在，中华文化的根脉在这里得以延伸。

文化自觉的先驱

张　江：鲁迅的精神遗产中，当然包含了诸如"立人"思想、国民性反思、拿来主义等相对具体的存在，但超越这些具体存在的背后驱动，则是一种发自思想深处的文化自觉。他的文化自觉连结着宽广而深厚的文化视域，既有对民族文化的忧虑与反思，也有对民族前途的拷问与考量；既有对本土文化的诊脉和甄别，又有对世界文化的探究和展望。

袁盛勇：鲁迅所处的时代是一个大变局时代。作为一个浸染着传统也沐浴了西风的读书人，鲁迅在晚清民初应该说是经历了一个文化感受上的嬗变期，既有感伤、悲愤，也有亢奋和激进，而到了五四新文化前夕，他更是甘于沉埋于古碑和拓片之间。其间的寂寞和无聊，在我看来，乃是与一种文化上的悲凉感联系在一起。此种体验其实在鲁迅早年《文化偏至论》等文言论文中，已有突出表现。鲁迅的文化启蒙，其实就是从这个悲凉的文化感开始的，他在当时中国文化的九曲低洄中感受到无边落木萧萧下的苦楚，但也看到不尽长江滚滚来的文化生命和内在活力。

鲁迅文化观的确立经历了一个过程，这是毋庸置疑的，但是，其间亦有一以贯之之处，这就是在文化的民族性和世界性之间，鲁迅着眼于二者的调适和兼容，以及在此之上的创造性发展。鲁迅早先倡导"取今复古，别立新宗"，后来高举"拿来主义"，并且向往一种"自由驱使，绝不介怀"的汉唐气魄，这些无一处是引导人们去割裂中国文化的，反而是促使人发挥文化创造的主体性和自信力,中西兼顾,相生相合,进而去创造一种属于新时代和新世纪的中国文化。鲁迅在文学和文化创造的根基处始终着眼于对始源性东西的探寻,他早年所谓的"复古"不仅仅具有历史性内涵,更具有形上的方法论意味,其间是寄寓了一种文化生命的民族向度和人文情怀的。鲁迅的文化观始终具有一种生命的热度和民族情怀,与其说他是从文化民主主义走向世界主义,毋宁说是用新的世界视野和人类情怀重构内心深处的文化民族主义,其旨归是让中国人站起来融入到世界潮流中去,让一盘散沙似的中国发展成一个真正的"人国",而不至于从"世界人"中被挤出。因此,作为现代中国的思想先驱,鲁迅的文学和文化之路是中国文化自我拯救和复兴之路延续与发展的一部分,而非割裂和阻断。

文化的自觉是跟知识分子的人文意识联系在一起的。鲁迅在《狂人日记》中揭示了鲜血淋漓的某种属于东方的沉沦,"救救孩子"的呼声至今仍回荡在历史和现实之中;也塑造了愁苦可怜但又于无意识中具有某种超越性精神内涵的阿Q,深刻揭示出某种国民性的病根;即使在《野草》一类充满诗意和人生哲理的创作中,自称所采撷的也不过是地狱边缘的几朵白色小花,令人无法产生更多美的遐想。如此等等,鲁迅其实在对"铁屋子"体验的多维度展示中,也把自己的心烧在其间。鲁迅未尝不是狂人,未尝不是阿Q,但其更心系来自无穷远方的人们,乐于驱逐和审视人间的鬼魅,这又何尝不是他笔下那个执著前行的过客。所以,鲁迅文学实践中的批判和解构,并非是一种所谓文化的破坏,他不倦地往前走去,指向人生和文化之路的建构。这无疑是一种更为深刻的文化自觉。

当然,鲁迅是人不是神。鲁迅在文学和思想实践中前行的路,也是一条在犹豫彷徨中挣扎前行的路。他的挣扎与批判,其实就是一个知识分子在特定历史境遇中的文化自觉,在这自觉中,现代中国文化的某些现代性缺陷才会得以显现,也才会获得拯治。在这个意义上,坦然而真切地面对鲁迅及其他现代中国文学与文化的先驱,回到一个复杂而完整的鲁迅那里去,在我看来,乃是对于鲁迅精神的自觉承继和光大。或许惟其如此,鲁迅才会永远生动地活着——是的,在人类文学和思想的天空,鲁迅是永远不会逝去的存在!

鲁迅与民族魂

张　江：鲁迅先生被称为"民族魂"。为什么偏偏是鲁迅获此高誉？仅仅是因为鲁迅逝世的时候人们把一面写有"民族魂"三个大字的旗帜盖在了他的身上？在我看来，最重要的还是在于，终其一生，无论是日本学医期间的"幻灯片时间"，还是后来的弃医从文；无论是"救救孩子"的呐喊，还是对国民劣根性的批判，鲁迅始终是在为中华民族的前途和未来而彷徨，而呐喊。

李继凯：有"民族魂"之誉的鲁迅，是我们心目中具有现代风范和引路作用的"大先生"。他年轻时就曾说过："学说所以增人思，文学所以增人感。"作为"大先生"的鲁迅便是既能引人多感，更能引人多思的极具感召力和启发性的一位现代文化巨人。一个伟大的民族必有其伟大的"民族魂"，也必有能够代表其文化精魂的文化巨人。身处历史转型时期的"大时代"，鲁迅便是应运而生的文化巨人。很明显，"民族魂"与鲁迅的关联，不是偶然的遇合或权力决策，而是民众和知识界不约而同的长期感知与认同。

鲁迅的人生追求，可以看作是有异于古代文人"旧三立"（立德、立功、立言）的"新三立"（现代文化价值观重构中的立人、立家、立象）境界。许多人认为鲁迅仅仅是"破坏型人物"，缺少"立得住的东西"，其实，鲁迅在"立人"（倡导现代人的充分自觉）、"立家"（眷顾个人、集体、国家乃至人类之家）和"立象"（创造以文学、学术及书法等为代表的形象化、符号化世界）方面，贡献了许多标志性的重要成果，留下了丰富的深深地烙有鲁迅印记的文化遗产。

以现代人的清醒，以思想家的理智，以革命家的敏锐，以文学家的激情，来系统地、缜密地、持续地"研究"中国人，进行空前的彻底的民族反省，终生为民族及其子民们的自我更新而奋斗，并获得了卓越的成就，产生了广泛而深刻影响的，在中国文化史上，迄今为止，仍应首推有着"民族魂"之誉的鲁迅！这或许可以说是对鲁迅研究领域"三家说"（思想家、文学家和革命家）的积极继承和阐释。在"三家说"的整体评价中，包含了很多耐人寻味的意蕴。即使最容易引人质疑的"革命家"之说，至今也会进一步激发人们对鲁迅与革命、鲁迅与时代、鲁迅与启蒙等问题的深入思考。尤其是结合鲁迅的一生追求和深切认知,对"有度"的革命和"无度"的革命的区别理解与准确把握确实很有必要。其中尤其要把握住革命与启蒙的兼容、互动关系,避免顽固的二元对立思维模式导致的误解和误用,这方面的历史教训可谓沉重,我们理应从鲁迅的丰富思想中获得启示。

鲁迅与文学批评

张　江:作为文学家,鲁迅当然首先是个伟大的作家,同时也是一位了不起的批评家。鲁迅在文学批评领域的建树,可能丝毫不比创作方面逊色。鲁迅的文学批评不是刻意为之,也没有任何理论野心,他的批评文字大多分散在各种杂文、书信、序言之中,而恰恰是这种随性之作,反而蕴含着诸多真知灼见,今天读来仍然富于启发。

李林荣:对于历史人物的纪念,在凸显和强调他们凝固在某一点或某一方面的形象和业绩时,他们在其他方面的飞扬鲜活,就容易从我们眼前黯淡、模糊,以至于消失。鲁迅的文学批评实践,正属于我们每谈论起鲁迅时,多半没有予以足够重视乃至忽略的一项内容。

今天我们从文学批评的视阈去回望鲁迅的历史形象,首先应看清楚相关的时代背景:在鲁迅所处的时代和鲁迅的思想意识里,文学和文化在整个社会空间是以新旧双重并置的结构存在的,而且旧的一重已是现实的强势存在,新的一重还只是观念大于实践、理想大于现状的弱势存在。当时的文学批评,在这个双重并置的文学、文化空间里,不但没有可以寄生其中或依附其上的强大丰厚的新文学创作的现成积累,相反,还要担当起为新文学和新文化的创造奋力闯开生路和通路的责任,从观念和舆论上为新文学和新文化的存在和发展确立合法性、正当性,从现实影响上对充塞、浸透了整个社会空间的旧文学和旧文化展开整理和批判。

鲁迅作为文学批评家的一面,正是在这样的时代背景中凸显出了独特的历史意义和思想光彩。他从改造国民精神的思想起点上出发的文学道路,第一步就踏在了改造中国文学自身的方向上。而改造中国文学的策略和方法,鲁迅弃医从文之初的选择,就是译介域外文学和熔铸在译介实践中的新文学批评的建构。"异域文术新宗,自此始入华土"——1909 年在为自己平生第一部译著《域外小说集》写的序言里,青年鲁迅曾对自己这种"从别国里窃得火来,本意却在煮自己的肉"的选择,表现得豪情满怀。

此后,虽经几度曲折,凭着表现深切、格式特别的小说创作和深刻犀利的杂文,而跻身新文学骁将之列的鲁迅,在创作之余,始终没有中断把对外国文艺的译介和面向本国文学的批评两相结合的艰辛探索。与他的创作所受到的广泛瞩目相比,他在译介和批评方面苦心孤诣的种种付出,无论是当时还是后来,都远未得到足够广泛的认同和关注。但贯穿在"窃火煮肉"式的译介与批评实践中谋求中国文化复兴的鲁迅方法、鲁迅策略和鲁迅道路,越是在我们的民族需要大步前行、奋发自强的时候,就越是值得我们认真反顾、重新审视。

张　江:今天还需要读鲁迅吗？与鲁迅相连的文学传统还有必要坚守延续吗？阅读鲁迅,坚守鲁迅传统,意味着不惧沉重,意味着反思与精神自剖,这个过程中难有愉悦的体验。相比之下,那些鸡汤散文、娱乐小说读来要快意得多。对此,只需要明白一个道理,一百份甜品也没有一份主食营养丰富,虽然甜品更甘饴可口。

（《人民日报》2016 年 11 月 4 日）

文脉同国脉相连

对话人

张　江（中国社会科学院副院长、教授）

张　平（民盟中央副主席、中国文联副主席、著名作家）

党圣元（中国社会科学院外国文学研究所党委书记、研究员）

梁晓声（北京语言大学教授、作家）

党益民（武警辽宁总队副政委、作家）

张　江："文运同国运相牵，文脉同国脉相连。实现中华民族伟大复兴，是一场震古烁今的伟大事业，需要坚忍不拔的伟大精神，也需要振奋人心的伟大作品。"习近平总书记在中国文联十大、中国作协九大开幕式上的这段话，深刻揭示了文艺与时代的内在关联，对现代文艺发展提出了更高的要求。这昭示我们，文艺只有融入中华民族伟大复兴的宏伟事业，并为之提供强大的精神动力，才能文脉贯通，文运昌盛，实现自我发展。

文艺属于一定的时代

张　平：文艺从来就不是抽象的存在，必然系连着一定的社会与时代。毛泽东在延安文艺座谈会上的讲话中指出："作为观念形态的文艺作品，都是一定的社会生活在人类头脑中的反映的产物。"鲁迅也说过:"我以为文艺大概由于现在生活的感受,亲身所感到的,便影印到文艺中去。"这都是辩证唯物主义关于文学性质的最好表述与说明。

正是基于辩证唯物主义与历史唯物主义的深刻认识与坚定立场,习近平总书记两次在关于文艺工作的重要讲话里,多角度、多方面地强调和论述文艺与时代的关系。这里既有从大的方面着眼的"文运同国运相牵,文脉同国脉相连"的不易之论,又有从文艺的具体发展得出的"因时而兴,乘势而变,随时代而行,与时代同频共振"的至理名言。而"文艺的性质决定了它必须以反映时代精神为神圣使命"的论断,更把反映时代生活和时代精神看作文艺的使命,可以说既是一个基本的要求,也是一个很高的标准。

文艺属于一定的时代,作家艺术家需要对自己所处的时代、所置身的社会,有清醒的认识与强烈的意识。如果没有中国国力的日益强大,没有中国社会的不断进步,世界文坛对中国文学绝不会像当下这样关注和重视。历史发展到今天,即使是国外持有偏见的作家评论家,对这一点也不得不承认。那些以颠覆性的评价对中国改革开放的现实进行全面歪曲和毁谤的做法,也已经变得言不由衷,应者寥寥。作为这个时代的作家艺术家,我们既是改革开放历史进程的参与者,也是社会进步历史变迁的见证者。因此,关注现实、关注改革,贴近生活、贴近人民,为民族复兴的伟大事业歌吟,为国家的改革开放和繁荣昌盛喝彩,这是一个知识分子无可推卸的责任,更是一个当代作家艺术家的神圣使命。只有真诚地对待社会和生活,社会和生活才会给作家艺术家以丰厚的回报和无限的赐予。在一个前所未有、波澜壮阔的伟大时代,渴求进步、渴求变革、勤劳而勇敢的中国人民,一定会给作家艺术家呈现出惊天地、泣鬼神,精彩纷呈、无穷丰富的创作素材,同人民保持血肉联系的作家艺术家,也一定会筑就无愧于时代,为人民所期待的文艺高峰。

文艺史就是民族的精神史

张　江:文学艺术之于民族精神,具有双重功能。人们普遍认为,文艺只是民族精神的传播载体、传承载体。这毋庸置疑。中华文化源远流长,绵延不绝,文学艺术在其中功不可没。与此同时还应该意识到,文艺是民族精神的生成力量之一。优秀文艺作品的创作过程,就是作家艺术家对民族精神的凝聚、淬炼、塑形过程。

党圣元:中华民族在数千年的发展演进中,无论是繁荣昌盛之时,还是艰险困顿之际,都无不体现出一种或修文进德、光泽四海,或坚毅刚勇、不惧强暴的内力。这种内力,正是中华民族精神之集中体现,并且成为中华民族的一个标识,在几千年历史进程中一脉相承,从无断绝。习近平总书记在文代会、作代会上的讲话中就此讲道:"中华民族生生不息延绵发展、饱受挫折又不断浴火重生,都离不开中华文化的有力支撑。中华文化独一无二的理念、智慧、气度、神韵,增添了中国人民和中华民族内心深处的自信和自豪。"这是对中华民族精神的一个既有历史深度、又有现实观照的简明扼要的阐述。

在中华民族精神数千年薪火相传、延绵不断的发展过程中,如果没有经史子集、唐诗宋词,以及历代绘画、书法、音乐灿若繁星的经典名作,中华文化将会怎样,中华民族精神会是怎样的状况? 中华文艺作为中华民族的精神式样,集中蕴含和展现了中华民族的理念、智慧、气度、神韵,从这个意义上来讲,我们可以说一部中华文艺史就是一部民族精神史,中华文艺是中华民族精神的一个展示窗口,"积淀着中华民族最深沉的精神追求,代表着中华民族独特的精神标识"。

习近平总书记在讲话中说道:"文化是一个国家、一个民族的灵魂。历史和现实都表明,一个抛弃了或者背叛了自己历史文化的民族,不仅不可能发展起来,而且很可能上演一幕幕历史悲剧。"这既是一个提示也是一个警示,为当下中国文艺的发展提供了一个价值坐标,即我们的文艺创作和理论批评,在积极面对现实和回应时代主题,勇于承担现实使命和时代重任之际,应该"高擎民族精神火炬,吹响时代前进号角,把艺术理想融入党和人民事业之中,做到胸中有大义、心里有人民、肩头有责任、笔下有乾坤,推出更多反映时代呼声、展现人民奋斗、振奋民族精神、陶冶高尚情操的优秀作品"。这是习近平总书记继在文艺工作座谈会讲话之后,又一次对文艺工作者所提出的殷切期望。

文变染乎世情

张　江：有人说，作家艺术家生活在时代之中，其作品必然镌刻着时代的烙印，因此，他们没有必要刻意表现自己的时代和社会。诚然，作家艺术家逃离不了时代，每一个文字、每一句唱词、每一帧画面，都透露着时代的气息。但是，主动与被动、自觉与自发是不同的，其结果也迥然有异。在时代面前，作家艺术家不能"跟着感觉走"，更不能随心所欲，只有自觉、主动地融入时代洪流，书写时代华章，才能胸中有大义，笔下有乾坤。

梁晓声：刘勰的《文心雕龙·时序》里有一句名言"文变染乎世情，兴废系乎时序"，是说文学随着时代的推移和世情的演变，都会在内容和形式上发生一定的变化，并打上时代的烙印，这是他由之前的文学作品总是在与时俱变而总结出来的。刘勰说这句话的时间，离现在已有一千五百多年，但因其凿凿有据，至今都难以移易。

刘勰还在《时序》里讲到同样意思的一句话，"歌谣文理，与世推移"。实际上，文艺的整体形态是这样，文艺的个人表现大概也会是这样。

这让我联系到近来关注的喜剧演员宋小宝。宋小宝出道多年，之前的演出，每每使尽浑身解数，以搞笑为主。然而近期我观察到，他的小品发生了与以往特别不同的变化，那就是逐渐凸显"人间自有真情在"的"情"，并体现出创作过程中的"信"——首先是相信自己作品中的人世间美好真情的元素，同时也相信观众之领悟心。这是对寓教于乐的自信，对文艺影响力的自信。这让我对他刮目相看，并且受了感动，不仅因为他的节目本身，也因为他所显现的文艺自觉。

由是，想到文学以及文化影响世道人心的作用。常闻信仰缺失之说，这一缺失现象，是否也是文艺和文化的现象呢？如果也是，那么我们文学的、文艺的、文化的从业者们，首先应找到、相信、恪守应有的信仰。而美好的人性，是每一个国家、每一个民族的文学、文艺、文化信仰的基石。文学、文艺、文化对社会不良现象的批判，首先是为了维护以上社会准则。否则，其批判意向，也只能是将人世间，将全社会看得一团漆黑的批判——以中国当下而言，这不符合真实状况的全部。

有种说法是——偏激之文之艺，才更可能优秀、伟大。以历史的眼光来看，某一时期，不乏其例。但历史的常态告诉我们，更多优秀的、流传久远的伟大作品，当是尽量以客观之眼看时代、看社会、看人间的作品。这样的作品，几乎都是有人性温度的作品。其温度，乃是人类心灵所愿的集体的温度。

文变染乎世情——若只有技的展现，只有娱的满足，只有利的追求，其"染"便是一句空话，甚至可能走向反面。

写出这个时代的精品力作

张　江："写出我们这个时代的精品力作"，这个命题其实包含了两方面的意涵：一是说要出精品，出力作，打造当代文艺高峰；二是说这样的精品力作要与我们今天的时代相呼应，以当下中华民族的伟大实践为表现对象，锻造文艺精品。客观地讲，并不是每一代作家都能有幸见证今天这样一个风云际会的历史转折时代。当代的作家艺术家不能辜负了历史的眷顾。

党益民：作为一个来自部队系统的作家，我觉得要把为人民写作与为士兵写作统一起来，把为社会服务与为军队服务统一起来，在文学追求中坚守精神高地，以正确的历史观、价值观、是非观为指引，弘扬爱国主义和英雄主义，不能沉醉于小我，而是要胸怀大义、心系人民，要有爱民之心、爱兵之心。一个作家如果缺乏精神引领和良知坚守，不可能写出有骨气、有品格、有豪气，无愧于时代和人民的优秀作品。作为军旅作家，更要保持强烈的使命感和责任感，用真挚的情感和生动的笔触，讴歌这个伟大的时代，更应紧紧把握时代脉搏，责无旁贷地将目光聚焦在军队改革的强军实践中，塑造出新一代"四有"军人形象，唱响强军兴军战歌。

人民的生产生活是文艺的不竭源泉。火热的时代生活，沸腾的军营生活，是军旅作家借以立身的热土。我在自己的写作实践中，深深体会到深入生活和观察生活的重要。我自本世纪初开始写作以来，主要作品都是写军旅生活，这是我见证生活的记录。长篇小说《一路格桑花》《雪祭》，长篇报告文学《用胸膛行走西藏》《守望天山》，发表和出版之后受到业界好评和读者欢迎，更坚定了我为士兵写作的信心,为部队服务的决心。

无论是在写作上的理想坚守,还是自我超越,一方面需要作家深入生活、扎根人民,阅读日新月异的生活,积累日常生活经验,另一方面还要作家注重艺术方式与形式的创新,力求把创意与胸怀对接起来。只有这样,才能创作出具有思想穿透力、审美洞察力、形式创造力的作品,才能使作品具有精神高度、现实温度、文化内涵和艺术价值。

总之,把追求思想气度与艺术高度结合起来,把增强阅读生活的能力和提高艺术原创能力结合起来,力求讲好中国故事,传扬好中国精神,是包括我自己在内的当代作家义不容辞又永无完结的历史使命。

张 江:几千年来,中国文艺始终与中华民族同呼吸、共命运,见证和参与了中华民族百折不挠、不断奋进的光辉历史。这既是作家艺术家的责任和使命,也是中国文艺的荣耀和自豪。历史迈进到当下,中国不乏生动的故事,也不乏史诗般的实践,关键要有讲好故事的能力,要有创作史诗的雄心。机遇千载难逢,挑战无处不在。只要坚定信心,苦练本领,中国的作家艺术家一定会向历史和人民交出满意的答卷。

(《人民日报》2017 年 1 月 17 日)

切实反思"汉学心态"

对话人

张　江（中国社会科学院副院长、教授）

温儒敏（山东大学文科一级教授）
程光炜（中国人民大学文学院教授）
赵稀方（中国社会科学院文学研究所研究员）

为何要反思"汉学心态"

张　江：近些年比较流行的文化研究，汉学家在所谓"现代性"的阐释方面有许多成果都值得肯定，而且对于现当代文学研究视野的拓展起到了很重要的作用。不过，由于盲目"跟风"，就又出现了新的偏向：文学研究走向"泛文化研究"，"现代性"走向过度阐释，等等。所谓"汉学心态"与"仿汉学"风气，在这两方面是表现得较为突出的。有些"仿汉学"的文章看上去新鲜、别致，但终究是"隔"，缺少分寸感，缺少对历史的同情与理解。汉学的成果可以借鉴，但总还要有自己的理解与投入，而不是简单地克隆。

温儒敏：近十年来，我在几篇文章中都谈到，要反思我们的学术研究，特别是文学评论与研究中日趋流行的"汉学心态"。作为外国人研究中国文化、历史、语言、文学等方面的学问，汉学主要是面向西方读者的，是外国了解中国文化的窗口。从另一方面看，以西方为拟想读者的汉学，可以作为我们观察研究本土文化的"他者"。近百年来,中国现代学术的发生与成长,离不开包括对汉学在内的外国学术的借鉴。但有些现当代文学研究者和评论家,甚至包括颇有名气的学者,对汉学特别是对美国汉学过分崇拜,把汉学作为追赶的学术标准,形成了一种乐此不疲的风尚。这种盲目崇拜海外汉学的心态,并不利于学科的健康发展。

可能有人会说,都讲"全球化"了,学术还分什么国界? 如果是科学技术,那无可非议,先进的东西拿来就用。但是人文学科包括文学研究恐怕不能这样,还需考虑国情、民族性。汉学研究有相当一部分属于人文学科,其理论方法,以及研究的动机、动力,离不开西方的学术背景,有它自己的学术谱系。如果完全不考虑这些,拿来就用,甚至以此为标准、为时尚、为风气,心态和姿态都和海外汉学家差不多了,"身份"问题也就出现了。所谓"汉学心态",不一定就是崇洋媚外,但起码没有过滤与选择,是一种盲目的"逐新"。

客观看待海外汉学研究

张 江:我相信,具有鲜明民族特色的中国文化、历史、语言、文学等,没有人比中国人自己更熟悉,更了解,更能阐释清楚。对文学而言,更是如此。优秀的文学作品不是语言文字的简单组合,它背后是博大精深、气象万千的本民族的文化、历史、风俗等等,正是在这个意义上,有人才提出小说是一个民族的秘史。因此,对海外汉学研究,我们必须客观理性视之,对它的短板和局限要有清醒的认识。

程光炜:中国现当代文学史研究和文学批评中的"汉学视角",是指由西方学术著作翻译和华人学者将西学转译成汉语这两个管道输入中国大陆的一种学术思维方式。这跟全球化语境中,中国大学为实现国际化目标,大力提倡与国外一流大学合作交流和接轨的制度环境有很大的关系。站在改革开放的角度,这种合作的交流和接轨是十分必要的,有显著的现实意义。

但如果走向极端,把"汉学视角"变成体现中国学者的学术形象、确立其学术地位的根本前提,就大成问题了。一旦将这种"汉学视角"建构成权威性的学术高地,将其物质化为一种晋升身份的外在因素,那么,对这种视角的历史性反思也将开始。近年来,我去国外或港澳地区出席本专业学术会议,与相关大学开展合作交流时发现,其学术训练还是不错的,但要说其眼光、水准明显高国内一等,也很难说。总体印象,一是西方理论意图在他们的研究和批评中过于明显,有一种以理论带历史研究和文学批评的倾向,给人理论预设之感;二是西方理论在与中国文学背后历史传统、文化气候和地理的结合上比较生硬,有一种强势要求后者服从前者的理论优越感。反倒不如国内一些具有敏锐历史眼光和深厚学术功力的学者,在理论与史实的结合上做得自然贴切和深入,他们在严谨历史分析上层层推进得出的结论,更能令人信服。相反,一些国外学者与研究对象之间比较隔膜。例如,他们无法理解20世纪80年代伤痕反思小说背后复杂的历史经验和个人记忆,不能接受"十七年"文学中社会主义经验的书写,对莫言、贾平凹小说与中国传统文化文学的深刻勾连,也基本视而不见,我想,这既有研究和文学批评盲目臣服于理论的功利心态,也与这种汉学视角无法与中国实践、中国故事真正接轨有一定关系。

经过最近十几年中国大学国际化的进程,人们可能已经意识到,需从本土经验出发,立足中国社会实践和中国故事,在与文学理论相结合的再创新上更进一步。如何自觉反思,重新审视汉学视角,既不刻意排斥它的存在,也不盲目追逐,从而形成新的学术研究的张力和增长点,已经是一项紧迫的任务。这种反思性建构,不仅可以扭转唯西学是从的不良倾向,培养研究者更自觉的历史观察和分析能力,而且可以改善中国现当代文学研究和文学批评的制度环境。在我看来,这才是一种符合"中国经验"实际的中国现当代文学研究和文学批评的态度。

不可丧失本体立场

张 江:为什么会有所谓的"汉学心态"?这是一个值得深思的问题,不能简单归为崇洋媚外。20世纪80年代,海外汉学在国内受到推崇,有特殊的历史机缘,即当时海外汉学的"他者"视角,对于国内狭隘的文学研究有一定借鉴之功。此后,海外汉学长期受到追逐,在我看来,或许更多源于中国文学及中国文学研究力图实现"从边缘到中心"位移的强烈诉求。这种强烈诉求的伴生物,是本体立场和文化自信的缺失。

赵稀方:在我看来,所谓汉学心态,可能还涉及自我东方化或自我殖民化。最早引起学界注意的有关于此的表述,来自萨义德的《东方主义》一书。书中认为,近东当代文化已受欧美文化模式的主导,本地学者操持着从欧美贩卖来的东方学话语,自身只能充当一个本地信息的提供者,萨义德的结论是,当代东方参与了自身的东方化过程。顾明栋的《汉学主义》对于18世纪伏尔泰以来西方的汉学历程进行了谱系梳理,同时指出中国人自身参与汉学主义的建构过程。

无论是"殖民化"或"自我殖民化",都忽略了被殖民者的表达问题。斯皮瓦克写于1985年的《庶民能说话吗?》一文,探讨了东方他者能否发声的问题,是一篇经典之作。斯皮瓦克参与其中的印度民众研究小组更具实绩,创立者古哈的思路是与殖民史学及其自我殖民化的本地民族主义史学相对抗的。

站在中国学者的角度,我想提出的一个回应是有关中国马克思主义史学的位置问题。在东方主义的表述中,马克思主义早已被定位于黑格尔、韦伯之间的西方线性历史观的代表人物,事实上东方马克思主义并没有这么简单。马克思主义从反殖民、反阶级压迫所创造的"人民的政治",一直不为后殖民主义者所正视。在我看来,20世纪80年代以来印度民众研究的很多想法已经在中国马克思主义史学中得到实践。众所周知的是,中国在历史上已经取得了民族主义以至新民主主义革命的胜利,在历史撰述上,中国的马克思主义史学早已着手印度民众研究小组的工作,将历史书写成为人民反对帝王将相和殖民主义的历史,譬如对于古代、近现代农民战争的研究成为中国现当代马克思主义史学的重要部分。汉学心态需要切实反思,其关键在于不要失去我们自己的本体立场与文化自信。

自主创新中重振文化自信

张 江:关于中国文化,存在一个值得玩味的现象,就是"自信"与"他信"的不对等。在国内,尽管改革开放以来我们取得的成就是举世瞩目的,但是,无论在民间还是在学界,文化自信不足的问题依然存在;在国外,拥有五千年光辉历史的中国文化却获得了越来越多的重视和赞誉,正所谓"墙里开花墙外香"。深化对本民族文化的理解,建立应有的文化自信,仍然是一个重要的时代命题。

赵学勇:中国文学批评理论在漫长的历史积淀中,形成了以"经世致用"和"美在意象"为中心的话语体系,影响数千年。五四前后,在西学的强力冲击下,传统批评理念在如潮的质疑声中逐渐淡出了人们的视野。尽管如此,马克思主义社会历史批评在20世纪40年代的延安得到了强烈的共鸣,毛泽东的《在延安文艺座谈会上的讲话》结合中国实际,以"人民性""大众化""民族化"等作为文艺创作和批评的旨归,极大地丰富和发展了马克思主义美学的社会历史批评的内涵。

但遗憾的是,在很长一段时间里,"美学的"原则被研究者严重忽视,片面强调文学的社会功能,使马克思主义社会历史批评蜕变为庸俗社会学批评。这给西方话语尤其是给注重"文学性"研究的汉学提供了有利的介入空间。数年来,汉学对中国现当代文学研究的冲击,最吸引人的地方是对具有代表性作家作品的文学性解读,这使厌倦于庸俗社会学批评的中国读者耳目一新,也给研究者提供了新的视野与方法。但随着中国文论体系的自身建构,汉学便暴露出其难以避免的局限性。汉学家只注重对作品文学性的研究而不顾及其社会意义的阐释,容易造成只见树木不见森林的偏颇。

更值得注意的是,大多数汉学家对中国社会和文化缺乏真切的感受与深入的认知,因此他们难以真正切入中国实际,理解现当代作家的精神追求与社会情怀。而华裔出身的少数汉学家,研究中时或流露出意识形态之偏见。还可看到,汉学家的预期读者对象是西方而非中国,他们必然以西方读者所熟悉的理论话语描述中国文学,文化背景的巨大差异势必造成中国读者的巨大隔膜,并使得许多研究者在所谓"新的批评"视域中竞相追从。

先天不足的汉学在中国文学研究领域能够影响甚广,说明了一个紧要而迫切的问题:当下的文学研究严重缺乏文化自信。习近平总书记指出,"要按照立足中国、借鉴国外、挖掘历史、把握当代、关怀人类、面向未来的思路,着力构建中国特色哲学社会科学,在指导思想、学科体系、学术体系、话语体系等方面充分体现中国特色、中国风格、中国气派。"我们可以在坚持马克思主义文学研究的思想、原则、方法的前提下,汲取中国文学研究的话语体系(但需要进行现代性转换),借鉴西方文学研究的成功经验(但需要进行中国化改造),进行一种自主创新的探索。这种创新意味着,我们将有足够的文化自信而不再被种种西方话语所左右——文学历史早证明了这种创新的可能性。

张　江:盲目推崇海外汉学的"汉学心态"的确需要反思,但是我们的目的不是为了反思而反思,更不是要假反思之名加以排斥,而是要通过这种反思,明晰海外汉学研究的局限和不足,建立应有的文化自信,并通过这种文化自信的浸润,强化本土意识和本土立场,进而打造富有中国特色、中国风格、中国气派的学术体系。唯此,这种反思才有意义。

(《人民日报》2017 年 2 月 17 日)

中国歌剧要走民族化之路

对话人

张　江（中国社会科学院副院长、教授）

王祖皆（中国歌剧研究会会长）

黄定山（导演、原解放军总政治部歌剧团团长）

游暐之（《歌剧》杂志主编）

韩延文（中国音乐学院教授）

　　张　江：中国的文艺要繁荣发展，必须学习借鉴世界各国人民创造的优秀文艺。这一点毋庸置疑。但如何学习借鉴？是原封不动地照抄照搬，热衷于追求所谓的"原汁原味"，还是立足民族文化传统，在消化吸收的基础上，继承发扬包括延安时期及新中国成立以来众多歌剧经典的优长和经验，努力在"民族风格""民族气派"上下更大功夫，大力推进民族化的借鉴创新？这是目前歌剧创作实践中亟须解决的问题，值得我们深入讨论。

歌剧创作需要坚定文化自信

　　王祖皆：习近平总书记深刻指出，"文化自信，是更基础、更广泛、更深厚的自信，是更基本、更深沉、更持久的力量。坚定文化自信，是事关国运兴衰、事关文化安全、事关民族精神独立性的大问题。没有文化自信,不可能写出有骨气、有个性、有神采的作品。"就我了解的情况而言,歌剧领域缺乏文化自信的问题还相当突出。

伴随着经济全球化的纵深发展,世界文化交融的步伐也正在加快。然而,由于族群、传统、社会结构和意识形态的诸多差异,国家间、族群间文化交融的状况极不均衡。发展中国家迫切希望公平参与全球文化交流进程,在世界舞台上发出自己的声音,但急切心愿的背后,也特别容易出现不顾客观实际,渴望他国认可且以他人标准为准则的文化焦虑症候,其表现就是"以洋为尊""以洋为美""唯洋是从"。这是弱势自卑心理的反射,也是缺乏文化自信的表现。

比如在歌剧创作中,有的艺术家公开声称,我就是要写一部与西洋正歌剧一模一样的歌剧。殊不知,你模仿得再像也是别人的东西,而且是别人过去的东西。创新是艺术的生命,没有创新就没有发展和提高。文化是离不开土壤的。一切外来艺术形式,要想真正在中国落地生根,为受众所接受、欢迎,必须要接中国的地气,服中国的水土。这是老一辈歌剧工作者已经解决了的理论和实践问题,难道我们还要付出代价再走一遍老路吗?

歌剧是外来的艺术形式,随着五四新文化运动传到中国,至今还不到百年,在引入过程中,老一辈歌剧艺术工作者成功地把西洋歌剧的艺术经验和艺术手段与中国的秧歌剧、戏曲、曲艺、民歌等民族艺术结合起来,开辟了中国特色的歌剧发展道路,也创造了中国歌剧的辉煌,涌现出以《白毛女》《洪湖赤卫队》《江姐》为代表的一大批民族歌剧经典之作,唱段家喻户晓,影响遍及全国。

为了纪念歌剧《白毛女》在延安首演70周年,文化部于2015年组织复排了该剧,还组织了舞台剧在全国的巡演,所到之处受到广大观众的热烈欢迎。最近,一档电视节目《小戏骨》让6岁到12岁的"00后"小演员来演经典、学经典,用实景拍摄的民族歌剧《洪湖赤卫队》《刘三姐》《白毛女》一经播出,反响强烈,收视率居高不下。这跟儿童表演带来的新鲜感有关,也足以印证经典民族歌剧的强大生命力。这些经典民族歌剧为什么会有如此巨大的艺术魅力,并深受中国观众的喜爱呢?我认为最根本的原因是,它们都具有非常鲜明的民族特色。

因此,中国歌剧发展的关键并不在于"与国际接轨",而在于与人民大众"接轨",与民族文化传统"接轨",与民族审美习惯"接轨"。只有在继承优良传统、接受人类文明精华的基础上创作出富有时代特征、民族气魄的歌剧文化,才能让中国歌剧自立于世界,才能有效参与国际文化交流,推动中华文化走向世界。

发展民族歌剧

张　江:文学艺术具有鲜明的民族属性。任何一种外来艺术形式,要在本民族沃土上落地生根,首先要解决的问题就是如何与本民族实现"基因对接"。只有破解并掌握本民族文化的"密码",创作更多符合民族审美需求,表达本民族当代特征的经典作品,外来的艺术形式才可能真正落地扎根。这个过程,说到底,就是一个艺术形式民族化的过程。当然,这个"民族"指的是中华民族。

黄定山:如何向经典致敬,如何传承民族歌剧,多元文化语境下民族歌剧发展的路径在哪里? 在民族歌剧的导演实践中,我不断地思考和探寻答案。

首先是学习和传承经典民族歌剧。中国民族歌剧的发展历程中有一批经久传世的代表作品,如《白毛女》《小二黑结婚》《洪湖赤卫队》《柯山红日》《红珊瑚》《江姐》,以及新时期以来的《党的女儿》《野火春风斗古城》等。要发展民族歌剧,先要潜下心来学习和传承。学习前辈把歌剧艺术的根须深深地扎在民族文化的沃土之中,学习和领悟从剧本到音乐所散发出的超凡的艺术魅力和浓浓的乡土气息。其剧本和音乐的民族性、生活性、戏剧性、生动性都具有经典的示范意义,比如戏剧冲突、人物的鲜活、喜歌剧的创作、歌词的文学性与生动性、中国歌剧的宣叙调等,确实值得我们认真学习和研究。

其次是要关注民族歌剧的"当代性"问题。当代民族歌剧创作要从当代观众变化了的审美习惯和审美需求出发,着力表现时代的精神和主题,表现丰富的当代生活。从思想内容上说,当代歌剧创作者要与当下生活"对表",与时代精神"对接",着力表现今天人们的价值追求、思想观念。不能只是将歌剧的"壳"拉到当下,"核"还停留在过去。从艺术形式上说,则包含了不拘一格的音乐风格,不同的戏剧结构和独特的歌剧舞台呈现方式,其当代性、时尚性、独特性、民族性都可以纳入创作视野;要探索以音乐为主体的舞台多元化表现方式,注重视听艺术的完美结合,在坚守歌剧音乐本体的前提下,调动一切舞台艺术综合表现手段,带给观众一场听觉、视觉全方位的艺术盛宴。一句话,今天的民族歌剧不仅要"好听",而且还要"好看"。我在导演原创歌剧《太阳雪》《导弹司令》《天下黄河》等作品时,要求剧本、音乐创作、舞美呈现和导演艺术处理都要进行民族歌剧的"当代性"探索和尝试。

再次是民族歌剧要将传统模式与多样性融合。民族歌剧的创新发展,学习和借鉴是必须的,发展与变化也是必须的,既要敬仰传统,也要创造未来。民族歌剧的展开方式应该是多样化的,传统的民族歌剧结构形式可以是"其一",但不应是"唯一"。我们要善于吸纳学习世界歌剧和中国戏曲,从编剧、作曲、导演、表演、舞美等方面全面地探索研究,为中国民族歌剧所用。要把歌剧的表现形式放在相对独立的审美层面上来思考和探索。现代歌剧艺术的发展使形式美感愈来愈具有独立的审美意义,独特的舞台表现形式在观剧活动中有着不可替代的审美作用。疏于对民族歌剧形式的探索正在制约着中国歌剧的发展,使得鲜活生动、深刻凝重的内容得不到新颖独特的形式表现。形式的探索应当从剧本创作和音乐创作开始,导演创作要注重探索舞台空间的多维实验,使有限的舞台空间成为无限的音乐戏剧空间。演员的演唱和表演也应该依据不同风格样式作品的美学原则探索不同的演唱和表演方法,给予当代观众全方位的艺术体验和审美愉悦。

民族形式是民族歌剧的生命

张　江:歌剧民族化的核心,是以民族的形式歌咏民族故事。延安时期创作的歌剧《白毛女》,为什么70多年来久唱不衰?为什么仍能得到从80岁老人到20岁青年的一致点赞?我认为,其奥秘在于:在内容上,共产党领导人民大众翻身解放的壮丽故事吸引、鼓舞了人们。但同样重要的是,在形式上,它继承创新中国戏曲传统,吸收和提升众多民族与民间艺术元素,走民族歌剧之路,因此才能取得如此轰动的效果。歌剧的民族形式是民族歌剧的生命。

游暐之：目前公认的中国第一部民族歌剧是《白毛女》，其故事取材于当地流传甚广的民间传说，在此基础上，创作者通过对普通劳动者生活和情感的提炼加工，艺术地再现了那个时代受压迫人民的爱恨情仇。而在音乐上，在保持地方戏曲和民间音乐元素鲜明特征的基础上，吸纳西方作曲方法，比如剧中出现的合唱、齐唱，比如乐队中不仅用戏曲的板胡，同时也用西方的小提琴。《白毛女》诞生时定义为"新歌剧"，这个"新"，既是指它区别于中国传统戏曲和民歌，也是指它与西方歌剧的区别，《白毛女》是"古为今用，洋为中用"的典型代表。

新中国成立之后，又诞生了一大批歌剧作品，这些作品有一个共同特征，就是借鉴地方戏曲音乐板式变化的方式，将歌剧中的主要唱段做板腔体的演绎，也就是人们常说的板腔体歌剧。板腔体歌剧的诞生同样是中国歌剧发展过程中的一种探索和创新。20世纪五六十年代，戏曲还是有着极其深厚的群众基础的，歌剧的创作，倚仗戏曲的优势展开，既弘扬了民族文化，同时又有艺术形式上的创新，可谓一举两得。那个时代诞生的歌剧作品，因其深入人心的故事和优美动听的旋律，直到今天，还有着为数不少的拥趸。

随着时代的发展进步，歌剧创作的理念和意识也都应当与时俱进。改革开放之后，人们接触和吸纳到丰富多彩的文化艺术样式。尤其是"80后""90后"以及"00后"的年轻一代，他们的视野更加开阔，审美需求也更加旺盛。人们已经不再满足于板腔体歌剧带来的艺术体验，开始追求新的艺术创作形式带来的享受。最重要的是，中国歌剧创作人才经过专业系统的学习，各方面的素养都得到了极大地提升。歌剧《原野》正是在这样的背景下应运而生。曹禺原著本身所具有的强烈戏剧冲突和悲剧性成为这部歌剧立起来的基石。音乐创作上，金湘以西方正歌剧结构，同时与中国传统戏曲、音乐元素紧密结合，以人物情感为主线，通过各具特点的咏叹调、宣叙调，力求在创作上更加贴近现代人的审美，让观众在荡气回肠的乐声中感受人物的悲情命运，令人耳目一新。做到这些，中国歌剧就真正打上了"民族化"的印记。

中国歌剧要唱响中国旋律

张 江：中国歌剧当然应该是歌剧。但更重要、更根本的是，它是"中国的"

歌剧。自 20 世纪 40 年代始,几代艺术家勠力探索,赓续尝试,中国歌剧已经形成了自己的优良传统,这个传统就是中国歌剧的中国旋律。轻视甚至离开这个传统,路子只能越走越窄。无论怎样花哨、"地道",也难让中国观众买账。

韩延文:改革开放 30 多年来,中国歌剧迎来了百花齐放的时代,正在从高原走向高峰。中国歌剧应该是中国戏剧戏曲艺术、中国民族民间艺术与西方歌剧和音乐剧元素相融合,把古今中外的戏剧之美真正凝聚起来的一种最高形式。

都说歌剧产生于西方,那是西方歌剧的样式;我们要自信地承认,中国歌剧植根于中国传统戏曲、民歌、曲艺等艺术。中国歌剧继承中国戏曲传统的戏剧之力、写意之美、文化之根,也具有西方歌剧的体系程式、和声旋律和宏大叙事手法。不可否认,伴随着西方音乐的传入,歌剧在中国逐渐发展起来,而民族歌剧仍具有中国艺术独一无二的审美体验。国人常说"洋为中用",其实"中为洋用"在世界艺术舞台普遍存在。中国人的演唱方式和西方人的演唱方式都具有人类最基本的演唱状态,只是语言、表达方式和文化历史不同,相互借鉴,相互融合,形成一个完美的既是中国的又是世界的艺术状态。中国民族歌剧与西方歌剧看似大相径庭,却有异曲同工之妙。

中国歌剧在创作上应该深植于中国的大地。歌剧创作的成功与否,不应只满足于某个唱段的好听易唱甚至家喻户晓,或过度追求音乐形式的现代性和歌剧技法的表现,更应该追求内容与形象的深刻塑造与挖掘,追求荡气回肠、催人奋进的情感共鸣,给人以思想的启迪,心灵的震撼,真善美的享受。注重戏剧张力和内涵的挖掘,要有冲击灵魂的精神力量,集旋律性、歌唱性、交响性、戏剧性、思想性、时代性于一体,最终形成中国歌剧独有的审美风格。

张　江:我们说,中国剧唱中国人,其根据在于文艺扎根于人民,为人民服务才有更广阔的前途。中国人唱中国剧,其根据也在于,中国人的"唱",从音乐到舞美,从唱腔到表演,都是民族的、本土的深度积累和创造。中国歌剧的形式是中华民族文化和生活的生动表现,忘记这一点,简单地照搬西洋腔、西洋调,注定没有前途。歌剧要想在中国文艺的大舞台上拥有自己的位置,必须走民族化之路。

(《人民日报》2017 年 5 月 5 日)

创新是艺术的生命

对话人

张　江（中国社会科学院副院长、教授）

南　帆（福建省社会科学院院长、教授）

何　平（南京师范大学文学院教授）

唐小林（四川大学文学与新闻学院教授）

王春林（山西大学文学院教授）

张　江：在历史的长河中，文学艺术之所以能够奔腾向前、永不止歇，核心动力是创新。创新是艺术的生命，这应该是大多数作家艺术家的共识。但是，在当前的时代语境中，创新又被置于更复杂的场域之中。诸如，现实本身的更新是否可以取代文艺的创新？在继承与借鉴的二维坐标中，创新应该处于何种位置？在市场经济时代，文艺的创新如何摆脱趋利原则所衍生的盲目跟风？诸如此类的问题，需要我们对创新进行重新审视和思考。

作家的创造力在于创新

南　帆：文艺的生命在于创新，这几乎是众多作家不言而喻的共识。人们通常认为，作家是社会之中最富创造力的人。他们可以无中生有，创造出栩栩如生的文学王国。文学王国之中的许多人物至今仍然存活于我们的精神世界,伴随我们的喜怒哀乐。

文学史留下一批灿烂的经典,这些经典的共同特征即是创新。但是,经典作家的创新远非单纯地再现某种生活场面或者美学景观,他们的创新包含了社会历史的发现和美学的发现。他们可能敏锐地察觉新型的人物或者前所未有的历史动态,可能率先发现生活之中涌动的特殊审美意识,也可能创造出崭新的艺术形式并给予表现。从屈原、李白、曹雪芹到鲁迅,从塞万提斯、莎士比亚、托尔斯泰到卡夫卡,他们的创造无不包含了上述三种品质。

对于当代中国作家来说,创新是他们文化性格之中最为明显的特征。当代中国正在发生巨大的转型,社会阶层处于深刻的调整之中,改革开放波及社会的每一个角落。人民大众充分调动起来了,各种新生事物层出不穷。这一代人的手中并没有现成的蓝图,他们更多地是以智慧、激情和自信开创自己的生活。从这个意义来说,作家的创新意识尤为可贵。文学是对中国经验的发现、总结、提炼,甚至是以审美的方式共同开创新的生活。必须承认,缺乏创新精神的作家很难契合这个时代的特质。

文学的创新必须处理好与文学传统的关系。先秦诸子、汉赋、唐诗、宋词、明清小说,中国的古代文学不仅留下众多优秀的作品,同时也留下了极为丰富的表现形式。这是中国当代作家不可多得的艺术遗产。然而,恰恰由于这些艺术遗产的激励,中国作家必须有信心超越古人,踏在巨人的肩膀上继续攀登和开拓。文学传统是当代作家的起点而不是终点。我们首先要向古人学习的是他们的创新精神。创新精神是当代中国作家延续伟大文学传统的首要资源。

文艺创新同时要处理好与外国文学的关系。20世纪80年代打开国门之后,各种流派的西方文学一拥而入,中国作家迅速地开阔了眼界,开始了解并且成功地借鉴形形色色的文学表现形式和艺术经验。然而,这些表现形式和艺术经验既可能带来重大启示,也可能形成无形的屏障。当前,许多作家开始关注一个至为重要的问题:表现中国经验的同时,如何更好地体现中国气派和中国风格?他们共同认识到,亦步亦趋地模仿西方文学是没有出息的。这并非闭目塞听,一律拒绝西方文学的各种成功经验。借鉴是为了超越,中国作家必须依赖自己的创新进入世界文学,以独到的艺术风格为世界文学增添异彩。

创新基于生活

张　江：创新可以是一种告别，告别过去的一切陈规旧习，创造一种崭新的范式、写法。但文艺的创新又不能只有告别而没有接续。这其中最重要的接续就是与生活的贯通。我们往往只习惯于关注创新之作的轻灵和洒脱，而淡忘或忽视创新背后坚实的生活根基，殊不知，只有创作者踏向大地的脚步越稳健，艺术的笔触才能弹跳得越高远。尤其当我们置身于一个崭新而巨变的时代，把生活的功课做足、做深、做全就更加重要。

何　平：文艺需要创新创造，创新创造基于生活，这不仅已经在文艺理论上得到解决，而且在具体的文学实践中，优秀的作家艺术家也是如此体认和践行的，就像贾平凹在谈到马尔克斯和川端康成文学创作取得成功的原因时说的："他们成功，直指大境界，追逐全世界的先进的趋向而浪花飞扬，河床却坚实地建凿在本民族的土地上。"这就意味着文学创造创新者如马尔克斯和川端康成，他们的创新是"有根的"，他们的根是扎在"本民族的土地上"。

事实上，不单单是马尔克斯和川端康成，检视多国文学大师们的创作，可以发现有一个重要的标准，一方面肯定作家的文学创新创造实绩，另一方面，对这种创新创造所基于的生活世界进行溯源式的追索和勘探。因此，作家艺术家所处的时代，他们的文化传统，他们的母语等等，都是进行文学艺术创新创造所植根的丰饶土壤。

创新基于生活，那如何创新呢？可以有不同的路径和方式。首先，作家艺术家要有深刻的现实洞悉力和宽广的历史感，从而突破自己的拘囿去把握"必然性"，恩格斯在《致玛·哈克奈斯》所揭示的"现实主义的最伟大胜利之一，是老巴尔扎克最重大的特点之一"，对我们今天依然有启发意义。

恩格斯认为："巴尔扎克就不得不违反自己的阶级同情和政治偏见；他看到了他心爱的贵族们灭亡的必然性，从而把他们描写成不配有更好命运的人；他在当时唯一能找到未来的真正的人的地方看到了这样的人。"因而，巴尔扎克的《人间喜剧》既是精准的写实，同时也是预言性的。

一个作家要具备这样看到了"必然性"的洞悉力，就不能游离隔离在生活之外,而是要像陈忠实写《白鹿原》那样,"整个心理感觉已经进入到我的父辈爷辈老老爷辈生活过的这座古塬的沉重的历史烟云之中了"。对一个作家而言,这个"进入"过程也是一个漫长的寻找过程。我们可以看看迟子建,一直到她写作《世界上所有的夜晚》,开始具有"将自己融入人间万象的情怀"。至此,和大众之间的阶层阻隔和心灵隔膜被打破和拆除。迟子建凭直觉寻找他们,并与之结成天然的同盟。作家蒋子丹认为此时的迟子建"对个人伤痛的超越,使透心的血脉得与人物融会贯通,形成一种共同的担当"。正是这种"共同的担当"使得《额尔古纳河右岸》,以及 10 年后的《群山之巅》都是"有我""有迟子建"的写作,迟子建将自己的心血浇灌到小说之中。所以,《收获》主编程永新说迟子建《群山之巅》创造了自己的"北中国世界"。

说到底,作家的创新创造最终应该成为一个国家和民族文化薪火相传者的理想,就像捷克斯洛伐克最重要的诗人塞弗尔特代表着"自由、热情和创造性,并被视为这个国家丰富的文化和传统在这一代人之中的旗手"。

创新需要胸怀和创意对接

张　江:文艺创新包含技术因素,比如表现方法、叙述手段、切入视角等等,但又不能仅仅从技术层面去理解文艺创新。20 世纪 80 年代,以先锋小说为引领的文学创新之所以未能行远,根源就在于过于注重技术,从而将艺术创新做了狭隘的窄化。事实上,文艺创新既是技术的更新,更是作家艺术家胸怀和创意的对接。"我们的征途是星辰大海",艺术家只有抱定这种胸怀和情怀,才能"笼天地于形内,挫万物于笔端",奉献出创意无限的好作品。

唐小林:习近平总书记提出"创新是文艺的生命",说到了文艺的根本,点到了文艺的要害。文艺作为一种特殊的符号,没有标识性,就没有能见度,就意味着死亡。20 世纪 20 年代初期,写《沉沦》的郁达夫,风格特异,给文坛带来一股清新的空气,迅速享誉新文学界。30 年代中期写《出奔》的郁达夫还是那个郁达夫,但作为小说家实际已经退场,疏离生活的阶级斗争叙事,对于他似乎是在"创新",其实是步了时代的后尘。也许是老作家遇到了新问题,他从此再没有写过小说。

所以，文艺创新最忌跟风。这个跟风的含义相当宽泛：既指跟在时代后面，也指跟在别人的后头，更指尾随某种风潮而去。不管是中国的马尔克斯，还是曹雪芹的传人，抑或是博尔赫斯的嫡传弟子，或是梵高在世，只要是跟风之作，终将被无情淘汰。正是在这个意义上，任何一个真正的文艺家，都有来自历史、现实、当下甚至自身的焦虑：如何走出前辈的阴影，越过经典的藩篱，冲破自己筑就的牢笼，不断与时俱进？文艺创作总是站在前人肩膀上的一次次跳跃，一次次超越。

文艺创新有自己的特殊性。它与其他的人文科学、社会科学和自然科学全然不同。艺术形态与知识形态的学科各自遵循不同的规律：文艺通过叙述、想象走进真相，而不是经由概念范畴走向真知，虽然它们最终都会抵达真理。文艺可以虚构。但文艺凭什么想象、凭什么虚构则与文艺创新休戚相关。鲁迅笔下的农民与柳青的不同。同顶一片天空，脚踏中国的大地，同是一个民族，共享一个传统，都是汉语写作，为何关于农民的想象和虚构会千差万别？鲁迅把农民想象为被启蒙的主体，柳青把农民想象为革命的主体，不同的想象后面所凭借的是不同的"关于知识的信仰"。

文艺家是凭借"关于知识的信仰"来想象，来虚构，来无中生有一个可能的世界。所以曹雪芹笔下的美人贾宝玉喜欢，而今天的年轻读者未必喜欢，小说家们也很难再这样去虚构当今的美人：关于美人的知识的信仰，随有清一代的逝去已面目全非。而"关于知识的信仰"是个极其复杂的问题，它卷入的问题实在太多太多。但有一点是非常明确的：文艺创新绝不是一个简单的技术问题，正如习近平总书记所说，"文艺创作是观念和手段相结合、内容和形式相融合的深度创新，是各种艺术要素和技术要素的集成，是胸怀和创意的对接。"

要义在于以文传意

张　江：20世纪90年代以来，随着后现代主义思潮的涌入，对"意义"的消解在文艺界受到一些人的拥趸。如果说这也是一种创新，那么这种创新是否有悖于文艺的本质属性，是值得探讨的问题。作家艺术家无论如何创新，文艺创作终究是一种思想的传达、意义的传递,这一点恐怕不能改变,也改变不了。否则,文艺存在的价值无从谈起。所以,一切文艺创新,必须最终服务于以文传意。

王春林:在文学创作领域,所谓"以文传意",显然意在强调,作家在进行文学创作的过程中,无论如何都不能够本末倒置,不应该把写作的重心落脚在语言表达与艺术形式营构的层面上,而必须把所欲传达给广大读者的思想内容摆放到核心位置上。之所以要特别地提及这一命题,特别强调"以文传意"观念的重要性,或许与"文革"后新时期文学的发展过程中曾经一度出现过的过于强调语言表达与艺术形式层面的刻意创新有关。

新时期文学一个非常重要的方面,就是对来自西方的所谓现代主义文学思潮的学习与借鉴。这种学习与借鉴的某种直接后果,是一种被命名为先锋文学的小说创作潮流在20世纪80年代中后期的形成。一方面,我们承认,先锋文学创作潮流的形成,的确在很大程度上推动了新时期文学向着思想艺术纵深处的演进与发展,但与此同时,我们却也不能不注意到,所谓先锋文学作品,存在的一个明显弊端就是,作家们把自己的注意力过多地投注到了小说的语言形式层面,从根本上忽略了小说在本质上乃是一种精神性的存在。如果剥离了小说的精神性层面,只剩下一堆语言,那么,这样的小说创作其实也就丧失了其存在的意义和价值。更有甚者,干脆推崇一种"无情节、无人物、无主题"的所谓"三无小说"。如此极端的语言与艺术形式实验,到最后自然只能够以无奈的失败而告终。

其实,古往今来的文学史早已证明,真正优秀的文学作品不可能只顾及所谓的语言与艺术形式,而忽略了更为重要的思想内容。对于这一点,刘勰在《文心雕龙》中早就作出过精辟的论述。在"情采篇"中,他认为,一部文学作品的思想内容居于主要地位,是"立文之本源"。"情者文之经,辞者理之纬;经正而后纬成,理定而后辞畅。"在他看来,思想内容是一部文学作品的经线,艺术形式是承载表达内容的纬线。只有经线端正,纬线才能织成;只有内容确定,语言形式才能畅达。"文",不能说不重要,但相对于"文"的重要性来说,"意",也即通过一定的语言形式所传达出来的思想内容,才是更重要的方面。归根到底,只有那些文质兼胜,既以文采(语言与艺术形式)引人注目,更能够"以文传意",表达出深邃思想内涵的文学作品,方才称得上是真正优秀的文学作品。

早在中国新文学的草创时期,文学研究会的理论家们就已经充分地认识到了"以文传意"的重要性。"将文艺当作高兴时的游戏或失意时的消遣的时候,现在已经过去了。我们相信文学是一种工作,而且又是于人生很切要的一种工作。"在这里,文学研究会所强调的文学"为人生",实际上就是在强调优秀的文学作品一定要"以文传意"。

优秀的文学创作,大约总是要有益于世道人心的。一旦有益于世道人心,那实际上也就在"以文传意"了。

张　江:从历史上看,文艺创新既是作家艺术家主观努力的结果,同时又是时代合力综合推动的产物。当前,中国文艺正处于前所未遇的波澜壮阔之大时代。这种大时代的巨浪,既可以将文艺裹挟其中,让艺术家随波逐流,从而成为文艺发展的掣肘之力,也可以创造无限生机、无限可能,从而成为文艺推陈出新、化茧成蝶的千载之机。并不是每一个艺术家都能有幸亲历这样一个伟大的时代,我们能够努力的就是,抓住机遇,将时代创造的无限可能化为文艺创新的不竭动力。

(《人民日报》2017 年 6 月 6 日)

以"中国姿态"走出去

对话人

张　江（中国社会科学院副院长、教授）

张清华（北京师范大学文学院副院长、教授）

李朝全（中国作家协会创作研究部副主任）

郭宝亮（河北师范大学文学院教授）

刘卫东（天津师范大学文学院教授）

张　江：中国文学不但要"引进来"，还要"走出去"。这是中国文学发展的必然归宿。新时期以来，在改革开放浪潮的鼓舞之下，西方的作家作品、文学观念被大量引进，对中国文学的发展产生了重要影响。不过，引进来的多，走出去的少，也是不争的事实。今天，我们站在中国经济社会和文化发展的新高度，需要对文学"走出去"的话题进行充分讨论，来一次观念的"刷新"。

"走出去"需要"身份自觉"

张　江：随着中国国际交往的日益广泛、深入以及中国文学的不断成长，"走出去"正在成为显在诉求，这既是国际文化交流的题中之义，也是中国文学发展的必然趋势。但是，中国文学如何走出去，以怎样的姿态走出去，则需要认真思考。

张清华："中国故事"显然是对于"世界"而言的，假如没有这一对象存在，自然也不存在特定意义上的中国故事。所以，归根结底，中国故事是面向世界的，是必须要"走出去"的。面向世界的中国叙事才是真正的中国故事，中国故事只有在面向世界的时候，才会真正获得其应有的内涵。

假如我们把 20 世纪 80 年代"走向世界"的冲动看作中国当代文学的第一次"身份自觉"，将冲击诺贝尔文学奖看作第一次"目标焦虑"的话，那么对中国文学"书写中国经验"和"讲述中国故事"的强调，则可以看作第二次身份自觉与角色焦虑。这一焦虑事实上在莫言获得诺奖之前就已出现了，只不过在 2012 年之后，它成为了一个显在的问题。当然，问题远没有这么简单，80年代同样有"本土身份"的焦虑，"寻根文学"在 1985 年的出现即是一个明证，在学习西方现代派文学遭到批评之后，反而是以面向自身传统的"文化寻根"，真正结束了低层次的政治化文学变革潮流，诸如"伤痕""反思""改革"等等，使新鲜而陌生的，以文化人类学、精神分析学等等新理论为认识方法的"寻根文学"，作为既有外来方法属性、又有本土内容的文学主题，登上了时代文学的文化制高点，真正拉开了中国当代文学变革的大幕。

从文学角度来看，什么叫"中国故事"？中国作家所写出的作品，难道不叫"中国故事"倒是"外国故事"吗？我们不能"认死理"地认为中国作家无论在何种意义上所写出的东西归根结底都是中国故事。有学者就指出，从"中国经验"出发，真实而敏锐地记录当代中国社会现实，才足以称为"中国故事"，也有人主张中国故事是面向世界而言的，应当具有"世界性"。这种讨论构成了近年来中国当代文学研究的一大热点，也使得"中国故事"甚至"中国经验"与"中国身份"的问题都变得越来越清晰，而且很有谈论的必要。

以自己的姿态"走出去"

张　江：首先要明白这样一个道理，中国文学走出去，一定要带着自己的独特价值，它是因为被需要所以才走出去，而不是强行将自己推出去。中国文学的独特价值是什么？它如何才能被需要？从根本上讲，世界了解中国的强烈愿望,是中国文学被需要的内在原因,而中国文学能够提供给世界与众不同的文学经验,则是中国文学被需要的直接原因。因此可以这样说,只有保持自己的独特姿态,中国文学才能成功走出去。

李朝全:"走出去"是中国文学界一直都在努力但收效又尚不如人意的一个领域。近几年,这种令人焦虑的状况有了一定的改变。比如,莫言获诺贝尔文学奖,刘慈欣获雨果文学奖,曹文轩获安徒生文学奖。三位作家的获奖提供了有益的启示,那就是,"走出去"要有自己的姿态。

莫言是一位擅长讲述中国故事的作家。从事创作伊始,他就明确地将自己的创作定位于如福克纳所言的"地球上邮票大的地方"——自己的家乡山东高密东北乡。他笔下的人物和故事几乎都出自东北乡。他为国外的翻译家、文学家和文学读者所认可和欣赏的,正是其作品鲜明的中国姿态、中国风格,其讲述的中国故事所传递的独特的中国声音。

曹文轩获安徒生奖后接受记者采访时说:"我的背景是中国,这个经受了无数苦难的国家,一直源源不断地向我提供独特的写作资源。我的故事是独特的,只能发生在中国,但它涉及的主题寓意全人类。这应该是我获奖的最重要原因。"这是一位同样有着鲜明的创作根据地意识的作家。事实上,他的写作都是从自己的生命体验出发,从自己在苏北农村的童年、少年经历出发,执着于用诗意纯美的文字编织关于爱、善、苦难与成长的故事,构筑属于自己的文学世界,致力于为少年儿童的成长打下良好的精神底子。

对刘慈欣获雨果奖起到关键性作用的图书策划编辑利兹·国林斯基认为,《三体》是一部伟大的作品,故事好,具备丰富的中国元素和中国文化。由此可见,刘慈欣"走出去"获得成功的根本原因,也是在于写出了中国特色的科幻故事,融入了大量的中国人物、中国文化,向世界传达的是中国的声音和中国的价值。当然,中国作家走出去,也需要政府的扶持政策以及出版商和版权代理人的积极运作。

带着"中国故事"上路

张　江:与姿态紧密相连的,是我们"走出去"时行囊里装载的是什么。

简单地说,是咖啡、汉堡? 还是茶叶、瓷器? 这几乎是不需要讨论的问题。当年郑和下西洋也好,古代丝绸之路上的驼队也好,所到之处之所以受到欢迎,就是因为我们提供了中国独有的特产。中国文学走出去,作家们必须带着"中国故事"上路,反之,行囊中全是改头换面的《伊利亚特》《变形记》《喧哗与骚动》,难免受到冷落和嘲讽。

郭宝亮:"走出去"的目的是为了传播,是为了让世界了解中国,了解中国人民的生存状态,因此,作家的心态非常重要。如果一个作家急功近利地向西方世界邀宠,甚至为了获得一个什么奖项而去东施效颦地讨好西方,进而歪曲中国的历史文化和现实状况,那么,这样的"走出去"是应当被鄙视的;"走出去"应当带着真实生动的中国故事,带着对几千年来筚路蓝缕、拼搏抗争的不屈精魂的饱含深情的歌哭,带着对朝向美丽中国梦奋力跋涉的中国人的传神塑摹。

当然,要想真正讲好中国故事,作家必须有担当,有大爱,有良知。"为什么我的眼里常含泪水,因为我对这土地爱得深沉"。一个对祖国没有担当,对人类没有大爱,面对善恶是非没有良知的人,会成为伟大的作家吗? 纵观中国文学史,无论古代的屈原、杜甫、施耐庵、曹雪芹,还是新文学以来的鲁郭茅巴老曹,他们的作品之所以如磐石般嵌入文学艺术的殿堂,绝不仅仅是因为语言表达本身,令其力透纸背的,是他们的伟大心灵。希望这样的文学家和他们的文学能够真正"走出去",真正地为世界人民所喜爱。

从传播的角度看,世界需要什么样的中国文学? 显然不会是那些东施效颦式的或以西释中式的作品,而应当是那些真正具有中国特色、中国风格、中国气派的精品佳作。正像我们常说的,只有民族的才是世界的。中国作家只有立足于民族,坚守本土文化自信,创作出更多更好的无愧于民族、无愧于时代的佳作,才是"走出去"最硬、最有力的本钱。

坚守"中国精神"的内核

张 江:中国精神是中国作家的精神面向,是中国文学的精神内核。一方面,中国精神赋予中国文学独特的气质、内涵;另一方面,中国文学要致力于阐释、解读乃至凝练中国精神。两者彼此作用、相辅相成。对当代中国作家而言,把中华民族几千年来凝聚而成的思想理念、道德规范、价值追求赋形,以文学特有的方式传播给世界,是责任,是使命,更是荣光。

刘卫东:"中国精神"是中国作家"辨识度"的重要表征,尤其在全球化时代,更具有"文化身份证"的功能。近代以来,"中国精神"历经"启蒙与救亡"的锻炼,在"中国气派"的民族化追求上艰难转型,演变为当下鲜活的文化符号。凝结了中华民族历代积累的经验和智慧的"中国精神",需要在新时代面对新问题时,进行新的赋予与阐发。因此,"中国精神"既是"指认—传播"意义上的概念,更是需要不断创造新内容的"未完成"的工程。同时,"中国精神"又有流动中的"常",带有本质的特征,值得寻求、恪守和光大,这也是提倡书写"中国精神"的重要原因。

书写中国,作家就要与中国对话,因此,必然带有对中国精神的解读和思考;而同时代作家的合集,就构成了想象的共同体,完成了这一代对"中国精神"的文学提炼。新文化运动以降,鲁郭茅巴老曹等现代经典作家树立了启蒙意识;赵树理等解放区作家实践了人民的文艺;"十七年"的"三红一创"歌颂了无产阶级英雄;朦胧诗在特殊年代建立了潜在写作诗歌秩序;《白鹿原》《红高粱》叙述了民族秘史;先锋小说促成了文学审美的变奏;新世纪以来的底层文学揭示了当代社会的复杂。这些作家作品,代言了不同年代的"中国精神",也在"中国精神"承传史中留下了痕迹。

由是观之,当前作家的选择和作为,彰显出对如何建构当代"中国精神"课题的回应,具有认识和实践的多重意义。第一,描摹个人感受是作家的本分。作家对"中国精神"的书写,不能依靠空洞的口号,而是"向内"的,直接建立在作家个人生命的毛细血管根部。第二,记录时代是作家的事业。当下社会文化转型,正需要"铁笔""圣手",以恢弘的史诗气度和强劲的文学功力,写出"提炼"和"总结"之作。巴尔扎克、托尔斯泰的"人间喜剧"和"俄罗斯革命镜子"的"长河小说"叙述方式,仍要提倡。作家作为"时代书记员"的视角,并不过时。第三,接续文化血脉,是作家的使命。互联网化的生活方式,并不意味着文化传统的消失;对外交流的频繁,更显坚持自我的重要,因此,把握住不断丰富的"中国精神"内核,并以新的形式呈现,无疑是当下作家的重要使命。

张　江:一个国家在积贫积弱的状态下,其文化难以独强,更遑论走出去影响世界。近代以来,中华民族屡经磨难,生存、图强成为百年来的主旋律,中国文学也在这一旋律中上下求索,但在世界舞台谋求光大几无可能。如今,伴随着中华民族伟大复兴的时代脚步,中国文学比历史上任何时期都更接近走向世界的伟大目标。而我们需要准备的,就是调整好姿态,创作出更多带着中国泥土芬芳的壮丽诗篇。

(《人民日报》2017 年 6 月 23 日)

文艺不能当市场的奴隶

对话人

张　江（中国社会科学院副院长、教授）

白　烨（中国当代文学研究会会长、评论家）

王一川（北京大学艺术学院院长、文艺理论家）

徐沛东（中国音乐家协会副主席、音乐家）

高希希（中国文联主席团委员、导演）

张　江：习近平总书记在文艺工作座谈会上指出，"在发展社会主义市场经济的条件下，许多文化产品要通过市场实现价值，当然不能完全不考虑经济效益。然而，同社会效益相比，经济效益是第二位的，当两个效益、两种价值发生矛盾时，经济效益要服从社会效益，市场价值要服从社会价值。"能不能正确认识和处理两个效益、两个价值的关系，能不能过得了市场这一关，是衡量当代文艺工作者的重要标准。

文艺不能被市场牵着鼻子走

张　江：如何处理与市场的关系，是文艺发展最迫切、最重要的问题之一。在这一问题上，一些文艺工作者偏执于两端，要么拒绝市场，逃避市场；要么唯市场马首是瞻,对市场投怀送抱,失去了基本的坚守。这两种取向无疑都是错误的,市场既不是洪水猛兽,也不是唯一准则。

白　烨:市场经济对于文艺的发展,既可能提供积极的帮助,又可能造成消极的影响,其双刃剑特点是显而易见的。一方面,市场经济在以交换为主、利益为重的前提下,在一定程度上体现着作品的接受度和欢迎度。而这种机制与效益,也确实能激发文化生产主体及创作者的积极性、创造性,通过竞争推动文艺繁荣;另一方面,市场经济所奉行的以经济效益为主导,以市场价值为准绳的观念与理念,又与社会效益、美学尺度构成一定的悖论,这就难免对文艺的创作与生产、文艺的传播与接受产生误导,诱使某些从业者和创作者为获利赚钱而忽视包括审美价值在内的精神文化价值的追求。因此,正确认识和处理文艺与市场的关系,是当代文艺工作者必须认真解决的现实问题。

正确处理文艺与市场的关系,首先需要认识文艺产品虽然要走向市场,但它绝非一般的商品,它是具有一定商品属性的精神文化产品。其要义在于它出自文艺工作者的精神劳动,又作用于人们的精神世界。因此,在市场经济条件下,文艺以产品形式进入市场,文艺工作者不应无视市场、拒绝市场,要认识到市场是文艺传播的重要途径。文艺作品可以借助市场机制更为有效地推向社会,更为充分地实现其审美价值和精神价值。但是,市场又具有重利轻义的一面,唯利是图的特性,一味地迁就市场,随着市场大潮游走,就可能在追逐流行、追赶时尚中,走向见利忘义,趋于低俗媚俗,使艺术品应有的审美追求与精神追求被忽略、被淡化,最终沦为市场的奴隶。

过好市场关的另外一点,是文艺工作者面对文艺与市场、经济效益与社会效益的难题与关系时,要牢记文艺工作者创造精品、传承精神的神圣使命,要坚持文艺创作的美学品质与精神内涵,始终把社会效益放在第一位,追求社会效益和经济效益相统一,这是每一个文艺工作者应有的选择与基本的坚守。有了这种文化自信与文化自觉,我们的文艺工作者才有可能"以深厚的文化修养、高尚的人格魅力、文质兼美的作品赢得尊重,成为先进文化的践行者、社会风尚的引领者,在为祖国、为人民立德立言中成就自我、实现价值"。

文艺工作者应树立正确的义利观

张　江:市场对文艺工作者的考验,主要在于义与利的平衡和取舍。舍利取义固然高尚,但是这不符合市场经济规律,也不是文艺发展的长久之计。经济利益的获得,不仅是对文艺工作者所付出劳动的回报,更是文艺创作生产的有效驱动。反之,舍义取利,一切向钱看,将文艺作品降格为一般商品,又违背了文艺作品的根本属性,对文艺发展伤害更大。因此,优秀的文艺工作者往往是在义与利的平衡与取舍中保持高度理性的那些人。

王一川:在当今市场经济条件下从事文艺创作,文艺工作者难免遭遇义与利的困扰,需要在义利观方面保持清醒的自觉。这主要是由于此时的艺术品具有了双重属性:既是审美的个性化创造,依赖于个体想象力的自由驰骋,能对社会公众产生陶冶和提升作用,又是文化产业生产的商品,需要按市场规律去投资、营销和消费,满足公众的休闲娱乐需要。假如前者更突出义,后者则离不开利,两者合在一起就构成了当今艺术创作所不得不频频涉及的义利观。更进一步看,作为文艺工作者的产品的文艺作品,本身在法律上就具有权和利即"知识产权",而"知识产权"是可以如一般商品那样买卖、转让和盈利的。

义与利,表面看或许相反:前者指行为和事情合乎正义,后者则看重物质利益的获取。诚然,古代文艺家的创作有时可以完全出于"仁义"或"大义",不谋求任何物质回报,但在当今市场经济条件下,文艺创作却无法与商品资本的逻辑完全绝缘。任何一家文化企业在投资制作某种艺术品,例如畅销小说、电影或电视剧之时,必然需要考虑如何回笼资金、回收成本以及盈利,以利于扩大再生产。在这个意义上说,文艺工作者在创作时适当考虑利,无可厚非。不过,假如单纯为利而创作乃至唯利是图,创作之心整个儿掉进钱眼里,那就会走向反面:忘掉责任而只剩下为利了。

要避免见利忘义的极端情形发生,不妨把文艺工作者的义利观放到冯友兰在《新原人》中论述的人生境界四层次说中去重新衡量。在他看来,人生应当有四重境界:第一重是自然境界,人做事时顺着自己的本能和习俗;第二重是功利境界,人做事时是"为利",即为了实现个人利益而行动;第三重是道德境界,人做事时是为社会而非为自己,这是一种"予"而非"取",即为"义"而非为"利";第四重是天地境界,人做事时要"事天",顺任或尊崇天地的规律,属于人生的至高境界。按照冯友兰的观点,这四重境界中的每一重都是个体人生不可或缺的,但真正的"贤人""圣人"来自个体由低到高的逐步上升过程。我们既不能为了高级境界而简单地否定低级境界,也不能单纯地沉溺于低级境界的满足而遗忘向着高级境界的不懈攀登。重要的是,人生的意义来自不断地从低到高的超越或上升过程。由此看,文艺工作者的创作固然不必轻易否定利,但也不能全然为了利,而是应当自觉地让利服从于义的导引:必要的利的获取,既是为了收回创作成本,也是为了扩大艺术再生产,同时还是为了社会群体利益的满足(比如通过艺术形象揭示社会生活的深层规律等),而这样的利就与义豁然贯通了。

鲁迅在上海时期的主要经济来源有稿费、版税、编辑费与兼职所得,但这些"利"并没有成为他写作的目标本身,而是一方面帮助他摆脱了自己一生最鄙弃的"帮忙"与"帮闲"的窘境,保持个体人格的独立性和一贯的社会关怀立场;另一方面又可用于慷慨帮助萧军和萧红等一大批年轻的作家。鲁迅的实例表明,让利接受义的导引或者为义服务,应当成为文艺工作者的自觉的义利观。

不为利所动要有定力

张　江:当前文艺发展的主要矛盾是一些创作者见利忘义,把市场当成了风向标、指挥棒,一味跟着市场跑,缺乏应有的定力。所谓定力,就是在内心深处始终安放着自己从事文艺创作的初心,任尔东南西北风,我自岿然不动。更进一步,保持定力还体现在,不仅不追逐市场、迁就市场,而且要引领市场、改变市场。文艺工作者要有这份雄心壮志。

徐沛东:习近平总书记在中国文联十大、中国作协九大开幕式上的讲话中,对文艺工作者提出四点殷切期望,谈到第四点希望时,特别强调文艺工作者"要珍惜自己的社会形象,在市场经济大潮面前耐得住寂寞、稳得住心神,不为一时之利而动摇、不为一时之誉而急躁,不当市场的奴隶,敢于向炫富竞奢的浮夸说'不',向低俗媚俗的炒作说'不',向见利忘义的陋行说'不'"。这些涉及如何认识和对待文艺与市场关系的重要论断,言简意赅,至当不易,对广大文艺工作者面对市场的诱惑和冲击时,保持清醒的头脑,采取正确的态度,有重要的指引作用。

实际上,在当前的文艺领域,文艺与市场,已经是你中有我,我中有你。在这种境况下,如何做到"常在河边站,就是不湿鞋",不为利益和名誉所动,文艺工作者自身的心态与定力至关重要。

从音乐界的情形来看,《2016 中国音乐产业发展报告》显示,2015 年,我国音乐产业总产值首次突破 3000 亿元,超过动漫、游戏,成为文化娱乐行业的增长亮点。但仔细分析,不难发现,产业化道路对音乐发展来说是一把双刃剑。产业化道路促进了我国的音乐分工更加细致,演唱会、唱片业、影视音乐等各种形式,都成为音乐产业发展的重大商机。然而,在这样的发展过程中,音乐被包装得越来越花哨,音乐产品的包装甚至已经超过音乐本身。音乐是文化产业的重要支柱,是重要的精神文化产品,但过度产业化把音乐定位在"商品"的概念上,音乐的制作和推广以追逐利润的最大化为追求,便会背离音乐的初衷与归宿。

如何处理好艺术与市场的关系,从行业的层面看,应尽快建立行业规范,让创作者在合理合法的环境下公平竞争,提高创作者的积极性;另一方面,需要包括音乐创作者在内的文艺工作者,在适应市场的同时,保持应有的理性警惕,坚守应有的美学理念,尤其是在有定见、有定力的前提下,学会借市场之力,而不是一味地迁就和迎合市场。只有超越了赚钱的短视目标,把目光投向创造优质的产品,才能真正和有效地满足市场,而不是成为市场的奴隶。

把社会效益放在首位的当前意义

张　江:每一部文艺作品,无论它诉诸的是色彩、旋律、语言、光影,无论它讲述的故事是凄美、哀婉、绝望、振奋,最终,它传达的一定是价值观,影响人的头脑,塑造人的心智,净化人的灵魂。这是文艺作品与一般商品的最大不同。明晰了这一点,也就明晰了为什么我们始终倡导文艺创作要将社会效益放在首位。

高希希：习近平总书记指出，实现中华民族伟大复兴，需要物质文明极大发展，也需要精神文明极大发展。文艺作品本身的特性——其传播之速度、影响之广度、意义之深度，决定了它所应承担的社会责任，文艺作品在引领社会思潮、促进精神健康、推进理念新变等方面发挥着重要作用。这就要求文艺工作者始终坚持把社会效益放在经济效益之上。

近年来，国内影视市场进入迅猛成长期，各路资本纷纷跑步进场，资本市场甚至呈现倒逼影视创作市场的架势。并购、对赌、保底等金融术语对于影视工作者来说在前两年还是陌生的词汇，如今大部分人都已谈得头头是道。在资本盛宴的滋灌下，行业乱象丛生：一些作家、导演、编剧一味迎合市场口味而制作低俗、暴力、无脑、粗制滥造的作品，不再用"心"讲故事；制片方为获得某些大粉丝群体的演员，娇惯出部分当红演员漫天要价；演员无心提高演技，只专注提高片酬；影视公司疯抢剧本，以剧本的储备数量取代质量获得更高的公司估值……

价值观的光明带来故事的光明，价值观的腐蚀带来故事的腐蚀，观众不会被在浮躁心态下创作的作品征服，文艺工作者唯有始终抱着对艺术的虔诚之心，不向市场阿谀献媚，才能创作出经得起人民和时间检验的作品。唯有坚守艺术理想，真心服务人民，真情扎根生活，真诚投入创作，真实反映时代，才能走出方寸天地。让自己的心永远随着人民的心跳动，创作出为人民、为时代讴歌的艺术作品，在为祖国、为人民立德立言中成就自我。

张　江：对当代文艺而言，市场这一关躲不过、绕不开，是必须面对的考验。并且，随着市场经济的深化，市场以及由此引发的资本、利益、格局等一系列问题，会对文艺发展产生越来越深远的影响。未来，没有人能够置身市场之外。面对市场，文艺工作者的正确姿态，不是抵触、回避，也不是盲从，而应该是理性对待市场，与它保持一定距离，不是被市场驾驭，而是驾驭市场。

（《人民日报》2017 年 7 月 18 日）

在通达现实中彰显时代气韵

张　江（中国社会科学院副院长）

阎晶明（中国作家协会副主席）

李炳银（中国报告文学学会常务副会长）

邱华栋（鲁迅文学院常务副院长）

李云雷（《文艺报》新闻部主任）

张　江：文学从诞生的那一天起，就关注现实，在与现实的互动中寻求动力和生机。任何时代的现实都是多层面、多维度的，并且永远处于跃动之中，其跃动的频率和幅度永远超越文学的追赶速度。这给创作者提出了一个重大命题，即如何敏锐、准确地把握现实并传达时代气韵。

在把握现实中书写时代精神

阎晶明：从总体性上讲，任何时代的文学创作都是作家对时代精神的呼应、对时代潮流的回应、对现实生活的关切。现实主义既是方法也是精神，无论作家进行的是什么题材的创作，到最后都离不开他对现实生活的关注和评价。

现实生活永远是丰富、驳杂和深广的,时代又总会以特定的旋律形成某一主潮,作家创作总是在处理着丰富广博的现实生活与时代潮流之间的关系。比如五四新文学虽有不同的社团和流派,但我们又可以总结出那个时代的文学的主潮;他们看似不同且时有纷争,但后人能够感受到他们共同的关切,这就是,他们都身处中国社会现代性转变的黎明时分,都对未来有着热切的期盼、有着共同的责任和热情,鲁迅的"救救孩子"、郁达夫的"祖国呵……你快强大起来吧"、郭沫若的"凤凰涅槃",在根本处具有同一性。文学发展的主潮是无法阻止的,体现时代精神、代表时代主流的作家作品最终成为代表一时代文学高峰的经典。

我们今天所处的时代气象万千。人们既生活在现实世界里,又追踪着网络连结起的虚拟世界,即使在同一个人身上,对世界、对生活的看法和态度,也会表现出从未有过的多样和复杂;创作的题材无比丰富,无论哪一种题材都能找到一定范围的读者。这就更需要我们对现实生活做符合时代主旋律的理解,对时代脉搏有更加敏感和准确的把握。作家创作最终还必须要体现出对生活的概括能力、对时代潮流走向的判断与态度。也就是说,表现生活需要"典型性",评价时代需要"倾向性"。

生活的多样性体现在它的多色调中,如何倾听、理解时代旋律的多声部,掌握并传递其中的主旋律,是对作家社会担当的考验,也是对作家艺术表现力的考验。在表现现实多样性和人性复杂性的同时,作家如何给出自己的答案,同样也是文学理论与批评界需要认真讨论的问题。主旋律不应该成为一种特别的题材,主旋律应当蕴含在千姿百态的文学作品中,保持文学形象的饱满和可信,防止空洞与说教,在做到这一点的同时,还应看到社会向善向美的发展趋势,传递出美好的理想和信念。

张　江:文学创作当然需要高超的技巧、新鲜的手法、灵动的语言,但是,当前中国作家最迫切的,是对当代中国社会的深刻认识和深入解读。创作者以既有的陈旧经验冲抵日新月异的当代生活,以单一的自我经验剪裁纷繁复杂的整体生活,以无根的虚构经验取代深沉坚硬的真实生活,凡此种种,都难以准确把握现实生活和时代精神,难以创作出优秀作品。

读懂社会这本"大书"是创作基本功

李炳银：对于任何人来说，社会生活都是一部需要认真面对和阅读的大书。习近平总书记打过这样一个比方，社会是一本大书，只有真正读懂、读透了这本大书，才能创作出优秀作品；广大文艺工作者要努力上好社会这所大学校，读好社会这本大书，创作出既有生活底蕴，又有艺术高度的优秀作品。对于希望以自己的作品影响他人的作家，社会生活这部大书，更是需要用心去认真阅读、深入理解。这是深刻认识文艺及其创作规律的见解，对我们的作家艺术家具有非常重要的启示和帮助。

如今，时常听到有些作家讲，我每天都在生活中，还需要什么深入生活。这其实是对深入生活的误解。自然人作为社会之一员，当然就在社会中，但是没有与社会生活接触的个人生活一定是局限和单调的。作家深入生活，就是要解决这一局限和单调的问题。因此，行走于广泛的社会生活，是作家从事文学创作的基本出发点。仅仅是"身在"社会生活之中，对于文学创作者来说是远远不够的。就像农民，光是拥有土地并不一定就能够丰收，还需要读懂自己脚下的土地，了解它的土质、墒情、季节环境等等，如此，才可以根据不同的土地情况用心耕耘，迎来丰收。作家也是这样，只是拥有写作的愿望和热情，但对自己所要描述表现的社会生活缺少深入感受和理解，很难创作出优秀作品。任何伟大、优秀的文学作品，都应该是对社会生活的独特认识和感受理解的结晶，需要作家具有深刻、准确、独到和艺术的解释力。

文学作品不仅仅是故事的呈现或传奇的演绎，更不只是作家自己主观情绪和爱好的释放或满足，而是一种积极参与社会文明建设的文化努力，是作家依赖自己的独特发现和智慧促进人类社会健康发展的神圣劳动。如今，中国社会在近几十年间的改变和迈进，是国人和世界都看到并认可的。对于这样富于变化的现实社会生活，所谓"熟悉生活"只能是相对的，阅读和读懂社会生活这本"大书"，是一个作家基本的功课和长期的任务。

张　江：文学，是时代的构成要素之一。文学家既是时代的记录者，也是时代精神的建构者、引领者。用文学的温润和丰盈，艺术化地记录和呈现自身所处时代,无论是波涛汹涌、壮怀激烈,还是细腻入微、丝缕毕现,它都在事实上成为这个时代的精神镜像,并以文学特有的方式推动时代之发展进步。这既是作家的责任,也是作家引以为豪的神圣使命。

反映自己的时代是作家的神圣使命

邱华栋:文学不是无源之水、无本之木,它的来源就是生活。习近平总书记说:"面对生活之树,我们既要像小鸟一样在每个枝丫上跳跃鸣叫,也要像雄鹰一样从高空翱翔俯视。中国不乏生动的故事,关键要有讲好故事的能力;中国不乏史诗般的实践,关键要有创作史诗的雄心。"

有什么样的时代,就有什么样的文学。作家要有创造性书写生活的勇气和表现时代的责任担当。歌德曾说:"要牢牢抓住不断前进的生活不放,一有机会就要检查自己,因为只有这样才能表明,我们现在是有生命力的;也只有这样,在日后的考察中,才能表明我们曾经是有生命力的。只有了解了生活,认识了生活,才能塑造出各种力量运动的碰撞,紧紧依靠生活和现实是文学的基础,超越生活,就是文学作品成为作品的根本条件。"

作家既是时代和生活的参与者,又是主导者。作为参与者,是因为作家无法摆脱生活对他的影响和制约;作为主导者,是因为作家追求的是艺术真实,必然创造出一种生活之外的独特的文艺作品。文学作品不能是对生活的简单模仿、自然摹本,而是从生活中摄取了"意义重大,有典型意义的、引人入胜的东西,甚至给它注入更高的价值。"因此,文学作品是一个完整的独立的存在,作家通过这个整体与世界对话,而这个整体在生活中是找不到的,它是艺术家自己的精神产物。作家与时代生活可以从观察、体验、想象三个向度来发生密切的联系。这同时是作家应该具备的三种才能,一般只要擅长其中一种,就能够书写大时代的生活万花筒。

我们正处于一个新的全球化时代,作家必须要放眼全球,因为中国人每天都在世界各个地方创造着新的故事。这一全新的景象是过去没有的,书写中国人新的传奇是这个时代作家神圣的使命和责任,关键看作家自身有没有这个文化自觉和宽阔的视野。

张　江:我们生逢的时代是一个伟大的时代,这一点任何人都难以否定。这个时代所发生的变革是历史性的,是千年未有之巨变。但是,作为这一历史巨变的在场者、亲历者,我们或者因为身在其中而习焉不察,或者更多的是被历史巨变带来的新奇牵制了目光,从而对这场时代巨变的意义缺乏应有的认识。直面大变革,创作新史诗,需要作家艺术家拥有历史的眼光和世界的视野。

直面大变革　创作新史诗

李云雷:创造中华民族新史诗,这是习近平总书记对文艺工作者的期待,也是作家艺术家在精神与艺术上的内在追求。所谓"中华民族新史诗",我们可以从四个层面来理解:一是"史诗",这里的史诗不是指特定体裁,而是指包容了巨大历史内容同时具有诗性的作品;二是"民族史诗",是指体现了一个民族的历史、精神、美学的史诗性作品;三是"中华民族史诗",是指凝聚了中国人共同经验、情感、记忆的民族史诗,在其中可以看到我们这个民族的特性、命运与希望,在这个意义上,从《史记》到《红楼梦》,再到鲁迅的小说,都是中华民族的"史诗";四是"中华民族新史诗",是指中国人在改革开放以来所创造新的历史及其在文学中的呈现,可以从整体上凝聚当代中国人的生活、情感与精神,让我们可以从中看到时代、看到中国、看到我们自己。

对于当代中国作家来说,创造中华民族新史诗,需要具备新的历史眼光、社会意识和世界视野。新的历史眼光,是指将生活重新"相对化"的反思眼光与能力。我们的生活并不是从来如此,也并不是必然如此。没有历史感,就没有现实感。我们只有在对历史脉络的细致把握中,才能够更深刻地感知和把握到"现实"。以通讯方式为例,在短短20多年的时间里,我们跨过了电话、呼机、手机时代,进入了移动互联网时代。类似这样的变化随处可见,深刻地改变了中国人的日常生活,也在悄然改变着中国人的时空观念。这样全新的中国故事,只有具备历史的眼光,才能深刻认识其价值。

新的社会意识,是指创作者要突破"自我"的藩篱,清晰地认识到自己只是社会某个阶层的一员,个人的生存经验或许并不能够代表其他阶层、群体或个人,而是有其局限性的。这就需要我们的作家走出"自我",关注他人、关注时代、关注世界,尤其要关注普通百姓。普通百姓构成了中国人的主体,他们的故事是更广泛、更典型、更有代表性的"中国故事",只有走进他们的生活世界,体验他们的喜怒哀乐,才能触摸到时代变化的脉搏。普通百姓也是创造历史的根本力量,创作者只有参与到他们创造历史的进程之中,才能切身感受到中国经验的丰富性与复杂性,才能刻画出中国人的生活史与心灵史,才能创作出为人们接受并喜爱的优秀作品。

新的世界视野,是指我们需要重建面对世界的心态,以及重构新的世界图景。近些年来,中国人的文化自信越来越强,整体社会氛围和人们的自我意识也在发生变化。这是一个具有历史意义的变化。可以说自近代以来,中国人多以"落后者"或"追赶者"的心态面对西方国家与西方文化,伴随着中国人文化自信的增强,今天的我们不仅可以更加从容地面对西方文化,而且还需要重新审视近代以来的知识系统,在新的问题意识之中重构思维结构。

张　江:当代作家所面临的最大挑战就是,中国文学在长期的历史演进过程中所积累的主要书写经验,比如乡土叙事、苦难叙事、革命叙事,都由于现实的变革而面临挑战。当代中国作家必须重新建立与当下生活匹配、与当代中国故事对应的体验系统、书写模式。唯此,才有可能创作出与时代相呼应的伟大作品。

(《人民日报》2017 年 9 月 1 日)

萃取新时代的诗意

对话人

张　江（中国社会科学院教授）

阎晶明（中国作家协会副主席）
毛时安（中国文艺评论家协会副主席）
柳建伟（中国作家协会主席团委员）
梁鸿鹰（《文艺报》总编辑）

张　江：党的十九大报告庄严宣告，经过长期努力，中国特色社会主义进入了新时代，这是我国发展新的历史方位。在这伟大的新时代里，960 万平方公里的广阔土地上，13 亿多激情迸发的中华儿女，必将上演更加波澜壮阔的华美乐章。文艺作为时代前进的号角，担负着重要历史使命，必须不负新时代，砥砺新追求，展现新作为。

在新时代登高望远

阎晶明："中国特色社会主义进入了新时代"，这个重要论断对我们认识当下生活、把握所处时代具有十分重要的指导意义。回溯历史，这是近代以来中华民族从站起来、富起来到强起来的伟大飞跃；着眼当下，这是当代中国强起来、充满生机活力的生动体现;展望未来,这是中国发展道路向世界提供智慧和方案的强大自信。

这一强起来的生动进程,特别需要文学家参与,特别需要有表现时代的扛鼎之作。党的十九大对繁荣兴盛社会主义文化提出很高要求,对繁荣发展社会主义文艺提出殷切期望。我们的文学艺术要从高原迈向高峰,必须书写这个伟大时代,必须表现火热的现实生活,唱响主旋律,传递正能量。

理解时代之新,必须以习近平新时代中国特色社会主义思想为指导。这一思想对作家理解生活、表现时代同样具有重要指导意义。依靠这一创新理论,方能登高望远,全面、准确地了解现实生活,把握时代脉搏。我们的文学需要表现生活的丰富性,这里不仅有喜怒哀乐也有悲欢离合,如何去理解、分析、把握,如何去感悟、评价、表现,是对创作者的考验。

党的十九大报告指出,我国社会主要矛盾已经转化为人民日益增长的美好生活需要和不平衡不充分的发展之间的矛盾。这一论断对作家全面掌握生活、理解生活真谛是十分有效的。人民需要从"物质文化生活"转变为"美好生活",这意味着发展理念、生活观念、内心期许、人生诉求的全方位转变,也由此,那种在作品中过度表现欲望化的做法不但是创作理念上的偏差,也反映出创作者对生活认识的狭隘、对社会读者审美要求的看低。"不平衡不充分的发展"替代"落后的生产",对生活里出现矛盾、问题的理解和分析也非常重要。正视发展中的问题、发展中应当注意的矛盾,与一味表现和夸大生活阴暗面在创作观念和创作态度上有着本质区别。

不但作家创作应当如此,批评家评价一个作家、评论一部作品、分析一种创作现象,都应有这样的时代方位,都应以此提高自己的理论站位,编辑审定、推荐一部作品也应有这样的大局观。

时代为我们提供了这样的契机。在强起来的时代展现强起来的文艺,正当其时。

读懂更加开阔真实的世界

张　江:新时代之新,在于它不同以往,具有新的时代内容、新的时代特点、新的时代精神。面对新时代,作家艺术家的首要任务是读懂新时代。在此过程中,作家艺术家最大的敌人是既往陈旧经验的羁绊以及思维惯性的掣肘。自以为对这个时代已经了然于胸,事实上时代的发展变化已经远远超出我们的想象。没有对时代的仔细爬梳和深刻认知,就不会产生与时代相称的伟大作品。

毛时安:作家艺术家必须认识到新时代丰富广阔的历史内涵,以及我们承担的光荣伟大历史使命。回顾近40年改革开放波澜壮阔的历史进程,以及此前30年艰苦卓绝的曲折探索,我们完全可以感受到,一个不同往昔的新时代已经真真切切、实实在在地来到每一个中国人面前。神女应无恙,当惊世界殊。40年前、70年前谁能想象到今天中国大地上正在发生着如此深刻的巨变,谁能想象6000万贫困人口稳定脱贫、中国成为世界第二大经济体并日益走近世界舞台的中心?中国正以其独特的魅力吸引着全球热切关注的目光。可以说,能否自觉而清醒地意识到新时代已经到来,将决定我们文艺创作的未来。遗憾的是,仍有一些文艺家用老旧眼光和落后思维看取、对待当下的生活和人物,刻舟求剑地对待新时代。

新时代不是抽象概念,而是活生生的每一个中国人的生活,是每一个中国人的向往、追求、憧憬、欢欣,以及他们为之所作出的奉献、牺牲,承受的压力和痛苦,如同习近平总书记说的,"都有内心的冲突和忧伤"。这两年,我曾经有机会沿着宁夏一路西行,走过黄土高原、河西走廊、茫茫戈壁,感受到生活内在汹涌澎湃的激情。特别是在新疆麦盖提县,这个中国最西、三面嵌在沙漠中的县城,目睹汉维两族干部带领人民群众治沙植林脱贫致富的感人事迹。新时代不是天上掉下来的馅饼,是13亿多中国人一起干出来的。这是一本人类发展历史上最为厚重的大书。席勒说过,艺术创作要有"感性冲动"。信息时代似乎让我们无所不知。但必须认识到,由电子数据堆积起来的抽象世界远远逊色于丰富多彩的现实生活。生活中发生一些令人不快乃至过分负面的事件,经由网络传播,容易让人误以为那就是生活的全部。真实生活虽然有时会有雾霾阴雨,但更多时候,我们邂逅阳光,邂逅熙熙攘攘、生气活泼的世界。阅读更加开阔和真实的世界,是文艺创作者的必修课。

锻造新时代文化地标

张　江：时代需要文艺，文艺更需要时代。没有恢弘磅礴的时代之变、没有时代提供的精彩绝伦的故事，文艺只能是无源之水、无本之木。古往今来，踏时代之歌、绘沧桑之变，是作家艺术家的不懈追求，孕育着无数经典巨作。聚焦新时代，创作更多有筋骨、有道德、有温度的现实主义力作，是作家艺术家担当责任、践行使命的重要方式，更是文学艺术实现价值、确立新时代坐标的重要路径。

柳建伟：繁荣兴盛起来的文学是文化自信最有说服力的依据之一。新时代需要一大批无愧于时代的现实题材文学力作。

古今中外，多数堪称伟大的时代，一般都有可与这些时代相匹配的伟大文学艺术创作。伟大时代大多通过这些创造性的描画，更加血肉丰满、气象万千，被后人清晰记忆。没有李白、杜甫的伟大诗篇，盛唐景象不会到今天仍活灵活现。没有巴尔扎克、司汤达的杰出长篇小说，19世纪法国大时代便少了有力证明。没有普希金、托尔斯泰、陀思妥耶夫斯基等文学大家，19世纪俄罗斯可能会在人们的头脑中难觅踪影。

因此，习近平总书记明确指出：没有高度的文化自信，没有文化的繁荣兴盛，就没有中华民族伟大复兴。人民的伟大实践，时代的巨大变化，确实需要作家艺术家用如椽之笔精心描画。这也是习近平总书记提出要加强现实题材文艺创作的苦心所在。

改革开放以来的中国特色社会主义伟大事业，已经持续进行近40年。这40年中国发生的沧桑巨变，其深度、广度，都堪称前所未有。可是，当下文学却少有能称得上是时代文化地标的大书巨制。有高原、缺高峰，这是时代和作家艺术家的双重缺憾。

这种缺憾需要弥补。当前作家最重要的两项工作是：如何认识新时代和如何描绘新时代。使命光荣，责任重大，困难众多，但中国作家别无选择，必须勇敢地站出来，担起这个使命和责任。

书写新时代史诗

张　江："书写新时代史诗",这不是对体裁的倡导,而是对文艺创作格局、气魄、风格、水准的期待。新史诗不是方寸天地、一己悲欢,而要心系苍生、俯瞰时代;不是娱乐休闲、无足轻重,而要引领时代、开创未来;不是昙花一现、速生速灭,而要经得起历史和人民检验。只有这样的创作才堪称史诗。

梁鸿鹰：新时代文艺,其中一个应有之义是开掘波澜壮阔的现实生活,反映当代中国最为广泛而深刻的社会变革,揭示中华民族伟大复兴实践所蕴藏的磅礴力量。这需要作家坚定文化自觉,树立文化自信,开阔眼界胸襟,提高精神境界,进一步增强对国家和人民的感情,以有内涵有感染力的厚重之作激发民族自豪感自信心。史诗意味着让自己的诗性表达建立在最坚实的地基之上,读懂读透现实生活这本大书,萃取火热现实昭示出来的诗意。史诗意味着让当代人复杂的情感世界得以丰富呈现,让人们的内心冲突和喜怒哀乐得以充分表达,让现实生活的张力、声响和色彩尽情绽放。

列夫·托尔斯泰说："历史是国家和人类的传记。"书写新时代史诗不能缺少对历史的发现,向历史学习既可以更充分地了解自身行为的价值和意义,又能够吸收营养,获取素材灵感,拓宽创作疆域,挖掘人性深度,烛照当下与未来。作家书写历史同样需要融入时代、融入人民,揭示社会发展主流和本质。史诗造就要善于挖掘中华历史文化矿藏,站在时代高度揭示历史规律,融合历史启示与当下意义,激发出"史"与"诗"的意蕴,以此涵养灵魂、激励人民、引领时代。

书写新时代的史诗,更要面向未来、播撒温暖,让人们看到美好、希望和梦想。徘徊边缘的观望者、讥谗社会的抱怨者、无病呻吟的悲观者,很难成为史诗的书写者。文学反映现实生活不应该是机械的、冷漠的,伟大的作品得自对生活的热情拥抱,得自对素材的艺术提炼与加工,得自在幽微处发现美善、在阴影中看取光明。现实生活并不总是花团锦簇,往往充满挫折和无奈,当代文艺要立足于对人们的精神引领,用真善美战胜假恶丑,用光明驱散黑暗,弘扬主旋律,传播正能量,以高质量高品位的作品,让人们得到精神鼓舞,得到克服困难、迎接美好未来的勇气。

我们从来没有像今天这样接近中华民族伟大复兴的目标,创作中华民族新史诗需要文艺家保持对时代和民族的信心信念,潜心磨炼自己的创造创新能力,既脚踏实地从中国现实出发,也敞开心胸、放眼世界,如雄鹰般从高空翱翔俯视,既树立讲好中国故事的雄心,也砥砺讲好中国故事的能力,让更多新时代史诗之作早日问世。

张　江:文艺创作生于时代也引领时代。其中蕴藉的精神追求,也将是这个伟大时代的精神标高。这是荣耀,更是责任。今天,作家艺术家从事文艺创作所面临的挑战更大,诱惑更多,难度更高,越是如此越是考验作家艺术家的责任担当。只要我们把内心追求始终定位在时代和人民的坐标系中,文艺就会不断进步。

（《人民日报》2017 年 12 月 1 日）

文艺也要鉴往知来

对话
人

张　江(中国社会科学院教授)

阎晶明(中国作家协会副主席)
范玉刚(中共中央党校教授)
金永兵(北京大学中文系教授)
丁国旗(中国社会科学院文学所研究员)

张　江:文艺离不开历史。这不仅指历史是文艺创作的重要资源,为文艺创作提供丰富素材,更重要的是,文艺创作需要正确历史观作为内在支撑。所以即便是当下题材,也需要正确的历史思维和逻辑。如何面对历史、应该秉持怎样的历史观,就成为文艺创作以及文艺批评难以回避的重要问题。

历史是鉴往知来的教科书

阎晶明:作为已经发生的事情,"历史就是历史,事实就是事实,任何人都不可能改变历史和事实",这是常识。一些居心叵测者以"虚无历史"为目的,在事关历史过程、历史事件、历史人物等重大问题上,缩小、扭曲和否定对其立场、观点不利的历史,夸大、杜撰、颠倒那些所谓史实、史料以图于己有利。历史虚无主义的要害在于通过割断历史与现实、传统与现代的联系,来扰乱人们思想,消解主流意识形态。对于文学界而言,反对历史虚无主义,不仅是一个严肃理论批评问题,更是一个关乎文艺创作和文艺生活的重要问题。

新时代中国社会发生巨大变革,改革开放取得的伟大成就为作家艺术家提供取之不尽的源泉,绵延五千年的中华民族历史和丰富多彩文化,同样是作家艺术家用之不竭的创作资源。在各类文艺创作竞相迸发的时代,在传播手段日益发展、文艺欣赏趣味愈加多样的时代,同一个历史事件、同一个历史人物,在作家艺术家的创作中会呈现出不同风貌和姿态,这是文艺发展蓬勃的体现,也是文艺创作将历史和现实形象化立体化过程中的必然。题材的开拓,主题的开掘,故事的叙述,情感的抒发,离不开对历史事件和历史人物的理解和评价,所以读文学也是了解历史、认识今天、展望未来。在这个意义上,创作者对待历史的态度以及所作评价就远非是个人旨趣的表达,更是其所需承担的社会职责。

习近平同志指出,“历史是最好的老师,它忠实记录下每一个国家走过的足迹,也给每一个国家未来的发展提供启示。”历史可以鉴往知来,文艺作品所呈现的历史同样在潜移默化中发挥作用。当前,“戏说”历史的做法经过理论纠正已有很大改变,但丑化英雄,消解崇高,以极不严肃的戏谑方式对经典作怪异“改写”时有发生。无论是创作还是评论,在切入历史课题时,都应特别注重对历史整体观的掌握,对相关历史文化进行充分认知,将典型环境中的典型人物作符合历史真实的生动表达。那些拥有广泛持久影响力的历史题材作品,很大程度上得益于创作者对相关历史文化状况的深入了解和专业研究。准确掌握历史规律,是作品主题符合历史趋势、当代需要并艺术地感召未来的重要参数,也是对文艺创作者态度、能力的考验。

警惕历史虚无主义新变种

张 江:在面对历史和处理历史的过程中,文艺有其自身特点,尤其是非纪实类体裁,因借助虚构、想象、夸张而鲜活飞扬。但是,这并不意味着文艺家可以随心所欲、任意而为,特点不等于特权。虚构也好,想象也罢,说到底都是艺术手法,它的根本目的和功能是更加生动有效地呈现历史真实,而不是歪曲历史、虚无历史。

范玉刚:所谓历史观就是以什么样的理论逻辑和态度来理解和叙述历史事实,不同历史观视野下会呈现差异化的历史镜像和历史评价。马克思主义历史观遵循历史事实、历史逻辑和历史价值内在统一,坚持从历史事实出发,通过对历史的辩证认识,在历史规律的探寻中引导人迈向自由全面发展的共产主义社会。马克思主义历史观不拘泥于历史杂多事实的描述,而是从现象中总结规律,追寻本质,在坚持事实判断和价值判断的统一中,使历史叙述不沦为"任人打扮的小姑娘"。

人们对历史虚无主义虚无历史、虚无价值的表现与危害早已熟知。但近来,历史虚无主义出现一种新动向——以"虚无"马克思主义历史观的釜底抽薪式策略,批判马克思主义为"历史虚无主义",试图把围绕历史虚无主义的争论变成一场思想混战,这是一种改头换面的历史虚无主义新变种。在其看来,马克思主义历史观认为人类社会将超越资本主义走向更高历史阶段,实现共产主义,否定了以往全部历史并把历史"终结"在设想的"未来阶段",是"历史虚无主义",从而把马克思主义历史观视为历史终结论。从根本上否定了马克思所揭示的社会发展规律,历史是永无止境的不断上升过程,一切历史发展阶段都有意义和价值的判断。

马克思主义历史观认为历史"永远"不会达到某种完美状态而"最终结束",一切社会都处在产生、发展和变革的过程中。把马克思主义历史观说成"历史终结论",目的是把资本主义制度说成是永恒的,以维护资产阶级意识形态合法性,否定社会主义制度建立和发展的历史必然性。因此,我们不能简单认为文艺创作中的历史虚无主义只是无关痛痒的个人趣味和思维偏好,而要郑重其事、旗帜鲜明地反对和抵制历史虚无主义,牢牢把握引领社会思潮的主动权和话语权。

历史虚无主义造成认同危机

张　江:文艺创作中的历史虚无主义,本质是价值观的虚无主义。历史是文化的重要组成部分,也是文化传承重要载体。中华民族几千年来形成的价值认同,相当大程度上通过历史讲述代代相传、绵延不断,中华民族由此凝聚不散。历史虚无主义对历史篡改、虚化,淆乱和破坏了历史载体凝聚的价值认同和文化认同,最终导致文化认同危机。"灭人之国,必先去其史"说的就是这个道理。

金永兵:随着全球化程度日益加深,基于固定疆域与历史文化记忆所形成的文化认同受到冲击。在一种普遍存在的深刻焦虑中,文化认同危机前所未有地凸显。

这种危机突出表现为多个方面:一是共同体认同危机。二是文化传统认同危机。三是现实生活方式认同危机。四是自我身份认同危机。文化认同的多重维度并非孤立存在,而是纠缠在一起并处于变动不居的状态。历史文化传统在这里起着非常关键的作用,离开历史维度,抛弃文化传统,根本不可能形成个体与社会的文化认同。历史虚无主义必将导致文化虚无主义,导致面对自身文化传统的虚无态度,导致对自身生活方式、存在方式的拒斥与疏离,对所生存大地的游离。在这种意义上说,一个抛弃或背叛自己历史文化传统的民族是一盘散沙,表现出来的只能是现实中每一个个体的苟且,这样的民族和国家不仅不可能发展起来,而且很可能上演历史悲剧。

因此,从文化认同的意义上说,当代中国社会迫切需要"加强对中华优秀传统文化的挖掘和阐发,使中华民族最基本的文化基因同当代文化相适应、同现代社会相协调,把跨越时空、超越国界、富有永恒魅力、具有当代价值的文化精神弘扬起来"。"要推动中华文明创造性转化、创新性发展,激活其生命力,让中华文明同各国人民创造的多彩文明一道,为人类提供正确精神指引",这是建构中华民族共同体和人类命运共同体的需要,是建设现代化中国的需要,也是成为幸福中国人的需要。

文艺创作务必坚持唯物史观

张　江:历史具有不可重现性,一切历史都是被叙述的。但这并不能否定历史的真实存在,在此基础上生成的历史规律和历史本质也不容否认。历史虚无主义这一概念虽然迟至晚近才出现,它解构历史的很多手法其实古已有之。每每历史面临危机,真相遭遇遮蔽之时,捍卫的力量总是更加强大。

丁国旗:中国特色社会主义进入新时代,这是我国发展新的历史方位。今天我们比历史上任何时期都更接近中华民族伟大复兴的目标,比历史上任何时期都更有信心、有能力实现这个目标。然而,各种敌对势力企图借助不同文化势力、意识形态手段蛊惑民众,扰乱人心,摧毁我们的文化自尊、自信。试图让我们回到过去"一盘散沙"的年代。而国内也有一些人,眼睛不亮,心智蒙蔽,有意无意地当起国外敌对势力颠覆中国的"马前卒"。他们利用各种手段和网络平台,传播错误思想观念;虚无历史、颠倒黑白,污蔑中华文明优秀传统;无视改革开放以来我们取得的巨大成就,专看阴暗面,甚至故意造谣生事,发出各种歪理杂音,造成极其恶劣的社会影响。

历史虚无主义危害极大,无孔不入渗透在社会实践活动方方面面。很多人不信马列信鬼神,看不到历史发展的规律和大势,精神萎靡。历史虚无主义已经成为影响中国特色社会主义建设事业健康发展的一颗毒瘤。马克思主义连同马克思主义中国化的所有理论成果,永远是中国共产党人的立身之本,坚持马克思主义的指导地位,是我们开展包括文化建设事业在内的一切工作和实践活动的理论指南、思想基础和根本保障。对于历史虚无主义,文艺创作者必须坚决抵制。

张　江:历史是一条奔腾不息的河流,连接着过往和未来,如何面对历史也就是如何面对当下和未来。中华民族的历史,包括中国共产党领导人民革命、建设和改革的历史,是中华儿女用生命开创的,凝聚着我们民族的智慧、经验、教训和情感。捍卫历史,既是捍卫中华民族不容虚无的既往,也是捍卫中华民族走向未来过程中的强大力量和正确方向。对此,作家艺术家义不容辞。

(《人民日报》2018 年 3 月 23 日)

典型的高度就是艺术的高度

对话人

张　江（中国社会科学院教授）

吴义勤（中国作协书记处书记）

宋　伟（东北大学艺术学院教授）

柳建伟（八一电影制片厂厂长）

张志忠（首都师范大学文学院教授）

张　江：习近平同志在中国文联十大、中国作协九大开幕式上的讲话中，谈到"希望大家坚持服务人民，用积极的文艺歌颂人民"时，特别提到文学作品中典型人物的塑造问题。他指出："典型人物所达到的高度，就是文艺作品的高度，也是时代的艺术高度。只有创作出典型人物，文艺作品才能有吸引力、感染力、生命力。"这既体现文艺创作基本规律，也切中当下文艺创作的某些问题，值得我们认真学习领会、反思提高。

典型塑造是文艺创作中心环节

吴义勤：文艺作品需要通过典型人物讲述故事、揭示主题，并以此来吸引受众、感动受众，因此，人物形象塑造的得失就成为一部叙事作品成败的关键。

恩格斯在给哈克纳斯的信中谈到"现实主义的意思是,除细节的真实外,还要真实地再现典型环境中的典型人物。"毛泽东同志在延安文艺座谈会上的讲话指出:"文艺就把这种日常的现象集中起来,把其中的矛盾和斗争典型化,造成文艺作品或艺术作品,就能使人民群众惊醒起来,感奋起来,推动人民群众走向团结和斗争,实行改造自己的环境。"

从中外文学发展史来看,典型人物形象塑造始终是叙事作品创作的中心环节。优秀的叙事文艺作品,因为成功塑造了典型形象,产生经久不衰的艺术魅力。中国现代文学中,鲁迅笔下的阿Q、巴金笔下的觉新、老舍笔下的骆驼祥子、曹禺笔下的繁漪都是典型人物。当代文学经典成功塑造的朱老忠、杨子荣、梁生宝、江姐等新人物形象,也都以鲜明时代性和丰满性格感动成千上万读者。

相比之下,当前文艺创作还存在不小差距。在典型人物形象塑造问题上,我们经历过理论的混乱和认识的误区,也走过不少创作实践的弯路。改革开放前,文艺创作在人物形象塑造方面出现过简单化、机械化倾向,"一个阶级一个典型""主题先行""理念先行"等认识误区影响文艺作品人物刻画的质量。20世纪80年代中期以来,随着现代主义文艺和先锋文学兴起,反典型、反英雄、去崇高化、碎片化、符号化等创作理念开始流行,人物形象塑造对文学作品的价值被轻视,有作家公开宣称在作品中不塑造人物,即使刻画人物,也拒绝人物的社会性、时代性、历史性,而一味专注于人物潜意识和欲望心理的挖掘描写。由此,"大写的人"变成"小写的人",是非善恶完全被"零度情感"取代。

面对当下高歌猛进的时代和波澜壮阔的生活,"从人民的实践和多彩的生活中汲取营养,不断进行生活和艺术的积累,不断进行美的发现和美的创造","讴歌奋斗人生,刻画最美人物",既是新时代给文艺家提出的新任务,也是当代文艺家必须面对的时代课题。

典型的要义在于典型化地表征时代

张　江:典型的要义在于表征时代。从文艺本体角度来讲,这意味着,富有典型意义的文学艺术应该是也必然是与时代贯通的,而不仅仅是只与"自我"相通的"内化品"。它浓缩时代、折射时代、呼应时代,成为时代的意义表征。从文艺创作角度来讲,这意味着,典型环境也好,典型人物也好,都应该在社会历史环境和社会历史人物基础上进行再创造,社会历史属性是它们的天然属性。

宋 伟:"典型"是马克思主义文艺理论一个关键概念。恩格斯曾将"典型环境中的典型人物"作为评析艺术作品价值的最高标尺。长期以来,围绕恩格斯关于"典型"问题的探讨取得相当丰硕的研究成果,极大丰富马克思主义文论的理论内涵。然而,应该指出的是,对于"典型"问题的理解依然存在"狭隘化"倾向:将"典型"仅仅理解为人物刻画、环境描写等写作手法,导致社会历史维度的缺失,难以彰显马克思主义文艺批评的广阔社会历史视野。

所谓"社会历史维度"就是强调文艺是时代精神的表征,强调文学艺术在宏阔的历史意识观照中承担社会关怀的神圣使命,正如习近平同志指出的那样:"伟大的作品一定是对个体、民族、国家命运最深刻把握的作品""典型人物所达到的高度,就是文艺作品的高度,也是时代的艺术高度"。以这样的视角来理解"典型",尤其是理解恩格斯"典型环境中的典型人物"命题,就会使其获得应有的理论内涵。具体而言,文艺创作者只有具备自觉的历史意识、独到的艺术眼光和卓越的艺术能力,才能以艺术审美方式塑造时代人物、折射时代精神,真正做到"真实地再现典型环境中的典型人物"。新时代文艺创作者有能力也有责任承担历史赋予的光荣使命。我们期待,在这样的历史视域中,当代中国文学艺术创造出无愧于时代的伟大经典。

典型人物是文学史醒目坐标

张 江:一段时期以来,有人把"典型"和"类型"相提并论,要用"类型化"取代"典型化"。事实上,这是两个完全不同的概念,无法互相替代。类型是文学细分的结果,它对应市场取向和受众趣味,是大众文化工业的产物。典型对应的则是文学作品的内在品质和高度,是衡量一部作品成败得失的重要指标。只有类型没有典型,中国文学无法实现向"高原"甚至"高峰"的迈进。

柳建伟：什么是文艺高峰作品？我们首先想到的就是那些成功塑造出一个或若干个典型人物形象的作品。鲁迅如果没有塑造出阿Q这个不朽典型人物，今天恐怕难以站在中国百年文学最高处。曹禺如果没有塑造出繁漪、陈白露这两个一言难尽的典型人物形象，就不可能成为中国百年话剧史上的顶尖人物。《红楼梦》《水浒传》《西游记》和《三国演义》，之所以被誉为中国古典小说四大名著，很大程度上也是因为他们都成功塑造出典型人物群像。

外国文学史同样印证这个论断。没有哈姆雷特、麦克白、李尔王、奥赛罗这四个悲剧人物，便没有莎士比亚戏剧之王的地位；没有拉斯柯尔尼科夫、卡拉马佐夫兄弟，便没有说不尽的文学大师陀思妥耶夫斯基。典型人物是文学史最闪亮、最醒目的一个坐标。没有这个坐标，就不能成为吸引全世界目光的文学胜景。综合考虑，典型人物一般需要具备以下三个方面特征：代表的广泛性、性格的独特性和心灵的深邃性。代表的广泛性是指文学人物能够代表一个群体，折射时代精神；性格的独特性是指文学人物的性格与众不同、独树一帜；心灵的深邃性是指文学人物生动立体，富有精神内涵。

习近平同志抓住文艺创作要害，号召作家艺术家着力创造典型人物，为中国文艺铸就新的高峰。当代中国正处在三千年未有之变局中，社会生活天翻地覆，为新的文艺高峰积累肥沃土壤和丰富营养。作家艺术家们若仔细研读生活，遵循文艺创造规律，一定能创造出一批可与这个伟大时代相匹配的典型人物形象。

塑造新时代典型人物

张　江：典型塑造是文艺创作的伟大传统，成就了众多经典之作。对作家艺术家而言，典型塑造能力是核心竞争力，是作品艺术高度决定因素之一。同样，我们这个时代的艺术高度，也取决于当代文艺家塑造新时代典型人物的创作实践。

张志忠：文坛景象变化纷纭，创作之道却一以贯之，以典型形象成就经典作品，是总括中外文学史的重要经验和伟大传统之一。

改革开放后，经历欧风美雨激荡，在现代主义和后现代主义影响下，不少文艺创作者也曾对"文学是人学"命题产生怀疑，但时代的驱使、创作者的醒悟，又将文学从形式至上和惟新是趋的竞赛中拉回到以人为本的基点上来。如果说先锋派和现代主义思潮曾经在相当程度上拓展了文学的思情和形式探索的边界，那么，在一个螺旋式发展的更高层面，作家们最终又回到塑造典型人物这一创作着力点上来。路遥写出一心想进入现代文明施展才华的青年农民高加林和孙少平；莫言写出"最英雄好汉最王八蛋""最能喝酒最能爱"的抗日豪杰余占鳌；王安忆于富家少奶奶欧阳端丽和弄堂里走出来的王琦瑶等女性命运中揭示大上海的沧桑浮沉，都是以人物立足的代表。

文学独特之处就在于它对人的社会活动和心灵世界进行全方位展现。文学不妨揭恶，但主流仍然需要弘扬人类良知、求真向善爱美，需要在艰难复杂环境下彰显人类顽强意志和牺牲精神，需要表现人类穿越浩瀚历史而走向未来的强大信念。就像雨果所言，世界上最广阔的是大海，比大海更广阔的是天空，比天空更广阔的是人的心灵。文学就是要为读者描绘这心灵的广阔、精神的博大、人性的壮美，以情动人，将心比心，提升一个民族一个时代的精神境界。

悠久的历史与沸腾的现实，为文学塑造富有中国特色、本土经验的人物形象乃至典型人物提供丰沃土壤。鸦片战争以来170多年间中华民族为追求民族复兴前赴后继，可歌可泣，挽狂澜于既倒，回天地于深渊，为文学提供巨大表现空间。人与时代一起成长，贴近大时代的灵魂脉动，表现历史剧变中人的命运遭际，塑造萃集时代和人生深刻内蕴的英雄、弄潮儿、普通人等形象，丰富当代文学人物画廊，正逢其时。

张　江：在典型形象塑造上，当下作家艺术家面临这样的境况：一方面，沸腾的现实、火热的生活为典型塑造提供无比鲜活的素材；另一方面，必须承认，时代的发展变化导致社会的复杂性、环境的复杂性、人的复杂性都空前增强，将这种纷繁复杂转化为有效的典型环境和典型人物，无疑是更大的挑战，需要更高超的本领和能力。

（《人民日报》2018 年 7 月 17 日）

以传世之心打造传世之作

对话人

张　江（中国社会科学院教授）

张志忠（首都师范大学文学院教授）

张清华（北京师范大学文学院教授）

洪治纲（杭州师范大学人文学院教授）

赵慧平（沈阳师范大学文学院教授）

张　江：一提到当代作家楷模，我们就情不自禁地想到柳青、路遥、贾大山等，仰视他们执着于现实生活的坚定、面对名利诱惑的超然、用生命锤炼作品的赤诚。有人说，这样的作家只能是特殊时代的产物，不可复制也不必复制。事实果真如此吗？今天还会出现柳青、路遥、贾大山吗？

尊重生活　尊重创作　尊重读者

张志忠：德国伟大诗人歌德说，生活之树常青。社会生活永远是第一性的，作家创作可以抵近现实风云，可以风花雪月，可以剖析心灵，可以天马行空，但文学土壤永远是现实生活，离开这片土壤，文学就失去生命之源。

当代作家柳青、路遥、贾大山，他们所处的三秦厚土、燕赵大地是中国文明传承久远的所在,也是百年中国现代转型典型的所在。这三位被习近平同志多次提到、高度赞扬的优秀作家,其创作年代和表现的生活各有不同,但他们对待生活、对待人民、对待文学事业的热忱与忠贞却一脉相传,彪炳文学史册,值得我们深入探讨、开掘和传承。

这三位作家都把文学当成毕生追求的神圣事业,为在文学创作上行高致远放下个人名利。柳青为写出史诗性作品,放弃大城市优渥生活,14年身居皇甫村,还直接参与和指导当地农业集体化运动。他的信条"文学是愚人的事业,文学以六十年为一个单元"被路遥继承:为创作《平凡的世界》,路遥三读《红楼梦》、七读《创业史》,更身体力行尊重生活实践,为写出煤矿工人的生活,他换上工装下到矿井,为体会打工生活,他跟着弟弟到建筑工地上做临时工。贾大山淡泊名利,曾在时任正定县县委书记习近平同志力荐下担任县文化局局长,为正定县文化建设作出很多贡献,功成身退回归文学创作,小说越写越精。

尊重生活、尊重创作、尊重读者,是优秀作家之所以优秀的三个支撑点。以最大的真诚对待读者是他们的职业美德。三位作家都曾遭受冷遇或误解,《平凡的世界》因其现实主义风格被贬抑为"过时",但路遥始终相信广大读者,他的作品也在年轻人那里得到强烈回应。贾大山同样看重读者反响,病重住院时几个中学生的探访让他感到莫大欣慰。

现实主义精神具有超越性

张　江:把文学当成毕生追求的神圣事业,不矮化;用生命锤炼精品,不讨巧;与读者做真诚的心灵沟通,不敷衍。这是三位作家成就自我的路径,也是一切作家迈向成功的必然选择。诚然,柳青、路遥、贾大山都属于特定时代,他们的思想经验不可避免地带有时代的烙印,但其创作又超越时代,因为他们摸索出来并终其一生践行的创作之路乃是文学创作铁的法则。

张清华:柳青、路遥、贾大山如今被再度提到重要位置并非偶然,他们是在特定年代坚持现实主义原则的作家,是可以称之为"人民作家"的写作者。

我们今天重读这些作家的作品,能够感受到他们这一属性:既属于特定年代，又超越特定年代。一时代有一时代之文学，柳青写《创业史》时身处 20 世纪五六十年代，作品不可避免地带有阶级斗争烙印；路遥、贾大山登上文坛，是在七八十年代之交改革开放初期，解放思想、以经济建设为中心的时代氛围使得他们的视野和眼光较之柳青有了明显变化。他们笔下的人物有了更多个人意志、更多个性特征。如果说梁生宝是社会主义创业者的话，高加林同时还是个人奋斗的典型，社会的进步赋予高加林、孙少平个人理想以同样的光彩，这就是进步。

现实主义立场使这些作品产生超越时代的价值。这一点，从杜甫到鲁迅、从柳青到路遥，概莫能外。恩格斯曾指出，巴尔扎克作为政治上的保皇党却写出不朽作品，其根本原因是"现实主义的胜利"。意思是，巴尔扎克忠实于现实，因此可以逾越其观念乃至时代局限，揭示出贵族阶级必然被打败的历史趋势。

柳青、路遥、贾大山忠于生活、忠于人民，扎根火热现实，所以才能在历史的风云变迁、现实的复杂纠结中体察到人民的悲欢与希冀，看到历史的暗流与激荡，找到时代精神与方向之所在。在这一基础上，他们从艺术规律出发，按照现实主义原则，塑造出"典型环境中的典型人物"，并且赋予这些人物以生动个性，由此超越时代、超越个人认知局限，创作出具有长久审美价值和认识价值的作品。重新认识他们的价值，对于我们重估当代文学史、省察当前文学发展具有重要意义。

熔铸创作主体的热血与情怀

张　江：为什么当下少见柳青、路遥、贾大山这样的作家？这是一个值得深思的问题。当然可以罗列出若干客观原因：现实生活的复杂性剧增、对生活的认知难度更大、作家面临的诱惑更多、媒介格局发生变化、文学受关注程度下降等。这些因素当然客观存在，并且的确对作家产生重要影响，但我们要强调的是，没有哪个时代的作家生活在真空中，每个时代的作家面临每个时代的问题。决定性因素在于，我们今天的作家是否在用生命和热血铸就文学。

洪治纲：柳青、路遥、贾大山等作家受到一代代读者青睐，并引发人们不断讨论，这说明他们的创作在直面现实生活同时，还蕴藏更为丰富的生存况味和生命情怀。面对现实的诸多冲突与生活的种种困厄，他们笔下的人物既不逃避也不戏谑，而是带着坚定信念抗争，用顽强拼搏的精神和宽厚闪亮的体恤超越一个个人生困境，散发着令人企慕的精神品质。我以为，这才是这些小说的特殊魅力，体现出作家对现实的严肃思考和极为诚挚的写作态度。

按理，由柳青、路遥们承传下来的这种写作范式，完全可以在当代文坛继续发扬光大。但事实上，在多样的文学格局中，这类真正呈现出普通人顽强奋斗、展示创作主体热血与情怀的作品并不多见。对此，我以为有三个比较突出的缘由。

一是生活理想的多样化。随着现代生活不断丰富，人们生存观念日趋多样，生活方式乃至生存目标也变得多样化。特别是乡村社会结构的变化、城乡人口的自由流动使人们在选择人生出路时，可以灵活地避开一些难以逾越的障碍，多方位调适生活，而不必像梁生宝、高加林或孙少安那样，必须舍命般地应对和解决现实困境，这也使当代作家笔下的人物少了执着甚至决绝地战胜命运的精神力量。

二是道德约束的宽松化。社会迅速转型，一些人对欲望化生存习以为常，甚至默认其合理性，由此导致道德感难以成为人们内心的铁律。我们因此也很难再读到《创业史》《平凡的世界》里的人物对传统伦理的恪守，尤其是人物在道德困境中的奋力挣扎。

三是一些作家对生活的真诚思考和对人生的严肃态度匮乏。这是最主要也是最核心的缘由。从柳青、路遥、贾大山的作品中，我们可以深切地感受到，他们是在用全部生命和热血写作，作家的叙事智慧和生命思考都融化在作品中，人物与创作主体的内心情感紧紧熔铸在一起，共同直面生存的困厄，探讨人生的出路。当下很多小说不乏技巧和立场，却难以让人感受到作家生命的内在律动，读者也难以在阅读上与作家形成情感共振。

文学作为人类精神活动的一种特殊方式，应该展示作家对现实的深层思考、对人生的深切关注、对生命的深情体恤。作家的智慧、视野、胸怀、情操以及艺术积淀，只有真正地熔铸于作品之中，作品才能散发出恒久魅力。

呼唤新时代的柳青、路遥、贾大山

张　江：造就新时代的柳青、路遥、贾大山，无疑是我们这个时代的迫切愿望。将愿望化为现实，需要作家们克服若干现实困难。首先，市场经济于我们已经不是新生事物，但不少文艺创作者对待市场经济的态度还不够成熟理性。恐惧、回避、逢迎、追逐都不足取。其次，要敢为人先，开拓进取，把前无古人的伟大时代转换为前无古人的伟大作品。再次，重拾柳青、路遥、贾大山乃至一切文学先贤的品格和精神，扎根时代、研读生活，在生活的沃土中厚植作品。

赵慧平：尽管有无数关于文学的理论言说，文学终究离不开人的审美活动这一根本属性。人是文学活动主体，文学是人特殊的审美存在方式，从这个意义上说，人在文学世界中呈现的是他自己——他的现实生活、他的情感世界、他的审美理想。一个作家拥有什么样的心灵、以什么样的观念与方法感受所处的时代、呈现时代中的人和人的精神，决定其是否能够创作出有艺术生命力的作品。

当今中国"比历史上任何时期都更接近中华民族伟大复兴的目标"。这个时代不仅赋予作家参与推动民族复兴的幸运，也赋予作家创造历史的使命和责任。新时代召唤新创作，也为作家写出这个时代人的精神和审美理想提供良好契机。但是，必须看到今天仍然存在"有数量缺质量、有'高原'缺'高峰'"的问题，原因是许多作家根本没有读懂新的时代，没有像柳青、路遥、贾大山那样站在人民大众立场感受新时代新生活，没有敏锐把握新的时代精神。

在当下文学语境中突破创作瓶颈，需要作家艺术家坚守文化立场、审美理想、价值观念，不为资本和利益所控，不为一时的流行思潮左右，深入生活，用心体会人民大众生存现实。柳青、路遥、贾大山就是这样的作家。他们真正与人民大众同呼吸共命运，以人民角度感受新生活，这使他们有真知真识真情，在作品中灌注了自己全部生命和情感。新时代需要这样的作家。

在新时代学习柳青、路遥、贾大山和文学先贤，并不是要简单复制其文学表现形式，最根本的是要学习他们的立场和创造精神，像他们那样以理想乐观精神拥抱新时代，以文学的方式与人民大众一道参与民族复兴伟大事业，展现新的时代气象。

张　江：柳青、路遥、贾大山再次引发热议，是值得深思的现象。它折射了当下语境中我们对这三位作家品格和精神的留恋、渴望，更蕴含着大众对当下作家的期待和诉求。从数量到质量的跃进、从高原到高峰的攀登没有捷径可走，如果有捷径，那就是真正扑下身子，融入到人民大众生活中去，对文学和读者报以真诚。做到这一点，新时代的柳青、路遥、贾大山的出现就不再是梦想。

（《人民日报》2018 年 10 月 12 日）

海 上 观 潮

文艺是精神的火炬

对话
人

张　江（中国社会科学院副院长、教授）

陆建德（中国社会科学院文学研究所所长、研究员）

白庚胜（中国作家协会书记处书记、研究员）

孙甘露（上海市作家协会副主席、作家）

毛时安（中国文艺评论家协会副主席、批评家）

张　江：日前，《中共中央关于繁荣发展社会主义文艺的意见》（以下简称《意见》）出台。《意见》共分6个部分，计25条，为繁荣发展社会主义文艺确立了具有战略性、针对性、可操作性的顶层设计。正如习近平总书记在文艺工作座谈会讲话中指出的，文艺是民族精神的火炬，是时代前进的号角，最能代表一个民族的风貌，最能引领一个时代的风气。《意见》提出，要充分认识文艺工作的重要作用。

人民的期待和文艺的繁荣

现在文艺作品的受众对文艺工作者的期待比以前高，甚至高出许多。而且，这种期待，并不是单一的。中国的现实五彩缤纷，他们期待的密切联系现实的"真善美"的表现形态,也是五彩缤纷的。

陆建德:习近平总书记在文艺座谈会讲话中多次使用"人民"这个词。我认为"人民"的包容性是很大的,应该包括各行各业的人士。延安时期的文艺为"工农兵"服务,现在是文艺创作"以人民为中心",而"人民"的范围要比"工农兵"更宽广。我之所以这么说,是想强调几十年来翻天覆地的社会变化,这巨变恰恰是"中国梦"的体现。以往,在文艺作品的创作者和受众之间,有着一条不小的鸿沟。在当时的普通工人、农民和士兵中间,识字的人是不多的,有人甚至连自己的名字也不会写。现在完全不一样了。由于中等和高等教育的普及,年轻人和中年人不仅都会读报,还有一定的写作、表述能力,他们中的很多人甚至有研究生教育背景,在高校学的是人文社会科学专业,毕业后服务于各种新兴行业,战斗在改革开放的第一线。至于各年龄段的业余的文艺爱好者、创作者,可以说比比皆是。他们见多识广,善于比较。上面所说的那条社会鸿沟变得不很明显,甚至不复存在了。正因为如此,现在文艺作品的受众对文艺工作者的期待比以前高,甚至高出许多。而且,这种期待,并不是单一的。中国的现实五彩缤纷,他们期待的密切联系现实的"真善美"的表现形态,也是五彩缤纷的。

我曾经在鲁迅文学院讲过课,那里很多学员来自社会"基层"。"基层"这个词本身的含义在发生变化,变得更加多元了。我见过一位北京郊区的农民,他也从事文学创作,不久前还出国探亲,他的女儿在海外工作。他说的一句话我不会忘记:作家不问出身,作品决定尊严。这样的声音以往是听不到的。他还说,自己已经近70了,但是不畏惧死亡,他把死亡当作节日,只求为那个节日写出优秀作品来。这种积极乐观的心态能够扫除颓废萎靡之风,是非常可贵的。这位业余作家是农村户口,他的语言新鲜活泼,从不装腔作势。要写出让他满意的作品,绝不简单。这样的人民中的一员,不是消极被动地等候着"消费"文艺作品,他也会坦率、流畅地表达自己的观点,换句话说,他也可以是批评家。

今天的农村与赵树理、柳青和路遥等作家生活过的农村是不一样的,我们的作家有没有能力把新农村的复杂变化和种种挑战写出来?据我了解,现在农村种植方式也不同了,浙江很多农田都是包给外来人员耕种的。原来的农户要做各种农活,现在农业有一定的专业分工,比如收麦子的季节到了,有大量的农工驾着收割机奔驰在乡村的道路上。还有很多农民种经济作物,自己得考虑销路,甚至必须上网,确保消息灵通,他们也叫专业养殖户。如果到黑龙江看一看,情况又有所不同,农业机械化的程度更高,规模更大。随着城镇化程度的不断提高,农村人口比例越来越小,而留在农村的人口中又呈现出某种年龄的特点。以往城乡是对立的,现在就不然。城里这么多建筑工地,工人都来自外地,以农村中青年居多,他们户口可能在农村,生活工作却在城市里。用传统的眼光来写今日农村和工厂,恐怕是不大写得好的。

在这种背景下,专业的文艺工作者只有加倍努力,不断提高学养、涵养、修养,加强思想积累、知识储备、艺术训练,才有可能不负众望。正因为我们面临鉴赏水平大大提高了的人民,尤其不能松懈。正如习总书记所说,文艺工作者要志存高远,随着时代生活创新,以自己的艺术个性进行创新:"要坚持百花齐放、百家争鸣的方针,发扬学术民主、艺术民主,营造积极健康、宽松和谐的氛围,提倡不同观点和学派充分讨论,提倡体裁、题材、形式、手段充分发展,推动观念、内容、风格、流派切磋互鉴。"

习总书记的讲话高屋建瓴,而体现其基本精神的作品必须是具体而形象的。文艺应该是一个国家核心价值观念的最深刻、最细腻的体现,这些观念并不是口头禅,它们渗入人们的潜意识,内化为本能或习惯。文艺工作者并不是在消极地记录价值观念,他们还在不断改变旧观念,形成新观念。正是在此意义上,他们走在时代的前面。

文艺是民族的精神宝库

我们说文艺是"民族精神的火炬",一方面是文艺来自于民族精神,而且是民族精神最精炼的概括,是民族文化精髓的高度浓缩,是民族精神的升华;另一方面是文艺作为一定的时代和民族的精神产品,又以它蕴含的时代气息、负载的民族精神,对此后的时代和后世的人们给予思想的启迪和精神的感召,在培育和弘扬民族精神方面有着不可替代的独特作用。

张　江:近些年来,我们对文艺的娱乐功能越来越看重,对它的精神价值反而有所忽视。这是本末倒置,舍本逐末。文艺之所以重要,根本上不在于它能够博人一笑——在这一点上,文艺并无特别的优势,尤其在当下娱乐方式如此丰富的时代——而在于它能够让人获得精神的力量。文艺对于一个民族精神的成长和丰富,意义尤大。文艺既是民族精神的传承载体,也是民族精神的建构力量。

白庚胜:文艺是民族精神的火炬,是时代前进的号角,这是对于文艺的功能最为准确的概括,对于文艺作用的高度评价。事实上,文艺作为精神的结晶,时代的音符,在树立民族文化自信、形成文化自觉、涵养文化生态、培育文化包容的进程中具有重要的价值和意义。我们说文艺是"民族精神的火炬",一方面是文艺来自于民族精神,而且是民族精神最精炼的概括,是民族文化精髓的高度浓缩,是民族精神的升华;另一方面是文艺作为一定的时代和民族的精神产品,又以它蕴含的时代气息,负载的民族精神,对此后的时代和后世的人们给予思想的启迪和精神的感召,在培育和弘扬民族精神方面有着不可替代的独特作用。

古往今来,世界各民族无一例外地受到其在各个历史发展阶段上产生的文艺精品和文艺巨匠的深刻影响。中华民族的精神,不仅体现在中国人民的奋斗历程和奋斗业绩中,体现在中国人民的精神生活和精神世界里,也反映在几千年来我们民族产生的一切优秀文艺作品中,反映在我国一切杰出文学家、艺术家的精神创造活动中。

以我所熟悉的中国少数民族文学而言,其文学的累累成果就是一个伟大的宝库,为丰富中国乃至世界文学宝库作出了重要贡献。古代时期的《格萨尔》《江格尔》《玛纳斯》三大英雄史诗,就是中华民族的长期演进中不断创造、积累、传承而成的,是中国文学的重要组成部分,乃至人类文明的珍品。作为55个少数民族的独特精神创造、文化表达、审美呈现,在历史与现实的光照下,中国少数民族文学对于我们这个世界、我们这个国家与我们这个民族具有多重的意义。由于体现少数民族精神的少数民族文学的存在,中华民族始终靠美学的、情感的、精神的力量紧紧凝聚在一起,不仅诗经、汉赋、唐诗、宋词、元曲、明清小说中富集大量的少数民族文学创造,而且三大史诗及东巴神话等亦令长期盛行于国际上的"中国无史诗""中国神话贫乏论"等灰飞烟灭;它使中国文学的语言表达在汉语文之外又增添色香;它在创作主体上,除了书面作家还涌现出堪比荷马、蚁蛭的扎巴、玉梅、玉素甫玛玛依等众多口头文学大师;

它在传播上除阅读外还拥有对唱、吟游、说唱等多种形式;它在功能上除了认识、教育、欣赏外,还兼有民族记忆、生产协调、社会动员、调解纠纷等实用性;它在文艺理论上,纷呈朝鲜、维吾尔、满、白、藏、彝、傣、纳西等民族在多民族文论及本民族文论方面的不凡表现。在未来的社会主义文学事业建设中,中国少数民族文学仍将是我们永恒的精神家园、丰厚的文学土壤,特别是在题材、体裁、显现形态、表达技巧、传播方式、接受形式以及文学观念、语言、审美习惯、鉴赏标准等方面,将继续给予我们极大的滋养,令中国文学的民族特色、民族气派与中国特色、中国精神更有机地统一于一体。

文艺家的责任与使命

作为精神产品的生产者,作家艺术家必须建立与"灵魂工程师"这一称谓相匹配的责任感与使命感。这也是成为一个伟大作家、艺术家的必备素养。

张　江:文艺的功能通过作品来实现,作品有赖于文艺家的创造。因此,作家艺术家在整个文艺活动中具有举足轻重的地位。在商品经济时代,作家艺术家可以通过自己的创作赢得劳动报酬,但是,作为精神产品的生产者,必须建立与"灵魂工程师"这一称谓相匹配的责任感与使命感。这也是成为一个伟大作家、艺术家的必备素养。

孙甘露:习近平总书记在文艺工作座谈会的讲话里,一开始就谈到文艺的地位、作用与文艺工作的意义,并给文艺以崇高的定位与极高的评价,尤其是他从民族的生存与发展,人类社会的进步和人类文明升华的大视野、大角度,谈到文艺作为精神结晶和文明符号的意义,又从中华民族的伟大复兴,说到伟大事业需要伟大精神,顺理成章地得出"文艺的作用不可替代,文艺工作者大有可为"的结论。这一论述取精用弘,高屋建瓴,形象而科学地阐明了党在新的历史阶段对于文艺工作意义的深刻认识与高度评价,这也使作家艺术家感到了自身的使命光荣与责任重大。

文艺家的这种责任感与使命感,在不同的作者那里,可能都会在原有的基础上进而加大和加重。在我来说,对于自己的个人写作和自己从事的作协工作,都较以前有了新的认识。一是对于自己的小说写作,有了更高的要求和更为谨慎的态度。作家是以创作生存和立身的,没有作品不行,作品不好也不行。我有一部作品基本完成初稿,有不少人知道后都在催问,更有出版者相继找来要稿。如果在过去,我加一把劲完成交稿就是了。但现在我不断告诫自己,缓一点,慢一点,力求自己比较满意并觉得读者可能喜欢再出手。这种慢工细活磨出来的成果,也许不一定就是精品力作,但一定会是精心之作,是心血之作。进行这样的写作和拿出这样的作品,也才会对得起自己,对得起读者。

另一个是我现在在作协担任了一定的组织协调工作,头绪很多,十分繁忙。在过去,我常常会觉得这是一种额外的负担,对自己的写作很是影响。但现在认识到,作协工作本身,也是非常重要的一个方面,也是一种责任和义务。无论是分管《上海文学》《萌芽》等杂志,还是定期组织"思南读书会"和上海作协的一些活动,大量的事无巨细的工作,我都尽力去做好。这既是为作家服务,也是为文学尽力。

在我供职的上海作协,过去就有文学家经常深入生活的好传统。在习近平文艺座谈会讲话之后,这个以往的传统进而得以强化和细化,作家们对"深入生活,扎根人民",也更为自觉和积极,从作家到作协,也都加大了对现实题材创作的投入程度和支持力度。前不久,上海作协先后开展了两项活动,一是"360度看上海"采访活动,组织会员作家深入上海改革开放前沿和新技术、新业态、新经济、新社会领域,为他们拓宽生活视野,感知时代变化,丰富情感体验创造条件、提供便利。另一个是开展了"上海作家深入生活创作选题和意向"的征集活动,截至目前,已征集到 18 个深入生活的选题和意向。如陈丹燕、薛舒、蔡骏等作家,都计划着写作涉及的生活领域的基层去深入生活,积累素材。相信这种努力,既会使作家个人得到生活的浸润与历练,也会使他们的作品发生新变,努力去靠近"有筋骨、有道德、有温度"的高度。

党领导文艺的重要性

只有在党的领导下,中国文艺才能坚持"为人民服务,为社会主义服务"的根本方向,才能在复杂的环境处乱不惊、勇往直前,始终成为精神的火炬、前进的号角。

张　江：文艺的繁荣发展，除了作家艺术家的主观努力，还有一个体制机制问题。中国文艺的发展，离不开党的领导。有一种说法，认为文艺一管就死，只有放任自流才能出佳作。这显然是荒谬之论。事实上，只有在党的领导下，中国文艺才能坚持"为人民服务，为社会主义服务"的根本方向，才能在复杂的环境处乱不惊、勇往直前，始终成为精神的火炬、前进的号角。

毛时安：纵观1949年以来的社会主义文艺波澜壮阔的发展，小说《红岩》《红日》《红旗谱》《创业史》《青春之歌》、音乐舞蹈史诗《东方红》、歌剧《江姐》《洪湖赤卫队》、舞剧《红色娘子军》《白毛女》等无数脍炙人口、直到今天依然保持着强大生命力的经典作品，都是在当时的各级党组织的关怀下创作并获得巨大成功的。众所周知，周恩来总理就被艺术家们亲切地称为《东方红》的"总导演"。毛泽东亲自将京剧《智取威虎山》唱词"迎来春天换人间"改为"迎来春色换人间"。新时期以来，党对于文艺规律与时俱进的认识深化和文艺政策的不断改善，更是极大地激发了艺术家的创作激情，催生了江山代有才人出、艺术作品日益丰富多彩的生动局面。中国社会主义文艺的丰富实践，印证了习近平总书记在文艺工作座谈会讲话中提出的论断，党的领导是社会主义文艺发展的根本保证。

当代的中国和世界，各种思潮各种力量风雷激荡云水苍茫，呈现了极为复杂多变的图景。如何透彻理解我们生活的世界，毫不动摇地坚定我们的创作信念和艺术理想？无疑，党的领导为我们提供了穿越时代复杂迷雾的明确方向、精神定力。从毛泽东、邓小平到江泽民、胡锦涛，人民，为人民创作，是贯穿党的几代领导人文艺思想的主线。不管世界发生了什么变化，我们都不能动摇以人民为中心的创作导向，以自己的心血之作，奉献给我们伟大的人民。这是社会主义文艺创作赖以抗击各种不良思潮和错误文艺观的最为坚强的中流砥柱。

作为执政党，中国共产党为文艺的健康发展，创造、提供了良好的生态环境。作家艺术家是最为敏感的人群，文学艺术是各种事业中最需要自由和想象力的领域。可以说，党的十一届三中全会以来，党的文艺政策在坚持"二为"方向的前提下，呈现了越来越包容越来越开阔的胸怀，主旋律与多样化的有机有序发展，逐渐成为文艺创作的新常态。正因为如此，文学、戏曲、影视等几乎所有的文艺领域都出现了前所未有的井喷式发展。许多作家艺术家都认为,这是我们文艺发展的最好历史时期。

当然我们也要看到,正如习总书记说的那样,对新的文艺形态我们"还缺乏有效的管理方式方法"。面对互联网大数据时代,党管文艺,仍然有许多需要在实践中不断探索开拓创新的举措。乱云飞渡之际坚持和加强党的领导与审时度势不断改善党的领导,是相辅相成的整体。

张　江:应该承认,进入市场经济时代以后,文艺自身以及它所面对的社会环境都发生了巨大变化。有人抱怨文艺被边缘化了,有人慨叹昔日的荣光不再了。事实上,这都是误解。与曾经的万众瞩目相比,今天的文艺只不过去除了一些本不属于它的负累。而属于文艺自身的东西,包括它应该具备的作用与功能,始终未曾消失。并且,由于人民物质生活水平提高后精神文化需求的相应增长,以及现代科技的发展所提供的接受方式的便利和快捷,文艺的影响力会越来越大,文艺作为精神火炬的引领作用也会持续发挥。

(《文汇报》2015 年 12 月 25 日)

文艺批评要的就是批评

对话人

张　江（中国社会科学院副院长、教授）

梁晓声（北京语言大学教授、作家）

陈众议（中国社会科学院外国文学研究所所长、研究员）

南　帆（福建社会科学院院长、研究员）

雷　达（中国小说学会会长、批评家）

张　江：首先应该申明，文艺批评可以也应该有肯定和表扬。对于文艺活动和文艺创作中有价值的探索和尝试，批评家敏锐地捕捉到，给予褒奖和赞扬，这无可厚非。但是，如果文艺批评只有表扬，没有批评，尤其是这种表扬已经背离了实事求是的基本原则，文艺批评就落入了病态。正如习近平总书记在文艺工作座谈会上指出的，"文艺批评要的就是批评，不能都是表扬甚至庸俗吹捧、阿谀奉承"。

批评是创作的"镜子"和"良药"

张　江：从一个创作者的角度来看，批评与评论应该成为创作的路标，善意地引导并助推创作追求更高的价值和意义。当文艺创作被单一的娱乐至上理念推着一路前行,那就离娱乐至死仅差一步,甚至可能是半步。这个时候,文艺批评与评论就要发挥诤友的作用,体现批评家的应有责任。文艺创作与文艺评论和批评共同构成了相依相伴的和谐景象,它们之间的关系,就如同一枚钱币的两面一样。

梁晓声:在文艺领域,文艺批评的作用,不只是关乎批评自身,它与创作也休戚相关。倘若批评失却了能动力,批评会沦为创作的酬和与附庸,创作也会失去反观的"镜子"和对症的"良药"。

从一个创作者的角度来看,批评与评论应该成为创作的路标,善意地引导并助推创作追求更高的价值和意义。当下文艺面临丰繁而复杂的环境氛围,文艺创作或陷入单纯的市场偏向,或滑向一味的娱乐,批评与评论在其中担负着导向守护和肌体维护的重要工作。

文艺创作如果被单一的经济利益和市场效益牵着鼻子走,便会忽略文艺不同于物质产品的特殊精神价值亦即自身价值,甚至可能把社会效益置于脑后,或弃之不顾。如果这样,那文艺的意义不是大了,反而小了。因为缺失了精神价值与社会效益的创作,不仅会使文艺价值缺失,而且会使文艺自身迷失。

而当文艺创作被单一的娱乐至上理念推着一路前行,那就离娱乐至死仅差一步,甚至可能是半步。这个时候,文艺批评与评论就要发挥诤友的作用,体现批评家的应有责任。

因而,无论在什么时候,文艺评论的建设性功能、批评性作用都不能缺失。批评的缺席,不只是评论自身的悲哀,也是创作的悲哀,因为创作失去了良师益友的督查与告诫。

今日之世界,是文化、文艺极为多元的世界,今日之世界,是"平的"。

这意味着,当下中国的文艺评论家在履行批评职责,秉持批评立场时,对自身的水平也要求更高了。

这意味着,当下中国的文艺评论家在开展批评的过程中,对文艺的芜杂状态以及受众心理的分析,创作者的局限程度等,应有更为全面的了解,更为理性的叩问,更为善意的提醒,更为有力的指点迷津。

这意味着,创作者也应以更为良好的心态来对待文艺批评。只要肯定性的文艺评论,反感批评性的文艺评论,不是一个成熟的文艺创作者的应有表现。

文艺评论和批评,不是文艺创作的副产品,文艺批评家也不应俨然如文艺伞头一般盛气凌人。

我以为,文艺创作与文艺评论和批评共同构成了相依相伴的和谐景象,它们之间的关系,就如同一枚钱币的两面一样。

当下批评的三个问题

张　江:文学艺术的批评,应该具有自己的主体性。不能允许这样一种现象,文学艺术家在台上表演,批评家在台下充当拉拉队,跟着吆喝。批评家不能只满足于当拉拉队,而应该有护航者的勇气和能力。当下文艺批评出现的问题,不能一味推脱给社会环境等客观因素,还应该多在主观方面寻找原因。

陈众议:创作和批评组成了文艺这艘双桅船。批评的现状很大程度上也即我国文艺创作的现状:有高原缺高峰。长期以来,我们的文艺批评未能为健康的、向上的文艺创作护航,遑论引导;却对消解和撕裂民族认同,混淆和颠倒真善美、假恶丑的作品置若罔闻。这或可从以下三个问题加以说明:

一是引进照搬多,分析批评少。

20世纪80年代不必说,即使近几年,只消稍稍点击一下关键词,你就会发现,相当一部分成果仍在不加批判地照搬西方学者的治学方法,乃至立场、观点。于是,多元、相对、狂欢或流散、互文、解构,甚至身体、创伤、空间等等,充斥学苑。犹如把小孩和脏水一起倒掉,批评走向了另一个极端:食洋不化。张江教授称之为"强制阐释"。其实这何尝不是自我强制、自我阉割?人云亦云、没有立场,更谈不上原创的方法和独特的观点,必然导致批评的阙如。而且批评界多少存在着一个误区,认为真正的学问必须避开马克思主义、淡化意识形态。殊不知淡化意识形态也是一种意识形态。

二是微观研究多,宏观把握少。

季羡林先生在《神州文化集成·序》中认为,"东方重综合,西方重分析"。这当然是相对而言。谁说我们丰富多彩、博大精深的经、史、子、集中没有分析?问题是,这些年来文艺批评不知不觉中习惯了钻牛角尖,似乎非如此便谈不上什么学问。这不是数典忘祖吗？在目下众多令人眼花缭乱的批评著述中，"马尾巴功能式"的研究仍不在少数，以至于有批评家多年来津津于某个作家的某部作品的某些枝节问题，避重就轻、阿谀奉迎，或汲汲于蜜蜂式的重复和点乱。且不说重大的理论体系，即使是一般学术规律都乏人探询。譬如前辈学人、九叶诗人袁可嘉先生曾经用 12 字概括西方现代主义，谓"片面的深刻性，深刻的片面性"；而回溯近一二十年，除了形形色色的机巧和五花八门的"后主义"，我们有多少这样建立在扎实辨章和深入考镜基础之上的概括和批评？

三是盲目求同多，自觉坚守少。

如今，世界主义在文艺批评中再度兴起，并被认为是后现代主义之后最重要的文化思潮，即"'大破'之后的'大立'"。它与跨国资本的全球发散有关，但间或伴有狭义文化和政治经济场域的某些一厢情愿。当然，也不排除别有用心者借此复制"皇帝的新装"；他们有意将歌德式的世界主义和马克思主义的国际主义混为一谈，从而模糊了空想与科学的界限。马克思主义不相信脱离实际的世界主义，而只相信资本主义获得"国际性质"之后对民族文艺的践踏，从而使一切民族的文艺染上资本的色彩。因此，马克思主义的国际主义是有鲜明的阶级属性的，不是日常生活中、一般意义上的你好我好大家好。

总之，文艺批评作为价值理性和审美理性，应当讲道义、讲责任，否则就没有存在的必要。

批评的实践需要理论的支撑

张 江：文学批评应当超越单纯的感受而进入理性思考。深刻的文学批评擅长把判断寓于严谨的理论分析之中。这种判断的内容将远远超出"好"或者"不好"的范围。理想的文艺批评绝不仅仅是"说实话"这么简单，在此基础上，批评还必须建立自己科学的审美标准和评判标准，从而超越一般读者的印象式或感受式批评。如此，文艺批评与文艺理论的结合就成为必要。我一直倡导，要建立"批评的理论"与"理论的批评"，打通当下批评与理论彼此隔绝的状态，为批评筑牢理论根基。

南　帆:简单地说,文学批评乃是批评家对于作品、作家以及文学史的解释、分析、判断与评价。然而,大多数的解释、分析、判断与评价均存在相应的理论依据。文学批评应当超越单纯的感受而进入理性思考。仅仅依靠印象式或者感受式的把握,我们无法精确地确定事物的数量和质量。我们感到一座山峰的巍峨时并不意味着已经同时了解到了它的确切高度。审美也是如此。

相对于具体的文学批评,文学理论体系显然更富有逻辑性,更为完整;其中的种种命题、概念互相呼应,互相证明。从象征、意象、音韵、格律到叙事、情节、人物、结构,从文化、历史、意识形态到心理、道德、风俗民情,各个方面的问题逐一纳入文学理论的视野。理论家显然更为注重公认的规律、既定的规范,强调经典的意义与秩序,强调权威的美学观念;这种状况无疑有效地维护了理论的稳定性、概括性,使文学理论能够以一种普遍观念的面目出现。另一方面,这种状况同时也可能不知不觉地产生某种理论的保守性。为了保护理论体系逻辑构造的完整,为了保护规律、规范、经典的既定地位,理论家常常会有意无意地拒绝考察与接受新型的文学作品,拒绝新型的文学规范和新型的文学经典。

20世纪曾经被称之为理论的时代,理论资源前所未有地丰盛。许多理论蜂拥而入,无疑对于批评产生了深刻的影响。首先,不该简单地以为这仅仅是一些空头理论。事实上,理论深刻地规定了人们如何阐释世界。这种阐释不是一些悬空的概念排列,不是一种思辨的空转,而是可能经由各种渠道细微地进入人们的日常生活经验。其次,与此相应的另一面是,批评家必须对于理论如何与周围生活产生联系存在自觉的意识。学科的意义上,各种学说无非是理论长链之中的一环,但是,从一个长远的观点来看,这种理论长链的终极目的仍然是解释世界和改造世界。因此,既不能无知地蔑视理论,也不能急功近利地将理论庸俗化。

深刻的文学批评擅长把判断寓于严谨的理论分析之中。这种判断的内容将远远超出"好"或者"不好"的范围。批评选择哪一种理论模式,意味了批评家认为哪一个层面是作品的聚焦点。马克思主义的社会历史批评学派强调美学的和历史的观点,这两个范畴的辩证关系深刻地决定了批评家的判断方式。从精神分析学派、符号学派到神话原型批评、接受美学,每一种理论模式无不具有理解世界的独特路径。理论含量愈大,判断的必然性愈强。

相对文学理论的巍峨大厦，文学批评以灵活机动见长。文学理论所提供的观点不是一成不变的教条。批评家不仅可以在批评实践中灵活地运用文学理论的种种观点，同时他们还可能根据接触到的作品对于种种理论观点进行重新审查，限定这些观点的时效与覆盖范围的半径。批评家更多地接触文学现状，更多地受到文学阅读的具体冲击，可能比文学理论更为及时地发现各种新的趋势。这个意义上说来，文学批评则反过来构成了文学理论的重要参考，甚至成为基础。

批评要有内在的批评精神

张　江：一个优秀的批评家要有这样的定力：当他面对一部作品时，在他脑海中盘旋的，不应该是这部作品的作者名气大小、威望如何，以及人情、市场、金钱这类庸俗的问题，他的眼里应该只有作品本身，以及历史的、人民的、艺术的、美学的评判标准。惟其如此，他才有资格堪称富有批评精神的批评家。

雷　达：人们常说，文艺批评与文艺创作，如鸟之双翼、车之双轮，两者唇齿相依，不可偏废。因为文艺批评的繁荣与否，必将直接关系到文艺创作的繁荣与否。这已为中外文艺思潮史所反复证明了。但是，并非有了文艺批评的躯壳、外在形式就算是真正的文艺批评。文艺批评有效与否、有力与否、有无公信力，却要看它是否具有内在的批评精神。习总书记指出，一点批评精神都没有，都是表扬和自我表扬、吹捧和自我吹捧、造势和自我造势相结合，那就不是文艺批评了！金无足赤、人无完人，天下哪有十全十美的东西呢？良药苦口利于病，忠言逆耳利于行。他又说，文艺批评要的就是批评，不能都是表扬甚至庸俗吹捧、阿谀奉承，不能套用西方理论来剪裁中国人的审美，更不能用简单的商业标准取代艺术标准。他说，真理越辩越明；有了真正的批评，我们的文艺作品才能越来越好。

现在的情况是，我们这个时代不是缺少文艺批评，而是缺少好的文艺批评。怎样的文艺批评才算是好的文艺批评，或者，什么样的批评才是真正的批评呢？那就是要充分体现出褒优贬劣、激浊扬清的功能，像鲁迅先生所说的那样,"批评必须坏处说坏,好处说好,才于作者有益";要善于做"剜烂苹果"的工作,"把烂的剜掉,把好的留下来吃"。也不能因为彼此是朋友,低头不见抬头见,抹不开面子,出于"人情",就不敢批评。

由此来看,有没有胆识、勇气,是否敢于说真话、讲道理,在艺术质量和水平上敢于实事求是,对各种不良文艺作品、现象、思潮敢于表明态度,在大是大非问题上敢于表明立场,是有无批评精神的重要标识。与此同时,批评精神还表现在,是否打磨好了批评这把"利器",能否善于运用历史的、人民的、艺术的、美学的观点来评判和鉴赏作品。也就是说,要真正科学地把握批评对象,实事求是地加以研究,不断有新的发现,不然的话,虽有一腔热情和勇气,却又会出现"隔靴搔痒赞何益"的尴尬。

所以,打磨好批评这把"利器",掌握好批评的标准,便成为问题的关键。能否坚持以马克思主义为指导,继承中国传统文艺理论评论优秀遗产,批判借鉴外国文艺理论,研究梳理、弘扬创新中华美学精神,能否坚持运用历史的、人民的、艺术的、美学的观点评判和鉴赏作品,就是今天理论批评工作者肩上的重担。批评的价值和意义说到底,就是发现真善美,弘扬真善美。鲁迅曾将批评的标准比喻为"圈子"。他说,任何批评者都离不开"圈子","或者是美的圈,或者是真实的圈,或者是前进的圈。没有一定圈子的批评家,那才是怪汉子呢"。新世纪以来的中国文艺,发生了许多新变化,艺术生产力得以空前解放,作品的数量浩繁,网络文学发展惊人,各式各样、形形色色的作品涌现,呈现出文艺生态的复杂多样性,这些都需要文艺批评来认识,来鉴别,来评判,来褒优贬劣,激浊扬清。文艺批评任重而道远。

张　江:文艺批评要的就是批评。当然,批评一定要落到点子上,不能为了批评而批评。毕竟,无论表扬还是批评,最终都是为了形成与创作的良性互动,推动文艺创作健康发展。当前,文艺批评不可谓不繁荣,但是,真正有效的批评还十分匮乏,真正能够对创作起到引领和指导作用的批评更是凤毛麟角。尤其是面对文艺创作的多元化、新趋势,如何提升文艺批评的有效性,是所有批评家应该思考的问题。

(《文汇报》2016 年 1 月 12 日)

什么样的品格与境界
奠定了现实主义的魅力

张　江(中国社会科学院副院长、教授)

程光炜(中国人民大学文学院教授)

崔志远(河北师范大学文学院教授)

苗长水(北部战区陆军政治工作部创作室主任)

栾梅健(复旦大学中文系教授)

现实主义的"干预性"

张　江:在当前的文艺界,关于现实主义存在这样一组貌似矛盾的现象:一方面,现实主义在某些新潮理论家、批评家那里已经成为"过去时",几乎等同于观念的保守和落后;另一方面,现实主义文艺作品却持续火热,受到读者和观众的普遍欢迎。历史悠久的现实主义为什么具有这样的魅力? 什么样的品格和境界奠定了现实主义的魅力? 在中国文艺由"高原"向"高峰"跃进的过程中,这是值得思考的问题。

程光炜:现实主义作为文学的一个专门术语,最早出现在 18 世纪德国的剧作家席勒的理论著作中。但是,现实主义作为一种文艺思潮、文学流派和创作方法的名称则首先出现于法国文坛。法语中的 Realisme 一词,来源于拉丁文 Realistas(现实,实际)。众所周知,巴尔扎克(1799—1850)是现实主义这个名词最深刻含义上的作家,他的《人间喜剧》乃是深刻的规范化的现实主义文学。19 世纪文学的主潮,毫无疑义是批判现实主义文学,托尔斯泰、巴尔扎克等伟大作家是其突出的代表。

受其影响,20 世纪 20 年代中国现代文学有"文学研究会"等现实主义文学流派,涌现过茅盾、叶圣陶、许地山、王统照等代表性小说家。他们高举现实主义的旗帜,强调"写实主义",使现实主义写作在新文学中成为占据主导地位的文学潮流。

20 世纪 50 年代,文学界关于"干预生活"的讨论与探索,虽然为当时的苏联文学的小说写作所引发,但却适应了中国当代文学发展的自身需求,推动小说写作的现实主义向度与力度。从那个时候开始,"干预生活"实际上成为了我们现实主义小说写作的内在元素。20 世纪 50 年代王蒙等人的"干预生活"小说,如《组织部新来的年轻人》等,就产生过较大影响。承接这一传统出现在 80 年代的,是"伤痕文学""反思文学""改革文学"等,但 1985 年后因文学转型,上述文学潮流有所弱化和变异。

八九十年代路遥创作的中篇小说《人生》和长篇小说《平凡的世界》,应该是"干预生活"文学传统最好的承继。值得注意的是,三卷本长篇小说《平凡的世界》去年被改编成电视剧热播后,仍然在广大观众中获得很高的认同感。很多人从孙少平充满坎坷的人生奋斗中重新找回自己青年时代的身影,经历了精神洗礼,更重要的是思想情操得到极大的提升。

路遥作品的持续走热,提出了一个值得人们思考的问题:为什么在文学走向多元化之后的今天,"现实主义"文学作品依然能重返社会现场,积极参与公众生活?它为什么还能产生如此巨大的社会凝聚力,对社会正义和世道人心有明显的正面引导作用?这是因为,尽管当代文学获得了巨大的历史进步,作家批评家各呈风采,最近 30 年出现了很多非常优秀的作家作品和文学批评文章,然而读者和观众却始终对现实主义作家作品和文学批评保持着较高的认同感。其中主要原因,我认为就是:我们对物体的理解与感知,与物体独立于我们心灵之外的实际存在是一致的。现实主义就是关心现实和实际。虽然不可否认,现实主义作家作品之外的其他文学流派和艺术形式,也可以满足社会多方面的文化需求。

在这个意义上，我认为现实主义的"干预性"虽然包含极其丰富复杂的内容，但现实主义文学最基本的功能：爱与善，仍然是体现这种"干预性"的最主要的内容。"干预"丑与恶力量对社会生活的干扰破坏，推动人们向爱与善的方面发展与健全自己的心灵世界，这正是"干预机制"本身最深刻的含义。

现实主义是有机体系

张　江：在我看来，现实主义最本质的特征，或者说最鲜明的理论个性，就是它强烈的与现实交互作用的冲动和品格。这体现在两个方面，其一，现实主义创作对现实的关注和倚重，包括真实性、客观性、典型性的诉求；其二，现实主义创作对文艺作品认识现实、理解现实、干预现实功能的追求。两个方面互相支撑，彼此策应，构成了现实主义的核心理念。

崔志远：虽然现实主义自19世纪50年代产生以来，在国外和国内的文学流变中，涌现出不同的形态，呈现出不同的风貌，但就其基本的特征来看，基于"真实地再现典型环境中的典型人物"的内核，突出真实性，重视客观性，强调典型性，都是具有贯穿性的基本要义。

这里最为重要的基点是真实性、客观性、典型性。而现实主义的真实性、客观性、典型性，并非单摆浮搁，互不相干，而是相辅相成，紧密勾连。可以说，真实性的要义在于真实表现"现实关系"的认识方法，典型性是指塑造"典型环境中的典型人物"的思维方式，细节真实则体现为细节描写的特征性手法，这样三个层面，内在地包含了历史感的人文精神、理想精神和科学批判精神在内的理性精神。三个层面不仅密切相关，而且和理性精神紧密相连：愈是追求文学表现的客观真实性，便愈要强调创作主体的理性精神；反之，创作主体的理性精神越强，越能实现文学的客观真实性。如此，文学便具有了"较大的思想深度和意识到的历史内容"。

强调客观真实性的认识方法，是现实主义理论的重要内容。马克思、恩格斯之前的现实主义有两个重要命题："模仿自然"和"再现生活"。马克思、恩格斯将其升华为"真实地描写现实关系"，包括：历史发展的具体阶段上各种错综复杂的社会关系；影响整个社会生活发展的现实关系，即社会发展的规律和历史走向；"最现代的思想"，即时代的先进思想精神，以及与之相适应的道德精神和审美情操。如此，将"自然真实"与"生活真实"上升为"历史本质真实"。

"真实地再现典型环境中的典型人物"，实际上强调的是典型化的思维方式。它包括两个方面：一是典型人物个性与共性的关系。古希腊以来一直把典型视为类型，启蒙主义时期方有"个性说"。见解独到的是歌德的"特征"论和黑格尔的"完整的性格"论。恩格斯则在此基础上提出："每个人都是一个典型，但同时又是一定的单个人，正如老黑格尔所说的，是一个'这个'……"二是典型环境和典型人物的关系，马克思、恩格斯之前大都强调环境对人物的单向影响，黑格尔的"情致"说看到"情境"和"情致"的相互作用。恩格斯的"真实地再现典型环境中的典型人物"则是对人物和环境辩证关系的整合性思考。二者的联系愈充分，人物性格便愈典型，对"现实关系"的反映也就愈深刻。

细节真实，实际上要体现为细节描写的特征性手法。即强调细节的真实性和整体性。最早关注细节描写的是狄德罗，对细节描写和研究作出重大贡献的是巴尔扎克，但对细节整体性关注不足。恩格斯提出"细节真实"与"再现典型环境中的典型人物"结合，强调"我们要不知道这些细节，就看不清总画面。"这无疑对典型化的艺术思维提供了保障。

上述三个层面紧密联结相互作用，从认识方法、思维方式到特征性手法，从宏观到微观，层层制约和步步落实，反过来又从微观到宏观层层保证和升华，形成了一个不可分割的有机体系。

努力进入当下生活

张　江：从事现实主义文艺创作，对作家艺术家最基本的要求，是要了解现实、熟悉现实。从当年的巴尔扎克，到中国当代的柳青、赵树理，历史反复证明，没有对社会现实深入肌理的钻研、体验、理解，就没有优秀乃至伟大的现实主义作品的诞生。今天，社会分工的细化，时代发展的加速，都对作家艺术家把握现实的能力提出了严峻挑战。

苗长水：从我个人的角度来看，成长时的社会变迁，平素受到的文学熏陶，后来接受的文学教育，都使现实主义的影响深入骨髓，也使我自己的写作靠近着现实主义。作为这样一个作家，似乎不必特别强调责任意识、使命担当，我以为那就如同拿起枪就要战斗一样，拿起笔也要进行战斗，当然是一种特殊的精神层面的战斗。

21 世纪有许多状况不确定，但有一点是确定的，中国正在走向强大。但是，奇迹的创造，时代的变迁，我们每时每刻的生活是怎样发生和进行的，这些内容却总是比较难以进入我们的创作生活。某些作家、艺术家好像都不是生活在这个时代和社会中的人，他们的作品也好像来源于另外一个时代和社会。更糟糕的是，我们发展得越快，我们的成就越令世界瞩目，这种对现实的陌生和疏离就越严重，中国作家的现实短板就越明显。

比如军队生活，我们这支军队最重要的原则是"党指挥枪"，"支部建在连上"，这些令美国人都不得不潜心研究的经验，是我们最重要的战斗力生成法宝。党组织的观念在我军军人心目中和行动中的神圣感，是许多作家都无法想象的，绝对不可忽视。就军队作家而论，如果不把这样的生活体验透、研究到家，你就不可能写好中国当代军人，不可能写出比其他国家的军事文学更强、更美的作品，比《静静的顿河》《第二十一条军规》更加经典的当代中国军事文学。

改革开放已经 30 多年，我们的文艺创作仍然"有高原、无高峰"，我们不禁要问：那些能够带来强烈视觉和情感冲击，具有特别震撼的艺术效果的作品，为什么没有伴随国家的强盛而诞生？作家的天分不足，还是努力不够？在我看来，作者的才华只是成功的一种要素，努力也并非总是带来理想的结果。伟大作品的诞生，需要多重因素的合力作用。最基本的一点，要有过硬的阅读生活，尤其是当下生活的能力。这是一个基本前提。

把阳光带进现实

张　江：对于现实主义创作，问题的复杂性还在于，现实总是纷繁、驳杂、缠绕的，既有令人沮丧的一面，也有令人欢欣的一面，既有阳光洒满大地，也有阴雨笼罩天空。

如何取舍,如何选择,或者说,将哪一面呈现给读者、观众,就成为一个回避不了的问题。

作家艺术家当然有选择的自由和权利,但是,从另外一个角度来看,这种选择的背后往往又隐藏着创作者自身都习焉不察的心态和习惯。我们还是期望,文艺创作者要把更多的阳光带进现实。

栾梅健:长期浸淫于文学研究之中,会越来越信服"文学是人学"的理念,认同文品即人品的说法。所以,包括作家在内的文人,自身的心态养成,人格修为,绝非无关紧要,而是至关重要。现实主义作家如何看待现实、读取现实,同样有这个问题。

哲人说,人一半是天使,一半是魔鬼。它昭示着这样一个事实,即在最初的本原意义上,人是混沌的,复杂的,多元的。

然而,有些文学研究者却也时时在向人们提供着这样似乎是矛盾的事实:汪精卫是汉奸,但是他的旧体诗却常常闪现出俊朗的艺术才华;周作人是汉奸,但是他的散文却仍然意蕴深长,耐人寻味。

对于这样的观点,我们其实是多有怀疑,甚至是完全反对的。

鲁迅在《文学与出汗》一文中,认为《红楼梦》中看大门的焦大出的是臭汗,而娇滴滴的林黛玉出的是香汗,这不是牵强的勉力为之,而是自然而然流露的结果。

即如汪精卫吧,早年作为反清爱国团体南社之一员,他的诗慷慨、激昂、大义凛然,而后期叛国以后,大都是自怜自怨的哀叹之声。

周作人在五四时期是新文学运动的主将之一,《人的文学》《平民文学》等文大都是健康、明朗之作,而在"附逆"以后,其作品大都则退回内心,在细微、琐碎的文章之中时时露出怯懦、恐惧之色。

其实,这只是人类情感生活中的常态。高兴时会笑,痛苦时会哭。同样地,对生活乐观的人,常常会发现人生中的美好;对生活悲观的人,则往往会无端地对社会充满怨恨。

有什么样的心态,就有什么样的生活,也就有什么样的艺术表现。言为心声。这不是什么矫饰,也不是什么造假,它是顺理成章的事情。

毋庸讳言,我们今天这个时代,社会的各个层面都累积了各种各样的问题。这是事实,也是发展中的正常现象。

但是,与此相反的是,只要换一种眼光,换一种心态,我们会发现,生活中的温暖、感动、振奋、雀跃更多,更精彩,更值得书写。问题的关键,是你的眼睛盯着哪里。

张　江:现实主义倡导介入现实,干预现实,这种"介入"和"干预",其目的无疑是让现实变得更美好。事实上,历史上的诸多现实主义经典名著,的确在时代和社会的发展进步中发挥了不可忽视的重要作用。

"伟大的时代需要伟大的精神",现实主义作为一种创作理念,一定会推动今天的文艺创作更好地发挥应有的功能。

(《文汇报》2016 年 3 月 3 日)

文艺作品如何以"现实主义"表现生活

对话人

张　江（中国社会科学院副院长、教授）

叶　辛（中国作家协会副主席、作家）
贺仲明（暨南大学文学院教授）
刘大先（中国社会科学院民族文学研究所副研究员）
段建军（西北大学文学院院长、教授）

张　江：好作品来源于现实，但是，来源于现实的作品却不一定是好作品。现实主义的基本原则是立足现实，观照现实。问题的复杂性在于，现实是一种极其驳杂缠绕的存在，如何书写现实，不仅是创作技巧问题，更考验着作家、艺术家的思想力、洞察力、判断力，以及他的情怀、境界等等，同时也决定着他的现实主义创作是成功还是失败。

关注自己时代的现实

张　江：每一个作家，都离不开他所生活的时代，都要对他身处的社会作出作家独特的文学表达。不论他采用的是何种艺术方式，不管他选择的是什么素材。

叶　辛：文学是一定时代的文学，作家是一定社会的作家。这实际上就决定了文学与时代的不可分离，作家与社会的不可分诀。体现在文学写作中的时代气韵与社会气息，也许在不同作家那里又有浓淡之分，轻重之别，那也只是作家在生活认知与艺术追求上的个性化差异而已。正是在这个意义上，法国著名作家罗曼·罗兰说道："伟大的艺术家是时代的眼睛，通过这眼睛，时代看见一切，看见自己。"

2016年2月28日，记载我文学成长的叶辛文学馆落户于浦东新区的海边书院镇。年前在布展时，他们来征求我的意见，我告诉他们，我这一辈子的创作，都和我的人生经历有关，都和我亲历过的生活有紧密的关系。每一个作家，都离不开他所生活的时代，都要对他身处的社会作出作家独特的文学表达。不论他采用的是何种艺术方式，不管他选择的是什么素材。陶渊明笔下是他对东晋生活的感悟和情怀，李白关注的是唐朝人的生活和情感，苏东坡屡被谪贬，其诗文更加体现出他对自己所处时代和社会的感叹、感怀和吟咏，不因为他们的作品只是描绘了他们所经历和生活的朝代，就时过境迁了，相反他们的作品今天仍在被人们诵读。

如果再结合自己的创作之路具体来说，35年前我写过的长篇小说《蹉跎岁月》，是因为我当过十年又七个月的上山下乡知青，对于知青生活有深切和较为长期的体验和感悟，尤其是对那时候现实生活中"血统论"对整整一代知识青年、对整整一代中国人的残害，我把这种来自于现实生活的感受和体验，通过长篇小说的形式写了出来。作品受到了读者和社会的认同，35年来一直在重印。

二十几年前，我从同时代知青的命运中，不断听说一些大返城以后家庭情感的故事，其中尚留在乡村的子女长大之后进城寻找亲生父母的经历，更令我动容，我熟悉这一代人，知道他们的人生之路如何一步一步走来，尽管我自己身上并没有发生这样的故事，但是他们身上的故事，常常使我感同身受。把这么一些来自现实生活中的故事放在变革中的时代背景之上，我写了长篇小说《孽债》，同样受到了欢迎。翻译这本书的英译者对我说："我喜欢这本书，相信英语读者们也会喜欢。"

在文学馆开展那天，蜂拥而至的参观者和农家乐游客纷纷对我说："我们就喜欢反映现实生活的作品，尤其作品写的是我们经历过的生活。"

前段时间奥斯卡颁奖，众多媒体叫好的《荒野猎人》没有拿到最佳影片；而之前没怎么提及的《聚焦》，获得了最佳影片奖。我想，《荒野猎人》虽是一部优秀的片子，但叙述的是 19 世纪的故事，而《聚焦》却是直面英国现实的影片，它讲的是电影艺术的社会担当，回应的是对现实世界的强烈关注。

在一定意义上，这也可给文艺创作应该关注自己时代的现实作一个注解。

现实主义与文学超越

张　江：现实主义创作必须植根于现实，但它的价值，往往体现在超越现实那一厘米的高度。为现实所困，拘囿于现实，文学就失去了飞翔的翅膀，沦为社会现实的文字翻版；脱离现实，肆意驰骋，文学又失去了坚实的根基，成为无根的浮萍。因此，对于现实，既能进得去，又能出得来，源于现实，又超越现实，是一个优秀的现实主义作家的基本素养。

贺仲明：在对现实主义的怀疑和批评中，一个重要的理由就是认为现实主义文学密切关联现实，容易为现实所羁绊，从而影响到作家对文学超越精神的追求，导致其文学难以抵达更高、更纯粹的精神层面。

这种说法不能说完全没有道理。事实上，无论是在历史还是在现实中，确实有部分采用现实主义手法的作品存在着缺乏超越性的精神弱点。典型如当年恩格斯所批评的玛·哈克奈斯的创作，就存在着受制于个人情感，缺乏审视现实必要高度的缺陷。当前中国一些文学作品，也存在着被思想、情感或视野所局限，或者满足于图解某项现实政策，或者停留在作品中人物的高度，成为其各种情绪的宣泄者。正因为这样，这些作品在表现现实生活时，往往精神视野非常狭窄，充斥着简单肤浅甚至是偏激狭隘的情绪，或者表现出在现实面前无所适从的困顿、迷茫感。

这些作品不能说完全没有价值，然而从更高标准要求，它们的缺陷很明显。文学的更高价值在于思想的意义。只有站得比人物更高，看得比现实更远，才能超越生活视野，看到生活更本质和复杂的潜流，从而产生思想的深邃魅力，对时代文化有所引领和启迪。而且，只有超越狭隘的个体情感和利益，胸怀更广大和深远的世界，才能拥有更宽阔的胸怀和深广的热爱，才能更宽容、理性和豁达,其作品也才能拥有更长的生命力。

但是,上述情况决非意味着现实主义与文学超越相冲突,而是恰恰相反,真正的现实主义与文学超越之间是相辅相成、相互促进的关系。因为所谓文学的超越,最基本的内涵就是立足于人类、民族整体意识上的宽广视野,对人类和大自然的深切关怀,以及广博的爱心和人道主义精神。这些内涵并非空穴来风,它们都是建立在现实的基础上。正如古人所说:"故不爱其亲而爱他人者,谓之悖德;不敬其亲而敬他人者,谓之悖礼。"(《孝经·圣治章第九》)只有建立在强烈现实关注之上的超越,才切实真诚,否则只能是空洞、虚幻甚至虚伪。我们很难设想一个人连父母兄弟都不爱,会去爱全人类,也很难想象一个人对身边的苦难置之不理,却有胸怀天下的悲悯情怀……

所以,在文学史上,真正伟大的作家作品往往都是立足于其时代现实,深刻关注现实人的生存、苦难、希望和追求,给予其深刻理解和同情,然后再进行必要的升华和拓展,从而实现更宏阔的精神视野和思想高度。

对于当前中国作家们来说,最应该考虑的,不是写不写现实,不是是否坚持或拒绝现实主义,而是应该反思自己是否有足够高远的精神视野,是否真正了解身边的现实,有没有对现实的深切关怀,以及能不能够真正深入地揭示和展示现实。只有在真正拥有现实书写能力的基础上,才有可能抵达文学的超越和深邃处。

否则,再怎么努力去呼喊超越,再怎么急切想走向世界,都是虚无缥缈的。

现实主义的选择

张　江:一直以来都存在这样一种现象:少数作家、艺术家,打着现实主义的幌子,专门搜罗贩卖社会的阴暗面,官场黑幕,商海争斗,人性之恶,等等,展示的是冷酷、暴力、恶毒、血腥,还言之凿凿地宣称,这就是现实。的确,这种现实可能确实存在。但是不要忘了,一个作家、艺术家,当他的目光投向广阔的现实时,事实上他无时无刻不在选择,选择哪一部分现实,选择怎样表现现实。

刘大先:现实主义作为一种特定方法和观念,源于18世纪的德国与法国现实主义文学运动,从司汤达、巴尔扎克、福楼拜到托尔斯泰、高尔基和马雅可夫斯基,由写实主义到批判现实主义,再到社会主义现实主义,它自身获得了历史性的发展与演变,但总体而言都建基于作家主体对外部世界的摹写、提炼与洞察之上。这种历史变迁之中蕴含了现实主义从本质上来说也是一种世界观,即它始终包含了客观认识与主观创造的结合,而不是脱离实际的臆想与独断。现实主义总是在特定的时代与社会中,作家、艺术家用一个民族的语言与方式表达具体生产条件、生活方式、制度体系中最为核心的思想观点、现实状态和未来趋势。

作为马克思主义文艺观中最重要的一脉,现实主义也体现在新中国当代文学的历次潮流之中,无论从早期的革命英雄传奇、社会主义创业史,还是到20世纪80年代具有启蒙精神的各种文学思潮,以及20世纪90年代的新写实主义甚至现代主义艺术的探索之中,它们可能在形式、语言、风格、技法上各有不同,但总是贯穿着现实主义的精神。新世纪以来随着"纯文学"与先锋文艺的落幕,文学创作中"现实主义的回归"成为近年来现象型的事件。

值得注意的是,充斥在大众传媒中的现实主义文艺作品有很大一部分将自己等同于社会新闻的杂事秘辛,沉浸在脱离人民的自我抚摸、犬儒般的颓废、攻讦丑诋的黑幕揭露之中;即便是在"重写历史"中也往往片面追求某些支离破碎的"真实",而没有同情的理解,忽略了具有总体性和价值观的现实。

这其实在现实主义的表象之下,背离了它的精神。现实发生了变化,现实主义自然也会在具体语境中获得新的生命和呈现形态,在题材、手法、趣味的选择上,应该有着不同于历史上曾经出现过的历次现实主义潮流的时代特色。

我们知道,现实泥沙俱下,有光明的正面,也有灰色乃至晦暗的侧面。人民群众身处现实实践之中,在文艺上有着提升现实和瞻望未来的需求,需要从中得到安慰、超拔、鼓舞和激励。文艺工作者如果要成为时代风气的先觉者、先行者、先倡者,就必须有前瞻性,既要"一叶而知天下秋",又不能"一叶障目不见泰山"。体现在文艺创作中,最重要的选择应该是根据人民的需要在细微处见宏远,于黑暗中现光芒,以科学的理论武装人,以正确的舆论引导人,以高尚的精神塑造人,以优秀的作品鼓舞人。唯有那些具有正能量、有感染力的作品,才能够真正温润心灵、启迪心智,发挥文艺为人民服务的有效功能。

马克思主义认为,在任何时代,文艺都是经济基础与上层建筑相统一的产物,是劳动实践和理想升华的结合。实践是现实的力量,包含已经形成和将要形成的一切;而理想则是对自然界与人类社会中尚未被人类所主宰而又有待于创造的事物的意识。文艺工作者作为创造者在现实主义的选择中,就要自觉地打破封闭、狭隘与窄化的观念,有效吸收古往今来的现实主义文艺遗产,塑造出一个不仅仅是真实的当下现实存在,而且也是目前现实所欠缺、有待于变成的现实潜力和想象。这样的现实主义是普罗米修斯式的,是有着牺牲精神、价值立场、总体关怀和理想情怀的真正的现实主义。

校正现实主义创作底色

张　江:一切现实主义创作,虽然立足于当下现实,但它瞩目的方向却应该是未来。

即便是批判现实主义,它的初衷也是通过对当下种种不合理的存在的批判,最终希冀一个理想社会的出现。从这个意义上说,现实主义创作的精神底色,必须是向真、向善、向美。

换言之,只要这个精神底色被校正了,无论所展露出来的是温暖还是凌厉,它都值得被尊重。

段建军:20 世纪以来,人类文学进入到了多元化的时代,各种思潮风起云涌,各种流派异彩纷呈。然而,无论中国还是西方,所有的文学流派都在短暂的辉煌之后走向了衰落,而现实主义却在文学史的风浪中立于不败之地。

即便到了今天,在世界文学的整体格局中,现实主义毫无疑问依然是占主导地位的创作风格,现实主义特有的艺术力量也无可替代。

现实主义首先是一种艺术精神,是关注人的现实存在,关注人当下的生存发展,关心人当下的冷暖悲喜,对人的存在进行关怀与呵护的精神。这种精神把现实的人和人的现实生活置于艺术表现的中心,把强烈的人性关怀与清醒的现实意识融入到美的价值内涵之中。

现实主义尤其关注人民群众创造历史的各种活动,注重反映人民群众主体精神,反映人民群众在社会实践中的美的创造。它要用美的艺术,激发和引导人民群众的创造精神。

现实主义文学把对人的关怀,尤其是对底层人民群众的关怀,融入到对人民当下生活的反映之中,不仅让人民看到这里的生活是"我"的生活,而且能够调动"我"这个人民对当下生活的参与热情和负责精神。

如果这种生活是"我"这个人民所希望的,"我"就会努力去呵护它,如果这种生活与"我"的希望不符,"我"就会积极地去改进它,完善它。总之,真正的现实主义理应激发人民创造生活的热情,而不是压抑它、毁灭它。

现实主义不是自然主义,它不排斥浪漫和理想。真正的现实主义把人生浪漫、理想的维度建立在对社会现实的客观、冷静的审视之上,它引导人们从现实的生活中寻找走向理想的途径,激发人通过自己的行为去创造美好的生活,而不是消极地幻想或逃避现实。

因此,真正的现实主义总要挖掘和表现现实生活中存在着的、孕育更加美好生活的真、善、美的萌芽,并把这个萌芽、这个作为现在之组成部分的"未来",当作审视当下生活的立足点,激发和引导人们更加热情地投入到现实的生活实践中去。

在中国五千余年的文学史中,现实主义是一条贯穿始终的红线。传统现实主义文学塑造了中国人刚健有为、积极入世的文化精神,为当今时代中华民族的伟大复兴留下了宝贵的精神遗产。

今天,我们大力发展现实主义文学,也是弘扬中华美学精神,继承传统文化,助力中华民族伟大复兴的重要途径。

总之,关注现实,关怀人生、播撒希望,是现实主义文学的力量所在,大力发展现实主义文学书写,不断提高现实主义文学的艺术感染力,是当代中国文学的重要使命。

张　江:对一个现实主义作家来讲,其创作的最大难度,来源于他所表现的现实正在行进之中。行进中的现实,没有经过历史的淘选,没有已成权威的定论,甚至没有可资借鉴的参照。尤其是当下的中国现实,纠结缠绕,变换频繁,令人眼花缭乱,目不暇接。如何读取、判断、把握现实,进而作出经得住历史检验的现实书写,是一个颇具挑战的问题。而现实主义的价值,也恰恰体现在这种挑战之中。

(《文汇报》2016年4月14日)

什么是深入生活

——从赵树理的小说说起

对话人

张　江（中国社会科学院副院长、教授）

阎晶明（中国作家协会书记处书记、评论家）

白　烨（中国社会科学院文学研究所研究员）

杨占平（山西省作家协会副主席、评论家）

葛水平（陕西省作家协会副主席、作家）

张　江：问渠哪得清如许，为有源头活水来。文艺创作的源头活水是什么？生活。作家、艺术家只有吃透生活，才能源源不断地贡献出优秀作品。这个道理无需赘言。但是，如何吃透生活？这里面是有大文章的。在当代文学史上，赵树理是位有分量的重要作家。赵树理的意义，不仅在于他留下了一批风格独特的作品，也在于他在作家深入生活上作出了表率，提供了经验。

赵树理的启示

阎晶明：对作家而言，深入生活，是对现实生活的深入了解，深切体察，非如此，不可能将创作楔入到作家所生活的时代与现实，作家的创作就很可能错失了对一个时代的真实表现,也错失了同时代和更长久时代读者的认可。

今天重提赵树理,探讨他深入生活与文学创作之间的必然联系,仍然具有重要的启示价值。赵树理生长在中国北方农村,是响应毛泽东同志《在延安文艺座谈会上的讲话》走上文学创作道路,并在新中国成立后重新回到农村工作、生活、创作的作家,他对生活的了解配得上"深入"这个定语。赵树理的小说是对他所生活的农村社会的真实描写,这些描写中,深刻地烙印着中国农村在政策层面上发生的变革,在建设热潮中产生的巨变,农村政策如何落实到农村、农业、农民当中,如何影响和改变着他们的生活,他的小说可以说是对一段社会历史的真实记录。与此同时,我们还应看到,赵树理的"农村题材"小说,既有对新时代农村生活的热情歌颂,也有对农村现实中存在的腐朽势力、落后现象的批评,甚至包含了具体政策在针对性上的偏差,在有效性上的距离。他的《在大连"农村题材短篇小说创作座谈会"上的发言》,所谈的除了小说外,还有对"浮夸风"的批评,反映了农民关于"统购"问题的困惑。这些担忧,不是出于对个人创作的考虑,而是发自内心对农民利益的关心。没有深入生活,不可能掌握如此深刻的问题,没有对农民的深厚感情,也就不可能关心如此"非文学"的话题。

赵树理的小说是以大众化、通俗化为标识的,他用农民听得懂的语言写农民感兴趣的故事,讲农民关心的社会问题。他的小说艺术却绝不是"低端"的,他从来不用粗鄙化的语言来显示"民间色彩",他从来不以高一等的、冷漠的姿态看待农民,他是用朴实的语言在写乡村的故事,热爱与批评、歌赞与担忧在小说里融合着。他的语言艺术,是他长期浸润于农村生活的结果,走马观花的创作者不可能学得到。正如他自己所说:"我的语言是被我的出身所决定的",他在"说说唱唱"的民间艺术中向农民学习,在同农民的漫谈中感受那些俏皮话,那种与土地息息相关的独特而丰富的表达。对他来说,农村绝不仅仅是创作素材的搜集地,而是如鱼得水的栖居地,也是他文学创作得以维系的"语言学校"。

当我读到太多用粗鄙的俚语装扮"土得掉渣"的小说语言,看到太多被过滤成"符号化"的农民形象,读到太多以"底层"或时代落伍者塑造农民形象、讲述农民故事后,总会想到赵树理。今天重提他与深入生活的关系,其实有很多已不可能复制,时代和社会的变迁也决定了文学创作的丰富多彩。值得我们认真思考的,是一个创作者与生活的真正关系,表现生活时的态度与感情,朴素感情与朴实语言再生的可能性,勇敢地直面生活的勇气,热情讴歌时代发展,勇于面对生活中出现的矛盾、问题,发自骨子里的民间气息,烂熟于心的生活语言的运用。从这些层面上讲,经典作家不会过时,因为他们不是用来摹仿和照搬的,而是时时能带给我们启示,同时启示我们用新的创作需求去调整、去借鉴、去创新。

要做"家人",不做"客人"

张 江:生活是文艺创作的富矿,创作者扎根生活的深浅,决定了他收获的多寡。赵树理为什么能够创作出那么多脍炙人口的佳作?其中一个重要原因就是他扎根生活的深度,远远超越同时代的一般作家。对于农民的生活,赵树理不是浮在上面,而是深入其中,融入其中,他不是旁观者,而是参与者,是当事人,他是农民的"家人",而不是"客人"。这样,他的获取当然非同一般。

白 烨:赵树理由《小二黑结婚》《李有才板话》等作品所体现的从人民大众中来、到人民大众中去的创作追求,在1947年的晋冀鲁豫边区文联召开的文艺工作座谈会上,就被认为是"实践毛泽东文艺思想的方向"。时任晋冀鲁豫边区文联副主席的陈荒煤曾在《人民日报》发表文章,题目就是《向赵树理方向迈进》。

"赵树理方向",包含了文艺为什么人服务和怎样服务的重大问题,也包含了文艺家怎样给自己定位,怎样对待生活的具体问题。对于今天的文艺家最富启迪意义的,一是赵树理的文艺创作坚持对于现实的介入性,二是赵树理在创作中始终保持与生活的互动性。这样两个基本支点,使得他在深入生活、扎根人民方面,走出了自己的路子,形成了自己的风格,也给广大文艺家如何对待生活和人民,树立了光辉的榜样。

我们今天常常要讲"深入生活,扎根人民",这是因为我们当今的文艺,创作与生活,产生了隔膜,作家与人民,出现了断裂,个中存在的诸多问题需要引起注意和加以解决。而这些问题在赵树理看来,都不是问题,不该成为问题。

因为在他看来,他这个作家本来就是"乡下人",写作只是与务农有所不同的一个岗位,只有到了乡下,才觉得自在踏实,才可能继续写作。因此,他在新中国成立后虽然先后就职于北京市文联、大众文艺研究会和工人出版社,但每年都有一半的时间回到山西的晋东南,跟他的老熟人们一起"共事"。合作化期间,他先后参加过山西10个农业合作社的试点与试验,在此基础上,写出了反映合作化运动中农村生活与农民精神的深刻变动的长篇小说《三里湾》。之后,他把"共事"与"写作"结合起来,一边就自己了解到农村的问题、农民的意见,向当地的县委、地委反映情况,陈述民情,一边先后写作出《套不住的手》《实干家潘永福》《锻炼锻炼》等短篇小说,引动了"现实主义深化"的写作倾向,引发了"中间人物"的创作讨论,实现了自己的"问题小说"创作的不断突破,也带动了现实题材创作的深化热潮。

关于如何对待创作与生活的关系,处理作家与人民的联系,赵树理在不同时期都有一些堪称至理名言的深切体会。如在1947年的晋冀鲁豫边区文艺工作座谈会上发言时说道:"我的体会是,要和农民成为一家人,当客人是不行的"。在《谈"久"——下乡的一点体会》一文中,他谈到自己的做法时说道:"为了避免下去做客,我每到一个村子里,总还要在生产机构中找点事,我常把我的做法叫做和群众'共事'"。而这种"长期性""共事"的好处,他归结为:"久则亲","久则全","久则通","久则约"。这些注重"常期"、看重"经久"的经验之谈,赵树理自己是不折不扣地忠实地践行了一辈子的,而这正是对"深入生活,扎根人民"的最好诠释。

关键在于与人民感情相通

张　江:在赵树理身上,更重要的,是他在情感上实现了与农民的同声共振,快乐着农民的快乐,悲伤着农民的悲伤。也正是因为这一点,他创作的作品才会受到农民的认同、认可。而做到这一点,对一个作家而言,显然更难。我们经常讲"悲悯情怀",什么是真正的"悲悯情怀"? 不是居高临下的虚伪同情,而是真正从内心深处升腾起来的痛感,这种痛感的建立,前提是情感的相通。

杨占平：赵树理1943年就以短篇小说《小二黑结婚》，确立了他在文学界的地位。之后，又以《李有才板话》《孟祥英翻身》《李家庄的变迁》《催粮差》《福贵》等小说，在中国文坛打出了一片天地，声誉与日俱增。但是，功成名就的赵树理没有坐享城市的安逸生活，没有放松自己的创作追求，依然经常回乡，心系乡民，并经由自己的创作，继续保持一个乡土作家的应有本色，究其底里，是他在思想感情上与人民群众紧密相连，声息相通。

全国解放后，赵树理随工作单位进了北京。从1949年进京，到1965年举家迁回山西，15年的时间里，赵树理有一多半是在晋东南农村生活的。他跟农民们吃住在一起，如鱼得水般愉快。他把自己当作农民中的一员，操心庄稼收成好坏，研究农业政策的实施，帮助农民开展文化娱乐活动。他选择这种方式，一方面是为了体验生活，获取创作素材；另一方面是要同农民一道，寻找过好日子的途径，让农民能尽快从千百年的贫穷落后中摆脱出来。因而，他总是心甘情愿地充当农民的代言人，时时处处维护农民的利益。看到农民生活有起色，他就特别欣慰；发现农村政策有误，农民利益受损害，他就忧心忡忡；在生命的最后时刻，他惦记着的仍然是农民过着艰苦日子。

可以说，在中国现当代作家中，没有几位像赵树理这样与农民的利益息息相关，这样期盼农民过上好日子的。特别是在失去理智的"大跃进"年头，浮夸虚假风气甚嚣尘上，农民的利益潜伏着严重危机。多数作家尝过了挨批受整的苦涩，对此现状采取观望态度，惟有赵树理敢于站出来为农民的利益说话。

在时下的一些作家看来，赵树理活得实在是沉重，你一个作家只管写你的小说就够了，当什么农民的代言人，管什么农业生产该如何领导，而且还要写成文章，往人家枪口上撞，累不累呀！的确，赵树理时刻想着农村政策，想着农业生产，想着农民的利益。按常理，这些事情应当由各级政府官员去想、去做，不是他一个作家必须想的；他却想得那么投入，那么执着，并且要奔走呼号。应当说，这就是赵树理的性格特征。正是这种性格铸就了赵树理的独特人格，也是他能够写出一部又一部脍炙人口的小说、创造出一个又一个让人难忘的艺术形象的重要原因。我们完全可以相信，如果赵树理生活在当今时代，按照他的一贯性格，依旧会做农民利益的代言人。事实上，现在的农民非常需要代言人，农村中不光弄虚作假之风没有根除，各种新的腐败又在侵害农民的利益,农民热切期盼作家能替他们说话,能维护他们的利益,能有很多赵树理式的作家。

作为一个具有独特思想认识和艺术追求的作家,赵树理成为了20世纪中国文坛最重要的作家之一,在文学史上取得了别人无法代替的地位,形成了以他为代表的"山药蛋"文学流派。他的作品产生过极为广泛的轰动效应,曾经影响过众多年轻的文学工作者,影响过一代文风。他的作品还在40多个国家和地区翻译出版,国外有不少专家学者在研究他的人生道路与作品的价值。随着时间的推移,赵树理作品的价值,将会更加显现。

张　江:社会发展到今天,作家、艺术家的创作环境、生活条件大大地改善了,但是,社会的飞速发展也给文艺创作带来了新的挑战,那就是作家、艺术家对自身之外的生活越来越陌生,原有的生活经验已经难以支撑当下的创作。文艺创作不能仅仅满足于杯中风暴、一己悲欢。如何学习赵树理的问题,事实上是如何突破自我的认知局限,补充新的生活体验,进而拓展情感体验和创作格局的问题。

今天如何学习赵树理

葛水平:赵树理是一位最具农民情怀的作家,因为他出身于农村。他的《小二黑结婚》《李有才板话》等作品已经成为百年中国文学的不朽经典。他对农民农村的描写、刻画,至今读来依然亲切。赵树理也是毛泽东《在延安文艺座谈会上的讲话》之后涌现出来的一位著名作家,他的文学创作类型和地域写作,催生创造出一个文学流派"山药蛋派",他带着问题写作的创作态度、方法,则成为作家走近大众的一个很好的形式。

我与赵树理同来自一个故乡"山西沁水县",同喝一条河水"沁河",河水两岸至今传说着他走近农民农村的写作故事,而我在阅读他的作品时,一再感动他的创作素材始终是放置在乡间炕头的,他的语言朴素,至死都没有学会油滑和狡诈。他的文风亦如他的做人,对生活凡事喜欢细问,从不掩饰自己的观点,常常话随心到口无遮拦。他是一位来自民间的作家,永远把农民当作朋友的作家,一个敢于讲真话的作家,一个富有传奇色彩的作家,虽然已经离开我们 40 余年,但是,他的那种"深入生活,为平民百姓鼓与呼"的精神却永远留在了我的心中。

赵树理的成长,正逢一个特殊的年代,社会经历了抗日斗争、解放战争、生产自救、减租减息、文化建设、群众生活等,每天都有许多新事物,也会遇到许多新问题,在这新与旧、真与假、善与恶、美与丑的矛盾斗争之中,新生事物和真善美占据了主流,赵树理有效地把握住了这个主流的大方向,创造出了农民群众喜闻乐见的大众化文学样式。

2016 年是赵树理诞辰 110 周年。他是一个天才的文学家。以我的理解,他每天都活在矛盾中,除了外界给他带来的矛盾,更多还有他生命内部滋长出来的矛盾。所谓"伟大的人心胸复杂,杰出的人心里复杂。"相对于文学多重矛盾性,他给了我们巨大的文学"民间"的阅读快乐。文字带给了我们一种绵远的、发自内心深处的美好。如今他家乡老一些的人说起他,更多的时候只一句话:赵树理把沁河两岸的人事都写活了。

作家的责任不在解决问题,难题应留待政治家去完成,作家是重在发现问题,用艺术的形式反映出来。

今天,我们学习赵树理,首先,要学习他用农民的语言,写农民的事,让农民来看。其次,要学习他深入生活,扎根民间,只有低下头走进百姓的生活,才知他们的生活其实是充满了滋味。一切都是和土地有关。它承续身体之外的经验,又在身体之内启悟未曾有过的感知。只有和老百姓贴心贴肺地交往,所写作品才可能有情有意,有血有肉。

又一个春天来临了,赵树理活着时,我没有见过他,从沁河两岸四季变换的风物人事中,我可以想见他活着时的情形:他只知道土地对他的情分不薄,他只知道他熟悉的人事便是一条河流两岸的庄稼,收割了就算完事的一茬,他只知道他该牵挂一条河水两岸的风物人事。作为写作者,他太看重这人世苦乐了,他有牵挂,有不舍,他却在牵挂未果中走远了,他是这个时代永远的高度。

张 江:某种程度上说,作家、艺术家永远在追赶生活,因为生活在不停地延展、更新。当然,一些优秀的创作者有可能凭借自己的预判走到生活的前面,但是,这种预判也是建立在对现有生活的深刻把握基础上的。赵树理出身农民,他对农村、农民的熟悉程度远远超越一般作家,但是即便如此,赵树理还是要长期深入到农村,与农民摸爬滚打在一起。可以说,他笔下那些鲜活的农民形象、那些生动的语言,都是在农村的土地上熏出来的。这一点,值得当下的作家、艺术家永远铭记。

(《文汇报》2016 年 5 月 21 日)

感官娱乐不等于精神愉悦

对话人

张　江（中国社会科学院副院长、教授）

白　烨（中国社会科学院文学研究所研究员）

杨剑龙（上海师范大学文学院教授）

王春林（山西大学文学院教授）

欧阳友权（中南大学文学院教授）

张　江：文艺作品作为一种精神产品，主要功能是通过审美的方式陶冶人的情操，提振人的精神。但是，现在的某些文艺作品，却在商业利益的驱动下，放弃精神追求，转而投向对人的放纵和麻痹。贩卖低俗的笑声，展示丑陋的欲望，满足人的生理快感，把文艺的功能等而下之为提供一时之乐，这是对文学艺术的矮化和亵渎。

通俗不是低俗

白　烨：文艺鉴赏中的通俗，通常是指文艺作品的晓畅明易，适合大众口味，旨在为更多的人所喜闻乐见。但有人却在理解上有意无意地把它等同于低级趣味，这实际上是以低俗取代了通俗。在他们看来，低俗与媚俗，似乎更有人气,好像更有市场。于是,在一种对于文艺受众的低俗化想象中,弄出了一些低俗不堪的作品。比如,为了市场占有率、荧屏收看率、网络点击率,既可以将审美抛在一边,又可以无所不用其极。结果,通俗演变为低俗,而低俗最终又滑向恶俗。

区分文艺创作中的通俗与低俗,一要看审美取向,是否在世俗化的故事里寓于严肃的人生话题,使读者在阅读中得到一定的审美享受与精神启迪;而低俗写作则是在欲望化的叙事中,释发一种感官性的情绪与情愫,旨在提供一种生理性的快感。另一个是表现形式上,通俗写作追求语言与文风的大众化,力求为广大的读者所喜闻乐见;而低俗写作则是以炫目的情色化的叙事与语言,展示和渲染人性与人情中的恶习、丑态,尽力迎合一些低级趣味的人。

由此可以看出,通俗写作是从愉悦人的精神出发,旨在满足人的审美要求,而低俗的作品是从人的物质欲望出发,意在刺激并满足人的浅层需求。两者的区别显而易见。

杨剑龙:通俗文学的兴盛,与文学的大众化有关。在大众文化流行中,国内通俗文学逐渐形成气候,传统文学也呈现出越来越多的世俗化色彩,新写实文学、新市民文学、新现实主义文学等,都呈现出浓郁的世俗化色彩,甚至具有某些通俗化的意味,讲述老百姓的故事、关注曲折跌宕的情节、运用世俗化的语言等,使 20 世纪 90 年代的文学创作呈现出通俗化的意味。大约由于市场经济的制约,某些文学作品由通俗化逐渐沦为低俗化,以迎合部分读者和市场。在文学低俗化倾向中,既不关心作品的精神内涵,也不关注伦理道德;既没有理想的追求,也不作善恶的判断,只要有趣、只要娱乐、只要夺人眼球。在文学低俗化的状态中,为了达到某种目的可以视任何道德伦理于不顾,欺凌弱小、玩弄情感、坑蒙拐骗、无恶不作,忽视了人性,凸显了兽性,使文学创作沦落至低俗化的谷底。

王春林:通俗固然重要,倘若我们的文艺作品都能够如同金庸的那些武侠小说一样做到真正的雅俗共赏,当然是一种非常理想的状况。如果做不到雅俗共赏,那也最起码不能向低俗看齐,无论如何都必须坚持一种高标准的精神要求。

欧阳友权:文学的百花园珍爱每一缕春色,不管它是红花还是绿叶。判断作品的好坏也不在于它是精英还是大众、纯美还是通俗,而在于看它是不是为文学的世界提供了新的有价值的东西，看它是不是有益于世道人心，看它能否为人民大众喜闻乐见并沉淀于人类文明的河床而传之后世。所以，通俗的文学仍然是文学，它只是在表现形式、叙事方式上平易浅显、好读易懂，而在意义蕴含和价值导向上它依然是健康的，至少是无害的。而低俗则大为不同，低俗是价值判断不是形式判断，低俗的作品不在于其表现形式上的通俗，它们的形式有时反倒可以是精致而纯美的，我们反对创作的低俗主要在于低俗的作品在内容上、在价值导向上表现出不健康的思想倾向或价值取向，产生了消极的社会影响。通俗不等于低俗，"诗三百"在当时就是通俗的，特别是其中的"国风"反映的就是老百姓的生活，使用的虽是大众化的口语，但它并不低俗。《三国》《水浒》最早来自大众说书的通俗话本，今天却成了经典名著。金庸的武侠也被划归通俗小说之列，却蕴含了传统文化的精神血脉。可见通俗之于低俗，虽一字之差，却有文学与非文学甚至文明与粗野的云壤之别。

欲望不代表希望

张　江：低俗的文艺作品总是将展示人的欲望作为惯常套路。古人云，食色性也。文艺创作当然可以表现欲望，人为设置禁区，谈欲色变，无疑是误区，沉迷于欲望之中，用欲望来博人眼球，满足低级趣味，进而谋求私利，则更是错误的。文艺作品还是要让人的精神得到向上的引领，让人生看到希望。

白　烨：在通俗与低俗的背后，其实就是希望与欲望的问题。低俗的文艺作品是从人的物质欲望出发，旨在满足人的感官层面的享受；而通俗的文艺作品是从人的精神需求出发，旨在满足人的审美层面的希冀。这也表明：同通俗与低俗明显有别一样，欲望与希望也不能混同。因为，欲望更多的时候是一种原始的策动力。动物也都有欲望，它反映了人在身心上的某些生理性需求；而希望更多存在于人类的精神世界，是人们对于其目标或未完成事物的一种美好想象。

有人说，欲望一满足，希望就失落。这是因为只是追求浅层次的欲望，会导致人们失去生活的目标，在随波逐流中远离自己真正的希望。新锐作家石一枫有个中篇小说《世间已无陈金芳》，描写了一个年轻女性因为追逐不断变化的欲望,结果一事无成的悲剧。这个作品对于那些只停留于欲望追求的人们来说,有着很好的警示意义。

杨剑龙:在大众文化流行背景中,有些文学创作将"爱"降格为"欲",突出了文学描写生理性动物性的"欲",而几乎抛弃了文学描写精神性人性的"爱"。在这些作品高举欲望旗帜的创作心态中,极为细腻地描绘男女之间的交媾、金钱与欲望的交易、床笫上的颠鸾倒凤,而忽略人物的心理心态的描绘、精神追求的展现,将个人的欲望放至无穷大,把个人的责任无端缩小,无视道德伦理对于欲望的制约,忽视社会氛围对于个人的束缚,甚至将东西方性爱文学的某些糟粕作为范本,而鄙视文学传统中正能量的传承。文学创作不能没有欲望描写,但是不能仅仅只是欲望而没有精神,不能仅仅只有"欲"而没有"爱",文学不能仅仅描写欲望而不关注希望,文学创作应该以真善美的内涵感染人启迪人。

王春林:关于欲望与希望,我们首先可以做一个词源学的梳理区分。欲望是人与生俱来的一种本能,因为人是从动物进化来的,所以,欲望带有明显的动物性特质。而希望,则更多地带有精神性的特质,如果说凡动物皆有欲望,那么,也可以说希望是独属于人类自身的。也因此,作为一种精神性产品,所有的文艺作品也都是独属于人类的。作为精神性特征非常突出的文艺作品,在满足人类基本欲望的基础上,更应该以其内在的人性光芒,以美好的希望去充分满足人类的精神性要求。在这一方面,先秦诸子比如孔子所主张的"欲而不贪",孟子提出"养心莫善于寡欲",等等,应该会给我们以有益的启迪。

欧阳友权:我们这里所说的欲望不是创作冲动,更不是说文学理想,而是指唯利是图的物质贪欲和情趣低下的心理私欲,它和我们所说的文学希望和创作追求是迥然不同的。欲望写作有三大危害:一是善恶不辨,是非不分,造成价值观的混乱,败坏社会风尚,污染人们的精神空间,特别是对青少年读者的健康成长造成伤害;二是造成文学信仰的失落,将文学创作变成追名逐利的名利场,让文学停留在感官刺激的层面,而不再是有筋骨、有道德、有温度的精神高地,不再是"国民精神发出的火光"和"引导国民精神前途的灯火";三是创作主体本身的自我矮化,甚至是创作者走向堕落的标志。因此,如果说"欲望不代表希望",欲望写作无论对作者还是对文学,都将是没有任何希望的窄路、邪路和死路。

审美愉悦不同于娱乐性快感

张　江:欲望与希望的问题,置换过来,其实就是感官娱乐与精神愉悦的问题。客观地说,感官娱乐也不能一概否定,前提是它必须是健康向上的。比如近年来兴起的3D影片,大大提高了视觉效果,这是进步。再如,一些文艺作品诙谐幽默的风格更容易得到受众的欢迎,这也无可厚非。不过,需要强调的是,所谓感官娱乐,毕竟只是作用于人的感官,文艺作品终究要指向人的精神世界。感官娱乐不等于精神愉悦,更取代不了精神愉悦。

白　烨:人们在娱乐和审美时,都可以从中获得快乐和愉悦,但审美愉悦与娱乐性快感在内涵与方式上,都有明显的不同,这种不同根源于审美是一种欣赏性活动,而娱乐是一种"找乐子"活动。前者追求的是美感,后者寻找的是快感。简要地说,感官娱乐是指包括眼、耳、鼻、舌、身等器官感受外界事物刺激的享受,而精神快乐侧重的是精神上的愉悦和享受。因此,感官娱乐既不等同于精神娱乐,也不能替代精神娱乐。

由于感官娱乐与精神快乐在表现形式上有明显的区别,这些区别又更多地表现在美感与快感的界限上,因此,根据娱乐性快感与精神性美感本质的这些不同,我们在文艺创作实践中,理应树立并遵循一些更富价值和启迪意义的创作观念,以给人们带来更为丰沛的审美愉悦。

杨剑龙:毋庸讳言,娱乐化的倾向不仅主导了大众文化,而且影响了文学创作。"娱乐致死"一度成为一种时尚化的口号,以至于在电视荧屏上,文化类的节目大大缩减、娱乐性的节目极度增加。在文学创作中,也呈现出片面追求感官娱乐的倾向,以极为细腻的笔触描写男女之间的交媾,以十分粗俗的言语描绘不堪入目的场景,以颇带炫耀的笔调展现上层社会的聚会和高档消费,无论作品中人物出入按摩院、酒吧间、高档宾馆,无论作品中人物与达官贵人、下里巴人交往,娱乐性成为作品最重要的追求,甚至将读者当作愚民,将娱乐性降格为"愚乐性",在作品极尽嘲弄、调侃、戏谑等手腕中,其实往往也嘲弄、调侃、戏谑了读者,读者在阅读的回味中,往往会感觉到被愚弄了。感官娱乐其实并不能等同于精神愉悦,低格调的感官娱乐不能等同于高品位的精神愉悦,只有蕴含着丰富内涵、给读者以启迪的作品,才能带来精神的愉悦,才能成为文学精品。

王春林:貌似通俗实则低俗的文艺作品所占有的市场份额越大,对于民族精神世界所造成的损失与危害也就越严重。也因此,在充分认识到感官娱乐绝对不等于更高层次的精神快乐的前提下,作家艺术家们一定要设法给社会公众提供那些真正具有精神营养的文艺作品。

欧阳友权:确实,精神快乐可以区分为不同层次,低层次的精神快乐主要集中在感官快乐的层面,但仅有感官层面的快乐并不是真正的精神快乐,因为它不具有价值理性和健康的情感指向,只有思想性、艺术性、观赏性相统一所产生的精神快乐,只有精神引领、价值赋予、审美感染相一致所得到的心灵愉悦,才是高尚的、艺术的精神快乐。当下的某些文学创作,特别是一些网络写作,存在着单纯追求感官娱乐、以感官娱乐代替精神快乐的"娱乐至死"现象,这是需要警惕并应该矫正的。如习总书记所指出的,文艺要赢得人民认可,花拳绣腿不行,投机取巧不行,沽名钓誉不行,自我炒作不行,"大花轿,人抬人"也不行。

文艺需要传播健康向上的正能量

张　江:文艺发展到今天,有些最基本的常识可能需要重新申明。千百年来,文学艺术之所以生生不息,代代相传,最根本的原因,是它能够向人们传递健康向上的正能量,像灯火一样,指引人方向,鼓舞人前进。丧失了这个功能,无论它如何花哨,如何精巧,如何搞笑,都没有意义,都丧失了存在的根本。

白　烨:我一直觉得用"繁而不荣,多而不精"来描述当下的文艺状态,再合适不过。从文艺到影视,从线下到线上,那种类乎"无根浮萍、无病呻吟、无魂躯壳"的作品,屡见不鲜,层出不穷,这种情形十分典型地显现了从社会生活到文艺领域都趋于"浮躁"的基本状态。文艺作品背后反映的不仅是作者的思想和情怀,也是我们这个时代的情绪与声音。如果对这种良莠不齐、鱼龙混杂的状态不加以认真改变,我们就会愧对这个时代。

目前迫在眉睫的,是推出更多的优秀作品,打造系列化的艺术精品,以此来传播健康向上的正能量,来体现我们时代的文艺标高。白居易在《与元九书》中就曾提到:"文章合为时而著,歌诗合为事而作。"文艺应该蕴含一个时代的风向,代表一个时代的风貌,引领一个时代的风气。应当引领人们在真善美的大海中徜徉,感受心灵的熏陶和灵魂的洗礼,引导人们增强道德判断力和道德荣誉感。因而,文艺家要做人民伟大实践的记录者,时代进步趋向的书写者,社会正能量的传播者。

杨剑龙:我们说到大众文化流行中的一些问题,并非完全否定大众文化的流行,文化是多元的,社会既需要大众文化,也需要精英文化,文学同样如此,既需要通俗文学,也需要精英文学。无论是何种类型的文学,我们可以不要求文学达到启蒙的目的,而期望文学需要传播健康向上的正能量,这种正能量是寄寓文学的形象化的表达,而非概念化观念性的描写,文学可以追求通俗,但是反对文学走向低俗;文学可以描写欲望,但是反对文学鄙视希望;文学可以关注娱乐,但是反对文学抛弃精神,文学需要传播健康向上的正能量。

王春林:必须充分认识到,由于我们所置身于其中的当前社会,是一个以经济杠杆原理运行着的社会形态。在这样的一种社会形态中,真正能够传播精神正能量的那些精英文艺作品,差不多都处于曲高和寡的境况之中。关键的问题恐怕在于,越是曲高和寡,就越是谈不上什么经济效益。越是没有经济效益,就越是会曲高和寡。但是,说实在话,一个民族一个国家,要想真正地在这个世界上立足,就少不了高端精英文化所支撑着的具有高远精神内涵的优秀文艺作品。假如德国文学没有歌德,英国文学没有莎士比亚,或者俄国文学少了托尔斯泰,那会是怎样一种令人悲哀失望的状况。从这个角度来看,我们的确需要大力提倡能够有更多包含艺术原创性的文艺精品的生成,只有这样,依靠优秀文艺作品以传播精神正能量方才不会依然停留在空想的状态之中。

欧阳友权:文艺是人类精神世界的表征,文艺的价值原点在于能为人类创造一个彼岸的世界,以寄托人类的情感和理想,让我们的心灵更丰满,生活更美好,因而文艺创作就应该彰显人文情怀,反映时代要求和人民心声,传播正能量。水流原在海,月落不离天,从这个价值原点走出去,文艺创作就万变不离其宗;离开这一价值原点,文艺就会走偏方向,作品就难以引导人们向上向善、扶正祛邪、唯美求真。正如习近平在文艺座谈会上所言,天是世界的天,地是中国的地,只有眼睛向着人类最先进的方面注目,同时真诚直面当下中国人的生存现实,我们才能为人类提供中国经验,我们的文艺才能为世界贡献特殊的声响和色彩。

张　江:那些浅薄的、以满足人的一时之欢为追求的文艺作品虽然暂时有市场,但长远来看,必然遭到摒弃。作家艺术家不能被眼前的利益遮蔽了双眼,偏离了方向,还是要回到人类精神建构的正途上来。唯此,文艺才是文艺,而不是其他。

（《文汇报》2016 年 7 月 1 日）

中国作家应该建立起真正
有理想价值和美学意义的文学家园

——从陈忠实的创作谈起

对话人

张　江（中国社会科学院副院长、教授）

吴义勤（中国作家协会书记处书记、批评家）

李国平（陕西作协副主席、批评家）

仵　埂（西安音乐学院教授）

周燕芬（西北大学文学院教授）

张　江：应该说，与当前的一些高产作家相比，陈忠实的作品并不多，但是，他在当代文学史上的地位以及在读者中的影响却是不可替代的。在一些作家用频繁地推出新作来刷"存在感"的时代，陈忠实和他的《白鹿原》是如何成功的？2009年，陈忠实的《白鹿原》创作手记出版，他为这部长篇创作手记所起的名字是：寻找属于自己的句子。也许，这正是陈忠实的成功密码。

重要的是找到自己的话语

吴义勤：优秀的作家总会以其独特的个性区别于同时代的其他写作者，他总会找到属于他自己"这一个"的有很强区分度的话语方式。然而,对自己话语方式的寻找却是一个漫长而艰难的过程,绝不是轻而易举就可实现的。话语方式不是一个简单的语言风格或技巧的问题,更不是一个修辞问题,而是联结着作家的世界观、文学眼光、人文修养、哲学情怀等等的一个超语言问题。

要找到自己的话语方式,作家一定要有坚实的根基,他的语言要有根,要真正立得住、站得久。这就要求每个作家都有真正属于自己的"领地",这个领地会融入作家全部的爱、情感、思想,它是作家创作的血液和取之不竭的话语资源。就如关中的白鹿原之于陈忠实一样,陈忠实一辈子扎根在他的"白鹿原"上,对这里的土地、人民、自然、历史、政治、风俗如数家珍有着深厚的情感。而为了创作《白鹿原》,他更是多年泡在长安县的档案馆内,天天借抄县志直至烂熟于心。正因为这样,《白鹿原》这一在中国当代文学史上堪称经典的杰作才能以其底气十足、独一无二的话语方式一炮打响。与陈忠实一样,柳青的皇甫村、莫言的高密东北乡、福克纳的约克纳帕塔法县也都无不是他们的话语之"根"。

要找到自己的话语方式,作家就要让他的语言会思想。语言是思想的载体,会思想的语言,才是真正的文学语言。语言一定要以思想做支撑,要能够与世界构成真正的对话关系。陈忠实的《白鹿原》之所以有着与众不同的话语方式和与众不同的表达,就因为其有着与众不同的思想,作家对社会历史的思考震聋发聩,对儒家文化、伦理、人性、情欲的表现深刻而尖锐,这一切就使得小说看待世界的眼光显得十分霸气而有穿透力。

要找到自己的话语方式,作家就需要对语言有着精益求精的态度,要有对语言本身的审美信仰和文学信仰,要有对语言的文学性进行审美挖掘的能力,要对语词、修辞、语法、句法等等进行精细推敲提炼,要将个性的审美气质、精神气质与话语习惯、方言、口语等完美地结合,从而形成自身的话语个性,既做到个体话语与时代话语、日常话语、流行话语的区别,又能在众声喧哗中区别于其他作家,成为话语风格上独一无二的"这一个"。陈忠实洪钟大吕般的语言气质以及粗犷、厚实,融思想的高度、人性的深度、情感的温度于一身,接地气、通人心的话语方式,又何尝不是得力于陈忠实在《白鹿原》写成后把其捂在家里反复打磨多年才拿出来的结果呢?

要找到自己的话语方式,作家还要有让语言超越语言的能力。苏童说,好的文学语言应该能让人忘了语言的存在。诚哉斯言！正所谓从血管里流出的是血，从水管里流出的是水，好的话语方式，一定是最适合作家个性的一种表达方式，一定是最自然而然的一种表达方式，一定是与生俱来的源自本能的一种表达方式。语言的文学性不表现在辞藻是否华丽，也不表现为修辞铺张的程度，刻意而为的夸张的语言雕琢常会给人适得其反之感。陈忠实始终以一个西北汉子、关中农民的方式大声说话，他的语调、他的吐字、他的音色也许不乏粗糙难懂之处，但听来中气十足、酣畅淋漓，其感染力自非一般作家可比。

寻找背后的"剥离"

张 江："寻找属于自己的句子"，说到底就是作家对独创性的追求。这里遇到的一个问题是，如何处理学习借鉴与独创性追求二者之间的关系。追求独创性不是要放弃学习借鉴。陈忠实对中外其他作家也有学习借鉴，但他的学习借鉴是以剥离和超越为跟进的。换言之，学习和借鉴是为了开拓视野，在更丰富的可能性上去寻找独创性；剥离和超越则是为了挣脱他人的经验，向自我回归。

李国平：陈忠实对于属于自己的句子的寻找得益于海明威的启示。"寻找属于自己的句子"是海明威对于独创性的认识，更多地在叙述层面展开，"我终于写出真实的句子，然后就此写下去……"。陈忠实的豁然开朗和强烈共鸣，是因为海明威点燃了他的思维。非常有意思的是，海明威的修辞质朴、电报式的文体风格、对传统的史诗式小说结构的反动，这些陈忠实并没有遵从，而是反其道行之。中国作家和西方文学的关系并不简单，陈忠实之于海明威便有一种浓重的"剥离"意味，非常典型地阐述了一个具有艺术自觉意识的作家和文学传统的关系，并不注重甚至警惕具体的叙述方式对自己的影响，而更加重视和继承的是一种创新精神。

从最早的"柳青化"到"去柳青化"，学习柳青进而超越柳青，陈忠实经历的就是这样一个"剥离"过程。陈忠实非常重视对当代文学经验的借鉴，写作《白鹿原》前，他曾认真分析过《活动变人形》和《古船》的叙述方式、艺术结构,毫无保留地认为它们"把长篇小说创作推到一个标志性的高度",但是,在陈忠实这里,学习的内涵大于学习本身,当代文学经验在他的思考中产生了更为积极的意义,他要用独特的最适宜表达自己独特的语言完成自己的叙述。

陈忠实在文学叙述层面描述过自己创作过程中的"剥离"现象,但并不认为"剥离"仅限于艺术层面。"艺术和思想是互为的交融的,一个新的艺术形态不会独立地从天而降,它是与那种新的思想在穿越现实或历史的过程中同步发现、同步酝酿、同步创作而成的"。发生在陈忠实思想层面的"剥离"要艰难、严峻得多,这是陈忠实写作史上遭遇的"最严重的痛苦","无异于在心理上进行一种剥刮腐肉的手术","进行一次次从血肉到精神再到心理的剥离过程"。阿·托尔斯泰曾用"在清水里泡三次,在血水里浴三次,在碱水里煮三次",形容思想改造的艰巨性,借用过来说明陈忠实在新时代所遭遇的精神"剥离"、精神洗礼一点也不为过。怎样认识中国的乡村历史和现实,进而怎样认识从近代到当代发生的历史变迁与社会变革,是陈忠实切身遭遇到的必须回答的"一个重大现实生活命题"。剥离旧的非科学的命题附着于自己身上的"本本主义""注入新的更富活力的新理念",正是改革开放、思想解放的时代思潮使陈忠实抛弃了原来的"理性盲目",打开了新的思维空间,完成了觉悟和"剥离"的进程,获得了思想和文学的新生。

陈忠实是一个具有自觉的反省意识和反省能力的作家,他告诉人们:"我以积极的挑战自我的心态,实现一次又一次精神和心理的剥离"。陈忠实的"剥离"过程发生于 20 世纪 80 年代,他反复强调是改革开放,思想解放的生活背景帮助他进行了"剥离"。落实于他的创作,从《初夏》人物的"集体叛离",到《蓝袍先生》的更深广的文化思考,到《白鹿原》实现"剥离"的成果,有一个鲜明的轨迹。80 年代的典型特征并非仅仅是反思和批判,批判本身就包含着求实和开放的思想,问题意识则是时代呼声的回应。

陈忠实的"剥离"有两层含义,一层是自我批判和自我质疑;更积极的一层,则是建构,在对旧的观念的批判性基础上建立新的理念。"剥离"是陈忠实基于个人体验的表述,但其实隐含的内容则是一个普遍话题,其中可以总结出中国作家所获得的中国经验。

陈忠实寻找到了什么?

张　江:当然,"寻找属于自己的句子",并不是简单的对语言风格的寻找,更深层次上,这也是作家对世界独特发现的寻找。文学创作是一种对自我的表达,表达的核心内容就是作家对世界的独特发现。就此而言,陈忠实的"寻找",固然包含了表达、架构、格局等创作技术层面的考量,更包含了他对自己生活的那片土地的思考和寻觅。

仵　埂:在未进入《白鹿原》创作之前,陈忠实一直在苦苦寻觅,寻觅一个恰当的框架,将自己所历见的生活串并起来。《白鹿原》所写是民国往事,但引发作家强烈兴致的恰恰是现实关怀,现实的精神困顿。陈忠实获得的历史感,正是源于自身所阅历体验的历史感。在构思《白鹿原》时,陈忠实正想在这样的历史剧变中寻找一个较为恒久的文化底座,想看看在这样的文化基石之上,现代与传统是如何冲突演变的。

在这样的感受里,一个作家,怎样将这种历史沧桑,化在白鹿原上住民的生活故事里。在这种历史变迁动荡中,陈忠实要找到一个气脉强健的魂灵,将人物安顿在历史的沧桑里。这个魂灵,具有某种较为恒久的意义价值,它植根于民族的基因深处。因之,作家寻找的是属于自己创造的那个世界,属于自己眼睛看到并感知的历史,或者就一个作家来说,他须得为这段历史安魂赋形,为具有与中国历史一样久远的"白鹿原"安魂赋形。

陈忠实说,他有一天忽然明白,白鹿原上的历史,就如同整个中国的历史一样,悠久得让人不敢深想。这道原上的先民们,也在伴随着历史沧桑的变化,伴随着时代兴衰的动荡,一代又一代繁衍生息。时代兴衰更替的动荡变化,在原上的子民们看来,似乎是一个远在天边的传说,他们还得过自己的日子,他们的耕作方式没有变化,他们的组织方式没有变化,他们的文化心理结构没有变化,浸润着他们日常生活的法典——宗族祠堂里的《乡约》也没有变化。作者追寻着这道原上曾有的恒久不变的社会生活事象,这是"白鹿原"这个意象产生的大背景。在作家开始创作《白鹿原》时,"整个世界已经删简到只剩下一个白鹿原,横在我眼前,也横在我的心中;这个地理概念上的古老的原,又具象为一个名叫白嘉轩的人。这个人就是这个原,这个原就是这个人"。这道原承载的是千年儒家文化的历史沉积,即使从宋代大儒吕大临创造中国第一部教化民众的"乡约"开始,也具有千年历史了。正因为如此,才有白鹿原上的动荡变化和不变的白嘉轩,还有那股弥散在白鹿原角角落落的《乡约》的魂魄气息。

这正是一个作家的伟大之处,他通过一条原、两大家族、十余人物,写出了整个中国 20 世纪上半叶波澜壮阔的历史,白嘉轩就是白鹿原的魂,这个以"乡约"为代表的儒家传统秩序,在历史的沧桑中,稳定地深沉地植根于白鹿原中,从"耕读传家"的乡村文明,转向以现代工业科技为代表的都市文明。陈忠实在对儒家文明挽歌般的致敬中,使这一古老文明呈现出令人炫目的美丽霞光,不仅照亮了白嘉轩,也打在晚年陈忠实的身姿上,作家本身所秉持和坚守的道德风范和人格风貌,都让我们为一个伟大文明所具有的魅力油然而生敬意。

《白鹿原》的独特所在

张　江:《白鹿原》的成功,还缘于它字里行间所透露出的现实观照情怀。这也是陈忠实"寻找"的内容之一。作品表面上述说的是历史,但陈忠实对历史的处理,却是放置在对现实的思考和追问中进行的。由此暴露的不是艺术手法的高低,而是作家的情怀和胸襟。只有出于民族未来的"寻找",一个作家才有可能发现属于自己的伟大的"句子"。

周燕芬:陈忠实的《白鹿原》是独一无二的,其巨大的独特性就潜藏在深厚的历史生活的描写之中。作家对世纪性文化矛盾的复杂呈现和深刻思考,与营构动态、开放和富有未来性的小说文本之间,形成了几近完满的艺术遇合与互动完成,《白鹿原》因此具有了丰富的阐释性而经受住了二十多年的阅读考验。

陈忠实写《白鹿原》,表现的是 1949 年以前已经作为历史的关中乡村生活,但恰恰是对新中国成立后发生的合作化运动以及柳青创作《创业史》的再思考,让他开始重新面对中国近现代半个世纪的历史生活内容,对即将进入自己小说的中国农民历史命运进行前所未有的深刻反思。陈忠实想要重新书写历史,重新表达自己的历史观,也想重新寻找可以依靠的文化价值系统,重新来过意味着不能固守任何既成的思维定势,也意味着要将历史生活的全部丰富性、复杂性和矛盾性都纳入到小说中来,这就使得《白鹿原》整体上处于一种思想艺术的放开状态,成为各种文化价值和思想观念冲突对决的战场。

对《白鹿原》一直以来最大的争议来自于小说中的儒家文化内涵,这几乎成了研究《白鹿原》绕不过去的一座大山。陈忠实在他的长篇创作手记中并没有留下多少关于儒家文化的思考文字,或许我可以理解为,一部《白鹿原》,陈忠实已经用小说的笔法把自己的儒家文化观写尽了,余下的是结论,这结论却是迄今为止我们依然没有结论。陈忠实对儒家文化的重新发现并将其奉为《白鹿原》的主要思想资源,从大的时代氛围来看,源自 20 世纪 80 年代中期以来文化寻根思潮引发的对传统文化的回视,而从作家自身分析,陈忠实生长的陕西关中平原,正是儒家文化的重要发祥地,作家浸润其中,自身的文化性格也形成于此,以儒学为小说的思想之本,在陈忠实这里是一种必然的文化选择。

《白鹿原》中的儒家文化,是作为小说的血肉构成了陈忠实笔下的历史生活,但我们分明读出了作家以此对话当代中国社会的强烈冲动,作家急切地想通过儒家文化由古至今的历史变迁,思考当下文化危机的由来,探寻民族救赎、人性复归的途径。这使得小说中最重要的两个人物白嘉轩和朱先生,成为文化标本式的文学形象,因而多被称之为"文化典型",小说中的其他系列人物也程度不等地带着文化象征的意味。一部《白鹿原》,从始至终回响着一个沉重的叩问,儒家文化能否真的成为我们民族精神的定海神针?在恪守儒家文化传统的朱先生和白嘉轩身上,蕴含着陈忠实既有认同也不乏质疑的深刻思考,作家用文学的笔墨尽了修复的全力,然而并没有获取完全的文化自信,一部《白鹿原》,是一个巨大的矛盾体,留给读者的是新旧文化惨烈撞击后的一片狼藉。《白鹿原》创作的发生得益于时代变革的机缘,也必然难以逃避文化价值分裂的历史宿命。而值得我们深思的是,这种文化无解的背后,隐藏着中国当代文学迄今为止的思想高度,在通往未完成和未抵达的文学道路上,中国作家倘若不跨过这一"文化死穴",就无法建立起真正有理想价值和美学意义的文学家园。

陈忠实正是在迫切地"打开自己"的过程中,在一个多世纪风云际会的开阔视野中,去探寻那些根本性和超越性的启示。他最终用《白鹿原》回答了那个萦绕于心的重大命题,完成了自己的历史反思,也实现了期待已久的艺术突破和自我超越。

张　江:文学创作最难的是发现自己。很多作家终其一生也没有找到"属于自己的句子",他可以是福克纳,可以是海明威,可以是莫言,就是不是他自己。这是一个作家最大的悲哀。陈忠实留给我们的启示是,作家对自我的"寻找",是一个漫长而痛苦的过程,一切以功利为目的的短平快"捷径",都是对自我的擦肩而过。陈忠实之所以成功,是因为他甘于一辈子和清贫相伴,笃定决心要写出一部"垫棺作枕"的不朽之作。

(《文汇报》2016 年 9 月 2 日)

"红色经典"蕴含的
文化基因深植我们的血液之中

对话人

张　江(中国社会科学院副院长、教授)

程光炜(中国人民大学人文学院教授)

刘玉凯(河北大学文学院教授)

李云雷(《文艺报》理论部主任、评论家)

殷　实(《解放军文艺》副编审、评论家)

张　江：2016年是红军长征胜利80周年。80年间，一大批以长征为题材的文艺作品，形成了绵延不绝的"长征叙事"。其中，诸如毛泽东的《七律·长征》、电影和话剧《万水千山》、交响乐《长征》、史诗巨著《长征组歌》等已经成为"红色经典"的重要组成部分。在我看来，"红色经典"没有随时代变迁而消逝，相反，它所蕴含的文化基因已经深植我们的血液之中。

"红色经典"是多种文化元素的融合

程光炜："红色经典"有其特定的含义，一般是指诞生于20世纪40年代抗日根据地，绵延至今而不衰的，描写革命历史题材和革命战争与斗争的革命现实主义文学作品。这种作品的写作,具有其原创性,这种原创性很大程度上是多种文化元素铸造融合的结果。

"红色经典"作品最醒目的传播功能来自于社会动员模式,既然要让广大的人民群众通俗易懂和喜闻乐见,它就要最大程度地从民间文艺中汲取艺术想象力。例如歌剧《白毛女》的题材,取自河北某地一个真实的民间故事,创作人员深入该地民众中,采纳口头传说,以民间文学有仇必报的叙述方式,包括河北梆子等地方音乐形式,最后成功创作了这部著名的现代民族歌剧。众所周知,《黄河大合唱》的创作,包含了抗战时期流行诗歌、音乐的民族风格和西方交响乐等多种元素。在抗战时期、解放战争时期,它们起到了动员民众参与新的历史建构的非凡作用。即使在和平时期,它们的民族凝聚力和同构能力也是其他文艺形式无可比拟的。在 20 世纪五六十年代,长篇小说《红旗谱》《林海雪原》和《青春之歌》等作品,同样汲取了古代文学资源、民间文艺资源和五四新文学资源等多种文化元素,比如《三国演义》《水浒》中的英雄传奇因素,五四新文学中的新女性形象等,这使这一时期的"红色经典"比纯文学更容易在普通读者中传播并产生很大影响。

因此在我看来,在"红色经典"为多种文化元素融合的过程中,之所以民间文艺资源和西方文艺资源这两大文化元素占有更大比重,这是由其现实功能决定的。一是诞生于战争时期的"红色经典",需要借助文艺进行社会动员,这就需要充分调动古代文学、民间文艺等传统元素,实现革命现实主义内容与艺术形式相结合;二是创作者大多是来自全国各地的进步知识分子,他们的艺术修养源自西方文艺和五四新文学等文化元素,由他们创作的文艺作品,自然很大程度受到了这种元素的影响。而他们既然是走进战争的知识分子,就不会再创作过去那种象牙塔里的纯文艺作品,而要担当起民族解放的重任,自觉献身于这一神圣的事业。这样,将西方文艺、五四新文学与民间文学相结合,同时汲取其他文化元素来服从这一长远的目标,就变为一种艺术的自觉了。

由此看来,"红色经典"是多种文化元素的融合,并非人们想象的那么简单,而是历史形成的产物,或说它是一种历史的必然选择。近年来,关于这方面的研究日益增多,但研究者普遍注重文艺形式的内部研究,不再提上述历史背景在它们生成中的特殊作用,有一头轻一头重的倾向,也并非符合当时的历史事实。所以,做一点追本溯源的回顾,也许还有必要。

"红色经典"的根本性质

张　江:近些年来,质疑"红色经典"艺术水准的声音总是时不时涌入耳畔。怎么看待这一问题? 首先,"红色经典"是对一大批文艺作品的集中命名,这批作品含括了文学、电影、音乐、戏剧等诸多形式,产生于不同年代、不同艺术家手中,艺术水准难免参差不齐。这其中既有歌剧《白毛女》这样艺术水准很高的作品,也有艺术水准相对较低的作品。这一点毋庸讳言。我要强调的是,单纯用艺术标准,甚至是今天的艺术标准来衡量"红色经典"是不科学的,它之所以被认定为"经典",当然包含了艺术维度的考量,但又远不止于此。

刘玉凯:在当代文学史研究中,"红色经典"的概念也许并不太清晰,但是范围却是人人皆知的。

在理论家的眼中,历史总是不完备的,革命的激情却令人难以忘怀。艾默生说过:"英雄主义有一种不可理喻的东西,有一种并不神圣的东西,它似乎并不知道别的灵魂跟它气质相同,它骄傲。它的个性极强。尽管如此,我们必须把它奉若神明。在伟大的行动中,有一些不允许我们寻根究底的东西。"

中国当代新时期文学,真正地开始了中国文学的黄金时期。从创作的题材到方法,实现了多样统一。我们不应该要求文学创作在一个尺度下进行工作,同样也不应该要求文学批评只按着一个僵化的标尺进行批评。赞美优秀的文学创作,也能够理解泥沙俱下时出现的怪胎。当然更应该用一种文学史家的宽容去看待已经走过百年的中国现代文学。提出"红色经典"的概念,是史学家的科学构想,是一种明智和科学的包容。出生在美国的英国最有影响的 20 世纪诗人和批评家艾略特,在讲到新作品与传统的关系时阐述了一个动态观点:"当一件新的艺术品被创作出来时,一切早于它的艺术品都同时受到了某种影响。"现存的不朽作品所形成完美的体系,会因为新的艺术品的加入而发生修改,以使整个体系达到新旧平衡。我们研究"红色经典"的目的应该也是试图寻找文学史的新架构,所谓中国特色也就在于此。

鲁迅对于殷夫的诗有一个很智慧的评价。他不说这位年轻人的诗写得多好。但是他说："一切所谓圆熟简练，静穆幽远之作，都无须来作比方，因为这诗属于别一世界"。而这个别一世界，把我们带到了当今立足于世界民族之林的一个伟大的现代化的强国。

革命文化是文明发展的重要构成

张　江：刘玉凯教授提到了鲁迅先生对殷夫诗歌的评价，在我看来，鲁迅对殷夫诗歌的评价不仅智慧，而且精当。的确，简单地从文学性、艺术性，或者说从手法、技巧这些角度来衡量"红色经典"，进而否定"红色经典"是粗暴的，甚至是愚蠢的。"红色经典"既是一种艺术现象，也是一种文化现象，把它置于革命文化这一更开阔的维度内考量，也许会更具启发意义。

李云雷：20世纪的中国革命不仅改变了中国的命运，也改变了整个世界的格局，需要有一种长时段的历史眼光，才能真正理解中国革命的意义，现在我们的认识尚不够充分。从文化方面来说，革命文化不仅为中国革命的发生提供了理论基础，而且在中国革命的过程中，革命文化与具体的革命实践相结合，诞生了具有中国特色的革命文化。我们可以从两个角度来理解中国革命文化的独特性。

在中国的文化传统中，自从汉武帝"罢黜百家，独尊儒术"以来，传统中国形成了以儒家为主流的文化政治传统，佛教的传入也未改变这一格局，而是被新儒家构造的理学所吸纳，佛教自身也中国化，成为中国文化的一部分。这一格局一直延续到晚清，面对"三千年未有之大变局"，中国文化受到西方文化的强烈冲击，其内部格局也发生了调整与变化，儒家独尊的地位受到挑战，佛学、墨学等文化传统重新复兴。五四以后诞生的"新文化"，是中国革命文化的先声，如果说传统中国文化的主流重视秩序、等级、礼义，是一种"认命"的文化，那么面对空前的民族危机与社会危机，中国文化焕发出了新的生机与活力，从"认命"到"革命"的转变，既是中华民族自救的需要，也显示了中国文化内在的生命力与创造性。

在世界革命文化的传统中，都重视工人阶级的先锋性与革命实践的重要性,中国共产党人将马克思主义与中国革命的实践结合起来,不仅将革命的依靠力量从"工人阶级"扩展为更为广泛的"人民",而且创造性地提出并实践了"农村包围城市""统一战线""新民主主义论"等新的政治理论。在文化上也是如此,在红色文化风起云涌的 20 世纪 20 年代,欧洲、美国、日本等都出现了左翼文学,中国的左翼文学也是在苏联、日本的影响下才产生的。但在 20 世纪 40 年代之后,欧美、日本的左翼文学都已烟消云散,中国的左翼文学却走入了"解放区",开始了革命文学的新阶段。也正是在这样的新阶段,在新的环境中,中国革命文学才有可能在理论上提出一系列全新的命题:作家与人民的关系,生活与创作的关系,普及与提高的关系,民族形式与大众化问题等等。虽然在历史的具体实践中不无偏差与教训,但即使在今天的世界视野中,我们也可以看到,相对于西方左翼的精英化与学院化,中国革命文学与人民相结合的经验,对民族形式与大众化等问题的探索,无疑是更加值得重视与总结的。

革命文化是文明发展的重要构成,中国的革命文化既包括在革命过程中诞生的经典作品,也包括在革命中凝聚成的价值观——集体主义、理想主义与英雄主义,这是 20 世纪中国革命为我们留下的宝贵财富,也是我们在 21 世纪创造新的中国文化的重要根基。

文化自信与红色基因

张　江:事实上,"红色经典"在当下有市场,被欢迎,从接受学的意义上讲,与其说这是一种艺术鉴赏行为,毋宁说这是一种文化基因的寻找和对接。中华民族在长期的革命实践中所积淀的红色文化基因,需要在当下的文化形态中被印证、被辨识,从而实现文化的对接。"红色经典"无疑具有这种辨识功能和对接功能。

殷　实:中国的近代革命勃兴于辛亥,但真正使我们这个国家实现民族解放和独立的,是中国共产党领导的革命。

但无论是中国革命的意涵,还是"红色基因"这样的象喻,在今天的理解都已经被严重狭义化了。人们要么过分拘泥于对史实、事件的纠缠,要么彻底陷入以成败论英雄的历史理解套路。人们对中国革命在历史实践中的巨大活力,对于其继续补益于民族现代化进程的资源性价值,在认知方面出现了某些偏离。而这种对"基因"的怀疑和动摇,则会造成当代中国社会精神文化力量的涣散、社会进步理想的匮乏,并最终导致整体意义上民族主体意识的消亡或者说集体性"自我"的丧失。这样,我们是谁,我们从哪里来,我们要到哪里去?就再次成为一个在今天必须回答的问题了。很显然,重构当代中华民族的精神自我,焕发中华民族的精神自信,绝非讲革命故事、复述"红色"人物生平那么简单,"基因"识别、"基因"强化,乃至在现代语境下思考"基因"重组问题,才是重中之重。

作为人类文明的重要组成部分,中国历史文化中很多宝贵的积淀:那些圣明的人学,那些道法自然的宇宙观、生命观,那些活泼而又悲凉的诗意,对来自域外的唯理主义、唯科学主义——如今可能是唯资本、唯市场主义,正可以构成微妙的反拨与纠正。我们古老的传统,或可经由一种现代的启蒙改造而转化出生机,在新的历史时空继续绽放异彩,甚至为今日的人类文明给出新路。

另外一方面,对文化"自我"的辨识,或者说重拾文化自信,又必须与具体的历史实践活动相结合,也就是要在现代语境中确立我们的文化信念、振奋我们的文化精神。我国的百年现代化进程,事实上也可以被理解为中华文明自我更新的过程,而在这个过程中,不可忽略的是中国革命这一决定性的"基因"。中国革命的壮烈实践可以说史无前例。这场革命带来的不仅仅是政权易帜和制度变迁,还有意义深远的对文化与文明意涵的重要修正:它以文明史上举足轻重的思想创建——社会主义理想为指导,在苦难的东方大陆尝试一种最终以人的解放、人的全面发展为目标的价值体系。这样的价值体系是具有世界意义的,更是与近现代以来的人类思想文化成果紧密关联的。而当作为这些思想文化和价值体系重要源头的马克思主义原理,与中国深厚的文化传统、与我们自身的现代化诉求相结合的时候,更是产生了一种批判的、完全有可能克服人类社会发展危机的文明新特质。

如果我们确信要走自己的路,要实现自己的理想目标,那么百年来牺牲巨大的图强奋斗,曲折坎坷的民族复兴努力,实际上已经积累了巨大的精神财富。我们既有明确的思想路径可循,也有弥足珍贵的新文化为傲。只要我们坚定这样的历史精神主线,回归民族的精神"自我",回归历史创造的主体地位,我们的文明、文化自会发育生长出全新的枝叶。

　　张　江："红色经典"是血与火的记忆。它以文学艺术特有的形式,铭记一段不容忘却的历史,既有风雨如磐、刀光剑影,也有激情澎湃、舍生取义。从这一意义上说,"红色经典"所铭记的历史越久远,"红色经典"自身的存在和延续越有必要,因为它关乎初心,关乎来路,关乎自信。

（《文汇报》2016 年 10 月 2 日）

编 后 记

　　"文学观象"（后改为"文艺观象"）是中国社会科学院与《人民日报》合作开办的一个文学理论批评专栏,由中国社会科学院原副院长张江同志总体负责选题策划与栏目主持。同时,这个栏目也是张江领衔的中国社会科学院马克思主义文艺理论与批评创新工程中的一个重点项目。《人民日报》为"文学观象"提供了驻足与亮相的舞台,《人民日报》社领导与文艺部、文学评论版的相关负责同志和多位编辑经常参与选题的策划与栏目的运筹,为"文学观象"保质保量地持续发展,投入了很大精力,奉献了不少智慧。

　　合作开办"文学观象"评论专栏的初衷,是我们都有感于当下文学与文艺在发展过程中面临了许多新的情况、许多新的挑战,出现了许多新的现象、新的问题,这些新情况与新挑战、新现象与新问题,需要切实有力的理论批评作出认真解读,进行深入辨析。因而,通过系统阐说文艺原点问题,重点观察文学动态与现象,就当下文学的现状与走向、倾向与问题,从人文学科的角度提出自己的意见,发出自己的声音,并经由这样一个过程,力求强化文学研究的现实性与当下性,增强文学理论批评的战斗性与有效性,就不仅是十分必要的,而且是极为迫切的。

　　从 2014 年 1 月到 12 月,"文学观象"每月 2 期在《人民日报》按计划刊出了 24 期。此后,改为不定期刊出,一直持续到 2018 年。2015 年冬,张江领衔的中国社会科学院马克思主义文艺理论与批评创新工程团队与上海《文汇报》合作,开办了"海上观潮"专栏。与此同时,《文学评论》《文学遗产》等杂志,配合"文学观象"的话题开办了有关专栏。参与"文学观象"专栏文章撰稿的作者,除去中国社会科学院的学者之外,还有 120 多位来自全国高校、各级作协的专家与作家,这样一个处在学术前沿和文坛一线的专家与作家团队的通力合作,使得"文学观象"在几年来的紧张运作之中,既保持了连续性,又保证了高质量。从这个意义上说,"文学观象"这个栏目得以立足并发生一定的影响,是这个强力团队的集体收获与共同成果。

"文学观象"与"海上观潮"等专题栏目推出之后,受到了有关领导同志的热情关心,得到了中共中央宣传部的大力支持和学界、文坛的广泛关注,使我们受到莫大的激励与鼓舞。2014年底,中国社会科学院发布了2014年度创新工程39项重大科研成果,"文学观象"评论专栏作为应用对策研究成果,被评为重大科研成果之一。这与其说是奖掖,不如说是鼓励,对我们进一步办好"文学观象"专栏,强化理论批评的价值引导、精神引领和审美启迪的多重作用,增加了自信,提供了动力。

"文学观象"系列论评,曾以《原点、焦点与热点》为书名,由人民出版社于2015年出版发行。这次再行出版,在原有的基础上,增补了2015年之后的"文艺观象"系列论评文章,收入了"海上观潮"的系列论评文章。可以说,这是"文学观象"专栏系列论评里张江主持中国社会科学院团队的成果总汇。系列论评集以"重塑文艺批评精神"为书名,意在体现我们创办"文学观象"专栏的初心与初衷:切近文坛现状,直面现实问题,坚持以理服人,体现批评锐气,在理论批评的实战演练中,重塑褒贬甄别、激浊扬清的批评精神。

新时代的文坛,需要专业性、权威性、建设性的文艺批评,需要增加文艺批评的战斗力、说服力、影响力,并在这一过程中构建中国特色的评论话语和科学体系。摆在中国文学理论批评界面前的这一任务,是艰巨的,也是光荣的。这本系列论评的结集出版,是我们在理论批评方面努力实践的一个初步成果,希望它的出版面世,能得到同行和方家的关注与支持,也为新时代文艺理论批评的建设与发展略尽我们的绵薄之力。

2021 年 10 月

责任编辑:李之美

图书在版编目(CIP)数据

重塑文艺批评精神:"文学观象"系列论评集/张江 主编. —北京:
人民出版社,2021.12
ISBN 978－7－01－024023－7

Ⅰ.①重… Ⅱ.①张… Ⅲ.①文艺批评-中国-当代-文集 Ⅳ.①I206.7-53

中国版本图书馆 CIP 数据核字(2021)第 241241 号

重塑文艺批评精神

CHONGSU WENYI PIPING JINGSHEN

——"文学观象"系列论评集

张 江 主编

人民出版社 出版发行

(100706 北京市东城区隆福寺街 99 号)

北京汇林印务有限公司印刷 新华书店经销

2021 年 12 月第 1 版 2021 年 12 月北京第 1 次印刷
开本:710 毫米×1000 毫米 1/16 印张:27
字数:400 千字

ISBN 978－7－01－024023－7 定价:89.00 元

邮购地址 100706 北京市东城区隆福寺街 99 号
人民东方图书销售中心 电话 (010)65250042 65289539